知青小说代表作

丛书主编 孟繁华

今夜有

暴风雪

梁晓声

张抗抗

等著

中国青年出版社

图书在版编目（CIP）数据

今夜有暴风雪 / 梁晓声等著 . — 北京：中国青年出版社，2019.1
（当代新经典文库 / 孟繁华主编 . 第一辑）
ISBN 978-7-5153-5385-2

Ⅰ . ①今… Ⅱ . ①梁… Ⅲ . ①中篇小说—小说集—中国—当代
②短篇小说—小说集—中国—当代 Ⅳ . ① I247.7

中国版本图书馆 CIP 数据核字 (2018) 第 245314 号

责任编辑：陆 遥

*

中国青年出版社 出版 发行

社址：北京东四12条21号　邮政编码：100708
网址：www.cyp.com.cn
编辑部电话：（010）57350403　门市部电话：（010）57350370
北京中科印刷有限公司　新华书店经销

*

710×1000　1/16　24.5印张　303千字
2019年1月北京第1版　2019年8月北京第2次印刷
定价：70.00元
本书如有印装质量问题，请凭购书发票与质检部联系调换
联系电话：（010）57350337

历史的证言　心灵的传记

——《当代新经典文库》第一辑序

　　1968年——50年前的中国，发生了一场重大的社会历史事件，这就是大规模的知识青年上山下乡运动。这场运动延续了将近十年，有两千多万的知青与这场运动有关。十年之后，数字巨大的知青通过招工、参军、高考和其他途径，又都纷纷返回了不同的城市。上山下乡运动结束了，但是，关于这场运动的文学书写却如火如荼至今没有终结。被称为"知青文学"的这一现象，已经成为中国当代文学史上重要的篇章。知青作家通过自己的创作，一方面形成了"知青文学"汹涌的大潮，将一个重大的社会历史事件用文学的方式得以表达；一方面这一现象也造就了日后中国文学强大的后备力量。时至今日，许多重要的知青作家仍站在文学创作的第一线。他们的作品和文学经验，也成为这个时代"中国经验"重要的一部分。

　　知青上山下乡，对这代人来说，是一场空前的精神洗礼和思想裂变，对他们的成长和后来的人生有关键性的作用。他们后来成了国家各行各业的栋梁之材。在文学领域，他们引领风骚 40 年不衰。他们至今仍然是文坛的主力阵容而难以被超越。他们的文学创作拥有如此漫长的生命周期，应该是一个奇迹。这个奇迹的发生，与他们下乡经历一定有关。现实生存的艰难、煎熬或漫长的等待以及情感世界的创伤、欢乐、矛盾等，铸就了他们理想主义情怀和坚韧不拔性格的同时，也为他们提供了持久的文学灵感和生活基础。这里编辑的《当代新经典文库》第一辑"知青小说代表作"，更多的是这代人亲历历史的文学表达，他们是这段历史的见证者。因此这些作品也更具精神和情感价值，也可以称为是这代人的"青春之歌"。知青一代是深受 50 年代理想主义精神哺育的一代人，他们对毛泽东时代的红色革命思想有着极深的集体记忆，他们相同的经历和教育背景使他们的"代际"特征相当明显；另一方面，"文革"和十年下乡的经历，他们中的先觉者又率先获得了反省、检讨这一历史事件和理想破碎后重新寻找新方向的强烈意愿和能力。尽管如此，这代人浪漫的理想主义精神仍然根深蒂固印痕鲜明。

知青一代的文学创作始于"文革"期间甚至更早，但形成文学潮流并为批评界所关注，则是 70 年代末期以后的事情。知青文学一开始出现就表现出了与"复出"作家即在 50 年代被打成"右派"一代的差别。"复出"的作家参与了对 50 年代浪漫理想精神的构建，他们对那一时代曾经有过的忠诚和信念有深刻的怀念和留恋。因此，当他们"复出"之后，那些具有"自叙传"性质的作品，总是将个人经历与国家命运联系起来，他们所遭受的苦难就是国家民族的苦难，他们个人们的不幸就是国家民族的不幸。

于是他们的苦难就被涂上了一种悲壮或崇高的诗意色彩。他们的"复出"就意味着重新获得了社会主体地位和话语权力，他们是以社会主体的身份去言说和构建曾经的过去。知青一代无论从心态还是创作实践上，都与"复出"的一代大不相同。他们虽然深受父兄一代理想主义的影响并有强烈的情感认同，但他们年轻的阅历决定了他们不是时代和社会的主角，特别是被灌输的"理想"在"文革"中幻灭，"接受再教育"的生活孤寂无援，不明和模糊的社会身份决定了他们彷徨的心境和寻找的焦虑。因此，知青文学没有一个统一的方位或价值目标，它们恰如黎明时分的远足者，目光迷乱地在没有边际的旷野茫然奔走，这种精神漂泊激情四溢，却也写出了真实的体会和感受。

知青一代过早地进入社会也使他们在思想上早熟，他们后来表现出的迷茫如同早春的旷野，举目苍茫料峭，春色若隐若现。也许正是这种"不确定性"成就了他们独具一格的文学品格，使那一时代的青春文学呈现出了独特的"心灵自传"的情感取向。较早出现的长篇小说是竹林的《生活的路》和叶辛的《蹉跎岁月》。小说虽然在伤痕文学的层面展开，但因其文学的真实性而汇入了思想解放的时代潮流，受到读者的欢迎和文学前辈的肯定。张梁、谭娟娟和柯碧舟、杜见春，也成为改革开放初期最早的知青形象。因此，这两部长篇小说的价值应该大于小说本身：它们引爆的知青文学大潮随之爆发。张承志、史铁生、梁晓声、张抗抗、韩少功、王安忆、肖复兴、吴欢、陆星儿、陈可雄、阿城、乔雪竹、晓剑、严婷婷、陈村、朱晓平、郭小东、陶正、邹静之、张曼菱、范小青、池莉、李晓、邓一光、邓贤、储福金、王小波、老鬼、王小妮、徐小斌、潘婧、张梅、肖建国、李晶、李盈、杨少衡、王松、韩东等，构成了不同时期知青文学的主力阵容。张承志的《骑手为什么歌唱母亲》《黑骏马》《金牧场》；史铁生的《我的遥远的清平湾》《插队的故事》；梁晓声的《这是一片神奇的土地》《今夜有暴风雪》；张抗抗的《北极光》《隐形伴侣》；韩少功的《西望茅草地》《归去来》《日夜书》；阿城的《棋王》《孩子王》；王小波的《黄金时代》；张曼菱的《有一个美丽的地方》；王松的《哭麦》《葵花引》等，构成了知青文学具有代表性的作品方阵。

张承志的《骑手为什么歌唱母亲》发表于1978年，它是"文革"结束后较早书写知青的短篇小说。小说显示了张承志不同的气象和格局。当控诉的泪水在文坛汪洋恣肆之时，张承志却独自在草原深处为额吉感动并为她祈祷，他在那里完成了精神的蜕变。因此，"歌唱母亲"是他感动至深的文化信念的宣喻，是一个"骑手"拥有了强大的内心力量的告白。从那个时代开始，张承志就有幸成了一个"敢于单身鏖战"的作家。也正是在这样的意义上，《骑手为什么歌唱母亲》于作者说来才重要无比。《黑骏马》则是一篇游走于大地的理想主义小说。在一首悠长古老的蒙古族民歌的旋律中，那个忧伤的蒙古族青年踏上了漫漫的寻找长途，他要走遍草原去寻找心爱的妹妹，白音宝力格对爱情的寻找，即是对归宿和理想的寻找。但骑着黑骏马的白音宝力格对历史和现实的认知，视野似乎更为宽阔。民族文化的深层积淀在这个蒙古族青年的视野和经历中被展现出来。于是他获得了检讨和反省自己肤浅和轻狂的意识和能力。对人民和土地的倚重，对古老传统文化的重新认识，使主人公终于找到了能够安放自己心灵的归宿。张承志的小说成为几代读者的必读之书。梁晓声的《今夜有暴风雪》是当年知青文学社会反响较大的一部作品。小说的背景设定于知青返城前夕，在如何面对"去"与"留"的重大选择中，有三十六个知青毅然决然地选择了留在北大荒。这种悲壮的选择连同牺牲的战友、广袤无垠的土地和风雪交加的自然环境，一起构成了小说肃穆、凝重和崇高的文学气氛。英雄主义、热血青春是响彻小说的高昂旋律。虽然知青在北大荒历尽了生存苦难和命运挫折，但作品却通过自然环境的渲染，在展示知青与命运抗争的同时，也转化为了审美的对象。这一写作模式与红色经典构建起了历史联系，这也是激情岁月理想迸发的最高潮。张抗抗的《北极光》是一部典型的具有知青理想主义色彩的作品。"北极光"这个意象不仅是自然奇观，更重要的是它给人一种超凡脱俗远离尘世的联想。主人公陆岑岑的北极光想象隐喻了她高洁的内心和拒绝与俗世同流合污的精神信念。她的爱情履历并不是寻找爱人的过程，而是寻找精神同道的过程，她与三个男青年的关系就是对"完美"和理想的想象关系。她最后钟情于一个青年管道修理工，预示了她并不在意现实社会的身份地位，管道修理工坎坷的经历、丰富的思想以及对国家民族的深切关怀的形象，既酷似保尔，也类似牛虻。这一选择和意属，既表明了作家在那一时代对理想和完美的理解，同时也表明了她所接受的文化理想和文化认同。这个时代留下的青春文学，应该是最动人的文学景观之一。他们对理想主义和英雄主义以及价值观、人生观的探讨在今天仍然让人怦然心动；那些浪漫、感伤或多少有些戏剧化的悲壮故事，真实地反映了那个既贫瘠又富有的青春时代，它是一代人对生活、对人生以及对社会诚实思考的记录。

阿城的《棋王》虽然也是知青题材的小说，但它发表时知青文学的大潮已过，它被文学史家纳入"寻根文学"。当知青文学经历了悲喜交加之后，阿城从平常人生的角度重新书写了知青生活场景，并在日常生活中衬托了中国传统文化的深厚底色，无论在人生境界还是在修辞炼句上，也多从古代传统小说中汲取营养。从而使这部作品一时洛阳纸贵好评如潮。《棋王》对中国传统文化的皈依，也从一个方面终结了知青文学在社会性和文学性写作的单一。从此，知青文学向四方离散，从题材到书写方式，都发生了重大变化。

知青文学发展至王小波的时代，无论是社会还是作家自身，都意识到了文学的有限性和可能性，王小波使文学的面貌焕然一新。《黄金时代》无疑是王小波最好的作品，这部作品不止因获台湾《联合报》文学大奖而使王小波名噪一时，同时也为90年代以来的大陆读者格外重视。如火如荼、激情万丈的癫狂年代，在作者的叙事中仅仅成为一种底色和背景。作品对"文革"反人性的揭示，是隐含于文本之外却又是更为深刻的，从而也证实了王小波作为一个小说家超前的先锋性。

王松的"后知青小说"，发表于2004年之后。他的小说超越了知青文学经历的不同潮流。在王松的小说中，"文革"或知青下乡只是小说的整体背景，他主要讲述的是知青在乡下的生活状态和心理状态，是一种具有"原生态"意味的知青生活。当知青在乡下度过了短暂的理想主义想象之后，精神与生存的双重贫困，使知青迅速放弃了脆弱的理想主义，精神上陷入了极度危机之中，与贫下中农的师生关系也迅速形成对峙关系。民粹主义的想象在现实中坍塌，乡民的质朴、友善、诚恳也伴随着狡诈、自私等。因此，与乡民在心智上的"较量"，就不止是年轻人的恶作剧，同时也潜隐着一种恶意的报复或无意识的叛逆成分。《葵花引》

VII

中的小椿，用蜂蜜涂抹在母牛的鼻子上，母牛为躲避蜜蜂走进池塘，当只剩鼻孔在水面呼吸时，小椿用精准的弹弓打在牛鼻子上，致使母牛溺水而亡。知青们对待牲畜的非人性态度的扭曲，在《哭麦》中得到了更有效的诠释。知青们把黄毛藏起来之后，恶作剧地将一张狼皮粘在了羊的身上，然后给它吃田鼠。这个披着狼皮的羊懵懵懂懂改变了习性，温顺为攻击所替代，食草改为食肉。村民骚动人人自危。知青人性残酷性的改变过程，与羊的性情变化就构成了一种隐喻关系。因此，王松的知青小说在本质上就是知青生活的寓言。

　　知青文学是这代人历史的证言，是他们心灵的传记。无论如诉如泣、慷慨悲歌还是渡尽劫波心如止水，如果用诗史互证的方法，通过知青文学，我们也大抵可以了解到那段历史的某些方面。因此，知青小说不仅塑造了大批有价值的文学形象，再现了某些历史场景，还原了那一时期社会，尤其是青年的普遍的心理状况，并通过知青文学提供的无数历史细节，呈现了一个时代的真实面貌。如果是这样的话，那么，包括知青小说在内的知青文学，就远远超越了它们自身的文学价值而流传久远。还需要指出的是，社会历史的发展和巨大变化，知青一代作家后来大多离开了知青题材，不再书写个人知青经历，他们拥有了更广阔的视野和书写对象，但知青经历对他们的文学情怀和关注对象的选择仍然意义重大。

　　由于规模所限，《当代新经典文库》第一辑"知青小说代表作"没有收入更多的作品，这是非常遗憾的。收入作品的选择尺度也一定是见仁见智。略感欣慰的是，找到已经出版和还将陆续出版的关于知青文学的选本并不困难，读者自有选择的巨大空间和可能性。书系在出版过程中，得到了诸多知青作家的热情支持，每每想起总有一股热流在心中流淌。一个群体的情感和情怀总是如此相似并且持久，这让我——作为编者的老知青非常感动；李师东先生既是组织者，也是严格的"审查者"，作为老朋友，他的认真、坚韧和"苛刻"，给我以深刻的印象。可以说，没有他就不会有这套丛书的诞生。因此我感谢他。

孟繁华

2018 年 8 月 5 日于北京酷暑

孟繁华

山东邹县人。沈阳师范大学特聘教授，中国文化与文学研究所所长，中国人民大学、吉林大学博士生导师，中国当代文学研究会副会长，北京文艺批评家协会主席，辽宁作协副主席。鲁迅文学奖获得者，茅盾文学奖评委。主要著作有《孟繁华文集》（十卷本）等。1968 年至 1978 年在吉林省敦化县插队。

目 录

梁晓声

这是一片神奇的土地
3

今夜有暴风雪
33

张抗抗

白罂粟
183

请带我走
201

陆星儿

达紫香悄悄地开了
251

徐小斌

无　执

355

梁 晓 声

原名梁绍生，祖籍山东荣成，1949年生于哈尔滨。
当代著名作家、学者，北京语言大学人文学院资
深教授，全国政协委员，中央文史研究馆馆员。
著有《这是一片神奇的土地》《今夜有暴风雪》《雪
城》《返城年代》《年轮》《人世间》等作品数十部，
多部作品被译介到海外。
1968年至1975年在黑龙江生产建设兵团第一师
劳动。

梁晓声（左四）在离开兵团去上大学的公共汽车上，摄于 1974 年

梁晓声

这是一片神奇的土地

那是一片死寂的无边的大泽，积年累月覆盖着枯枝、败叶、有毒的藻类。暗褐色的凝滞的水面，呈现着虚伪的平静。水面下淤泥的深渊，沤烂了熊的骨骸、猎人的枪、垦荒队的拖拉机……它在百里之内散发着死亡的气息。人们叫它"鬼沼"。

我到北大荒后，听了许多关于"鬼沼"的传说：没有月亮也没有星星的深夜，荒原在静谧的黑暗中沉睡的时候，可以看见那里有绿莹莹的忽闪的"鬼火"飘动，可以听到当年被"鬼沼"吞陷的熊的巨吼、猎人求救的枪声和其他不幸遇难者们绝望悲惨的哀呼……还可以听到一种怪异的鸟叫声，那声音仿佛一个女人在凄凉地哭嚎着："多可怜、多可怜……"然而谁也没有见过这种鸟什么样子。鄂伦春人把这种鸟叫作"收魂鸟"，说它们是大地之神变化的精灵，在深夜招收并抚慰那些丧命于"鬼沼"的人和动物的幽魂。"鬼火"是它们打的灯笼。

"鬼沼"像希腊神话传说中令人恐怖的九头恶龙,霸占着它身后的万顷沃土。一马平川,只要春天播下种子,秋天便能收回千万吨的粮食。然而没有人敢涉过"鬼沼",去播下一粒种子。据说当年日本关东军的一个大佐,对那片沃土发生了兴趣,幻想在那里创建个农场,将来做个大农场主,曾亲自率领一个勘查小队在冬季越过了"鬼沼"。他们如泥牛入海,一去未返。北大荒的老人们,有说他们被狼群吃掉了的,有说他们被零下四十多度的严寒冻死了的,有说他们给养不足饿死了的,有说他们被鄂伦春部落消灭了的,也有的说他们春天回返时,连人带车陷没在沼底……鄂伦春人把那万顷沃土叫作"满盖荒原"。"满盖"是鄂伦春语魔王的意思。冬季他们偶尔也出现在那荒原上,但绝不猎杀那里任何一只动物,惧怕受到"满盖"的惩罚。

恐怖的"鬼沼"!神秘的"满盖荒原"!

我到北大荒的第三年冬季,我们连队由十几个知识青年组成了一支垦荒先遣小队,向那里进发了!

我们这个连队,由于当初选点错误,耕地有限,低洼,麦收时一碰上雨季,收割机就陷在麦地里,像一只只瘫痪的大蛤蟆,无法作业。因此,连年歉收。那一年更惨,连种子都没有收回来。团里决定解散我们这个连队。全连二百多朝夕相处的知识青年,将被分插到各个兄弟连队去。这意味着,我们不但不能向国家贡献粮食,而且也养活不了自己了!我们刚到北大荒三年呀!许多人还要在战天斗地中大有作为呢!屯垦戍边的信念还没有动摇呢!艰苦创业的精神和热情还没有泯灭呢!

还有什么能比团里这个决定更令我们感到耻辱?许多人听老连长羞惭地宣布了决定后,当场哭了。副指导员李晓燕,首先站起来激烈地坚决地反对接受这个耻辱的"解散令"。

她说："连队绝不能解散！我们可以去开垦'满盖荒原'，我们离它最近，早就应该想到开垦它了！我们要把连队重新建设在那里！要在'满盖荒原'留下第一行垦荒者的足迹！要向团里提出保证，当年开荒！当年打粮！第二年建新点！我们立军令状！"

我们听惯了甚至听厌了副指导员在任何场面说出的豪言壮语。可她说出的这番话，是怎样地激动了我们鼓舞了我们啊！我觉得那是她说出的最豪迈最有力量的话！许多人和我有同样的看法。

团里收回了已经下达的决定，接受了我们的军令状。

几天之后，我们连队的两台最新的五十四马力的拖拉机，披红戴花，拽着赶制的木爬犁，在全连人的列队送行下，驶向茫茫雪原。

希望、信赖、寄托、无言的叮嘱，从一双双默默注视着我们的眼睛里表达出来。我们每一个垦荒队员都从这些眼睛里体验到了责任感。我们每一个人都哭了。

哦！我们这些年轻人！！

我们是多么珍重责任感啊！

我们是多么容易激动和被感动啊！

第一辆爬犁装载着粮食和行李。第二辆爬犁上搭着帐篷。我们十几个垦荒队员，一个紧挨一个地挤在帐篷里。我坐在扣着的破脸盆上，用膝盖夹着一本翻开的《虹南作战史》。我猜想，它是我们这一行人唯一的精神食粮。不过我并不靠它充塞头脑和思想。我两眼注视着书页上的铅字，却在回忆我所读过的《战争与和平》《约翰克利斯朵夫》《悲惨世界》《红与黑》……内心深处被书中人物的命运暗暗感动。

身旁坐着我妹妹，她怀里抱着一个柳条编的小笼子，笼子里关着一只小松鼠。一路上，她一句话都没有说，像个哑巴。她的脸色那么苍白，表情那么呆滞，眼神那么凄凉！我没有兄弟也没有姐姐，就只有这一个妹妹。我从小爱她，可是我当时可怜她又恨她，不久前她败坏了自己的名誉，令我丢尽了脸。

对面坐着副指导员李晓燕，身旁坐着铁匠王志刚。他黑，健壮魁梧，有一张线条粗犷的脸，给人一种意志坚定、力大无穷的堂堂男子汉的印象。他使人联想到莎士比亚悲剧中的人物奥赛罗，因此获得了一个"摩尔人"的绰号。他性格孤僻，为人正直，敢于主持公道，不喜欢出风头，但一言一行都在知青中具有潜在的影响力。我嫉妒他在我们知青中那种无形的任何人不能匹敌的威信。他暗暗爱着我们的副指导员李晓燕。这一点许多男知青都知道，他自己也在大宿舍里公开承认过。但却没有一个人敢在这一点上开他一句玩笑。我钦佩他公开承认爱情的勇气和惊人的坦率。从那天起，我把他看成了我的对头。因为我也暗暗地爱着我们的副指导员。他参加到我们这支垦荒队，是副指导员指名道姓点的将。这尤其使我嫉妒极了！而更加使我嫉妒的是，李晓燕此刻竟将头靠在他宽厚的肩膀上，似睡非睡地打盹！

我瞧着她，心中不禁又一次暗问自己：我为什么会爱她？她身上究竟具有什么吸引我的魅力？是因为她美么？不错，她美。她是个上海姑娘，有一张清秀妩媚的脸，脸上的皮肤白净，五官俊俏，一双眼睛很大，很明亮。眉毛又细又长，和眼睛之间的距离略宽了些，这就使她的脸上永远呈现了一种扬眉凝睇、惊诧不已的表情。自从我第一次见到她，就再也不能不注意她。她太自然地使我联想到了意大利画家包尔第尼的杰作《玛尔波公爵夫人肖像》。我甚至不能判断究竟是那幅肖像更酷似她，还是她更酷似那幅肖像。她的身材也很优美、修长、苗条、亭亭玉立。据说她是上海芭蕾舞学校小班的尖子学员，许多部队文工团和地方文艺单位争着招收过她，她都拒绝了，却自愿报名来到北大荒。我见过、接触过、结识过的容貌美丽的姑娘，绝不只她一个。我不是那么容易被姑娘们的外表美所迷惑、所倾倒、所动心的人。越是在美丽的姑娘们面前，我越会表现出一种孤傲的清高来。我的座右铭是：绝不轻率地做爱情的俘虏。那么，是不是她那严肃庄重的性格引起了我的好感呢？也不。我更喜欢性格热情爽朗的姑娘，我甚至认为她那种严肃和庄重是做作的、虚伪的，我曾因此而极端地轻蔑过她。她一到北大荒就立下了誓言，为了自觉考验自己扎根边疆的坚定性，三年之内不探家。她对全连女青年提出倡议：不照镜子、不抹香脂、不穿花衣服。她的倡议得到了一致响应，是否真诚，大可怀疑。据女青年们透露，她经常深为自己的脸那么白嫩而苦恼，夏天里，曾偷偷地跑到小河边，独自躺在僻静的河滩暴晒过，但却只能使她的脸色白里透红，而不能进一步红里透黑。因此她故意在穿着方面比所有的姑娘更男性化，以弥补在"晒黑了皮肤才能炼红了心"这一"接受再教育"标准上的先天不足。她还有意干和男青年们同样劳累的活儿，想使自己的体形改造得更符合"劳动者的美"。遗憾的是成效甚微，三年来虽然健壮了些，但还是那么修长、那么苗条、那么亭亭玉立，像一株挺拔的小白桦。她果真三年没有探家。第一年里她当上了排长，第二年里她入了党，第三年里她当上了我们的副指导员，成了全团知识青年扎根边疆的光荣榜样。

就在第三年的夏季，团里任命她为副指导员不久后的一天傍晚，我支着自制的简易画夹在河边写生，忽然听到小河上游有人在轻轻地唱歌：

> 九九那个艳阳天那哎嗨哟，
> 十八岁的哥哥呀坐在小河边……

这首歌当时是列入"黄色歌曲"一类，绝对禁止唱的。是哪一个姑娘在唱呢？她也太忘情太大意了！如果让我们副指导员听到，少不了又要开展一场"思想意识领域内的斗争"。然而她唱得多好听呵！嗓音那么甜、那么圆润、那么婉转。我完全是出于好奇心，收起画夹，悄悄地顺着河沿朝上游寻声觅去。在一株歪脖子老柳树下，在一丛蒿草的掩蔽处，隔着小河我瞧见了唱歌的姑娘，竟是我们副指导员！她坐在河边一块光滑的大青石上，两只赤脚探入水中，裤筒卷在膝盖以上，裸露着一段洁白的小腿。她正在洗衣服，那好听的甜而圆润的歌声，就是她一边洗衣服一边唱出来的：

　　九九那个艳阳天那哎嗨哟，

　　十八岁的哥哥惦记着小英莲……

　　我，痴痴地隔岸望着她，完全呆住了。

　　她三搓两揉，一淘一漂，洗完了最后一件衣服，拧干，从大青石上站起身，踏上河岸，踮着脚尖，小心翼翼地走过一片鹅卵石，将衣服晾在灌木枝丫上。由于她怕卵石硌脚，因此她的脚抬得高，放得轻，步子很碎，使她小心翼翼走的那几步路，很像芭蕾舞《天鹅湖》里的一段小天鹅舞。她晾好衣服，又以那样的步子走回河边，随手在河边摘了几朵野花，闻了闻，欣赏地玩弄了一会儿，左三朵右二朵，插进鬓发里了。她蹲下身去，久久地注视着水面。她在欣赏她自己！她在欣赏她的美！她对她自己欣赏了那么久才缓缓地直起身。忽然，她轻盈地跃到那块光滑平坦的大青石上，伸展双臂，优美地旋转了半圈，竟跳起节奏欢快热情而急促的墨西哥民间舞来！

　　画夹从我手中脱掉，掉进河里顺水漂流！画夹落水发出的轻微声响，令她倏然停止了舞蹈，警觉地朝对岸看来，发现了我，便顿时僵立在大青石上。那姿态像一头疑惑的小鹿，又像一只受惊欲飞的仙鹤。

隔着小河，她望着我，我望着她。

我们都呆愣住了。

我首先恢复了常态，跳到河里，把我的画夹抢救到手，涉着浅浅的河水，装出若无其事的样子，趟到了对岸。这时，她插在鬓发里的几朵野花已经不见了，卷起的裤筒也放了下来。

"你，你到河边干什么来了？"她主动问我，分明想在心理上先发制人，显出非常自然的样子，竭力掩饰着窘态，竭力保持一个庄重的姑娘在小伙子面前的矜持，竭力保持一个副指导员的尊严。然而，她却没有来得及扣上她那件洗白了的兵团服的衣扣，暴露出了短小而紧束的浅粉色衬衣。那是一件鸡心领的质地很薄的衬衣。我无意地瞥见了她那雪白的颈子，雪白的一部分前胸和同样雪白而浑圆的肩膀，瞥见了她那在紧束的衬衣下高耸的双乳的优美轮廓。我迅速地移开了目光。在那一瞬间我的心怦怦跳动，脸上一阵火热，我竟莫名其妙地产生了一种可耻的罪过感，我竟觉得我亵渎了她、也亵渎了我自己。虽然我可以对天发誓，那一瞬，我心里绝没有萌发一点点邪念，哪怕是一个小伙子对于一个动人的姑娘那种可以原谅的倏忽间的本能的冲动，而这种冲动，是上帝创造的亚当对夏娃也曾萌发过的。

她太敏感了！我的目光仅仅从她身上一掠而过，她就像接受了电子讯号的仪器，立刻下意识地用两只手掩上了衣襟，并且马上转过身去。当她再转过身来的时候，站在我面前的，又是我所熟悉的一位副指导员了。她连外衣的领钩都勾上了，只不过还赤着一双脚。就连这双赤脚，她也在使劲踩陷在河边的泥沙里去，用泥沙掩埋住。

她这些接连的举动，令我感到受了莫大的侮辱！

我想找一句话打破这尴尬的局面，但说出口的却是一句愚蠢之极的话："你……太美了！"

"什么？……"她的脸红得像一朵彤云。由于我的意外出现，使她从刚才那种自我陶醉的忘情境界之中，陷入眼前这种无法掩饰的窘迫地步，我顿感内疚地从内心深处对她可怜起来。

"我……我是说，你刚才跳的那段舞，真美极了！如果我没说错的话，那该是一段墨西哥的民间舞吧？"

"墨西哥舞？我？别开玩笑了，我不过是做了一套中学生广播体操！"她伪装出一种迷惑的模样，用那么严肃那么认真的口气加以解释。

"这么说，你也要否认你刚才唱过歌啦？"

"唱歌？我刚才是唱过歌的。这有什么必要否认呢？"她脸上的表情，在伪装的迷惑之外，又增添了伪装的坦率。

> 一道清河水，一座虎头山，
> 大寨就在那个山那边……

她又唱了两句，说："我刚才就是唱这支歌，怎么，你听到了？……"这时，她脸上的绯红已消失，神态也变得自然了。

我感到她简直是在把我当成一个瞎子一个聋子加以公然地愚弄！

我愠怒了，冷冷地说："不！我听到你唱的不是这支歌！你唱的是'十八岁的哥哥惦记着小英莲'！"

"十八岁的哥哥？什么小英莲？你别瞎说！我听都没有听到过这支歌！"她那两条又细又长的眉毛扬了起来，使她本来有一种诧异表情的脸，显出不但诧异而且惊愕的表情来。仿佛我当面说她是一个贼！

这么富有魅力的动人的一张脸，几次虚伪的变化的表情就浮现在这张脸上。

　　我惊怪地凝视着这张脸，在她面前僵立了。我对她再也无话可说。她在我眼中仿佛是埃及的狮身人面怪物斯芬克司（Sphinx），斯芬克司也要比她坦白！因为斯芬克司对所有的人都说同一句话："猜不中我的谜，我将吃掉你！"斯芬克司也要比她知道羞耻！因为斯芬克司被俄狄浦斯猜中了谜语后，毕竟从巍峨的岩石上跳下去摔死了！

　　而她，竟要使一个神经正常的人相信自己大白天活见鬼！

　　我几乎是恶狠狠地对她说出这两个字："虚伪！"

　　我猛转身，怀着对她似乎永远也无法消除的鄙视，悻悻地大步走了。

　　"等等！"她叫住了我。

　　我站下，并没有转过身，但却想象得出她是怎样慌张急促地追到了我身后，也感觉到了她那惴惴不安的呼吸。

　　"你，你要汇报给连里知道么？……"她讷讷的语调中，带着难于明言的苦苦哀求。

　　我心软了，背对着她，摇摇头，我走出很远，情不自禁地回头望了一下。她，她仍站在小河边，像一尊石雕，一动也不动……

　　我没有对任何人说过这件事。

　　我还不至于那么卑劣！

　　从那以后，过每一次团组织生活，当她诲人不倦地对我们进行种种思想意识方面的教育时，一接触我的目光，语调和神态就不自然起来……

　　这倒使我觉得有些对不住她了。

　　不久，我收到了母亲病重的电报。连里没有批假，理由很简单——正值夏收季节，我是康拜因手。其实我知道，主要的原因是，连长不相信这封电报的真实性。某些想父母想得厉害的知识青年或者他们的父母，曾用父母病重、病危，甚至病故之类的电报，使我们的连长上了好几次当。连长是个典型的经验主义者，对这样的人，解释和哀求都是没有用的，效果只能适得其反。但我却不能对这封电报无动于衷。我父亲去世得早，母亲是街道小五七厂的工人。她在困苦的生活中把我和妹妹拉扯大是多么不容易？谁也不能比我更体谅她为我们兄妹操碎了的那颗心。如今我和妹妹都来到了北大荒，将她一个人孤苦伶仃地撇在了家里。她是个刚强的女人，无论多么想念我和妹妹，她都不会采取欺骗手段的……

我必须立刻回到母亲身边！

我在当天就悄悄地离开了连队……

呵！我的母亲！这一辈子受尽了生活的辛酸磨难的女人！她太刚强太爱她的孩子了！她明明已经病得奄奄待毙，自知将不久于人世了，却只给她的儿子拍了一封"病重"的电报，她怕"病危"这样严峻的字眼儿会惊吓她的孩子。

母亲活在人世的最后五天，我给予了她老人家一个儿子所能给予的最大限度的爱和孝心，也代替我的妹妹，报答她把我们带到这个世界上来并抚养成人的恩情。

五天，短短的五天啊！无论我在这五天内给予她老人家多少爱多少孝心，那也只能仅仅算是一个儿子对母亲的象征性的报答啊！而这种报答却成了永恒的抵消！

母亲死前给我留下的最后一句话是："照顾好你妹妹！她就你一个亲人了！"

我带着一颗悲哀得麻木的心回到了连队。

回去当天，团支部按照连长的指示，讨论给我这个"逃跑主义者"以什么样的处分。事先有人向我透露，要拿我当典型，杀鸡给猴看；处分早已确定——开除团籍。讨论不过是走个组织形式。

而我，却根本对任何处分都无所谓了。

副指导员主持讨论。我想，她这下子该称心如意了！可以堂而皇之地对我实行报复了。我准备一言不发地听她大发一通议论，一言不发地接受她对我的批判。

她让我先谈谈对自己错误的认识。

我，谁都不看，只漠然地喃喃说了一句："我母亲……死了……三天前……"说完这句话，便低下头，用双手捂住了脸。我凭感觉肯定，所有人的目光都一下子投注到了我身上。一刹那间，似乎每一个在场的人都停止了呼吸，宁静得令人窒息，好像空气都凝固了！许久许久，我听到副指导员用极其低微的刚刚能使人听到的声音说了两个字："散会……"

她第一个起身离开了。

当我迈动机械的步子经过连部时，听到里面传出了副指导员和连长激烈的争吵声，她对连长的"指示"从来是奉若神明的，我不禁停下了脚步。

"我是一连之长，难道没有处分一个战士的权利？"是连长恼怒的四川口音。

"我是团支部书记，如何处分一个犯了错误的团员，这是团组织的权力！"

指导员的声音也那么激动。"你这样做，是袒护一个逃兵！"

"逃兵？他是从战场上逃跑的吗？他逃到黑龙江对岸去了吗？你知道吗？他母亲已经死了！他在母亲死后第三天就回到了连队！……"

"哦！死了？……"

"连长！我也是一个知识青年，我也有老父老母，他们日夜思念我，我也日夜思念他们。要不是我受我自己誓言的约束，我也想立刻就回到父母身边去，但……我不能够！我不同意开除他的团籍！

连长！请你设身处地想一想！……"

我听到了她的哭声。

我站在连部外面，顿时泪如泉涌！

我心里对她充满了感激！不是因为她代替我辩护，而是因为她说的那句话："我也是一个知识青年……"

这一句话，完全消除了在此之前我对她的种种误解和偏见。凭这一句话，就足以令我心甘情愿地去为她赴汤蹈火。

这句话，使我看到了一个姑娘高尚的本性！一颗富有同情的心！然而，又是她，亲口告诉了我一件如雷轰顶的事，在两天后……

"我们一块儿走好吗？"

收工之前，她接着我锄完了最后一条漫长的田垄。当我们锄碰锄的时候，她对我说了上面那句话。这是三年来她第二次主动跟我说话。第一次，就是不久前在那条小河边。她脸上阴沉的严峻的表情，令我产生了不祥的预感。

所有的人都扛着锄头列队时，她又当众大声对我说了一句："你留一步，我们一块儿走！"男女青年，都用异样的目光看着她，也看着我。

当他们走远，她盯着我说："我没有得到你的同意，就把你妹妹调到我们连队来了。"

"啊！她……她怎么了？快告诉我！"

"在你回家期间，她……"

"说！"

"她做了一次人工流产……"

我的身子摇晃了一下，险些栽倒！

她上前一步，双手扶住了我。

我粗暴地推开她怒吼："你胡说！"

她踉跄地倒退一步，恐惧地瞧着我，从颤抖的嘴唇间挤出两个可怕的字："真的。"

我觉得自己朝脚下的土地陷了进去！我想可怕地喊叫出什么，却似乎又有团东西堵住了喉咙！我张大了嘴，只发出一种嘶哑的类似呻吟的声音。我瞪大了眼睛怪异地看着她，她却在我眼前模糊起来。

我突然发了疯似的朝连队飞跑……

那天夜里，当大宿舍响着此起彼伏的鼾声时，我将头蒙在被子里，咬着被角无声地哭了一夜。我想起了母亲弥留之际的叮嘱，而我还没有将母亲的死告知妹妹，她却做出了这种身败名裂的事，还有脸调到我所在的连队来，企图得到我的庇护，不！我要严惩她，以一个哥哥的权力！替死去的母亲！

第二天，我被副指导员叫到连部，在那里见到了妹妹。我当时一定是恶魔附体了！我像凶猛的豹子一样朝妹妹扑过去，双手抓住她的头发，使劲把她的头接连地朝土墙上撞、撞、撞……

"住手！"我听到副指导员变了调的嗓音喝止，冲上前来掰我的手。

我对她大吼："滚开！"

我折磨的是妹妹，但又像是我自己，我在这种歇斯底里的发作中感到了一种痛快。

"啪！"我脸上挨了一记狠狠的耳光。

我终于松开了手。

第二记耳光比第一记耳光更狠。

这两记耳光顿时把我打清醒了，我不禁倒退数步，下意识地摸着火辣辣的脸颊。

妹妹，从始至终，一声没有吭，没有呻吟，没有叫喊，没有哀求。被我抓得凌乱的头发，遮掩了她那张毫无血色的苍白的脸，那张泪水涟涟的脸，那忍辱吞声的深陷在眼窝中的大眼睛。

副指导员的脸色像妹妹的脸色一样苍白，她紧紧地把妹妹搂在怀里，胸脯剧烈地起伏着，欲以命相搏地瞪着我。

"畜生！"

这是我第一次从她口中听到的一句骂人的话。

从那一天起，我爱上了她……

她现在就坐在我对面。搭着帐篷的爬犁，被疲倦的铁牛拖着，在茫茫雪原上挺进……篷帘卷着，灌进来被西北风扬起的雪粉，我们冻得缩手缩脚，但谁也不想把帐篷帘放下来。从帐篷口望去，始终是白色……白色的大地，白色的山峦，白色的河，白色的林。"大烟泡刮起来了"，如万千头发了疯的野牛齐头奔突，示威地追逐在大爬犁后面。

副指导员默默环视着每一个人，自言自语地说："谁来讲个故事？要不就大家一块儿唱支歌！"

没有谁对她的提议作出任何反应。大家疲劳了。

副指导员把目光停在我脸上。

我清了一下嗓子，唱起了《兵团战士之歌》：

> 兵团战士，胸有朝阳，
>
> 一手拿枪，一手拿镐……

没有一个人随声附和，我只得唱了开头两句，便知趣地打住了。

这时，"摩尔人"王志刚吹起了口哨。他唱歌不行，口哨却吹得相当好。令我暗吃一惊的是，他吹的竟是著名俄罗斯民歌《三套马车》，这个"摩尔人"！简直不把副指导员的存在当成一回事。可他那口哨声真令人着迷，像黑管，又像小号，节奏、曲调吹得准确无误，流露出淡淡的感伤和深沉的忧郁。

不知是谁，竟低声和着口哨唱了起来，接着，第二个，第三个……终于，非常自然地形成了小合唱。

我的妹妹抬起头，瞪大了黑眼睛，愕然的目光不安地瞧瞧这个，瞅瞅那个，又很快地垂下了头。她暗暗发出一声深长的叹息，使我的心灵恻然一动。

我，面对面地注视着副指导员，猜想她立刻就会严肃地加以制止了！

她，却无动于衷。头，仍靠在"摩尔人"肩上。

她竟闭上了眼睛，装出睡意蒙眬的样子。我发现，她放在腿侧的手，分明在偷偷点着拍子！

我的自尊心被刺伤了，紧紧地咬住了嘴唇。

> 冰雪遮盖着伏尔加河，
> 冰河上跑着三套车，
> 有人在唱着忧郁的歌，
> 唱歌的是那……

夜幕悄悄降临了，暴虐的"大烟泡"不知是自甘屈服，还是被全速挺进的拖拉机远远甩到了后面，荒原那么沉静！

黑暗完全替我们垂下了篷帘……

我们的拖拉机像远迁的鄂伦春部落，在茫茫的雪原上奔驶了整整两天两夜。当我们打开地图，一致确信拖拉机履带已经碾在积雪覆盖的"鬼沼"的冰面上时，正是荒原庄严而肃穆的黎明时分。

呵！"鬼沼"！它并非像传说中那么恐怖，也许因为它处在冬眠状态，雪被罩住了它那狰狞的真实面目吧。我们看到了什么？仿佛看到了世界最大的湖泊被冰结在眼前，"满盖荒原"——它平坦得令我们这批垦荒者难以置信，直铺到遥远的地平线。

"魔王！你在哪里？你出来！"我们的一个伙伴大声呼喊。

"魔王"没有出现。

铁匠王志刚突然朝不远处一指："你们看！"——一根从正中间劈开的圆木桩钉进土地，倾斜地立在那里。

我们都好奇地走了过去。副指导员拂掉木桩上的雪，我们看到了一块木碑，累累斧痕粗糙砍平的劈面上，刀刻的字迹被风雨所侵蚀，只能依稀认出"死于此……"三个歪扭的字。

我相信，我们每个人当时都和我一样，倒吸了一口冷气。

"那里，还有一个！"我的妹妹又发现了同样的不祥之物，她第一个朝拖拉机退去。

副指导员低声说："我们走吧，别搅扰他们安息了。"

如果有人问我："你在北大荒感到最艰苦的是什么？"

我的回答是："垦荒。"

如果有人问我："你在北大荒感到最自豪的是什么？"

我的回答还是："垦荒。"

为了寻找有水源有林子的理想地点，我们的足迹几乎踏遍了"满盖荒原"。我们发现了一条在地图上没有标出来的小河，它是"满盖荒原"上唯一洁净的水源，被我们命名为"流浪者"。我们发现它之前，它像流浪汉在荒原上不知徘徊了多少岁月，现在我们在它身边扎下了帐篷。

当冰雪消融的时候，当"流浪者"唱起了《拉兹之歌》的时候，我们闪亮的犁头劈进了"满盖荒原"的胸膛。若非垦荒者，谁能体会拖拉机翻起第一垄处女地时那种喜悦？这荒原上有那么多的狼，光天化日之下，它们三五成群，大模大样地尾随在我们的拖拉机后面，捕食被犁头翻出的肥大的土拨鼠。夜晚，它们就在我们的帐篷四周嗥叫。创业的艰苦，使垦荒队的每一个小伙子都变成了圣徒。副指导员跟我的妹妹，和我们同住在一顶帐篷里。一块毯子分隔开了她们的狭小天地，毯子后面是神圣不可侵犯的"巴黎圣母院"。

一天深夜，我从睡梦中偶然醒了一次，却没有听到拖拉机翻地的轰响。我一下子跳起，来不及多想，只穿着短裤，就闯进了"巴黎圣母院"，将副指导员从被窝里捅了起来。

"你，你要干什么？"

"拖拉机不响了！'摩尔人'在翻地！"

"啊！"副指导员顺手就操起了步枪。

拖拉机不响，意味着"摩尔人"出了事。所有的人都惊醒了！正当大家要奔出帐篷，"摩尔人"从外面钻了进来。马灯光下，我们见他身上背着一只狼，两手拽着狼的两只前爪，头顶住狼脖子；那只狼朝天张大着嘴，两只后腿抓在他的腰胯上。

"摩尔人"大声说："快动手！它还活着！"

我们各自操家伙，棍棒齐下，将那只狼在他背上打死了，好大的一只白毛老苍狼！

"摩尔人"一下子坐在地铺上，喘息了半天，才说："拴大犁的钢丝绳断了，我回来换钢丝绳，这东西跟上了我，出其不意地将两只前爪搭在我肩上……"他的脸上、手上尽是血痕，棉衣被撕成碎片。他拧着眉脱下棉衣，里面的绒衣和皮肉被狼的后爪抓得稀烂！

副指导员命令我的妹妹："快，拿医药箱来！"

这时，我们才发现，她仅穿着衬衣衬裤，光着一双腿。她也意识到了什么，在我们的目光下一时显得不知所措。随即，她镇定了下来，从容地说："都瞪着我干什么？没你们的事了，全睡觉去！"

大家都一个个顺从地钻进了被窝，我没有。我将马灯举在"摩尔人"头顶。

副指导员第一次那么柔情地看了我一眼，一句话也没有说，立刻从妹妹手中接过医药箱，替"摩尔人"小心翼翼地包扎伤处……

我妹妹是垦荒队员的"内务大臣"，给我们做饭、洗衣服。从连队带来的冻菜吃光了，任何一种野菜还都没有从荒原上生长出来。为了使我们能吃得稍微满足点，她对剩下的两袋面粉发挥了充分的创造性：馒头、发糕、花卷、烙饼；甜的、咸的、又甜又咸的、先蒸后烙的……

如果说我是因为副指导员而参加垦荒队的，妹妹则是因为我才来到"满盖荒原"上的，我是她唯一的亲人。我走到天边地角，她会追随我到天边地角。我那么凶狠地对待过她，她却依然在心理上对我希求着荫庇和保护。我表面上对她仍旧冰冷异常，可感情上早已彻底饶恕了她。

只有自己罪恶深重的人，才不肯饶恕别人。

何况她是我的妹妹，唯一的妹妹！

我有责任保护她。无论在那件可耻的事情发生之后或者之前，我对她尽到过一个哥哥的责任了吗？没有！到北大荒的第一天，当我们经过鹿场，她被鹿群迷住了，她请求我和她一块儿留在鹿场。只要我愿意，那是完全可以的，我却没有留在她身边。为什么？我不愿和妹妹在一个连队。我觉得她太娇气又太任性，同在一个连队会给我添无尽的麻烦。为洁身自好，我逃避一个哥哥的责任，而在她成为舆论和道德严厉谴责的对象后，我首先想到的又是她败坏了我的名声。因此我憎恨她，不肯给予她半点怜悯和同情……

在"满盖荒原"上无数个不眠之夜里，我内心进行着深刻的反省，我认识了自己的真实面目。我忏悔我是一个多么自私的哥哥，一个多么可鄙多么卑劣的人！

有一天，当帐篷里只有我和妹妹的时候，我叫了她一声："小妹！"

她正在案板上揉面，听到我叫她，立刻抬起头。她怔怔地望着我，脸上浮现出无比激动的表情，一双黑眼睛里顿时充满了泪水。

"小妹，你还生我的气吗？"我轻轻走到她身边。

泪水，大颗大颗的泪水，慢慢地从她的黑眼睛里淌出来，顺着她苍白的脸颊滴落到案板上，被她的双手一下一下地揉进了面团里。

"小妹！……"我的声音哽咽了。

她倏地转过身，扑在我身上，沾满面粉的双手紧紧抱住我的脖子，头偎在我怀里，放声大哭起来。

泪水从我眼中簌簌而落。

许久，她才止住了哭声。她问我的第一句话是："妈妈的病好了么？"

我的心像被捅了一刀！

哦，母亲！如果你在九泉之下听到了妹妹这句话，肯定也会老泪纵横的罢！

但愿你听不到这句话，但愿你不再为你的儿女们伤心，可我又多么希望你能够听到这句话呀！妹妹比我更爱您呵！

我没有勇气实告小妹，母亲已不在人世了！她那脆弱的情感、脆弱的心灵是经不起重击的。

我低声回答小妹："妈妈没有生病，妈妈太想念太惦记我们了，我告诉她我们都很好，她就放心了。"

妹妹嘴角挂上了一丝笑容，一丝苦涩的笑容，几天来的第一次笑，如果那种惨然的表情也能算是笑容的话。

"告诉我，那个人是谁？我要教训他！"妹妹坚决地摇了摇头。"你……爱他？……"妹妹无语地点了一下头。

"他呢？他也爱你吗？"妹妹又点了一下头。

我注视着妹妹。她脸上呈现出一种天使般圣洁的表情，那是心灵的反射。我茫然了。

妹妹忽然肯定地问："哥哥，你爱她？"

"谁？！……"

"副指导员。"

"你听什么人胡说的？"

"我看出来了。她……也挺喜欢你的！"

"真的？！……"我双手紧紧抓住了妹妹的两条胳膊。

"真的。"

"不，我知道她喜欢的是'摩尔人'！"

"她只是信任他，我也信任他，他是一个值得信任的人，任何一个姑娘都会信任像他那样的人。但她喜欢的是你！她说你是个具有诗人气质的小伙子，是个雪莱型的小伙子。她说她喜欢雪莱，不喜欢拜伦，虽然他们都是天才的诗人。她还说拜伦只能评定一个女性外表的美丑，而雪莱却能窥察一个女性内心的善恶。她也知道你在爱她……"妹妹突然住口了。

我们几乎同时发现副指导员不知何时呆呆地站在帐篷门口，她显然听到了我和妹妹的谈话内容。

"哎呀，我晾在河边的衣服还没收回来！"我找了个借口逃出帐篷，在荒野上盲目地奔跑，我觉得"满盖荒原"成了世界上最美好的地方。

当天，吃过晚饭以后，我们又围聚在帐篷里，讲起故事来，这成了我们精神生活的唯一方式。我们什么故事都讲：神、鬼、荒诞的、恐怖的、风趣的……我们每个人，包括副指导员在内，都摆脱了在连队的种种束缚，真正成了"满盖荒原"上"顶天立地"的人。

副指导员娓娓动听地讲了希腊神话《奥德赛》中的一段故事：伟大的俄底修斯攻打下了特洛伊城以后，率领他手下的勇士们从海上返回家乡伊塔克，结果被逆风吹到了一个孤岛上。岛上的居民专靠吃一种"忘忧果"度日，他们热情地把"忘忧果"捐送给俄底修斯和他的勇士们吃。勇士们吃了"忘忧果"，完全被那种诱人的果实的甘美迷惑住了。他们忘记了自己的家乡和父母，忘记了兄弟姐妹和妻子，忘记了一切朋友，竟无忧无虑地长久留在了孤岛上……

我惊讶地发现，她讲故事的水平超过我们所有的人，她并不绘声绘色，只是娓娓道来。但那语调中流露出来的感情，是能够打动到人的心灵深处的。

她讲完了，我们都陷入深思。只有妹妹叹息了一声，自言自语地说："我真想获得许多许多那种'忘忧果'……"

副指导员，又是和"摩尔人"坐在一起，又是那样的将头靠在他的肩上。大铁炉子里的火光，将她的脸映照得那么红。火光一闪一闪，她那张美丽的脸忽明忽暗，浮现着一种虚幻的憧憬和淡淡的愁思。

我不禁对她充满了同情。如果不是三年前她立下了誓言束缚了她，她早该回家探家了，三年呵！她一定比我们每一个人都更加思念她的父母和亲友。

我打开画夹，说"别动，'摩尔人'，我给你们画张像"的本意是，要给她画一张肖像。因为此时此刻的她，那么美丽那么楚楚动人，但我没有勇气坦白说出。"摩尔人"显然错误地认为我的话是对他的当众揶揄，他顶不能容忍的就是这个。所以，当副指导员下意识地将头从他肩上移开时，他一把抓住了她的手，冷冷地盯着我，说："别动！叫他画，别扫他的兴！"话中隐含着挑衅。副指导员，又顺从地将头靠在了他肩上，微微一笑，也注视着我。

我再没说什么，认真地画了起来。我看她一眼，画一笔，暗想，我一定要画得十分像。我从来没有画得那么好过，真的！最后一笔，我存心一顿，把笔尖顿折了。

"没画好！"我把画夹递给了副指导员。

大家都围拢来欣赏，赞叹：

"像！像极了！"

"嘿！没看出来你还有招不露！什么时候也给我画一张？"

"咦，你就画了我自己呀！"副指导员看了"摩尔人"一眼。

"我的笔尖断了。"我脸上微微一红。

副指导员拿着肖像端详了一会儿，问："送给我？"

"送给你！"我大胆地盯着她。

她垂下了眼睑，说："我会仔细保存它的。"

这时，"摩尔人"站了起来，一声不响地钻出了帐篷。从那一天起，他更加沉默寡言了……

然而，什么都可以转让，唯独爱情。

我要执着地追求，绝不弃她别爱，绝不……

第一场春雨降临了。

我们开垦的乌油油的沃土，贪婪地吸吮着大自然母亲的乳汁。人们都习惯把春天比作花枝招展的少女，可是当她在"满盖荒原"上旅行时，却更像一位庄重的夫人，脚步懒散而从容，带着唯一的颜色——淡绿，所到之处，漫不经心地随意点染，画出了绿的世界。

副指导员有一天昏倒在"流浪者"河边，她病了。她接连两天昏迷不醒。在昏迷中，她时时念叨着两个字："麦种，麦种……"医药箱里所有的药，都不能减退她的高烧。第三天，她稍微清醒了一些，首先把妹妹唤到地铺前，问："还有多少粮食？"

妹妹回答："只剩一点点了"。

她亲切地环视着我们，微笑了，说："伙计们，我代表连队谢谢大家。我要建议党支部，给大家都记一功，放进档案里。现在，这里留下几个人就够了，其余的全部回老连队去，帮助老连队迁移来……一定要赶在'鬼沼'开化之前！"她轻轻地拉着妹妹的一只手，"你留下吧，没有你在身边，我会寂寞的。"

妹妹说："副指导员，我留下！"

我说："我也留下。"

"摩尔人"看着副指导员，问："如果你同意，我也留下。"

副指导员默默地点了点头。

"满盖荒原"上就留下了我们四个人。

一天，两天……四天过去了，连队没有到达。整整一个连队，几百口人，搬迁到这里来不是一次简单的行动，会有许许多多的困难。在这四天之内，"鬼沼"彻底开化了！"流浪者"河，这条我们在"满盖荒原"上信任的朋友河，它出卖了我们！它跟"鬼沼"卑鄙地联合了起来，向我们示威！当我、妹妹、"摩尔人"第四天早晨走出帐篷时，都被惊慑得呆住了！清可见底的"流浪者"河，不知从哪里汇集了那么多水，隔夜之间变成了一匹脱缰的野马，浊流湍急，打着漩涡，夹杂着雪坨、冰块儿、枯枝断树，甩了一个直角弯，奔泻而下，河水溢出河床，灌进沼地，"鬼沼"一片汪洋！

妹妹忧愁地说："今天连队再不到达，我们就一点吃的也没有了。"

我和"摩尔人"同时看了她一眼，都没说什么。我们担心着更严峻的事情——连队将如何涉过"鬼沼"？

妹妹一声不响地又钻进帐篷里去了，我和"摩尔人"也跟进帐篷，见她坐在副指导员的地铺旁，瞧着昏迷中的副指导员垂泪。我们进来，她赶紧抹去眼泪站起来，拿上一把镰刀和一个小土篮，说："我去挖野菜。"

将近中午，妹妹的喊声突然从远处传进帐篷："哥哥，哥哥，快来呀！……"

我和"摩尔人"同进跳了起来，奔出帐篷，但见妹妹像一只小猎犬，在追赶一头弱小的狍子。她一扬手，将镰刀飞抛出去，砍中了狍子后腿，狍子一头栽倒。她猛扑上去，却扑了个空。那小动物挣扎着跳了起来，带着伤向沼地里逃窜，妹妹跟在后面紧追不舍。小狍子在沼地边沿停了一下，似乎还回头看了她一眼，跃进了沼地，一拐一拐地向沼地深处逃去。

"站住！"

"小妹！"

我和"摩尔人"对妹妹大声喊。

妹妹追到沼地边，欲罢难舍，焦急地来回奔跑。她终于停住了，望着陷住四蹄寸步难移的狍子，迟疑了一下，小心翼翼地向"鬼沼"迈出了一步。

"回来！危险！……""摩尔人"高吼一声。我和他同时朝妹妹跑去。

妹妹回过头来望了我们一眼，挥动了一下手臂，好像是在任性地说："你们别管我！……"她跑进了"鬼沼"。

当我和"摩尔人"追到沼边时，她已捕住了小狍子。她和那小动物在沼泥中扑斗了几下，一眨眼间，忽然深陷了下去，一下子被吞陷到胸部！还没等我和"摩尔人"有所反应，沼泽中便只露出了她的一只小手。那小手也只来得及在空中抓了几下，倏忽间便从眼前消失了！

"哥哥！别过来……"她留在这世界上的最后一句话，击响我的耳鼓！

"小妹！……"我发出一声可怕叫喊，不顾一切地向沼泽冲去。

"摩尔人"两条有力的手臂，从后面紧紧将我搂抱住了。我挣动了几下，眼前一黑，昏倒在他怀里。

当我醒来的时候，已经躺在帐篷里了。妹妹的那只小手像电影中的叠印镜头一样，重复地在我眼前出现。我耳边又响起了母亲临终的叮嘱，泪水刷地一下子淌了出来。我硬撑起身，看见"摩尔人"那高大的身躯，一动也不动地伫立在帐篷外。惨白的月光照在大地上，将他的身影衬托得格外分明。"鬼沼"那边，传来了令人毛骨悚然的怪异的鸟叫，也许是"收魂鸟"将妹妹的魂灵收走了罢？我虽然并不迷信，但这种迷信的思想却在我头脑中闪过。我盯着"摩尔人"的身影，心中突然对他产生了强烈的憎恨！甚至思路狂乱起来。如果不是他搂抱住我，我相信我是一定可以救出妹妹的！对小妹的死他是有罪过的！

我站了起来，一步一步走出帐篷。"摩尔人"听到我的脚步声，缓缓地转过身来。他骇然地瞪大了眼睛，也许他看到了我怒不可遏的狂乱的脸色，本能地朝后退了一步。

我霍然对他扬起了拳头。

"你！……"他惊愕地朝后退了一步。

"我恨你！"我咬牙切齿地说出了这三个字。

他的目光，盯在我脸上，低沉地说："如果是因为你的妹妹，那我有权替自己辩护。你以为我有一颗魔鬼的心吗？你以为我就不为你妹妹的死难过吗？如果当时我的生命能换取她，甘愿躺在沼底的是我！如果你是因为她……"他朝帐篷里看了一眼，"那你尽管动手！只要我活着，只要她还没有宣布做你的妻子，我就有权爱她，并且追求她！"

他的话，令我的双手发抖了。好像为我的小妹志哀，我垂下了头。宁静的夜晚，荒原显得更加沉寂，连"收魂鸟"那种怪异的叫声也听不到了。

"摩尔人"注视了我一瞬间，慢慢朝我背转了高大的身躯，朝荒原黝黑的深处走去，消失在黑夜的巨口中。

"你们吵嚷什么？"

我扭回头，见副指导员站在帐篷口。四天内，她病得虚弱不堪，如果她松开拽着帐篷帘的那双手，一定会无力地瘫软在地。

我半天才从双唇间挤出了一个字："狼……"

"狼？……"她怀疑的目光久久地审视着我，追问，"你一定有什么事情瞒着我！'摩尔人'呢？你妹妹呢？他们到哪儿去了？快告诉我，发生了什么事？！"

"我妹妹……她、她、她死在'鬼沼'里了！……"我双手捂住脸，克制不住巨大的悲痛，失声号啕了。

副指导员像被猛击了一锤，发出短促的一声"啊"，昏倒在帐篷口。

深夜，"摩尔人"还没有回来，他到哪里去了？在我缺乏理智地对待了他之后，他会不会也恨我呢？他还会回来跟我同住在一顶帐篷里吗？他会不会遭到什么不幸呢？如果他真遭遇到了什么不幸，那杀害他的就是我了……

我后悔极了，不安极了，我感到黑夜的漫长。我守护着昏迷中的副指导员，第一次体验了在这广袤无垠的荒原上，孤独是一种多么可怕的处境。我整夜没有合眼。

黎明时，一阵急促的马蹄声由远而近。我奔出帐篷，"摩尔人"已经在帐篷外跳下了马背。

"马？哪来的马？……"我忘记了我们之间发生过的一切不愉快的事，亲切地跟他说话。

他说："前几天，我曾在树林中发现了被猎刀砍断的树枝，断定这附近可能有鄂伦春猎人。昨天夜里我找到了他们，向他们借了这匹马。副指导员怎么样？"

"还是昏迷不醒。"

"鄂伦春猎手们说，可能染上了出血热。"

"出血热？！……"我的心顿时冷却了。我听说过这种病，夺走一个人的生命，像秋风吹落一片树叶。

"摩尔人"又说："你立刻骑上这匹马，顺着我们的来路护送副指导员回去！你一定能迎到我们的连队，副指导员就有救了！"他完全是命令的口气。

"不！你护送她，我留在这里！"

"我的身体太重，半路上非把这匹马压垮不可。它已经跑得够累了！由此向西五十里，可以绕过'鬼沼'，你们沿沼地向西走吧！"

再争执就是卑劣的虚伪。

"摩尔人"用行李绳将昏迷中的副指导员缚在我后背，扶我跨上了马鞍。

"把枪带上。"他把步枪递给了我。

"你留下。"

"你带上，以防万一。"他将步枪挂在马鞍上，拉着马缰掉转马头，用充满信赖的目光看了我一眼，在马屁股上猛擂了一拳。

那马嘶叫一声，撒开四蹄，朝西疾驰而去。

朝西虽然比朝东少绕三十里路，但却要经过一片"塔头"甸子。幸亏那马是纯种鄂伦春猎马，在"塔头"地里也行走如飞。这种马体形矮小，其貌不扬，但能吃苦耐劳，是猎人之友，是荒原上的骆驼。

绕过"鬼沼"，仍一路不停地踢着马腹。那马仿佛体谅我的心情，速度毫不懈慢。又疾驰了大约三十里路，我的棉裤被马身上的汗湿透了。突然它打了几个响鼻，四腿发抖，蹄步摇摆起来，它似乎还想全力奔驰，但前蹄却跪倒了。我的双腿刚刚离开马鞍，在地上站稳，它便侧身一卧，伸长了脖子——它彻底累垮了！马腹忽起忽落，鼻孔喷出热气，嘴里吐出白沫来。这有灵性的动物，在倒下时，也绝不用身子压住骑者的腿，它那双琉璃眼，歉意地悲哀地望着我。

"放下我，放下我！这是什么地方？我们为什么在这里？你要把我背到哪儿去？……"

副指导员从昏迷中清醒过来了，她在我背上挣动着被缚住的身子。

我解开绳子，将她轻轻放在地上，让她的头和肩靠在我的胸前。

我轻轻地对她说："副指导员，我要护送你迎接连队，你病得很严重！"

她喃喃地问："我要死了，是么？"

听我所爱的人说出这种话，我如万箭穿心，难受极了！我大声回答她："不，你不会死的！"

她吃力地微笑了一下："我不怕死，真的。你忘了，我们的扎根誓言中，不是有这样两句话么，'埋骨何须故土；荒原处处为家'。遗憾的是，我再有几个月就可以回家探望我的爸爸妈妈了，我真想他们啊！他们想我，大概都想疯了呢。我已经给他们写了信，保证我们在'满盖荒原'上秋收之后……"

我呜咽了，眼泪一滴一滴落在她脸上。

"别哭，"她轻轻握住了我的一只手，"如果我真的死了，就把我埋在'鬼沼'旁，我要和你的妹妹做伴。她是个好姑娘，我喜欢她。我只有一点请求，在我的碑上，在我的名字前面，刻上'垦荒者'三个字……"一大滴泪水，从她的眼角慢慢淌了出来。

我紧紧搂抱着她，放声大哭。

"你看，那是什么？多像书上写的那种忘忧果！你给我折一枝来，好么？"她那双美丽的大眼睛忽然闪亮闪亮的，盯着附近的什么东西。

我顺着她的目光，发现了一丛紫红的尚未开放的达子香花。我将她靠在马鞍上，站起身去折那丛达子香。待我折了一束花回到她身边时，她已经闭上了眼睛。

她和那匹鄂伦春猎马同时停止了呼吸！

大地在我脚下旋转，蓝天变成了黑色。

我擦干了眼泪，将那束达子香别在她衣扣里，跪了下去，在她渐渐消失着血色的双唇上，长久地亲吻着。我相信，她若有灵，是不会嗔怪我的。

我又背起她，继续朝前走。

这时，在地平线上，我看到了我们搬迁的连队的带状的影子……

全连队为副指导员默哀了许久许久。

每一个人都流出了真诚的眼泪。

当我们全连队的马车、爬犁、拖拉机和团里支援我们搬迁的卡车所组成的车队行进到"鬼沼"前，冥冥的暮色开始在荒原上织成了帷幔。有人发现了一顶棉帽子，挂在倾斜的作为坟的木桩上，还压着一块石头。我首先走过去取下那顶帽子，认出是"摩尔人"的狗皮帽。帽兜里有一张纸，上面写着这样几行字："我探出了一条涉过'鬼沼'的路，以树枝为标记，由此向东，一里远处……"

当天晚上，我们将可能陷没的车辆停在了原地，全连队的人都平安地涉过了"鬼沼"。可是我们却到处也找不见"摩尔人"。

第二天黎明，在"流浪者"河边，发现了"摩尔人"的血迹斑斑的衣片，一柄大斧，三只死狼……周围的一切，都无声地向我们作证，这里曾进行过怎样触目惊心的人与兽的搏斗！可以想见，强壮勇猛的"摩尔人"是怎样拼搏尽了最后的气力才倒下去的……

我们在悲痛的日子里，开始在"满盖荒原"上播种。

按照副指导员的遗嘱，我们将她埋葬在"鬼沼"旁。我们从百里外的驼峰山上运回了一块大青石，连队的老石匠将它凿成了石碑，碑文上刻着：垦荒者李晓燕和她的战友王志刚、梁珊珊长眠于此。

我们从驼峰山上伐下了上千棵义气松，沿着"摩尔人"做的标记，在"鬼沼"上铺了一条垦荒者之路。第二年，又有好几个连队建点在"满盖荒原"上。

"鬼沼"，它终于被征服了！

当我带着垦荒者的胜利，在一个黄昏默默走到"垦荒者"墓前凭吊的时候，一个陌生的青年也在那里。我发现墓碑上放着一束达子香花；那是妹妹生前最喜爱的花。

我立刻明白，他是妹妹生前所爱并爱过妹妹的那个人！

他脸上的表情令我深信，他是永远也不会离开"满盖荒原"的了！

我们对望了一眼，他便掉头缓缓离去了。

我没有叫住他，没有问他的姓名，甚至没有想到问问他是哪一个城市的青年……

他是我们那一代中的一个，这一点足够了。

我们经历了北大荒的"大烟泡"，经历了开垦这块神奇的土地的无比艰辛和喜悦，从此，离开也罢，留下也罢，无论任何艰难困苦，都绝不会在我们心上引起畏惧，都休想叫我们屈服……呵，北大荒！

梁晓声

今夜有暴风雪

一

公元1979年，春节后，东北松嫩平原，仍然寒凝大地，千里冰封，万里雪飘。

一辆从黑河开往嫩江的长途汽车驶入孙吴县境内不久，突然刹住了。一头羊站在公路正中，拦住了汽车。司机不停地按喇叭，它，一动不动，像具石雕。司机只得跳下车去赶它，走近才发现，它用三条腿站立着！这显然是一只被狼伤害过的羊！它失去了整条后腿，胯上血肉模糊。司机不禁骇然地倒退了一步。羊，却突然僵硬地倒下了。它已经死了。一位乘客也跳下车，走到司机身旁，踢了死羊一脚，肯定地说："是兵团的羊。"

司机愕然地看着他。

乘客抬起手，向远处一指："都走光了，放羊的小伙子连羊群都没顾上移交。"

司机朝乘客指的方向望去，雪原上，几排泥草房的低矮的轮廓，不见炊烟，不见人影，死寂异常，仿佛一处游迁部落的遗址——那里曾经是黑龙江生产建设兵团的一个连队。几天前还是。

乘客瞧着那只死羊："奇怪，狼怎么没把它整个吃掉呢？"看了司机一眼，又说："不捡白不捡，够吃几顿的。羊皮也小不了。我帮你搬到车上。"

"别，别……"司机皱起了眉，他觉得不是好预兆，用手势叫乘客把死羊拖到公路边去……

这辆长途汽车又开动了。

它开出不到一个小时，第二次被拦住。

手提包和行李捆连接在一起，在公路上"筑"了两道"路障"。十几人站在公路边，从衣着一眼就可以看出，是兵团的知识青年，有男有女。

司机只得将车缓缓停下。

知识青年们，有的搬开了"路障"，有的围住了汽车。

司机打开驾驶车门，用商量的口气对他们说："你们人不少，东西又多，先别急着上车，车上已经没有空地方了，等我动员一下乘客，给你们腾出点地方……"

一个男知识青年感激地说："那你可真是个好人！"

司机嘭地关上驾驶室车门，见"路障"已搬开，却呼得将车开过去了。

乘客中有人扭转身，朝后车窗看了一眼，说："何必呢，大家互相挤一点，就可以让他们都上来了！"

"让他们上来，一路准没好事！"司机嘟哝一句，加快了车速。

司机忽然从车镜里看到有人骑马从后面追赶，顿时神色惊慌，骑马的人转眼赶上来，却并没有拦车，超车奔驰而去。

司机暗暗吁了一口气。

汽车顺公路刚拐过一个山脚，几乎所有的乘客都和司机同时发现，三台拖拉机并列在公路上！四个人站在拖拉机前，三个抱着肩膀，一个牵着马，都眈眈地从车前窗瞪着司机。

这里附近也有一个生产建设兵团的连队。

"糟了！"司机叫苦一声，刹住车，双手从驾驶盘垂下，无可奈何而又忐忑不安地朝驾驶座上一靠。

一辆马车也从后面赶了上来，车上是刚才被甩下的十几个男女知识青年和他们的行李捆、手提包。

牵马的人走到车头前，拉开驾驶室门，对司机怒吼一声："下来！"他是那十几个知识青年中的一个。

司机脸色苍白，十分惧怕，不敢下去。

有一个知识青年走过来，推开了那个牵马的，对司机说："别害怕，他吓唬你。我们不会把你怎么样的。请你打开车门让我们上车吧！车上有我们，再碰到拦车的知识青年，我们会保你平安无事，顺利通过！"

羊剪绒的帽子底下，露出两条短辫。一双俊秀的眼睛恳求地望着司机。是个姑娘。

车门打开了……

汽车又路过了一个被遗弃在雪原上的生产建设兵团的连队。

又路过了一个……

当这辆长途汽车开到嫩江火车站，天黑了。十几个知识青年拎上手提包和行李捆，跳下汽车，奔进了车站。

那个姑娘临走时还对司机说了声："谢谢！"

车站内，站台上，候车室里，几百名知识青年在等待着列车。他们随身所带的手提包、行李捆，像小山，这里那里堆在站台上。

焦急、茫然、惆怅、沉思、冷漠、凄凉、庆幸、肃穆、严峻……各种各样的神色和表情，呈现在一张张男女知识青年疲惫的脸上。他们有的人从连队到这里，需要四五天。和伙伴们失散了，大声呼喊着，奔来跑去。丢掉了什么东西的，在别人的手提包或行李堆中翻找着，惹起一片片斥责，争吵。

托运处更加混乱。吹毛求疵的手续，认真过分的查看。咒骂，哀求，抗议，威胁……

角落里，在破碎了镜子的立柜旁，一个知识青年和一个身份不明的旅客正做着一笔买卖：

"三十元……"

"三十元？！我从连队辛辛苦苦折腾到这儿，要不是无法托运，我才舍不得……"

"三十五！更多一元也不加！"

"好，好，三十五就三十五！"

卖了立柜的知识青年，接过钱就走。刚走了几步，又转回来，还给对方钱，大声说："不卖了！"抬腿一脚，大头鞋将立柜踢了个窟窿。接着又是一脚，又一个窟窿……

一个怀里抱着孩子的女知识青年跑过来，阻拦着，用上海口音嚷叫着："你疯了！好端端立柜，泄啥气唻！"

"哇！……"孩子哭了……

列车进站了。

几百名知识青年像狩猎一只庞大的野兽般，包围了每一节车厢的车门，窗口。

手提包，行李捆，纷纷从打开的窗口塞进车厢。

等不及从车门挤上车的，就从窗口爬。

"孩子别从窗口……"

已经塞进去了。

另一个窗口，一场难舍难分的离别！

姑娘在站台上，小伙子在车厢内。小伙子从窗口探出身，姑娘拽住他的胳膊，哭着，喊着："我不放你走！我不放你走！我不放你……"

小伙子泪流满面！

几个知识青年同情地望着他们。

有人摇着头，轻轻地说："北大荒姑娘……"

车站上的广播喇叭响了："各位旅客请注意，本次列车，晚点四小时……下面广播天气预报，嫩江地区，零下二十四度。黑河地区，气温继续下降，受西伯利亚寒流影响，今夜有暴风雪……"

……

这是北大荒四十余万知识青年大返城期间的一个夜晚，在东北最北边陲，在驼峰山上，黑龙江生产建设兵团某师三团工程连战士裴晓芸，今夜第一次在边境山哨位上站岗。

"六号坐标"**矗**立在积雪皑皑的驼峰山顶。它被寒冬包裹了一层霜的外壳，远远望去，通体反射着镀银般的冷冽的光。

月，凝冻在夜空。似一面冰块磨成的圆镜，刚用雪擦过，连蟾宫的虚影也擦去了。夜空澄净。澄净的异常，令人感觉到潜伏着某种不祥，仿佛大自然正暗暗汇集威慑无比的破坏力量。偶尔，纱绢一样的薄云从夜空疾迅掠过，云影在苍茫的雪原上匆惶地追随着。稀寥的星怯视着大地。大地上的一切都显出畏惧，屏息敛气。没有风。伸出雪面的蒿草的枯叶，树木细弱的秃枝，都是静止的。荒原紧张地沉寂着。驼峰山两峰之间的山沟里，狼嗥声不绝，引起近处村子里阵阵狗吠。狗吠声过后，愈加沉寂。这种凛峻的沉寂，是北大荒暴风雪前虚伪的征兆。

裴晓芸肩枪站在哨位上。她摘下棉手套，借着月光看手表——

差七分九点。今天是她的生日。九点是她的诞生时刻。二十七年前，这一天，这一时刻，她从母腹中降生。刚生下来不会哭，护士倒提着她的身子，在她屁股上打两巴掌，她才哇地哭响。在她对这个世界发出第一声啼哭的同时，母亲猝然离开了人间，没来得及看她一眼，也许听到了她那一声哭啼……

是父亲告诉她的。在她的第五个生日。那天，父亲从幼儿园接她回家，她一路哭闹着向父亲要一个妈妈。幼儿园的孩子们都有妈妈，为什么单只她没有妈妈呢？那是她幼小心灵首次意识到比别的孩子缺少什么，首次感到生活对她不公正，首次向生活提出抗议，用跟父亲哭闹的方式。她不愿比别的孩子缺少什么。她要一个妈妈，正如向父亲要一个布娃娃。回到家里，她哭闹得乏了，撅着小嘴生闷气。不吃饭，不睡觉，不理睬父亲。父亲是大学哲学系讲师，在社会科学方面，是辩证唯物主义的忠实宣传者。但在解释自身生活时，又是个带有宿命论色彩的人。

"别哭，"父亲对她说，"从小失去妈妈的孩子，生活中不只你一个。告诉我，你为什么忽然想要一个妈妈呢？"

"小朋友都说，妈妈比爸爸好。"

父亲呆呆地注视着她，许久无言。

"爸爸，我要一个妈妈，就要！"

父亲默默地从床下拖出皮箱，打开来，找到旧相集，把她抱在膝上，一页一页翻给她看。

所有照片，都是一个年轻而美丽的女人的照片。

父亲合上相集后，说："她就是妈妈。"

妈妈？妈妈多年轻！妈妈多美丽！每张照片上的妈妈，都面露着温柔的婉雅的微笑。那种微笑告诉别人，也告诉自己的女儿——我曾在这个世界上非常幸福地生活过。

"妈妈在哪呀？为什么从来不回家？"

"妈妈在另一个世界。"

"我要到那里去。我要去找妈妈！"

父亲苦笑了。

"孩子，我们每一个人迟早都是要到那个世界去的。但我们现在不能去找妈妈。我在这个世界上还有许多没做完的事，而你呢，还没有开始做什么……"

她不明白父亲的话。

"妈妈……死了……"

死——她明白。

她哭了。

"记住，妈妈是为生下你而死的。"父亲轻轻抚摸着她的头，向她讲述了在她出生那一天妈妈所经受的痛苦。

"妈妈是歌唱家，你想听妈妈唱的歌儿吧？"

泪珠从她的小脸蛋上滚落下来，落在花兜兜上，落在父亲手上。

> 宝贝，你爸爸参加游击队，
> 正在过着那动荡的生活……

唱片缓缓旋转，播放出妈妈唱的动听的歌声。

她觉得唱片就是父亲说的"另一个世界"。妈妈就生活在那里。在那里天天都唱歌。

妈妈的歌声冲淡了"死"这个严峻的字在她那颗幼小心灵中造成的阴霾。

父亲收起唱片时说："孩子，挑选一张妈妈的照片吧，由你自己珍藏。"

她凭孩子的意识得出判断，那些照片，不，妈妈，对于她也许还不如对于父亲那么重要。她从中挑选了一张最小的二寸照片。

从那一天开始，她那儿童的心理和情感世界，比一般孩子更早地趋于成熟，趋于丰富了。

以后，她经常在小朋友们面前声明："我也有妈妈。"

"你妈妈在哪儿上班呀？"

"你妈妈怎么从来没到幼儿园接过你呀？"

"你是个撒谎的孩子！撒谎就不是好孩子！"

"骗人！狼来喽！狼来喽！……"

被羞辱所包围时，她就从兜里取出妈妈的照片，大声说："喏，你们看，我妈妈！"

大声地说出这句话，她获得一种朦胧的安慰，一种空泛的满足。

渐渐长大，她才愈来愈体会到，母亲对一个人，尤其对一个人的童年和少年时期，何等重要！人，首先是从母亲身上来洞察生活，认识生活的。也首先是从母爱之中体会到自己的存在价值的。父亲往往教会孩子用理智的眼睛去看世界，母亲则往往教会孩子用情感的眼睛去看世界。从小失去母爱的孩子，生活在其短浅的视野中难以展现全貌。仅仅这一点，就意味着不幸。

上体操课，她从平衡木上摔下来，左腿骨折，在家中躺了一个多月。父亲给她洗脸，洗手，洗脚，梳头。甚至给她剪手指甲和脚指甲。有天，父亲给她朗读《海涅诗选》，她突然说："爸爸，给我擦擦身子吧！"父亲怔怔地瞧了她一会儿，没有回答，没有任何表示，合上了诗集。晚上，她的三个女同学来到家里。父亲预先烧好了一大盆热水，备好了毛巾和香皂，找出了她需要找的内衣，而后对三个女同学说："麻烦你们了。"便转身走出她的房间。门，被一个女同学轻轻从里面插上了。她们开始七手八脚地给她脱衣服，脱得一丝不挂……

同学走后，她无声地哭了。她虽然感谢她们，虽然觉得身体清洁爽适了，但内心却受到一种不能明言的挫伤，萌生了一种复杂的委屈……

父亲走进房间，她用被子蒙上了头。

父亲默默地在她床边站立许久才离去。她听到了父亲离去之前轻微的叹息，不知是为他自己，还是为她……

那一年，她十三岁。

从此，夜晚九点这一时候，对她来说就变成神圣的时刻。每到这一时刻，她就凝视着大挂钟。久久地凝视着。她那少女的心灵便超越了时间和空间，与另一个世界中的不曾见过面的母亲的心灵贴近了，融合，合而为一……

少女的心灵具有特殊功能，愈是感到缺少什么，愈容易靠想象来弥补。想象总是比生活本身更完美更迷人。对母爱的殷殷向往的饥渴，使她对仅有的父爱更加感到不满足。

而不久之后，父亲也被从这个世界上夺走了，那是在十年动乱的第一年……

她成了一个情感方面的赤贫者。对于情感需求极其细腻，内心世界稚嫩而丰富的少女，这种赤贫状态是足以风化灵魂的。

幸而，她熬过来了。

灵魂孕育着对生活的一点点的希望，便不会像肝脏一样硬化……

此刻，裴晓芸又看一眼手表——九点。

这大概是她第一百次独自膜拜这一神圣时刻了。她摘下手套，一只手伸进内衣兜，摸出一个小小的塑料夹，里面夹着母亲那张二寸照片。端详着母亲的照片，二十七岁的上海姑娘情不自禁跪下了，月光将她肩枪的身影，清晰地映在雪地上。

她心中有许多许多话要对母亲说，在这个夜晚，在这一时刻。

她想说："亲爱的妈妈，今夜我是这么高兴！我被批准为战备分队的战士了！今夜我第一次站岗……"

她想说："亲爱的妈妈，我肩上这支枪，得来可真不易啊！别人早就发给了枪。而我，在不久前才获得这样的信任……"

她想问："妈妈，我，是同别人一样离开北大荒，还是留下呢？离开，这里有我感情上难割舍的东西。留下，我会感到孤独，感到被遗弃……"

她想问，"妈妈，即使我回到上海，谁又是我的亲人呢？上海有我可以得到关怀可以完全信赖的人吗？……"

她想问……

忽然，觉得有什么东西触碰她——一只狗。一只体大如豹的狗。浑身黑毛，在月光下闪着黑缎般的光。粗颈，方头，大耳，阔嘴，样子十分凶猛。

她没有受惊吓。这只狗对她有特殊的感情。它叫"黑豹"，名字是工程连的知青们起的。它的母亲一共生下六只小狗崽，连它在内。老母狗一天跟着砍柴的马车上山，被猎人设下的野猪套套住，活活喂了狼。六只小狗崽因断奶饿死五只，"黑豹"被男知青排排长曹铁强抱回宿舍，像哺喂婴儿般，养活了下来。它是男女知青们的宠物。它长大以后，看仓库，守麦场，报答知青们的恩泽。有人带它到哨位来站过一次岗，它便又增加了一项义务，每到深夜，自觉跑来，和站岗的人做伴，直到天明。

"黑豹"认出裴晓芸，两只前爪扑在她身上，伸着脖子要舔她脸，讨她的喜爱。她拍拍"黑豹"的头，又捧着它的阔嘴巴往自己冻红了的脸颊上贴一下，推开它，缓缓站起来。因刚才跪在雪地上，即使在"黑豹"面前她也难为情了。她心中顿时萌发了哨兵的神圣责任感和战士的英武气概。

"黑豹"要着活泼劲纠缠她。

"'黑豹'，不许跟我胡闹！"她严厉地呵斥它，挺直身，肩正枪，目光巡视着冰封的黑龙江江面。"黑豹"，听话地卧在她脚边，昂头专注地望着天空中的一颗星。

一会儿，她感到寒冷了。她后悔没穿棉大衣。棉大衣太肥，平时就不爱穿。何况今夜她第一次站岗，臃臃肿肿的，有失一个哨兵的英姿！可是毕竟感到寒冷了。又看一次表，过两个小时，就会有人来接岗。坚持得了。她双手都摘下手套，放在嘴边哈了一阵，又搓了一阵，解开一个衣扣，交叉地伸进棉衣里，紧紧地夹在腋下取暖。脚也冻得有些疼了。她轻轻跺踏着。"黑豹"披着毛皮大氅，似乎并不寒冷，卧在雪窝里一动也不动，不再望星星，侧头瞧着她，眼睛流露出对她的嘲意。

"坏东西！"她骂它一句，转身向山下望去。团部机关一片漆黑，一幢幢砖房和机关食堂的高大烟囱，轮廓分明。只有团部会议室的四扇窗子，透射出灯光。

她不禁想到了他。他下午四点就到团部去开紧急会议，显然到现在这个会还没散。不知这是一次什么样的重要会议？为什么开到这样晚？

他，或许在发言吧？

或许，发过言了，正从窗口朝外望，想望到她。

傻瓜！他根本望不到她！

她微笑了……

二

全团各连连长、指导员聚集在团部会议室。室内烟雾缭绕，空气污浊得令人窒息。几个烟灰缸插满烟蒂，像小盆景中的假山石。不少人继续吞云吐雾。

会议从下午四点开到六点，吃过晚饭，接着开到现在。每个人都意识到，这是一次严峻的会。

团长马崇汉，比任何一个人都更加清楚这次会议的严峻性。知识青年大返城的飓风，短短几周内，遍扫黑龙江生产建设兵团。某些师团的知识青年，已经十走八九。四十余万知识青年返城大军，有如钱塘江潮，势不可当。一半师、团、连队，陷于混乱状态。唯独三团，由于地处最北边陲，交通不便，消息阻隔，返城飓风的势头还没有真正席卷到这儿。三团的知识青年们，近几天才刚刚开始从亲友、同学和家书中获得返城信息。各种迹象表明，他们也在暗中骚动起来了。

兵团总部下发了一个紧急文件：为缩短从兵团体制恢复到农场体制的过渡时期，为尽快稳定各师团的混乱局面，组建起各师各团连队新的领导机构，重新形成生产秩序，确保春播，知识青年的返城手续，必须在三天以内办理完毕。逾期冻结。

急件被马崇汉扣押，不向连队传达。

三天，三个二十四小时，只要拖延过三个二十四小时，全团八百余名知识青年，就可能被永久地钉在各连队的花名册上了！他曾同政委孙国泰就这一点交换过看法，却遭到老农场干部孙国泰的坚决反对。

"我们没有权力扣压团总部的急件。没有权力。"政委严肃地回答他。

"当然，我一个人是没有权力这样做的，因此才同你商量嘛。你，和我，如果我们两个人的意见统一了，在特殊情况下是可以代表党委嘛。"马崇汉温良恭俭让地说。

　　凭着与对方多年共事的经验，孙国泰知道，对方越是在他面前表现得温良恭俭让，越证明根本没把他的意见当成一回事。虽然他是政委。孙国泰也明白，马崇汉所以要在决定八百余名知识青年命运的这一严峻大事上"征求"自己的意见，有了他这种态度，哪怕是缄口不言，那么，这件严峻的事情，这一首先从马崇汉头脑中产生出来的个人意志，便可以被对方也被别人认为是"党委的决定"了。

　　"党委也没有权力作出这样的决定。"老政委态度鲜明。

　　"政委同志！"马崇汉语气强硬起来："别忘了，你是一位团级领导，是一位思想工作者，在当前这种局面下，为生产建设兵团保留一部分青年力量，是你我的共同责任！"

　　老政委被激怒了！政委同志？他曾被对方当作同志看待过么？思想工作者？多么尊重的称谓！可是在这方面，对方曾允许他充分发挥作用么？说什么为兵团保留一部分青年力量，说什么共同责任，真是冠冕堂皇！好听的话都叫你马崇汉挑着说了！难道你心里就一点都不感觉对这些知识青年们有愧么？

　　他压下怒气，说："团长同志，你不觉得为生产建设兵团思考得晚了些么？许多知识青年是怎样来到北大荒的，你应该比我心里更清楚！"

　　"你！……"马崇汉一时说不出话来。

　　兵团组建的第二年，马崇汉作为兵团代表，乘飞机来往于各大城市之间，作了一场又一场的精彩演说式的动员报告：正规部队的性质，不但发军装，还发特别设计的领章帽徽，居住砖瓦化，生活军事化，生产机械化……如此这般天花乱坠，欺骗了多少知识青年啊！

　　马崇汉立了一功，但他也被多少知识青年诅咒啊！……

　　此刻，老政委孙国泰盯着团长马崇汉那张刮得发青的五官分散的脸，不禁又想到了十年前就是在这个会议室里为他召开的"欢迎会"上的情形。那次"欢迎会"也是由团长马崇汉主持的。马崇汉向全团机关工作人员介绍他时，十分钟大摆他的老资格和革命经历，三十分钟大批他在农场时期犯下的种种"路线罪行"。

他当时猛然站起来，声音洪亮地说："马团长对我的介绍，等于为我树了一个碑，立了一个传，盖棺定论。千秋功罪，自有历史评说。据我所知，我们共产党没有为活人树碑立传的惯例，马团长这番话，就算是我的悼词吧！既然我还没有死，追悼会现在结束吧！"

从那一天开始，他就意识到，团长马崇汉是要故意在他们之间造成一种领导地位上的悬殊差异的。但十年之中，在每一个无论大小的原则问题上，他从没有向对方妥协过。虽然他是从一批被罢官撤职了的老农场干部中幸运地获得"解放"的，时时有从领导地位上再次被打翻下去的可能。

从开会到现在，他还一句没说，坐在角落里，一支接一支地吸烟。

马团长今天格外沉得住气。参加会议的人们沉默着，他这个主持会议的人也沉默着。他扫视着人们的脸，想从每个人的表情上，探测他们的内心活动。

公务员小张又一次走了进来，交给他一条"牡丹"烟。他将包烟纸扯开，东甩一盒，西抛一盒，将一条烟顷刻分光，自己仅留下一盒。他抽出一支烟，在桌面上笃笃顿了半天，却没有点燃，而拿起了暖水瓶，往茶杯里倒水。只倒出半杯水。

"小张！"

小张应声而至。

他用下巴朝暖水瓶示意，小张领会地默默拎起几只空暖水瓶去打水。

坐在马团长对面的，是工程连指导员郑亚茹，她看了马团长一眼，说："我表个态吧！"

大家的目光都集中在她身上。

团长马崇汉轻轻咳嗽了一声。

"我认为……目前……对于我是一个考验关头。我……赞同团长……不，赞同团党委……"大家都听得出来，这几句话，她说得并不轻松。

团长嘴角浮现了一丝不易被人察觉的微笑，向她投去极为满意的一瞥。

她刚抬起头，一接触到团长的目光，立刻又将头低了下去，掏出手绢擦汗。她是出汗了。细密的汗珠沁聚在她那清秀的眉宇间和端正的鼻梁上。

老政委孙国泰站起来，用纠正的口气缓慢地说："不，不是团党委的决定。团党委没有作出这样的决定。"

马团长怔了一下，随即大声说："不错，党委是没有来得及作决定。"他用一种特别加以强调的语调说出"没来得及"四个字，之后也站了起来，肩膀一耸，将披在肩上的大衣抖落在椅背上，接着说："不过，今天在座的，除了我和孙政委，还有几位也是党委委员，其他同志，都是各连队的连长和指导员，我看，这次会就算是一次党委扩大会议也未尝不可嘛！"说到这，他将脸转向郑亚茹，换了一种亲切的安抚的口吻说："你刚才的发言很好嘛，态度很明确嘛，你就算代表工程连党支部第一个表态了！"

"郑指导员只能代表她自己，不能代表我们工程连党支部。"在最后一排座位上，有人说话了。大家的脸一齐转向这个人。说话的是工程连连长曹铁强。

郑亚茹尴尬而不知所措地瞧着他。

马崇汉从桌上拿起才想吸而没吸的那支烟，已经划着根火柴，听罢曹铁强的话，脸色沉了下来。燃烧的火柴在手中晃了晃，熄灭了，被狠狠地插在烟灰缸里。

"这么说，你是反对的啰？如果是这个意思，也算一种表态嘛！"他说这话时，并不看曹铁强。说完，紧接着喊："小张，倒烟缸！"

小张立刻悄无声息地走进会议室，从桌上拿起烟灰缸。

"叫你打开水，你怎么没打来？"马崇汉又一次拿起水杯。

"开水房锁着门。"小张讷讷地回答。

"再去打一趟！"马崇汉口气中流露出愠怒。

曹铁强瞅了团长一眼，又瞅了小张一眼，待小张走出去，才说："是的，我反对。"

郑亚茹的脸红得像要渗出血来。

马崇汉的目光如伤人利器，咄咄地射向工程连连长。对于这个东北小子，他心中耿耿于怀地记着一笔账。此时此刻，这笔账的账簿子又翻开了……

全兵团大搞"公物还家"运动那一年，马崇汉亲自带着工作组，坐镇工程连抓试点。他是个很善于总结各种运动经验的人。在这一点上，能力要比政委孙国泰高一筹。几天内，他就总结出了一套"三字经"——一看、二查、三搜。就是：各家各户的天棚地窖要看看，所有知识青年的箱子要查查，凡属公家的东西，一针一线，都要搜回来。"三字经"通过电话线，由马团长亲口传达到全团三十几个连队，指示照办推广之。"运动"得全团鸡犬不宁。

一天，马崇汉来到男知青宿舍，发现大火炕间一床褥子底下，垫着三块杨木板。他亲自动手将木板抽了出来。木板着炕的一面已经烤黄。

"是谁垫在褥子底下的？"中午召开了全连大会，马崇汉指着三块搬到会场的木板，严厉追究。

"团长，是我……"小瓦匠单书文怯怯地站了起来。

"你为什么要把公家的木板垫在褥子底下？"团长瞅定他的脸，字字拖长地问。军大衣很有派头地披在团长高大魁梧的身上，风度如革命样板戏《智取威虎山》中的"二〇三"首长。

"我……我……我怕烤着了褥子……"小瓦匠脑袋耷拉在胸前，不敢正眼看团长。

"抬起头！"

小瓦匠的头沉重地抬了起来，眼睛却盯着自己的衣扣。

"你自己的褥子烤着了，你心痛。公家的木板烤着了，你就不心痛。这叫什么？这就叫——损、公、利、己！"团长的大手掌啪地在桌子上拍了一下。

小瓦匠浑身一颤。

"岂有此理！限你明天早饭以前，把检查交到工作组来，不得少于五千字！"

团长声色俱厉。

……

晚上，小瓦匠从炕洞里往外扒炭火，一锨锨端到宿舍外，倒在雪地上。

"哎，你这是干什么？"有人抗议了："我褥子底下还冰凉呢！"

"将就点吧！"从不跟任何人发生口角的小瓦匠，憋了一肚子的气，都通过这四个字发泄出来。

抗议者二话不说，从炕上蹦下来，往炕洞里塞满了木柴。

出身于封建官僚家庭的小瓦匠由于背着个甩不掉的包袱，甘作人下人，是知青中的弱者，对别人一向逆来顺受，不敢也没有能力维护自己的尊严。他不敢再从炕洞里往外扒火，默默地卷起自己的褥子，无法睡觉，便将一只小肥皂箱搬到地上，坐着个木墩写检查。

写了撕，撕了写，写写撕撕，撕撕写写，一本信纸转眼扯去了大半本。五千字！自己把自己往高得不能再高的纲上线上联系，搜肠刮肚，抓耳挠腮，却无法写满一面纸！

当年的男知青排排长曹铁强从外面查岗回来，见状问："你怎么还不睡？"

"你叫我怎么个睡法？"小瓦匠可怜巴巴地问一句。

曹铁强摸了一下炕面，不再说什么，转身又走出去了。

一会儿，他从外面扛进那三块杨木板。

"垫上吧！"

"我……不敢……"

"叫你垫上你就垫上，明早再扛回原处去，没人知道。"

"万一……"

"我顶着！"

马团长是一位最讲"认真"二字的共产党员。当男宿舍响起一片鼾声时，他又神不知鬼不觉地来了。

他是为那三块杨木板而来。

拉亮电灯，见三块杨木板又被垫在了小瓦匠的褥子底下，马团长愤慨极了。他不唯最讲"认真"二字，而且最讲"服从"二字。军队使他养成了坚决服从首长一切命令的习惯，他要将这一点作为优良传统灌输到知识青年们的脑袋里去。他最不能容忍对首长的命令阳奉阴违。在他本人即首长，阳奉阴违者又是他的战士的情况下，更不能容忍。

他猛地掀掉小瓦匠的被子，拽着小瓦匠的胳膊，将小瓦匠扯到了地上。

小瓦匠穿着衬衣衬裤，光脚站在地上，揉开蒙眬的睡眼，半睁半闭的，也没看清对方是谁，啪地甩手给了对方一记耳光："开你妈的什么玩笑！"

马团长被这一耳光打愣，呆呆地站在小瓦匠对面。

小瓦匠跳上炕，钻进被窝，又蒙头睡去。

马团长一声未吭，转身就走。

这一幕，被排长曹铁强躺在被窝里看得分明。马团长一出门，他立刻爬起来，跨过几个人的身子，推醒了小瓦匠。

"你知道你刚长打了谁一记耳光？"

"打谁谁挨着！"

"你打了团长！"

"别……逗了……"

"你看，地上是谁的大衣？"

小瓦匠爬起，探身朝地上一瞧，心中不由暗暗叫苦。地上果然有件军大衣，不是团长的是谁的！

"快起来，把木板撤下！"

曹铁强帮他的忙，二人慌乱地从褥子底下抽木板。其他人被惊醒，一个个翻身趴在被窝里，莫名其妙地瞧着他俩。

"深更半夜，你们搞什么名堂！"不知哪一个，从地上拎起一只大头鞋，朝他俩扔过去。大头鞋打在小瓦匠后脑勺上，小瓦匠"哎哟"一声，双手倒捂着后脑勺，仰躺在炕上。

"谁打的？谁？！"曹铁强厉声呵问。

几颗脑袋畏惧地缩进了被窝。

这时，外面进来三个人，都是团警卫排的。是跟马团长一块儿来到工程连的。为首的，是警卫排排长刘迈克。他们，虽不属于工作组成员，但在工程连战士们面前，却显示出一种优越感。这种优越感似乎在时时表明，他们，即使算不得"高级知青"，起码也是"特别知青"。因为他们是"拿枪杆子"的。因为他们是经常跟随各级团首长的。因为他们是半享受职工军人的待遇的。

刘迈克一进大宿舍，首先从地上捡起马团长的军大衣，拍拍土，然后踢了踢小瓦匠垂在炕沿的赤脚："起来起来，跟我们走。"

小瓦匠坐起，一见是三个警卫排的，顿时变了脸色，讷讷地问："到哪儿去？"

"连部。马团长有请。"警卫排长一副闹着玩的样子。

"我……我不去……"小瓦匠往曹铁强身后躲。

"不去？那哪成啊！"小瓦匠的胆怯使警卫排长开心，他用命令的口气对另外两个警卫排的战士说："带走。"

那两个便上前去拖小瓦匠。

他们被曹铁强推开了。

曹铁强抢先一步，身子挡在宿舍门口，冷冷地说："你们，简直成了马团长养的狗了，叫你咬谁就咬谁？"

刘迈克愣了一下，后退一步，眯缝起眼睛，咄咄地盯住曹铁强的脸，一字一句地反问："你说什么？我没听明白。"

曹铁强讥讽地说："你腰里扎条武装带不伦不类，劝你还是解下来的好。"

"你看不惯？"刘迈克真的缓缓解下了武装带，在手中摇晃着。

"别碰着我！"曹铁强又说一句。

刘迈克唰的一声将武装带朝他抽过去。

曹铁强一偏头，武装带的铁卡子抽在门框上。他朝门框瞥了一眼，门框上留下了一道痕迹。

"别怕，吓唬吓唬你，闪开吧！"刘迈克的武装带仍在手中摇晃。

曹铁强动也没动。武装带第二次抽了过来。这一次，他躲闪未及，肩头挨了一下，白衬衣绽破，立刻渗出血来。

他捂着肩头，从门旁闪开了。

刘迈克也不看他，悍然往外就走。

曹铁强出其不意，照他下巴猛击一拳！这一拳那么有力，刘迈克踉跄倒退，撞在脸盆架上。一排脸盆翻落，一只漱口缸子滚到红火彤彤的炕洞里。

刘迈克爬起，惯于争凶斗狠的脸扭歪了，扑过来与曹铁强扭打作一团。

小瓦匠吓傻了，瞪大惊骇的眼睛，像只耗子似的缩在墙角。

另外两个警卫排的战士，同时上前，对曹铁强拳打脚踢。

刘迈克的霸悍早已激起工程连知识青年们的公愤，这时眼见自己的排长要吃亏哪里还按捺得住！他们发声喊，纷纷从火炕上跳下地，一个个赤腿露胸地投入了恶斗。从地上打到炕上，从炕上滚到地上。战斗结束后，警卫排长和他的两个战士被结结实实地捆了起来。

刘迈克凶恶地说："曹铁强，你不计后果是不是？"

"啪！"有人给了他一耳光。

连部里，团长马崇汉坐在椅子上吸烟。

他好生恼火！

身为团长，被知识青年打了一记耳光，简直是奇耻大辱！

对于知识青年，从正规部队到生产建设兵团那一天起，他就产生一种敌对情绪。不，也许用敌对心理这个词更准确。

什么生产建设兵团？用他自己的话说，参加革命多年，到头来落了个"七〇（零）八三（散）的装甲（庄稼）部队"的团长当！幸而，没脱掉军装。当上三团团长后，了解到这个团原先不过是个劳改农场，更令他替自己愤愤不平！这么个团长和"草头王"有什么两样？

然而，"草头王"却并不那么好当。知识青年，既不同于"一切行动听指挥"的正规部队的战士，也不同于"向解放军学习，向解放军致敬"的革命群众。他们到底算什么呢？在他眼中，他们简直是"蝗祸"，是"洪水猛兽"，是从城市蔓延到边疆的"瘟疫"！可他们毕竟是成千上万，几万，十几万，几十万，浩浩荡荡的四十多万！一批又一批地涌来了，卷来了。是戴着大红花，敲锣打鼓地被从城市欢送来的。一来就声明："我们要做北大荒的新主人！"不错，"最高指示"说他们是来"接受再教育的"，而且"很有必要"。但实际上，他们的马列主义水平高不可攀。要问共产主义运动发展史？巴黎公社失败的经验教训？当前中央路线斗争的营垒划分和斗争焦点？他们都能侃侃而谈。在这方面，每一个都有资格当他这位团长的教师！他们不但了解过去，而且仿佛能预知未来。中国革命和世界革命，整个儿装在他们发热的头脑里！他们是经过风雨，见过世面的，根本不把他一个小小的团长放在眼里！连中央首长，他们也敢炮轰，也敢油炸，何况他马崇汉！

他深知自己缺少驾驭他们的能力。恰如一个人，完全没有信心和气魄，但又被命运所捉弄，不得不驾驭一匹难驯的劣马。

多可悲！

有时扪心自问，他承认，他们中的一些人，是被他骗到北大荒的。但他自己不也是被骗来的？何况说到四十万的话，那可没他的干系。他马崇汉没这么大本事！那是一场运动的力量。

他所有郁闷在胸，积压在胸的怨气，怒气，预备痛痛快快地发泄在小瓦匠身上。他要好好调教"它"，当成一匹牲畜调教。当然，犯不上用鞭子的。

听到外面的脚步声，他坐得更端正，表情更威严，目光更冷峻，咄咄地盯着连部的门。

门开处，第一个进来的是警卫排长刘迈克。鼻青脸肿，浑身灰土，双臂被反绑着。衣领撕掉了，衣扣只剩下了一颗。第二个进来的，是警卫排战士。第三个进来的，是警卫排战士。一个排长两个战士，他派去传带小瓦匠的，都成了狼狈不堪的"俘虏兵"。

他霍地站了起来！

跟在三个"俘虏兵"后面走进连部的，是曹铁强。

"他们，据说奉了你的命令去绑我排战士单书文的。我反对这样做。他们不听我的阻拦，首先动武。我命令我的战士教训了他们一顿。现在我把他们给您带回来了。我自己，明天听从你的发落。"

曹铁强说完就走。已经走出门外，又转过身，对团长点了一下头，那意思好像是说："祝您晚安！"

……

曹铁强一回到大宿舍，就被他的战士们团团围住。

"我早就瞧着警卫排这三个家伙狐假虎威的样子不顺眼，今天可让他们知道咱们工程连的人不好惹了！"

"刘迈克在'文化大革命'中欠了我一笔账，今天我才出了口恶气！"

"这就叫不是不报，时候未到。时候一到，一切都报……"

七言八语，激昂兴奋。

小瓦匠满面阴云，一言不发，默默叠被子，卷褥子，叠好卷好，用毯子包上，用行李绳捆。

"你这是干什么？"曹铁强问。

"干什么？今天的事，全是我惹起来的。马团长能放过我吗？我今天夜里就扛着行李到团部警卫排去投案自首，当二劳改！"

这话，像一盆冷水，兜头盖脸朝大家泼来。

曹铁强沉默了一会儿，在小瓦匠后脑勺轻轻拍了一下，说："你犯什么案了，自首去？你别怕，我一人做事一人当。"

男宿舍女宿舍是一栋房子，中间被过道分隔开。这时女知青们也都来了，询问刚才发生的事。

有人问、有人答的时候，裴晓芸挤到曹铁强跟前，神色慌张地说："不好了！马团长给团部警卫排打电话，说咱们工程连的男知青聚众闹事，要警卫排立刻派三十个人来，还说，还说……"

曹铁强追问："还说什么？"

"还说……全副武装，一级战斗准备……"

"我今天夜里看麦场，刚才经过连部门口！"

身材瘦弱娇小的裴晓芸，替男知青们担惊受怕得瑟瑟发抖。

沉默。

各种表情在一张张脸上变化着。每个人都预感到面临着威胁。

"你们……快躲起来吧！"裴晓芸比谁都焦急不安。

所有人的目光，同时集中在排长曹铁强身上。那些目光是复杂的。

"躲？……"他被这个字激怒了。这个字从一个姑娘嘴里说出来，而且分明是主要针对他说的，他觉得当众受辱。

"听着，"他对全排战士说，"事态是我扩大的。我还是刚才那句话，一人做事一人当。你们可以预先把我捆起来，等警卫排的人到了，将功折罪！"

言辞刚烈，语气豪壮。这番话，是从小说里读到过的，还是看了什么电影印象太深记住了，连他自己也闹不清楚。

大家被感动了。由感动而敬佩。由敬佩而义愤。由义愤而激发起一种类似"同仇敌忾"的情绪。这种情绪抵消了年轻人本来就易于丧失的理智。而丧失理智有时是件痛快的事。

"排长你说的算什么话！把我们都看得胆小如鼠吗？！"

"警卫排有什么了不起？比这严重的事件我们经历得多了！"

"与其在这儿瞎嚷嚷，等着警卫排的人来，像抓犯人似的一个个把我们抓走，莫如跟他们大干一场！"

"对！咱们去打他们的埋伏！"

于是，在一种"文攻武卫"中培养起来的盲目英雄主义的驱使下，他们匆匆穿好衣服，拥出了大宿舍，各人找到可以当作武器的物件，集合起来，向村外面去。女知青们也不肯错过这一表现英雄主义的机会，纷纷跟了去。只有几个没有去。她们赶紧跑向连长和指导员那儿报信。

离连队十几里的山坡下，他们埋伏在公路两旁的小树林中。

不久，一辆卡车从山路上缓驶下来，工程连的战士齐声呐喊，冲出树林，包围了卡车。车下，铁锹钢叉，横握竖举。棍棒锄头，左右相逼。车上，警卫排的枪口，也指向了工程连的战士们。双方剑拔弩张。

一触即发的关头，有人策马从山上飞奔而下。

来人是老政委孙国泰。马头几乎碰上了车头，他才猛勒马嚼，勒得那马竖起前蹄，打了个立桩。

"给我把枪都放下，奶奶的！"他两眼闪亮，样子十分可怕。警卫排的枪是纷纷挎到肩上去了，但有人还不服气，说："我们是奉团长的命令……"

"现在命令你们的是我政委孙国泰！谁再啰嗦，我叫他就地挺尸在这里！"老政委从腰间嗖地拔出了枪，用枪筒在卡车驾驶室的铁顶上砸了一下，向司机喝道："你给老子把车开回团部去！"

司机乖乖地掉转车头，卡车顺原路开回去了。

老政委长长地吁了口气，跳下马，扫视着工程连队的战士们，问："谁带的头？"

"我。"曹铁强低声回答。

老政委走到他跟前，目光牢牢地盯在他脸上，又问："你是谁？"

"工程连男知青排排长。"声音更低了。

啪！一记耳光打在他左脸上。他的手刚捂住左脸，右脸又挨了一记耳光！

又有人骑马从连队的方向赶到这里，跳下马，双膝跪在雪地上，说出一句震动人心的话："你们都是离家千里的孩子，你们要互相动武，就先打死我！……"

是指导员，当地剿匪战斗中立过一等功的英雄……

铁锨钢叉，木棍锄头，从一双双手中落地。

一片哭声惊扰了林中的宿鸟。

政委孙国泰一迈进工程连连部，就指着团长马崇汉大吼："马崇汉！老子毙了你！"

……

这件事虽然发生在知识青年刚到边疆不久，但曹铁强却永远也无法忘记。每每回想起，总还会产生不寒而栗的后怕。那时，自己多么缺少理智，多么鲁莽啊！他曾不止一次半夜三更从噩梦中醒来，浑身冷汗淋漓地想到，如果老政委那天夜里迟一步赶到，自己还会不会躺在这个知青大宿舍的火炕上？还有他们，他排里的战士，是不是也还会躺在火炕上，发出那么安然的鼾声？如果他和他们中的某些人，成了那次"英勇行动"中的不幸者，幸存的人今天将会怎样谈到他，谈到那次"英勇行动"呢？

他们会恨他的。

不幸者的父亲和母亲们也会恨他的。

如果别人成了不幸者而他自己是个幸存者呢？

那更加可怕，对他来说。

每天清晨出早操，他站在全排战士的面前，望着他们的脸，心中便会产生一种对他们的深深的内疚和愧意。恨不得跪在他们面前，请求他们的饶恕。

这种负罪感竟折磨了他的心灵若干年。虽然他的任何一个战士都没有在他面前提起过当年的那件事。也许大家都忘记了，也许谁也没有忘记，而是有意不提。但他自己却经常想在某一种场合，某一种时机，重提当年那件事。目的只有一个，希望大家痛骂他一顿。甚至暴打他一顿。

理智是年轻人的成熟过程中攻克的最后一个堡垒。攻克了，他们便成为能够掌握自己命运也能对别人的命运施加影响的生活中的强者。这是要付出代价的。不过有人付出的代价惨重，相比之下有人付出的代价轻微罢了。付出代价的同时，他们也必然会丢掉对他们来说是十分有害的东西——轻举妄动和不计后果。

曹铁强正是从当年那件事中发现了自己危险的弱点。也正是从那件事之后，他成熟起来了。

当年的男知青排长成为今天工程连的连长，从某种意义上讲，"袭击警卫排事件"对他来说是一次"淬火"。经过这次"淬火"，他才成为一个具有钢一样的弹性和硬度的人。

但是其中的哲学，是不会从团长马崇汉的头脑中产生的。马崇汉因为当年那件事，受到了党内记大过的处分，而且被通报全兵团。如果将他今天主持召开紧急会议的动机再深剖一层，也是和当年那件事分不开的。

他希望，为兵团保留八百余名青壮年劳动力，能够被上级赞赏，取消干部档案中的处分。而这关系到，兵团解体之后，他能不能重新回到部队去。档案中带着一次处分，他是没指望重返部队的。不能重返部队，他便只能落到一种无可奈何的境地——由团长变为一个农场场长。这无疑更加可悲。八百余名知识青年一走而光，将他这团长弃留在北大荒，那岂不等于是命运对他的一种恶意捉弄和冷酷惩罚么？

他今天的内心活动，可以用八个字概括——瞻念前程，意冷心灰。

不过这种内心活动并没从他脸上暴露丝毫。

他此时恍然醒悟，到会者们沉默的原因只有一个——在这么严峻这么重大的问题上，他们要首先知道政委是什么态度。

他意识到，自己十年来那种在任何事情上都能左右局面，举足轻重的威信，今天面临了公开的挑战！甚至怀疑他自以为曾有的威信，根本就没存在过！

他感到一种惆怅和悲哀。

而政委孙国泰刚才的发言又是对他那么不利！

工程连连长曹铁强又分明不把他这位团长的意志放在眼里！

他现在毕竟还是团长！纵然八百余人的去留他决定不了，一个连长的命运他还是可以决定的！"交代工作"，只消他一句话，就可以拖住这个哈尔滨的小子三天，叫他终身后悔！

难道这哈尔滨的小子就毫无顾忌吗？他怎么敢？！……

马崇汉盯着曹铁强正要说句什么有分量的话，一个女人突然闯进会议室，身后跟进两个女孩。

是他的妻子和女儿。

马崇汉好不惊诧！四天前他打发她们回老家，怎么这会儿又做梦似的出现在他面前了？

"把宿舍钥匙给我。"妻子向他伸出一只手。

"你……车票丢了？"他怔怔地问。

"根本就没买到火车票！"妻子大声嚷嚷："要不是在黑河碰上个熟人，连长途汽车票也别想买到！我们娘儿俩好不容易挤上一辆长途汽车，开出黑河镇不到两小时就被知识青年给截住了！嫩江县城、火车站，返城知识青年像逃荒！连大车店都住满了！我们娘儿仨……火车站蹲了两天……跟你来到兵团，可倒了八辈子霉！待不下，走不了，亏你还大小是个团长呢！呜呜呜……"

团长妻子放声哭起来。

公务员小张拎着几只暖水瓶走进。马崇汉心烦意乱，拿起水杯朝小张递过去。好像胸膛内有干柴烈火在燃烧，他觉得口焦舌燥。

"水房锁着，到处也找不见烧开水的人。"小张嘟哝地说明没打来水的原因。

"岂有此理！"马崇汉手中的水杯高高举起，狠狠摔在地上，啪的一声粉碎了。

小张一反往常对团长的敬畏，大声说："少来这套！我不伺候你了！"说罢扬长而去。

马崇汉脸色青了。他的目光又瞪向妻子，衣兜里掏出串钥匙，扔在她脚边。妻子怯怯地瞄他一眼，赶紧弯腰捡起钥匙，扯着两个孩子离开会议室。

电话铃响了。

郑亚茹也瞄了团长一眼，走过去拿起听筒，低声问："找谁？……"接着把听筒递给团长。

马崇汉皱着眉头接过听筒。

对方问："你是马团长本人吗？"

"我是马崇汉！"他粗声粗气地回答。

"马崇汉，听着！你召开的这个紧急会议，不必再开下去了！"就这么两句，口气像"最后通牒"。一说完，对方就挂上了电话。

马崇汉拿话筒的手剧烈地抖动。许久，他才扫视着大家，嘎哑地说："有人把我们开这次会的内容泄露了。"接着，严厉地问："谁会议期间打过电话？或者，接过电话？"

"我接过一次电话。不过，是长途。"曹铁强回答。他这时站了起来。

"长途？……"马崇汉根本不相信地追问。

"是长途。"曹铁强很镇定地回答。

尽管他很镇定,尽管大家对召集这样一次会议内心各持己见,但目光还是同时质疑地射向了他。政委孙国泰,也严肃地望着他。

"好像……有什么情况!"郑亚茹突然离开窗口,走到会议室门前,同时推开了两扇门。

一股寒风灌进来,将雪粉扬在人们脸上。几扇没插上的窗子被这股寒风顶开了。开会的人们,或从窗口向外望,或从门口向外望,但见不计其数的火把,分成几队,从山坡上,从荒原上,从公路上,从四面八方,朝团部汇聚而来……

三

裴晓芸站岗两个多小时了,再过一小时,就该下岗了。

但她这会儿就已经快被冻僵了。

"黑豹"也感到了寒冷,它开始在雪地上兜着圈子奔跑。它身上发出的热量结成霜,染白了黑皮毛。

"'黑豹'!"裴晓芸把狗唤到身边,弯下腰对它说:"回去吧,'黑豹',回去吧,回到连队去吧!到大宿舍去,趴在炕洞前,那多舒服,多暖和,何苦陪着我一块儿挨冻呢?啊?"她简直是在哄劝它,像在哄劝一个人。

"黑豹"瞪着那双善于和人交流情感的眼睛瞅她,分明听懂了她的话。它的眼睛追随着她的目光,也朝连队的方向望去。

"瞧,最南边那一排光,就是大宿舍!"她又低下头对它说了一句。

"黑豹"却一动也不动。它的身子忽然抖了一阵,又开始在雪地上奔跑。

她望着它，拿它毫无办法地摇摇头。

月亮好像挂在原来的地方，一寸也没移动。但月面已不那么明净，变得朦胧了。夜空的蓝色加深了。深蓝和着漆黑。夜空似乎被来自宇宙之外的某种自然力量压低了。

起风了。这风是突然刮起的。异常猛烈，而且辨不清方向，朝她迎面横扫过来。她侧转身子，弯下了腰。

风过之后，四野顿时迷茫了。

"黑豹"在奔跑中突然站住，昂着头，略显不安地望着荒原。

在荒原尽头，在寒夜神秘而威严的幽远处，一场大暴风雪狰狞地注视着生产建设兵团的战士和这只狗。

然而她并没有预感到什么威胁。她在瞧着那只狗。

"黑豹"使她又想到了他……

也许因为她和他不是同一城市的知识青年？也许因为她和他不是同一批来到北大荒的？也许因为她是全连姑娘中最其貌不扬最沉默寡言的一个？也许因为是一个政治上有"特嫌"的歌唱家和一个大学里的"反动讲师"的女儿？……他不曾注意过她。而她，也从来不敢主动接近他，主动跟他说一句话。因为他是威信很高的男知青排排长。因为他是全连最英俊的小伙子。

年轻人，小伙子也罢，姑娘也罢，总是希望从自己身上发现某种值得自信的东西——高于别人的威望，渊博的知识，受人赞扬的品质，友好相处的人缘，家庭出身好，政治有前途，甚至，包括俊美的容貌……等等，等等。一点儿值得自信的东西也没有，这样的年轻人便会离群索居，产生自卑感。

裴晓芸在所有人的面前都会产生这种自卑感。

她有时甚至自己鄙视自己。

她身上半点值得自信的东西也没有。连一个少女最可自慰最起码的那点自信——容貌方面的自信都没有。

她到北大荒以后，从来也没有像其他的姑娘那样，偷偷拿面小镜子自己端详自己，欣赏自己。

她认为自己是个半点可爱之处都没有的丑姑娘。一只丑小鸭。

是呵，她的身材那么瘦弱，小手小脚的，像是发育不良没长开似的。她那张小女孩般的脸上，永远地笼罩着哀哀的愁云，一接触到什么人的目光，她便会情不自禁地立刻垂下睫毛，掩护那双怯生生的眼睛。

一方面，她因为自己是那么不引人注意而自卑。另一方面，她又但愿任何人在任何场合下都不注意到她的存在。有天中午下暴雨，男女知识青年跑出大宿舍，遮盖土坯。苫席不够用，她把自己身上披的雨衣也盖到土坯上了。她在暴雨中浇成了一只落水鸡。衣服裤子紧紧地贴在身上，模样滑稽而可怜。他不禁多看了几眼，她竟像被一只大猩猩所注视似的，吃惊地呆愣了一刻，转身而逃，令他大惑不解。那天他才知道，女知青排还有这么个叫裴晓芸的上海姑娘，才十六岁，在全连知青中年龄最小。但她也没有从此引起他注意一点。而她，后来则更加有意地处处回避他。

就在那一年冬季的一天半夜里，全连紧急集合，男女知青都拉出了连队，一气儿跑了十多里路远。演习紧急集合，大宿舍里是不许开灯的，手电筒也不许打亮。

跑步急行军途中，又演习了一次"围山搜敌"。

曹铁强是演习行动的总指挥，在大家都已经搜索到半山腰时，他回头望了一眼，见有人刚跑到山脚下，艰难地踩着没膝的深雪向山上攀登。

"那是谁？快跟上来！"他大声喊。

落伍者摔倒了，而且没有立刻爬起。

他跑到那人眼前才认出，是她。

"跑一段路就受不了啦？别那么娇气！都像你这种样子，打起仗来怎么办？"他有些生气，对她大加训斥。他拉着她的一只手，将她从雪窝里拽起来，也不管她跟得上跟不上，几乎是粗暴地拖着她往山上跑。

她一声不响地被他拖着跑了一段山路，又一个跟头跌倒在雪中。

"你！别装熊！快起来！自己跟上去！"他更加生气了，索性放开她的手，那语气完全像在战斗中呵斥一个无能的士兵。

"我……我的脚……"

"你的脚怎么了？"

她扒开埋住双腿的厚雪，甩掉两只手上的棉手套，双手攥成拳，使劲擂自己的双脚。

借着月光，他这才发现，她穿的竟是一双网球鞋！

他怔住了。半天才说话："你……怎么穿着这样一双鞋？"

她没有回答。她不再擂自己的脚了。她的双手忽然捂住了脸。她的肩头开始轻轻耸动着。她无声地哭了。

他猛地弯下腰，将她再次拉起，强行背上，朝山下就跑。

"不，不，我不！冻掉双脚，我也要……"她挣扎着，拳头擂着他的背。

他并没有放下她，任她的拳头一下接一下地在自己背上擂打。他背着她深一脚浅一脚地跑下山，接着跨开大步朝连队跑。十几里路，他的脚步毫不减慢，越跑越快，径直背着她跑进女宿舍，将她放在火炕上，拉亮了灯。

她那张小脸哭得如同泪人儿一般。泪水在她脸上结成薄冰，一缕鬓发冻在她的脸颊上。

他呼哧呼哧地大口喘气，汗湿透了衬衣和绒衣。

"别动！"他对她说，摘下帽子，扔在炕上，拿起一只脸盆，转身奔出宿舍。他从外面端进一盆雪，她果然一动未动地垂着双腿坐在炕沿上。网球鞋和她的双脚冻在一块儿了。他无法替她脱下来。

她茫然地瞧着他。

"你的嘴巴也冻住了吗？我问你有没有剪刀！"

她默默地朝摆在窗台上的一只小木箱指了指。

从小木箱里取出一把剪刀，他从她脚上剪下了那双网球鞋。接着，小心翼翼地剪下了她的袜子。他将她的双脚按在雪盆中，迅速地用雪搓起来。

他一边搓她的脚，一边抬起头，瞧着她的脸，低声问："疼么？"

她垂下了睫毛，只吐出一个字："不……"

"不疼才糟糕！"他更快地用雪搓她的脚。

一盆雪搓化了。

"这会儿开始疼了吧。"

"不……"

"还不？有没有……像被火烧一样的感觉？"

"有……一点点……"

"冻掉双脚，在北大荒可不是没有过的事！小时候我的脚也冻过，我妈妈就像这样子给我搓。"他从毛巾绳上扯下条毛巾，要替她擦脚。

"别，那不是我的毛巾。"她用轻微的声音说，这时才怯生生地看了他一眼。

他的目光不禁注视在她脸上，心中实在不可理解，这种时候，她为什么还会对生活中的这般小事如此认真。

"那是我们排长的擦脸巾。"

"那又怎么样？"

"她会生气的。"

"是你自己这样认为吧？"

她摇摇头："她真会生气的。她对我和对别人不一样。"

"为什么？"

"因为……因为我和别人不一样。"

他不再问她什么了。他心中明白了。他缓缓地将郑亚茹的毛巾搭在毛巾绳上。

"边上第三条毛巾是我自己的。"

他取下了她自己的毛巾。

"让我自己……"她向他伸出一只手要毛巾。

他没给她。他轻轻地替她擦干了双脚，慢慢解开自己的衣扣，撩起绒衣和衬衣，半裸出宽阔的结实的胸膛，将她的双脚暖在自己胸上。

"啊！不，不！……"

她慌乱起来。她骇然了。她欲缩回自己的双脚。他用绒衣将她的双脚包裹住，紧抱在怀里。

"别动！"语气那么严厉，同时瞪了她一眼。

她挣动了几下，没有挣回双脚。他的手那么有力！

她的脸红极了。她一下子用双手捂上了脸。

"当年我妈妈对我也是这样做的。"第二次提到他的妈妈，他的语调中流溢出一种深情。

她还能再有何种表示呢？还能再说什么呢？

她一动也没动。双手依旧捂着脸。

渐渐地，她感到自己的两只脚恢复了知觉，温暖了。也开始疼了。他胸膛里那颗年轻人的心强有力地跳动，传导到她的心房。

她自己那颗少女的稚嫩的心，也仿佛刚从一种冷却状态中复苏，怦怦地激跳。

许久许久，他们之间没有再说一句话。

一滴泪水，从她的指缝中滴落下来。随即，又是一滴，又是一滴……

是因为过分受感动？是的。当然是。但泪水绝不仅仅是因为受感动而倾涌，还因为……他提到了他的母亲。用那样一种深情的语调提到他的母亲。

而她却从未领受过母爱的慈祥和温柔。为了领受一次，她宁肯自己的双脚被冻掉！

同样的做法，这北方的小伙子从他的母亲那里学到，施加于她。诚挚之中带有几分强迫。

如果是母亲的话，她起初心理上怎会产生慌乱和骇然？

区别就在于此。虽然深受感动但也触碰到了她的隐衷。

她那颗少女的心不但稚嫩，而且那么细腻。所有细腻的情感都被她的双唇封锁在心里。因此她的内心世界比别的姑娘更加丰富，也更加充满矛盾和变化。

这样的一颗心当然不是他所易于了解的。他发现她的落泪，问："你怎么又哭起来了？"

这时，外面响起一片纷乱的脚步声，夹杂着吵嚷。紧接着，门开处，女排的姑娘们拥进宿舍，她们一见他在女宿舍中，他和她那种不寻常的样子，都呆呆地站立住，用猜疑的目光望着他们。

在众人的目光之下，她显出无地自容的样子，仿佛自己是个小偷，被当场逮住。她猛地从他怀中收回双脚，窘迫而羞涩。

"用被子包上脚。"他平静地对她说。转过身，问姑娘们："你们这样看着我干什么？"

没有谁回答他的话。

"简直是拿着弟兄们开玩笑！演习演习，半路上丢了战备演习指挥员！"

"不是丢了，咱们大排长准是叫敌人俘虏啦！"

男宿舍传来发牢骚的怪话和嘻嘻哈哈的笑声。

郑亚菇最后一个走进宿舍，她的目光在曹铁强身上差不多停住了半分钟，然后缓缓地转移到裴晓芸身上。

裴晓芸已经坐到火炕上，用被子包住了双脚。她低着头，不敢瞅姑娘们。

"哼！真丢人！"郑亚菇大声说了一句。

"你说谁？"曹铁强有点恼火了。

"我说谁，你心里明白！"郑亚菇向裴晓芸瞪了一眼。

他的同班同学，当着所有姑娘们的面，对他说出这般带有侮辱性的话，使他感到格外不能容忍。他几步跨到她面前，咄咄地盯着她的脸，质问地说："我不明白！你今天非得当着大家的面对我讲清楚不可！"

"讲清楚就讲清楚！我说的不是别人，就是你！还有她！你们俩！趁着大家演习，你们两个跑回来，在宿舍里搞什么见不得人的勾当！"

"你……混蛋！"曹铁强大吼一声，对郑亚菇扬起了拳头。但他毕竟克制住了自己，拳头并没有落下去。如果不是当着所有姑娘们的面，这一拳也许会落下去的。

"裴晓芸穿了一双网球鞋就跑了出去你们知道不？她的脚冻伤了，如果不是我把她背回来……可你们，都想到什么地方去了！"

郑亚菇怔住了。

曹铁强指着一个姑娘说："你，去把那盆雪水倒了！"又指着另一个姑娘说："你去把卫生员找来！"

两个姑娘不知是慑服于他的恼怒，还是出于同志之间的义务感，彼此望了一眼，一个服从地去倒那盆雪水，另一个立刻转身去找卫生员。

其余的姑娘，都向裴晓芸转拢过去。

郑亚茹独自站在原地，显得极尴尬。

"你和我的关系，并不比别人特殊，不过曾经是同班同学，你没有资格像刚才那样对待我！"曹铁强冷冷地对她说完这番话，愤愤地离开了女宿舍。

郑亚茹慢慢走到自己的铺位前，呆立了一会儿，突然扑倒在火炕上，抱着自己叠得四四方方的被子，哇的一声大哭起来。

"排长，都是……都是我不好，就算他刚才的话，是对我说的……"裴晓芸望着排长，心里感到无比内疚。

"你别装好人！"郑亚茹倏地坐起身，对裴晓芸狠狠地嚷了一句，之后又倒下去抱着被子哭。

有几个姑娘赶紧过来劝排长。

从那一天起，女排所有的姑娘都看得出来，排长对裴晓芸更加冷漠了，好像排里从此不存在裴晓芸这个人了似的。她们也看得出来，她们的排长和男排长之间以前那种比别人亲近的同学关系中，出现一道看不见的屏障。

而裴晓芸和曹铁强之间，又恢复到了那种几乎谁都不接触谁的关系。

然而裴晓芸多想找个机会对曹铁强说句感激的话啊！即使仅仅从情理上讲，这样的话也是应该对他说一句的。可是每当她和他单独在一起，还没来得及开口，郑亚茹便会忽然出现。能够和他单独在一起的机会又是那么难得！

　　春节前，连里不知出于何种安排，对每一个请假回城探家的知识青年，都毫无例外地批准。也许是出于对知识青年的体贴和关怀吧！知识青年先后离开连队。最后，男排只剩下了一个人——曹铁强。女排只剩下了两个人——郑亚茹和裴晓芸。裴晓芸知道，排长所以迟迟没有动身离开连队，一定是想和曹铁强结伴探家，同去同归。可曹铁强为什么迟迟不回城探家呢？他舍不得他养的那只小狗？也许是的。他那么喜爱那只狗？她哪里知道，出于对她的同情，他决定放弃那次探亲假了。他不忍心将知识青年中的一个小阿妹，孤独地撇在连队。

　　她和排长两个人住在空荡的宿舍里，却谁也不理睬谁。在排长郑亚茹面前，裴晓芸更自卑。排长是一位军队干部的女儿，正牌的"红五类"；排长是老初三毕业生，在学校成绩优异，据说不是因为"文化大革命"，学校要保送她上重点高中呢；排长是市红代会常委，来到北大荒之后，还被请回城市参加过一次红代会常委会，排长在全排姑娘们眼中是具有男性威严的；排长是在全团名声响亮的人物；排长是很美的，高于一般姑娘们的个子，飒爽的身姿，乌黑而浓密的短发，裹着一张椭圆形的五官端正的脸，两条眉毛不但细而长，还很英气，一双丹凤眼，总是投射出自信的矜傲的目光。

　　女排的姑娘们，谁都知道，她们的排长在暗暗地爱着男排排长曹铁强。天生一对，地产一双，大家都这么认为。但也有姑娘对两位排长之间的关系发表过预言性的看法："两个自尊心都太强的人，是无法结为生活伴侣的。"这话是背地里谈论过的。

　　姑娘们都不能理解的是，她们的排长明明爱着人家，又总是随时随地有意无意在她们面前扮演一个无穷烦恼的被追求者的角色。尽管这种角色她扮演得极成功。

　　裴晓芸在这一点上却自以为是能理解排长的。"不会高傲，就不懂得爱情的艺术。"她忘记了自己过去曾从哪一本小说里读到这句话的。排长一定也读过这本小说。因为排长既会高傲，必然也就对爱情的艺术深通谙达了。

她非常希望排长也能理解她，哪怕一点点。非常希望自己能和排长处好关系——一般的战士和排长关系，对她来说就很知足了。她不敢奢望比这更进一步的友好关系。她觉得自己不配，排长是什么样的人物!

两个人，按照同样的时刻。早、午、晚活动在大宿舍里，却彼此不说一句话，不正视一眼，这是多么别扭!有几次，她想主动张口和排长说话，排长却好像能够猜度她的心思，每每在这时候走出去了。

其实，她最想对排长说的，无非只有一句话："排长，我是敬佩你的呀!我心甘情愿处处听你的吩咐，服从你的命令!"

就像一粒砂子含在河蚌体内，久经揉磨，变成了珍珠。这句话也是许许多多在她内心经过无数次筛选的结果；这句话无论从任何意义上都是她的心里话。

排长竟不给她说出这句话的机会。

有天晚上，排长不知到哪去了。她一个人百无聊赖地坐在火炕上，坐在窗前，把嘴贴在玻璃上，一口接一口地用哈气暖化玻璃上的霜花。

玻璃上渐渐哈出了一个可见夜色的小洞。从这个小洞，她朝外面窥望。有两个人在月辉下向宿舍走来，分明是排长和他——曹铁强。他们走到宿舍门前那棵大杨树下，同时站住了，对望着。

她向他走近了一步。他也向她走近了一步。

他们拥抱在一起了。

他们的嘴唇相吻了。

裴晓芸的脸倏地从窗前侧转开，双手下意识地捂上了那个小小的霜洞。

少女的心狂跳不已。

这是她第一次亲眼看到男女之间的情爱举动。她仿佛看到了自己所绝不应该看到的，愧怍极了，不安极了。虽然是无意中看到的。

她赶紧展开被子，钻进了被窝。用被子蒙上了脸。

一会儿，听脚步声，知道排长走近了宿舍。

又过了一会儿，灯熄了。

第二天，当她醒来时，见排长在捆行李。

"你醒了吗？"排长说。

她没有回答，一时不能相信排长是在对自己说话。

排长转身看了她一眼，又说："帮我捆一下行李可以吧？"

不是在对她说话又是在对谁说话呢！她立刻从被窝里爬起来，顾不上穿衣服，也顾不上蹬鞋子，光着脚就跳到了地上。

"你先穿好衣服，别冻着。"

排长这种从来没有施舍给她的关心，令她深深地感动了。

她匆匆忙忙地穿上衣服，趿着鞋走过去帮排长捆行李。一根绳子，一人手里攥一头。

"用不着勒太紧，捆上点就行。"排长一边勒绳子，一边说："我也要回去探家了，今天就走，和他一起走。"

她知道排长说的"他"是谁。

内心的欢喜反射在排长的脸上和眼睛里。排长的眼睛比以往更明亮，脸上焕发着娇红的光彩，洋溢着少见的柔情。排长的心境一定像早晨的花园一样!

而她自己的内心里，却感到一种空旷和苍凉。

从今天起，两个大宿舍，只剩我一个人了！她心中不禁这么想。

别人都有家可归。

她没有家了。

也没有亲人。在大上海，连一个亲人也没有。

帮排长捆好行李，他来到了女宿舍，怀里抱着小狗"黑豹"。

"我们今天也要离开连队了，大宿舍就剩下你一个人了，我把它托付给你。"他像将什么贵重之物至诚相托。

她从他怀里接过"黑豹"，抚摸着，一句话也没说，只是值得信任地点点头。

他默默地环视着女宿舍，问："你怎么不回上海呢？"

"我……回去没意思。"她故意用一种平淡的语调回答他，并且，对他微微笑了一下。

她不愿因自己的凄婉处境破坏他们此刻的良好心境。但她的微笑并没有如她所愿。因为他从她那一现即逝的微笑中分明细心地观察到了一种苦涩的意味。

"也许，'黑豹'和你在一起，会减少一点你的孤寂的。"他对她这么说，目光是怜悯的。

听了他的话，她不禁低下头，将脸贴在小狗身上。

她抱着小狗，站在大宿舍门口，久久地目送他们所坐的马车离开了连队。

从那一天，大宿舍里就只剩下了她一个人，和一只小狗。白天，她并不感到特别孤独，因为她还要和老职工们一起劳动。他们对她表示了种种关怀。他们，只有他们，才公正地、平等地把她看作几十万来到北大荒的知识青年中的一个。一个从小生长在城市而如今远离城市的女孩子。到了夜晚，那种孤独之感，才咄咄逼人。当外面呼啸起西北风，小"黑豹"就跃上火炕，往她被窝里钻。它也感到了孤独。

刚过完春节，他就从城市返回连队了，是全连第一个回来的知识青年。

那天中午，她正在宿舍里独自吃饭，忽听外面有人叫："'黑豹'！'黑豹'！"接着，是一声口哨。

"黑豹"愣怔了一下，立刻像支箭一般窜到宿舍外面去了。她跟了出去，看见他拎着提包，站在男女宿舍之间的过道里。

"他在叫狗，并没有叫我。"见他将"黑豹"抱起，亲爱地抚摸着，她这样想。

他对她笑笑："我应该感谢你，小狗长大了不少！离开这么几天，我还真想它呢！"

同样是离别，他心中想的只是狗，一句话也不问到她。

她的心被挫伤了。她习惯地在他面前垂下了睫毛，一声不响地退回宿舍。

一会儿，他来到了女宿舍，送给她一些从家中带回来的糖、花生、瓜子。

"我不要。你自己留着吃吧。"她拒绝收下。她把这些东西视为他给予她的报酬，因为她替他喂养了几天小狗。

"这是我的一点心意。"他把那些东西放在火炕上，转身就走。

那天深夜，外面又刮起了西北风，像是一头怪兽在嘶叫。她躺在被窝里，难以安然入睡。她心中产生了一种莫名其妙的委屈，仿佛又受到了什么人的欺负。她哭了。开始哭声还很低微，后来哭声渐渐大起来，无法克制。

第二天早晨，她端着脸盆走到宿舍外面倒洗脸水，他跑步回来，拦住她，问："你昨天夜里为什么哭？"

"我没哭。"她低下头，想绕过他身边走进宿舍。

他挡在宿舍门口，固执地问："是不是你一个人在连队的几天里，有谁欺负你了？你不告诉我？我就不让你进去！"

她摇了摇头。

他又说："你为什么不能信任我呢？像信任一个大哥哥似的。你……简直不像一个女知识青年，像一个小女孩。我是很愿意在什么事情上帮助你的，真的！"

她还是默默不语。

"世界上有一样东西，对任何人都越多越好，那就是友情。"

听了他这句话，她渐渐抬起头，第一次那么勇敢地面对面地正视他的脸。

她的目光中既有信任，也有疑问。

他脸上的表情是真挚而坦率的。

于是她喃喃地说："我……怕……"

"怕？……怕什么？"

"怕……夜晚……"

"夜晚有什么可怕的？你不是已经一个人度过了好多夜晚吗？"

"那些夜晚，有小狗和我做伴。现在你回来了，连小狗也不肯和我做伴了。"

他的心弦被她低声说出的话语拨动了。对面前这个出于怜悯而想给予一些关照的少女，他是多么缺乏理解啊！

当天，他在男女宿舍的墙上各凿了一个小孔，将一根绳子穿过小孔，伸到女宿舍来。

"你要干什么？"她瞪大眼睛看着他在这样做，很奇怪地发问。

他将绳子引到她的铺位前，绳子的一端交在她手中，说："我在绳子那头拴了一个小铃铛，就吊在我头顶上。你睡时，手里握着绳子，做噩梦也不会感到害怕了，梦中我肯定会像天神一样降临你的身边，解危救难！"他因为自己竟想出这样一个哄小孩的主意，说完有点不好意思地笑了。

"你……真逗……"她也笑了。

她果然天天晚上手里握着那根绳子睡觉。她果然从此不感到孤独，也不怕夜晚，不怕西北风的呼啸了。

知识青年们陆陆续续地返回连队了。绳子被她收起来了。小铃铛他送给了她。

他依然是男排的排长。

她依然是女知青中最沉默寡言的一个姑娘。

生活又回到了原来的样子。

虽然如此，她还是真实地感觉到生活对自己来说发生了些什么变化。这感觉是朦胧的，似乎发生了但又似乎并没发生的变化，才既令她入迷，又令她感到新奇。她是怀着连自己都难以解释清楚的微妙的心理，去细细体验这种新奇的变化的。她颤栗地期待着更重要的变化某一天突然发生。她究竟期待的是什么呢？期待着一种什么意义上的变化呢？将会发生什么呢？怎样发生呢？……她什么都不能回答自己，然而她又的确体验到了什么，的确在期待着什么，的确被什么诱惑了。也许什么变化都没有发生？也许什么都不存在？也许令她内心骚动的不过是虚幻缥缈不可捉摸的憧憬？……

女排排长郑亚茹最后一个返回连队。她超假半个月。一回到连队，她就立即向党支部补交了一张诊断书。她在探家期间生病了。诊断书证明这一点。但女排的姑娘们却都看得出来，排长绝没有生过病。并不是从排长的外在精神状态得出的结论，而是她处处不自禁地有所流露的内心情绪的真实色彩告诉了她们。一个姑娘若被许多姑娘加以研究，那她内心是难以隐藏住什么秘密的。何况女排排长早就成为她的战士们的重点"研究项目"了，何况她们在对她加以诸方面的研究之后已经积累了不少经验呢？经验告诉她们，排长准是在爱情方面获得了极大成功！不，更准确一点说，是在爱情的"拉锯战"中获得了决定性的胜利。那被征服了的一方，当然是男排排长曹铁强了。她们既替曹铁强惋惜（未免被攻克得太轻松了些罢），同时也不无对郑亚茹的嫉妒。瞧她不论说什么话做什么事时那种自信劲儿！瞧她那双被内心的爱情之火燃烧得多么明亮的眼睛！瞧她浮现在脸颊上的那种幸福的红晕！瞧她独自呆坐，凝眸出神时那暗暗得意的模样！唉！唉！哈尔滨的小伙子那种刚愎和高傲哪去了？怎么就招架不住姑娘的一二回合呢？在她们面前，他对郑亚茹像块百炼钢，说不定背人时就变成了绕指柔呢！小伙子们差不多都是这德性吧！

　　曹铁强的确是被征服了。被情愿地征服了。在和郑亚茹一块儿探家的短短十几天中被她征服了。有谁会想到，小伙子刚愎高傲的性格的茧衣内，包裹着一颗充满情感矛盾的心呢？又有谁能真正理解小伙子对北大荒的开拓事业那种特殊的崇敬呢？他的父亲和母亲，都是北大荒的第二代创业者。父亲原是东海舰队某舰的轮机班长。母亲原是哈尔滨军事工程学院医务所的护士长。父亲是随着十万转业官兵的行列来到北大荒的，当上了进发雁窝岛的第一支垦荒队的队长。为了给垦荒队踏查出一条道路，他牺牲在绵亘的大沼泽里，连遗体也无法寻到。母亲哭了三天。三天后，将刚刚背上小学生书包的儿子寄养在老上级家中，自己也登上了北去的列车。母亲一到北大荒，就坚决要求到以父亲的名字命名的那支垦荒队去。她不久成为中国最早的几名女拖拉机手之一。她驾驶着父亲生前驾驶的那台拖拉机，追随着垦荒队，驰骋在北大荒。艰苦并没有把这个刚强的女性从男子汉们的队列中甩掉。她终于像父亲一样赢得了他们的敬佩，担任了父亲生前的职务——垦荒队队长。她是中国第一名女垦荒队队长。她曾出国参加世界劳动妇女联欢节。以后，她成为中国第一名女农场场长。曹铁强永远也忘不掉九岁时看过的一部影片——《英雄战胜北大荒》。他当时比看任何电影都更加被吸引、被激动。虽然，他没有从银幕上看到爸爸和妈妈，但顶着暴风雪向荒原挺进的垦荒队出现在银幕上时，他相信其中有一台拖拉机一定就是爸爸妈妈驾驶过的。他对北大荒的向往，他对垦荒者们的崇敬，就是从那时开始的。一个五六岁的小女孩，用手绢兜着种子，跟在父亲身后，向肥沃的土地点种……这是影片的一个镜头。他对那小女孩多么羡慕多么嫉妒啊！他在寄给妈妈的信中写上了这样一句话："妈妈，我要到北大荒去！"妈妈的回信很短："孩子，你要学好文化知识，你要长大以后再来！妈妈在北大荒等待着你！"他没有因为妈妈的信写得这样短而沮丧。他完全能够理解，刚刚建立起来的农场，需要创业者们做多少事情啊！何况妈妈不但是创业者，而且是农场场长……

他长大了。每天都带着一种迫切希望自己早些长大的心理一年年地长大了。母亲那封信至今他仍保留着。但母亲，却已长眠在地下数载了。

批判会。批判修正主义建场路线。批判"黑劳模"。批判中国第一个女农场场长。第一个，这本身就是一种罪过！哥白尼是第一个向全人类大声说"地球是绕着太阳转"的人，于是他遭到了教会的残酷迫害。除了耶和华，教会是不能容忍人类还在其他某方面产生什么"第一个"的。中国人虽然相信上帝的不多，原来却有人同样具有不能容忍"第一个"的劣根性。

对中国第一个女农场场长的批判形式是别出心裁的。父亲生前开过的那台英雄的拖拉机被用黑漆画上了"×"。母亲被强令驾着这台拖拉机来到批判会场接受批判。拖拉机像坦克一般冲乱了会场，碾过会台。母亲将拖拉机一直开到山崖畔，她纵身跳下了山崖……

　　这就是中国第一位女农场场长的结局！这就是十年动乱中发生在北大荒的一幕悲剧！

　　刚满十八岁的曹铁强没有哭。他在全校第一个报名要求到北大荒去。他要见识见识北大荒那一片吞没了父亲的沼泽！他要知道母亲是从哪一座山崖跳下去的！他要擦掉父亲和母亲都开过的那台拖拉机上的黑"×"！他要告诉每一个北大荒人，他是谁的儿子，他来了！

　　他的要求竟没有被批准。

　　他哭了。只因为此。

　　代替父母像抚养自己的儿子一样抚养了他十年的恩人，母亲生前的老上级，哈尔滨军事工程学院一位当时遭到政治厄运的副院长，陪同他第二次来到黑龙江生产建设兵团驻哈联络处。

　　老人大声质问："你们为什么不批准他？"

　　得到的回答是："因为他母亲的问题……还没有最后作出结论，我们政审很严。"

　　"可他也是他父亲的儿子啊！他父亲的烈士碑还立在北大荒！"老人的手杖使劲捣着地板。

　　接待人员搓着手说："我们……做不了主啊！"

　　"烈士的儿子，竟连继承烈士遗志的权力都被剥夺了！"老人叹息一声，突然拉起他的手，愤慨地大声说："我们走！北大荒不要你，我带你到五七干校去！"

　　"等等！"那接待人员叫住了他们，走到他跟前，拍着他的肩说："如果你决心到北大荒去，不批准你也可以去嘛！当年转战北大荒的十万官兵，都知道你的父母，都非常怀念他们……"

　　得到这种暗示，几天之后，他混在第一批奔赴北大荒的知识青年中间，乘上了开往最北边陲的列车……

　　虽然他是"混"到北大荒来的，但并没有因此被哄回城市去。

北大荒用沉默的诚意接收了他。只有他，才能体察到这种沉默胜过热情的诚意。一下火车，多少人在那一批知识青年中寻找他，握他的手，对他说"好好干"或者"别给你爸爸妈妈丢脸"。他们，有的认识他的父母，有的并不认识他的父母。他们都是《英雄战胜北大荒》中的那一代创业者。他们从十几里，几十里，甚至几百里地外赶来，只是要在火车站见到他，握一下他的手，对他说一两句话。他一个也不认识他们。他连他们之中一个人的名字都没有记住。

他要求把自己分到雁窝岛。他的要求没费口舌便如愿以偿。可是，雁窝岛并不仍像他在《英雄战胜北大荒》中所见的那么荒凉了。那里已经建立起了农场。荒原已经被征服。吞没了父亲的那片沼泽，已经变成水库。来到雁窝岛的第一天傍晚，他独自伫立在水闸坝上。赤红的晚霞燃烧着淡蓝色的水面。水面浮现出了父亲的容貌。父亲生前经常用口琴吹奏《水兵之歌》，他耳旁仿佛又听到了这支歌，那充满火热激情的欢快节拍。口琴是父亲任何时候都揣在衣兜里的爱物，肯定和父亲一起沉没在当年的沼底了。父亲的碑就立在水库闸坝的一端。他沿着闸坝走到碑前，仰望着碑顶那台石雕的翘首的拖拉机，心中默默地说："爸爸，我来了！"他心中突然产生一种悲哀的遗憾。他但愿眼前没有这水库，而仍是一处狰狞的沼泽！对于吞没了他父亲的那片沼泽，他心中是有种强烈无比的挑战，甚至可以说是复仇般的征服意志的啊！但它却已经被征服了。不是被他，而是被别人！他扑倒在岩石碑座下，痛哭了一场。附近没有一座山。不必问什么人他也知道，母亲并非是在这里遭到了那次不公正的批判。有人主动带他来到了机车旁，告诉了他哪一台是他父母生前开过的拖拉机。它已经旧了，但保养得很精心。在并列的十几台拖拉机中，它最洁净。黑"×"被擦掉了，还看得出被什么东西认真刮过的痕迹。

　　带他来到机车库的陌生人告诉他："这台拖拉机仍保持着当年的作业效率。"

　　此话对他是多么大的宽慰啊！

　　第二天，他悄悄地告别了雁窝岛。

　　他要在北大荒做一个像父母那样的创业者，而不甘仅仅做一个继业者！

　　于是他被重新分配到了最边远的刚刚开始组建的三团……

　　他也像所有的知识青年一样想念过家么？想念过的。不唯想念。更其惦念。虽然军事工程学院的老副院长并非他的父亲，虽然老院长的女儿并非他的妹妹。但他们与他有着父子一样的兄妹一样的感情。多少个不眠之夜，他担虑着那善良而正直的老人将会进一步遭到什么迫害，担虑着那脆弱的，因小儿麻痹而残遗了一条腿的异姓妹妹的处境。

　　和郑亚茹一块儿探家回到城市后，他才得知老人确诊为肝硬化后期。他不忍离开他们了。假期一天天接近，他烦躁，他彷徨，他不知道自己应该作出怎样的决定才对。一天晚上，在省军区大院郑亚茹的家中，在她的房间里，在她关心而温柔的询问下，他向她讲起了自己的父亲，母亲，讲起了老院长父女，讲起了他对他们的感恩之情，倾吐了他内心的矛盾。他想要留在城市照料老院长父女，但又怕连队里的任何一个人都不会理解他，把他视为北大荒的"逃兵"。

　　他讲完才发现，她早已泪流满面。她忽然像个小孩子似的哭了。她是深深地被他讲述给她听的这一切所打动了。他第一次向她讲述了这么多这么多，而且讲述的都是内心最真实的。她不仅感动，同时感激。同学三年，她那一天才知道，他有那样的父亲，那样的母亲！他能够把这一切都毫无隐瞒地告诉她，这足以证明，她在他心目中的位置，毕竟高于所有那些他所认识的姑娘们！

她擦干眼泪，盯着他，问："今天你对我讲的这些，从没有对任何人讲过吗？"

他发誓般地回答："没有。"

"如果不是我，换一个人，比如，另外一个你认识的姑娘，你也会把这一切统统告诉她么？"

他沉默片刻，摇摇头："不，绝不会……"

她对他的回答非常满意，低下头微笑了。

当她送他走出家门时，说："你明天有时间的话，我希望能和你一块儿到江畔去走走。"见他犹豫，她又补充了一句："我有重要的事和你商量。"

第二天，两人徐徐漫步在松花江畔。她默默地和他并肩来回走了许久，才靠着一根栏杆站住，告诉他，省里的几所大学已经开始试行招收工农兵学员。她要尽一切努力为他争取到一个名额。如果争取到了，他就可以有三年的时间一边在城市学习，一边照料他的恩人父女了。他感激得紧紧握住她的手，不知说什么话才能表达自己的心情。

她听凭他握住自己的手，将脸侧转向松花江，望着冰封的江面，说："你应该明白，我是因为爱你才这样做的。"

他没有回答她这句话，但他在自己心中暗暗立下了誓言：我今后要开始爱这个姑娘！我再也不能挫伤她对我的爱情！

全连只有他一个人知道，郑亚茹超假半个月，是为他在城市多方奔走。

不久，连里收到了由团部转来的一份哈尔滨医科大学的录取通知书。

曹铁强要离开北大荒，去上大学了！消息在全连传开，所有的知识青年都感到意外。他们从那一天开始用另外一种眼光审视他了。那种目光向他表明，他们怀疑他过去是否值得受到他们那么多的尊敬。

他是怀着一种悲凉的心情离开连队的。

只有一人为他送行——郑亚茹。

当夜住在团部招待所里，已经十点多了，忽然有人敲门。

他打开门，见门外站着一个陌生的知识青年。

"你是曹铁强？"

他点点头。

对方走进房间，说："我想和你谈几句话。你是接到一份哈尔滨医科大学的录取通知书吗？"

他迟疑了一下，点点头。他觉得并没有隐瞒的必要。

"你热爱医生这种职业吗？"

"……"

"你愿意毕业后还回到北大荒吗？"

"……"

"你能够成为一名北大荒所需要的出色的医生吗？"

他生气了。反问："你是谁？我根本不认识你。你有什么权力这样质问我？"

对方缓慢地从兜里掏出一盒烟，缓慢地抽出一支，叼在嘴上。缓慢擦着火柴，缓慢地吸了几口，眯起眼镜后面一双沉静的眼睛瞧着他，用缓慢的语调说："我叫匡富春，团部的卫生员。谈到权力，我不但认为我有这种权力，而且认为，任何一个北大荒人都有这种权力。北大荒需要医生，需要出色的医生。争取到一个上医科大学的名额是很不易的，如果被一个对医生毫无职业感情的人，或者被一个仅仅想利用上大学的机会离开北大荒回到城市去的人占有了这个名额，那未免太令人失望和遗憾了！"

对方的表情和语气，都流露出毫不掩饰的嘲讽甚至侮辱。但对方所说的这番话，又是那么理直气壮。令人丝毫也不能怀疑这番话有任何不光明磊落的企图或动机。

他虽然感到受了难以容忍的嘲讽和侮辱，但他还是容忍了。他第一次觉得在别人面前心中有愧。

对方又开口说："这个名额本是我争取到的。我曾给医科大学写过一封信，向他们反映了北大荒缺少医生的实际情况，并向他们提出请求，允许我去自费学习。我的祖父和父亲都是医生，而且是很出色的医生。我从小热爱医生这一职业。我向他们提出请求，没有任何个人目的。我只是想成为北大荒所需要的一名出色的医生。我相信给我一次学习的机会，我可以成为一名好医生。他们回信答应了我的请求。可是最近他们给我的又一封信中解释，由于某种原因，答应了我的名额，被我们团里的另外一个人顶替了……"

他怔怔地望着对方，一句话都说不出来。

"我并不想责怪你。更不想和你吵架。我只是来对你说，不管你是否已决定将来当一名医生，我希望你能珍惜这一次学习机会，希望你三年后还能回到北大荒来。北大荒需要出色的医生……"对方看了他一眼，缓慢地抬起手，用食指朝鼻梁上推了一下眼镜，没有任何告别的表示，一转身走出了房间……

第二天，他又回到了连队。

可想而知，郑亚茹对他这样做恼怒到何种程度！无论他怎样向她解释，都不能求得她的谅解。

他几乎是把匡富春对他所说的话一字不差地复述给她听，一遍又一遍。但却只能愈加激起她的恼怒。

"你多高尚啊！可我是为了谁？我在城市四处奔波，拉关系，挖路子，走后门，求爷爷告奶奶，就差没给别人下跪了！整整半个月，两条腿都跑细了，舌头都磨短了，为了谁？！团长心里记着你一笔账呢，根本就不同意让你上大学！也是我一次次跑到团部替你说情，装哭，耍赖，连一个姑娘的自尊心都不顾惜了，可你！你倒成了无比高尚的人，我倒成了顶顶卑劣的人了！高尚不过是一种自我表现欲，这一套我也会！我从明天起要每月给这个匡富春寄出拾元钱，写一封信，要写得情意缠绵，鼓励他为北大荒好好学习！他会比感激你更加感激我！……"

她果然说到做到，第二天就给匡富春寄了一封信和拾元钱。不过信中写了些什么，是否情意缠绵，他却不知道了。

他和她又一次闹僵了……

发枪了！

随着边境局势的恶化，全团几个重点连队，包括工程连，组建了"战备分队"。真枪实弹，代替了每天清晨出操训练时的木枪木手榴弹。枪，比镰刀，比锄头，比拖拉机和收割机更使生产建设兵团的知识青年感觉到他们不同于一般下乡插队知识青年的特殊价值。

这种特殊价值是他们每个人自我意识的支撑点。

他们早已不满足于一年四季仅仅播种和收获了。他们渴望着浴血战场报效国家的机会！

因为他们是生产建设兵团——战士！

当初，他们中许许多多的人，正是为了这两个字，放弃了到离家较近，生活条件较好的农村插队的机会，而千里迢迢奔赴北大荒的。

他们不怕死，只要能做英雄。

他们就怕平凡的生活。艰苦他们已经习惯了。习惯了的就是平凡的。而"平凡"对他们来说是一种软性的挑战。他们没有足够的耐力应付这种挑战。渐渐冷却的政治兴奋在他们身上转化成追求那种惊天地、泣鬼神的英雄壮歌的激情。

但，并不是每一个人都有资格获得战斗武器。

枪，只能发给"红五类"。

这是内定的原则，但战备形势报告会上的动员令，却是向每一个知识青年发出的。

于是一份份申请书由班排长递交到连部。连部讨论通过的申请书，附上鉴定和意见，密封后报到团军务股审批。

裴晓芸也写了申请书。

那不是一般的申请书。

那是用指血写成的申请书。

别人，钢笔写的字句，尽可表达对党对祖国对人民的忠诚和献身精神。但她不可以，她是入了"另册"的，她十分清楚这一点。

只有用血来表达。她想，一腔血都洒在战场上，乃是她心甘情愿的，在烈士的队伍中，也许是没有"另册"的吧？她这样相信。

她没有按正常程序将申请书交给排长郑亚茹。

晚上，连部开会，讨论确定"战备分队"的战士名单。

老指导员一份接一份地翻阅申请书，忽然问郑亚茹："裴晓芸没写？"

女排排长点点头。

指导员又问："是不是写了没交？"

能不能被批准为"战备分队"的战士，和有没有这种要求，意义是并不相同的。每份申请书，都要作为一种忠诚的证物入档案的。

"根本没写，或者写了没交，对她还不是一回事吗？"女排排长不以为然地回答指导员的话。

"这不一样。"指导员很严肃。

"你有必要去问问她。"曹铁强看着郑亚茹说。

"我认为没有必要。"郑亚茹顶了他一句，坐着不动。

裴晓芸就在这时走进连部，将申请书交给指导员，立刻低着头转身走了出去。

指导员看着她的申请书，脸色肃穆起来。

申请书从指导员手中传到曹铁强手中，又从曹铁强手中传到郑亚茹手中。

"我们就最先来讨论这份血书吧！"指导员说完这句话，开始卷烟。这是他内心不平静时的习惯动作。

郑亚茹许久都没有放下那申请书。虽然纸上仅写着五个字：我要一支枪。

曹铁强的目光盯着郑亚茹，举起了一只手。

指导员随即举起了手。

郑亚茹仿佛受到迫使，也缓缓地举起了自己的手。

第二天，曹铁强在食堂门口碰见裴晓芸时，对她低声说了一句话："连队通过了。"

裴晓芸的脸色霎时苍白，连薄薄的嘴唇也哆嗦起来。

她呆呆地望着他，半天才说："别骗我啊！"

"真的！"曹铁强对她微笑着，肯定地点点头。

然而发枪仪式那天，公布完了战备分队战士的名单——竟没有她的名字。

眼看着别人从指导员手中接过一支支枪，没等发枪仪式举行完毕，她悄悄地转身离开了。

她一跑回大宿舍，就哇的一声哭了。

曹铁强也跟在她身后来到了女宿舍，他想安慰她，却找不出能够安慰她的话。

一个在伤心地哭，一个呆呆地陪坐在炕沿上。

　　一会儿，女排的姑娘们都回到宿舍里了。被批准为战备分队的姑娘们，兴奋地哼唱着，说笑着，一个个将枪栓拉得哗哗响。

　　郑亚茹拿着两支枪走到曹铁强跟前说："给你枪，我替你领了！"

　　他双手接枪时，她一字一句地说："我判断得果然不错，那里是庄严的发枪仪式，这里是默默的儿女情长。"

　　"就算你说得一点不错，那又怎么样？"他瞪着她。

　　"我能把你怎么样？你就是爱上她了，我也管不着！"

　　他站了起来，将枪朝肩上一挎，走到裴晓芸面前，说："打起仗来，我要用这支枪，从敌人手里为你缴获一支枪！"

　　裴晓芸转身欲朝宿舍外跑，被曹铁强拦住了。他扳住她的双肩，盯着她的眼睛，说："我爱你，听明白了？我爱你！"说罢，他在她唇上吻了一下，这才放开她，挑衅地扫了郑亚茹一眼，走出女宿舍。

　　他刚出门，裴晓芸晕倒了……

　　她接连在床上躺了三天，三天内没吃一口饭。卫生员来看过她几次，认为她没有生病，但心理受到了严重刺激。三天内，她憔悴得像一株枯黄的小草。

　　第四天，她起来了，吃饭了，和大家一起出工了，但不说一句话，像哑巴了。

　　曹铁强为此深感不安和懊悔。女宿舍只有她一个人在的时候，他来到女宿舍，内疚地对她说："请你相信，我那天对你并无恶意，半点恶意也没有，我……"

　　"你当众侮辱了我！"她凌厉地打断他的话："你并不爱我，你只不过是同情我，怜悯我，仅凭这一点，你就以为自己有权当众吻我了么？就算你真爱我，你也没有这种权力！你曾问过我，我是否爱你么？"

　　他像是在被审讯，狼狈极了。

她又说："虽然你的同情曾使我感激，但从今以后，我不再需要你的同情了，更不需要你的怜悯。"

"我……我……"他情不自禁地握住她的一只手，要进行解释。

"别碰我！"她严厉地叫了一声，从他手中抽出了自己的手。

他默默地注视了她一会儿，退出了女宿舍。郑亚茹站在过道里，显然什么话都听到了，脸上浮现着幸灾乐祸的神情，对他冷笑……

夜里，他翻来覆去，难以入睡。

是呵，我爱她么？爱这个瘦弱的，阴郁的，内心的自卑和高傲都那么强烈的上海姑娘么？

同时他想到了郑亚茹。她是爱他的，这一点他毫不怀疑。和许多姑娘比，她身上自然有不少超群压众之处。他曾经以为自己是爱她的，他甚至无数次地迫使自己爱她。然而他却渐渐感觉到这样的爱竟成了一种沉重的负担。他总觉得她身上缺少些什么，也许还是最重要的什么。她并不缺少姑娘的温情。尽管别人都如此认为，但那是不公正的。她曾给予过他多少温情啊！天地良心！她也绝不缺少美，缺少魅力。他不能不承认，她是个美丽的姑娘；即使和一百个姑娘站在一起，她也还是会吸引任何一个小伙子的目光。他也不能不承认，她身上具有某种特殊的魅力。更不能不承认，这种魅力常常令他心动。那么她身上究竟缺少的是什么呢？他还思考不清。她似乎像一幅大写意山水画，只可远瞻，不能近观，更不能细细审看。他与她几次和好，又几次疏远，却仍对她很茫然……

这一夜晚，裴晓芸也同样多思少眠。

她是爱他的呀！

我的话对他是不是太过分了呢？如果我不对他说那些话，这爱情会不会变为可能的呢？如果仅仅因为我已说出口的话，伤了他的自尊心，可能而变为不可能，那我是一个多么愚蠢多么不幸的姑娘啊！他多么可恨！他为什么没有想到我也是有自尊心的呢？仅凭这一点就足以证明，他根本不爱我，绝不会爱我。啊，我太自作多情了，我和他之间根本没有什么可能……

回忆，这是一种特殊的精神享受，如果谁确有值得回忆的经历。内心的痛苦，感情的折磨，不公平的处境，破灭的希望，萌发的希望，种种希望变为种种失望后心灵受到的极猛烈的冲击，这些经历，便是回忆对人具有的非凡魅力。尤其在人认为自己获得了幸福之后。

今天，站在哨位上的裴晓芸，充满信心地认为自己是一个获得了幸福的人。尽管此刻她正受到寒冷的威胁。

突然，她发现了出现在山林中，荒原上，公路上那几队火把。

"黑豹"竖起了耳朵……

四

最先进入团部区域的，是一辆马车。坐在马车上的人们举着数支火把，火焰被风朝后拉扯成不规则的三角形，仿佛像一面面燃烧的小旗。团部会议室门前宽阔的大道与公路相连。马车从公路拐上大道，马铃哗哗，毫不减速，带股来势汹汹、横冲直撞的劲头，有如驰骋沙场的古战车。它直抵会议室门口，老板子才高喝一声"吁"，猛刹住车，险些闯进了会议室。

二十几个青年跳下马车。火把的光在夜的胶卷上耀映出一张张若明若暗的脸，每一张脸表情都那么严峻而冷峭，分不清男女。他们与从会议室走出来的人们对峙着。

三匹马，马腹剧烈地起伏着，喘息声短促而厚重，鼻孔喷出团团热气。它们贪婪地舔着雪。

政委孙国泰，走到一匹马跟前，在马身上摸了一下，像洗了把手似的。马身上汗如雨淋。

"你们，是哪个连队的？"他问。

他们谁也不回答。

"把马累成这样，你们于心何忍？"

仍没有人回答。

沉默，既流露出含蓄的敌意，也分明对他显示出客气。

他回头对站在身后的几位连长和指导员说："你们认认，是不是自己连队的马车？"

"是我们三连的马车。"三连的大胡子连长说着走上前来。

"你们会后悔的！你们要对今天的行为所造成的后果负责任！你们每一个人！"他对他的战士们大声吼。

"到了这种关头，我们还考虑什么后果？"

"连长，别吓唬我们，我们不怕。"

"我们什么都不怕，我们豁出去了！"

……

这些话，在另外几位连长和指导员听来，简直等于挑战！等于公开蔑视他们所有人在连队中的威望，而且是当着团政委的面！他们都气愤了。

无论在任何情况之下，当对一个人的放肆，代表对一种领导权力的挑战时，被领导者们就将领导者们的意志统一起来了。

"我提醒你们，你们现在还是兵团战士，我现在还是你们的连长！在你们的返城手续上，还要我签字的！"三连长暴跳如雷。虽然，他不是一个知识青年，可刚才在会议上，他是准备为知识青年，为本连战士们的命运大声疾呼地发言的。没想到，他的战士们此刻当众往他脸上抹黑！

"连长，你敢不签字，我们就剁掉你的手！"他的一个战士，慢言慢语地说出这话。说得那么从容镇定，说得那么轻松。但只有白痴才可能会把这样的话当成玩笑。

"住口！"三连指导员也从会议室走了出来，呵斥道："兵团最高军事法庭还没有解散呢！"

"我把你捆起来！"三连长朝那个扬言剁掉他手的战士怒冲冲地走过去。

"对，把他捆起来！他既然能说出这样的话就能做出这样的事！"另外两个连干部上前欲助三连长一臂之力。

"太不像话！"政委孙国泰突然极其严厉地说。

三连长站住了，转过身看着政委，不明白政委是在说自己，还是在说自己那个混蛋战士。

"三连长，你把马卸了，牵到团部马号去喂料。"孙国泰低声对三连长吩咐。

三连长和指导员对视一眼，服从地去卸马。

孙国泰又对三连的战士们说："大家熄灭火把，都进会议室来吧！"

他们互相望着，犹豫着。

"政委，你们不是还在开会吗？"一个细小的声音问，听得出是个姑娘。

"会议室容得下我们二十几个，容得下全团八百余名知识青年么？"又一个声音紧跟着说，语调中不无嘲讽。

"我们没有必要进会议室！"第三个声音很强硬，口吻中透露着威胁。

政委沉吟着。他意识到，作为一团领导，他平定眼前这种严峻局面的个人能力，也许比自己估计的还要渺小得多。

又有几路人，坐着马车，拖拉机牵引的木爬犁，卡车和28型轮胎式拖拉机拖曳的挂斗，顺着团部大道朝这里汇集而来。人嚷声，马嘶声，各种发动机的轰响声，粉碎了夜的暂时的宁静，搅乱了整个团部。

曹铁强发现三连的战士中有一个自己认识，便起身上前低声问："我们工程连也有人来吗？"

"全团知识青年统一行动，你们工程连的人会不来？"对方朝团部大道尽头小桥那里指了指，随后低声问他："结果如何？"

"什么结果？"

"你们开的会……"

"无可奉告。"他应付了一句，匆匆朝小桥的方向走去。

是谁泄露了会议的内容呢？他边走边想，无论用多么充分的理由解释，这个人也要对今夜这场骚乱负责！可是他自己却成了最被怀疑的人！开会期间，他接了一次电话。因为是长途，他才违反了会前宣布的纪律。电话是妹妹从哈尔滨打来的。先打到了连队，由连队转到团部电话总机，又由总机转到会议室隔壁的宣传股。是宣传股的小尤把他从会议室叫出去的。妹妹在电话里告诉他，父亲住院，病情险恶，很想念他，要他无论如何赶快回家一次，动身晚了，也许老人就见不到他了……虽然是长途，他也听得出，妹妹是一边哭着一边和他通话的。他很后悔刚才在会上没有向大家做一番解释。在会上错过了解释的机会，便意味着永远错过了解释的机会。明天和后天，生产建设兵团将会在它的最后一页历史上记载些什么呢？……

小瓦匠是工程连第一个知道团部紧急会议内容的人。

他当时握着电话听筒呆住了。他立刻想到了家中无人照看的体弱多病的老母亲，半天说不出话来。

"哥哥，你倒是有什么办法没有啊！"

"消息……可靠么？"

"绝对可靠！"

绝对可靠！他多年来连做梦都实现过无数次的返城希望，完全破灭了。

他……能有什么办法呢？

弟弟向他讨办法，莫如向自己的脚后跟讨办法！

从连部回到大宿舍，他失魂落魄地坐在炕沿上，如痴如呆。

"小瓦匠，你这又是怎么了？想老婆了吧？"

"老婆？他丈母娘还不知道在谁的腿肚子里转筋呢！"

"在我腿肚子里！"

"哈哈哈哈！……"

大家拿他逗乐开心。

"你们还笑，我这会儿想哭都哭不出来……"他的眼泪顿时唰唰地落……

生活是一个大舞台，每人都是这舞台上的角色。人与人之间的关系，按照生活的规定情景经常重新排列组合。

小瓦匠如今和刘迈克结下了亲如手足的友情。

当年的团警卫排排长，现在是工程连的事务长了。生活本欲捉弄他一次，却启迪了他对生活的悟性。团长马崇汉因为在工程连要弄军阀作风受到兵团总部的党纪处分之后，警卫排长刘迈克也成了被奚落讥诮的对象，在团部抬不起头来。团党委会上，政委孙国泰直截了当地提出，刘迈克不适合担任警卫排排长职务。并且严肃批评马崇汉用人不当。马崇汉自己也觉得，刘迈克的确成事不足，败事有余。继续将他留在警卫排，或者安排在团部机关，说不定今后还会给自己招惹什么是非。于是找他谈了一次话，婉言暗示，希望他自己能主动提出到基层连队去"锻炼锻炼"。并且向他保证，"锻炼"

一个时期之后，还会把他再调整到团部来。刘迈克不是傻瓜，听了团长的话，明白自己受到团长信任和器重的日子结束了。他只说了一句话："团长，您随便安置我好了！"第二天，就同时交了两份报告。一份提出辞职，一份要求下连队。收下两份报告，马崇汉内心很歉疚，他毕竟还是挺赏识喜爱自己提拔起来的警卫排长的。他希望刘迈克参加全团排以上干部军事常识训练班之后再考虑具体到哪一个连队去，以此表示安抚。这样做，他觉得心头的歉疚轻松一些，面子上也亮得过去。自己提拔起来的警卫排长这么一个重要角色，岂能悄无声息地就被从团部拨拉到随便哪一个连队去？那也太有损于自己的威望了。作为一个领导者，威望乃是树立自己形象的基础，全部领导艺术的内核。只能不断增强，绝不能稍有逊减。尤其是在自己刚刚受到处分这一段"非常时期"内。刘迈克清楚团长的良苦用心，也很能体谅团长的处境。他违心地参加了军事常识训练班。训练班结束那一天，马团长做完总结报告后，似乎临时想到地说："有件与训练班无关的事，也在这里向诸位连长指导员们讲一下，警卫排排长刘迈克，主动提出要求下连队去锻炼锻炼。你们哪个连队缺少骨干，当场声明一下。晚了，小刘可就是待嫁的大姑娘，有主了！"他以为自己的话定会造成一种"争夺骨干"的气氛。朝坐在身旁的政委孙国泰瞟了一眼，心中暗想：你不是要把我提拔起来的人掁到连队去，借此机会在团机关塌我的台，不轻不重地整治我一下么？那么就让你亲眼看到，我提拔起来的人，是很受各连队欢迎的哩！不料他的话说完良久，那些连长和指导员们，竟没有一位应声而起的。刘迈克这个知识青年，鲁莽成性，桀骜不驯，他们早有所闻。何况他又无形中成了团长所推荐的人物，要了而不重用，等于驳了团长的面子。委以重任，又肯定会给自己添麻烦。权衡利弊，还是"礼让"了的好。

各连的连长和指导员，都沉默"礼让"起来，团长马崇汉在台上如坐针毡，顿时尴尬了。

"李连长，小刘到你们连队去怎么样啊？"马崇汉点起九连连长，慢吞吞地问。

九连连长站起来打着哈哈说："团长，我们连……这个……这个……不是我们不欢迎，实在是这个……这个……"他并没有说出个什么来，就又坐了下去。

马崇汉皱起了眉头。

"许指导员，你们连呐？"马崇汉又点起了十四连指导员。

"我们连？团长，我们连的骨干力量还比较强，是不是优先考虑一下其他连队？"十四连指导员姿态很高似的回答，连站都没站起一下。如果团长"推销"的不是刘迈克这个知识青年，而是一台拖拉机，哪怕是台破的，或者一匹马，哪怕是匹瘸的，他也准不会有这么高的姿态。

这两个连队干部平时最听马团长的话，此刻却"拒人千里"，他坐在台上不能自持了。

"老马，这件事以后考虑吧！"政委孙国泰用商量的口吻对他说，分明在给他垫一块踏脚石，扶他下台阶。

他却不领这个情。他觉得自己不能当众领这个情。如果是别人从尴尬局面中解脱了他，他会很感激的。但对政委孙国泰，他非但不感激，而且产生了误解。认为政委不是在"拯救"他，是在有意刺激他，当众"将"他的"军"。

"小刘，刘迈克，你站起来。你自己说，你想到哪个连队去吧？你说到哪个连队，你今天就是哪个连队的人了，这个主我还是做得了的！"他不理睬政委，却把刘迈克也点了起来。

刘迈克本已处在一种如同当众受刑的地步，这时又不得不站起来。他感到自己像一件卖不出去的什么东西，在被团长"压价拍卖"。

明明是"压价"也卖不出去的了，又要拿他强加于人！他紧闭双唇，一句话也不说，脸上红一阵白一阵。自尊心，被当众煎烤着。他过去以为自己是知识青年中一个非凡人物的骄矜的自信，在这一刻彻底被从心理上切除了！

曹铁强忽然站起来说："刘迈克，我们工程连欢迎你！"

这句话从曹铁强口中说出，使马团长大出所料。使所有的人都大出所料。连在台上点燃了烟斗的政委，也拿着烟斗忘记了吸，显出愕异的表情。马团长的目光，一会儿落在刘迈克身上，一会儿又落在曹铁强身上，他感到这么一来自己反而难于做主了。

曹铁强站起来说出这句话，也顿时后悔了。第一，他不是连长，也不是指导员，从职务上讲，他无权说这句话。连长指导员就坐他身后，他说出这句话，既对他们很不尊重，又会使他们很被动。第二，刘迈克会怎样理解呢？所有的人会怎样理解呢？虽然，他绝非出于半点不良动机。作为一个知识青年，他不忍看到另一个知识青年当众受辱。他必须维护知识青年的共同的人格不受亵渎。他是经常用这把尺子度量自己也度量每一个知识青年的品格高下的。

刘迈克终于开口说话了："团长，我到工程连，其他任何一个连队也不去！"

说完，他离开了会场……

聚餐的饭桌上，刘迈克和工程连的连排干部们坐在了一起。他是心里憋着股劲，偏要和他们坐在一起的。而且偏要坐在曹铁强对面。但他并不看曹铁强一眼，像对面根本没有坐着曹铁强这个人。他的脸冷如冰霜，毫无表情。在聚餐气氛之下，这种毫无表情的表情，恰恰是一种与周围气氛形成反差的异常特殊的表情。这一桌，因为他在座，使每个人都感到很不自在。而这正是他坐到这一桌要达到的意图。给你们制造一点小小的不愉快，他心中暗暗报复地想。

我刘迈克到哪儿也是刘迈克，今后领教你们!

当天下午，工程连的马车赶到公路口，有人在路边拦住了车——是刘迈克，身旁放着一只旧木箱，箱子上是行李。他将箱子和行李放到马车上，自己坐在马车最后边，不跟他今后的连长指导员说一句话，更没有理睬曹铁强，呆滞地望着团部渐渐离远……

马车进入连队，首先停在大宿舍门口。指导员对曹铁强说："小曹，你负责在大宿舍给他安排个铺位。"

"不必劳驾。"刘迈克扛着箱子，提着行李，一脚踹开宿舍门，猝然而入。

像从外面闯进来一个强盗，宿舍里的人看见他，立刻停止正做着的事，将目光投射到他身上。他们先是愕然，既而诧然，既而漠然，既而悻悻然陶陶然。他分明是被"革职发配"，落魄到此。他们看出来了。他们觉得生活的安排真是好玩。这令他们满意极了。

刘迈克谁也不看，如入无人之境。他那双蛮性未泯的眼睛，从北炕炕头扫到炕尾，又缓慢地转向南炕，从南炕炕尾扫到炕头。身子，未动一动。

只有南炕，还空二尺宽的位置，在炕头。那是小瓦匠的铺位。小瓦匠挪到炕尾挤了个能铺下半条褥子的地方。

刘迈克先放箱子，接着把行李放在箱子上。走到那个空铺位前，摸了一下炕面，热得像炭火上的平底锅。炕席，蛛网似的，只剩几条席筋残连。

他犹豫着。

曹铁强走进来，他们默默对视。

"那地方好，预先给你空出来的!"谁冷冷地说这么一句。

刘迈克下了决心，将行李提起，放在炕上，慢慢解行李绳。

曹铁强看他一会儿，转身走出去了。

刘迈克刚铺下褥子，曹铁强又走进来，扛着三块木板。

"把木板垫上。"他低声说。

是小瓦匠单书文在褥子底下垫过的三块杨木板。

刘迈克有点茫然地凝视着曹铁强……

工程连的男知青们，并不像他们的排长那样宽厚地对待"公敌"。晚上，一盆洗脚水从门顶扣下来，扣在刘迈克头上。

"昨晚是谁干的那件事？"第二天出早操，曹铁强向全排战士追究。

大家列队在他面前，没人承认。

"鬼干的？！"他目光咄咄地扫视着他们。

一个个都像聋哑人。

刘迈克从队列中站了出来。

"我，没必要挨冻吧？"他不卑不亢地说。

"你可以回宿舍。"曹铁强平静地回答。

望着刘迈克不慌不忙地朝大宿舍走去，曹铁强皱起了眉头。

"没有人承认，我就不解散你们！"把脸转向他们时，他又说。谁都从他的语气听出来，排长的犟劲儿发作了。

半个小时过去，有人开始搓手，跺脚，捂耳朵。

"立正！"排长高喊一声口令。

大家顿时肃立不动。

"排长……"小瓦匠怯怯地从队列跨出一步。

"你？"

"我……"

"行啊！你也从被人欺负学会欺负人了？"

"我……"

"归队！"

小瓦匠忐忐忑忑地退回到队列中。

"全排听口令，向右转，目标——宿舍，齐步——走！"

人人疑惑，不知排长会怎样惩罚小瓦匠，暗暗替他担心。

全排进入宿舍，南北两列，站立炕前。

刘迈克坐在两列之间火炉前的一块劈柴上，烤破毡袜。毡袜散发一股难闻的怪味。他眼皮都不撩一下。

炉盖上放只脸盆，哪条懒汉洗完脸没倒水，一截烟蒂绕着盆边做圆周运行。显然水在由凉渐热。

曹铁强将宿舍门敞开一半，从炉盖上端起那盆水，很悬乎地架在门框上。

刘迈克没抬头，目光从眼角瞥视着曹铁强，仍一动未动。

"你，去开门。"曹铁强盯着小瓦匠说。

小瓦匠朝架在门框顶上的脸盆瞅了一眼，怔怔地瞧着排长。

排长神色无情。

小瓦匠一步一步向门走去。走到门前，站住，缓缓地扭回头，眼中流露出哀求。

曹铁强表情凛然不变。

小瓦匠慢慢伸出一只手推门。

"住手！"曹铁强厉喝一声。

小瓦匠伸出的那只手没立刻收回，他像木偶似的僵立。

"把脸盆端下来！"排长又对他吼了一句。

小瓦匠一声不响地搬个木墩踏着，小心翼翼，双手把脸盆从门框顶上端下来。

"放回原处！"

小瓦匠端着脸盆一步一步走到炉前，轻轻将脸盆放在炉盖上。

"入列！"

小瓦匠看了排长一眼，站到队列中去。

所有的人都舒了口气。

"大家听着，再发生类似的事，我就以其人之道，还治其人之身！"停顿片刻，排长接着说："我们不是被流放到北大荒的乌合之众，我们是兵团战士！以后，绝不允许谁敌视谁，绝不允许谁欺负谁，绝不允许谁坑害谁！我们应该学会自己管理自己。我们谁的父母不为我们操心？让父母和亲人少为我们操点心吧！解散！"

"哎呀！什么东西烤着了！"几个人同时叫起来。

刘迈克用木棍掀开炉盖，将烤着了的毡袜塞进炉膛……

挨饿……

兵团战士挨饿了。

一评小镰刀战胜机械化。

二评小镰刀战胜机械化。

三评小镰刀战胜机械化。

四评——小镰刀就是能战胜机械化。

第二年麦收时节，正值报纸发表社论：《发扬延安精神》，团麦收指挥部提出响亮口号——靠小镰刀夺丰收！

"靠小镰刀，可以兼收并得，既获粮食丰收，同时也获思想丰收。南泥湾时期有机械化吗？没有。解放区军民靠什么丰衣足食？靠镰刀！南泥湾精神今天过时了么？没过时！我们就是要发扬光大南泥湾精神，通过劳动，体力劳动，而非机械化，改造我们的世界观！小镰刀和机械化相比，我们每一个兵团战士要付出更多汗水的！流汗是大好事，种种非无产阶级思想，都会和汗水一起从我们体内排出。也许有人认为，这是自讨苦吃！但这种自讨苦吃的精神，是光荣的精神，革命的精神，应该千秋万代永远继承的精神！自讨苦吃的精神万岁！……"

在麦收誓师大会上，马团长的动员报告气吞山河。广播线将他充满革命激情革命信心的高昂而雄浑的声音，传送到各个连队。据说，又是政委孙国泰为首的几名党委委员，坚决反对。因此才产生了"四评"。又据说，文章是团长的秘书起草，团长亲自动笔修改过才定稿的。每天天刚亮，《东方红》乐曲结束之后，团部女广播员甜美的声音便开始广播："全团指战员注意，下面广播重要文章，一评……"

从"一评"至"四评"，每天一评。政委孙国泰为首的反对派，就这样被彻底评倒了。小米加步枪，不是战胜了飞机加大炮吗？小镰刀究竟能不能战胜机械化问题上存在的种种"糊涂思想"，就这样被评得人人明白了。机械收割，伸手调拨拖拉机，成了很不体面的事。

《小镰刀万岁！》

团宣传队配合麦收下连演出，场场少不了这样一个赶排出来的节目。五男五女，十个宣传队员，手握镰刀，左翻右舞，伴以歌唱：

小镰刀，就是好，就是好，

思想革命化，谁也离不了，

发扬好传统，

它是一个宝，一、个、宝，……

麦收战役，在《小镰刀万岁！》的歌舞中揭开了序幕。

"喜看稻菽千重浪，

遍地英雄下夕烟……"

汗，为播种洒下的汗水，为丰收洒下的汗水，兵团战士的汗水，廉价的汗水，渗透进北大荒的土地里。

这片土地，曾是荒凉的土地。

这片土地，也是肥沃的土地。

这片土地，吸收劳动者的汗如海绵吸水。

这片土地，报答劳动者的汗慷慨无限。

那是怎样的丰收在望的壮丽画卷啊！麦海泛金，一望无边，波翻浪涌，接天铺地。清晨，红日从麦海中跃出。傍晚，夕阳在麦海中沉落。

那是多么喜人的麦子啊！饱满的完全成熟的麦粒，整齐地排列在茁壮的麦秆上。连麦芒，也向收割者们显示出诱惑力。

那是怎样的收割啊！一人一把镰，一人一条"收割带"，用丈量尺划分。宽——一米。长——一百米？一千米？一里？一公里？两公里？……五公里，十里，最大的地块。一个连队的百十号人，分散在这样的麦地里，一到中午，赤日炎炎，前后左右，不见人影，但见麦海无边！谁也接应不了谁。手臂机械地挥动着镰刀，腰，弯得酸了，疼了，麻木了。然而，谁也不敢直起腰或者躺下歇一会儿。

都怕"打浪"——成为落在最后的一个。

一旦落在最后，那你就会面对丰收，产生绝望，甚至产生恐惧。你会觉得被麦海所吞。尽管你不停地割、割、割，尽管一片又一片的麦子在你眼前倒下、倒下、倒下，但麦海仍然是无边无际的。你别指望有人接应你。谁也顾不了你。谁都在拼命地机械地割。即使有人只超你十米，你也休想赶上！劳动在每个人的心理上只造成一种体验——刑罚。劳动只剩下了单一的目的——摆脱这种劳动！你始终在割。你始终在追赶别人。你无论如何追赶不上。你永远是最后一个。你哭也罢，你喊也罢，你怒也罢，你骂娘也罢，你在地上打滚也罢，随你怎么样！分给你的那条"收割带"，你是必须收割完的。它那么长，那么长！你望不到头！仿佛你在不停地割，它在不断地延长！于是你会感到人的渺小，可悲，可叹，可怜，你会诅咒大丰收！你被这种惩罚式的劳动彻底异化了！

小镰刀，它像孩子抻牛皮筋一样，拽扯着人的意志。意志失却了弹性。

工程连也被拉到了麦收第一线。他们第一次参加麦收。他们握惯了锹、镐、钢钎和大锤的手，拿起小镰刀，眺望着无边无际的麦海，简直不知所措。他们割了半个月，连一块麦地的地头还没啃下来！这样的麦地划分给他们四块！

小瓦匠可悲地成为全连"打浪"的一个。第二十几天早晨全连队都来到麦地边，一个个瘫软地坐在或者躺在麦捆上，谁也不想第一个走入麦海。

不知哪连机务排的十几个人走过来，其中一个对他们说："小镰刀不是能打败我们的机械化嘛！这会儿熊了吧？"

小瓦匠跳起来，破口大骂："放你妈的狗臭屁！是我们提出来小镰刀打败机械化的吗？"他是在发泄。

而他们，拖拉机手和收割机手们，何尝不更想找个时机发泄一下？他们也是和别人一样手握小镰刀战麦海的呀！他们认为他们更有理由发泄！

"这小子骂人！教训他！"他们围住小瓦匠，七手八脚地将他抬起，抛向空中。小瓦匠落在几捆麦堆上，他们又将他抬起，又一次将他抛向空中。

小瓦匠爬起来，紧闭两眼，挥舞镰刀，朝他们乱砍乱劈！他们哄笑着逃走了。

小瓦匠继续发泄，从地上拖起一个个麦捆，东甩西扔。却没人制止他。大家都用呆滞的目光瞧着他。

曹铁强实在看不过眼，喝了一句："你疯了！"

小瓦匠一屁股坐在麦捆上，呼呼喘粗气。

有几个姑娘哼唱起来：

昏暗的油灯下，

我们想念着爸和妈，

迎着太阳出，

顶着月儿归，

劳累得像牛马，

谁来可怜我们这些城市娃？

爸爸和妈妈呀，

后悔当初不听你们的阻留，

到如今只有沉重地修理地球，

命运像苦酒，没有欢乐只有愁，

何日是个头？

何日是个头……

这支歌，当年曾在北大荒知识青年中怎样地流行过啊！它是知识青年自己谱写的。后来被批判为"反动歌曲"，便没人敢唱了。

所有的姑娘们都肆无忌惮地跟着哼唱起来。

只有裴晓芸没跟着唱，但她的嘴也分明在动！

一个男知青扯着嗓子仰天怪叫："啊！呀！呀！呀……"

"哈哈哈哈！哈哈哈哈！哈哈……"几个男知青搂抱在一起，狂笑着，在地上打滚，扑滚散了一捆捆麦子。

小瓦匠突然用镰刀往自己手上砍！边砍边发狠地嘟哝："叫你割！叫你割！叫你割！……"

曹铁强倏地跳起，一把夺下小瓦匠的镰刀。

鲜血从小瓦匠手上涌出！

"我受不了啦呀！……"小瓦匠嘶哑地喊出一句，号啕大哭，像孩子般跺着两脚。

"卫生员！卫生员！……"曹铁强寻找着卫生员。

卫生员没来。他"自己解放自己"了。

曹铁强立刻从衬衣上撕下一条布，包扎小瓦匠的手。

他鼻子一阵发酸，眼泪唰地淌下来！

这时，姑娘们慌乱起来。郑亚茹呕吐一阵之后，昏倒了。

她这几天正是"例假"期……

全团耕地面积上的小麦，刚有百分之几收获到各个连队的麦场上，连绵的雨季开始了。实践证明了一条荒谬的"真理"，小镰刀打败了机械化，彻底打败了机械化。几台企图发挥作用的拖拉机，一开进麦地边，就陷入了。像被剁掉了四条腿的蛤蟆，寸步难移。手持镰刀的收割者们，在每一步都陷到膝盖的麦地里，艰难地跋涉着，抢收着。麦地一片汪洋！割下的泡湿了的麦子，只好用毯子、褥子兜回连队，摊在各家各户和大宿舍的火炕上。

收割者们眼睁睁地看着小麦在麦秆上发芽！

金色的麦海违反季节地变成了绿色的麦海！

放弃小麦！抢收大豆！麦收指挥部不得不改变原定的麦收方案，采纳了政委孙国泰的措施。

就在当天夜里，下雪了。

第二天，全团几百垧大豆被盖在雪被下。白茫茫一片大地好干净……

工程连，从麦收第一线撤下来了。知识青年们，一个个都折腾垮了。从精神到肉体。休息了两天，他们又接受了修筑战备公路的任务。繁重的体力劳动继续考验着他们的意志。抵御零下三十几度严寒的体内热量，靠的是每天三个馒头勉强供应着。面粉，是发了芽的潮湿的麦子，在团部加工厂连壳磨的。蒸出的馒头，是黑绿色的，生时揉不成形，熟了拿不成个，而且像切糕一样粘手。掉在泥土中，是不太容易寻找到的。

慰问信从各个兄弟团寄到三团党委。需要援助吗？精白面粉会无偿地从各条公路上运到三团来的。

不。不需要援助。

"我们绝不吃亏心粮！我们不能够靠兄弟团养活！我们要勒紧皮带！"

三团党委，代表它的指战员们，用如此有志气而豪迈的词句回答兄弟团的慰问。

马团长带头勒紧了自己的皮带。他每天都节约一顿饭。他明显地消瘦了。但是，他那革命乐观主义的精神，并没有稍减。

每天清晨，他都极准时地来到团部广播室，亲口对着广播器朗读同一条语录："我们的同志，在困难的时候，要看到成绩，要看到光明，要提高我们的勇气！"接着，播放这首语录歌。怨言，每个人都发过的。骂娘的人也不少。但同甘共苦，这种精神和心理上的特效稳定剂，抵消掉了人们的抱怨情绪，阻碍了人们大脑的正常思考。

一天兵团副司令员来到工程连施工工地视察。视察之后，将全连战士集合在一起，作了一次简短的讲话。

副司令员说："同志们，你们修筑的是一条很重要的公路。我亲眼看到，你们的劳动是很繁重很艰苦的。也亲眼看到了，你们吃的是什么。我，钦佩你们。我向你们致以军人的崇高敬意！"白发苍苍的副司令员，庄严地举起右手，向大家长久地敬军礼。

大家被深深地感动了。在那时刻，大家忽然觉得，他们所受的一切苦和累，都是不值一提的了。

副司令员问："哪位是刘迈克同志？"

刘迈克局促地站了起来。

"谢谢你，谢谢你向兵团总部反映了情况。"副司令员又向刘迈克敬军礼……

第二天起，各个连队的大喇叭里就不再听得到马团长朗读"最高指示"了。生活中忽然缺少了这种声音，人们也似乎并不觉得怎样寂寞。

第三天，一辆兄弟团的卡车开上山，车上满载一袋袋面粉和蔬菜。

公路中段，半山腰，要开凿出一个山洞，做战备油库。炸药代替了镐头。两人一组，轮番爆炸。不知曹铁强是不是有意的，将刘迈克和小瓦匠分在一组。排长这样分了，小瓦匠只好服从，不过心里挺别扭。

下班前最后一次爆炸，点了七炮，响了六炮。两人在山洞外等了许久，第七炮还没响。

"我去看看。"刘迈克钻进了山洞。

山洞里，烟雾刚消散出去，但还弥漫着火药味。刘迈克找到第七个炮眼的位置，见炮眼被炸下的乱石埋住了。

小瓦匠也跟进了山洞，冒冒失失地搬起一块埋住炮眼的大石头，已经燃烧掉一截的导火索，被乱石之间锐利的棱角切压住了，但并没完全死灭。小瓦匠刚搬起那块石头，它又哧地冒烟了。

"危险！"刘迈克大叫一声。

小瓦匠扔下石头，拔腿就朝洞外跑，被另一块石头绊倒。他发懵了，不立刻爬起，反而闭上双眼，双手捂着耳朵，身子贴地不动。

小瓦匠不知自己在地上趴了多久，却没听到爆炸声。他睁开双目，见刘迈克扑在炮眼上，口中咬着导火索。

小瓦匠赶紧跳起来，小心地抠出雷管，拔下了导火索。

刘迈克额头上立时沁出一层冷汗。他浑身瘫软，再也没有一点力量站起来了。他脸色苍白，头，一下子抵在乱石堆上。

小瓦匠也一屁股坐在地上，怔怔地看着刘迈克。过了许久，他才慢慢站起，去挽刘迈克。

刘迈克从口中吐掉导火索，看了小瓦匠一眼，说："这件事你告诉任何一个人，我就揍你！"

一出山洞，刘迈克的双唇和半边脸就肿了起来。小瓦匠扶着他回到帐篷，大家见状围住了他们，七言八语地询问。刘迈克不理睬众人，一步步走到自己的铺位前，将身子沉重地仰面躺倒，扯下枕巾盖上了自己的脸。

小瓦匠呆立了一会儿，转身跑出帐篷去找卫生员。

卫生员跟在小瓦匠身后赶来，从刘迈克脸上掀开枕巾，倒吸了一口冷气。

"被火药烧的？……"卫生员的脸转向了小瓦匠："怎么搞的？怎么……会烧到嘴？……"

"我……"小瓦匠不知如何回答是好。

刘迈克瞪着小瓦匠。他脸上冷汗淋漓，眉头拧在一起。

曹铁强走进帐篷，走到刘迈克铺位前，俯下身看着刘迈克。

刘迈克在他的注视下，又用枕巾盖上了自己的脸。

曹铁强抓住小瓦匠的一只手，扯着小瓦匠走到帐篷外。

"说！"

小瓦匠哇的一声哭了。

他心中是多么羞惭啊！扑在炮眼上的应该是他！受伤的应该是他！掩护别人的应该是他！应该是他瓦匠！他不是曾经希望过生活为自己创造一次这样的时刻，让自己有机会表现出英雄的行为么？他不是对自己那么自信过，在危险的时刻，自己肯定会表现得像个英雄人物吗？他不是曾经对自己说过许多不怕死的话么？这类豪言壮语不是都工整地写在自己的日记本上了么？他不是曾经那么神往地想象过，假如某一天自己英勇壮烈地牺牲了，他小瓦匠的日记，也会像张勇、金训华等烈士的日记一样，被千百万知识青年满怀敬意地去读么？这种想象曾给他带来过多少不被人知的安慰！

小瓦匠啊小瓦匠，这个常常受到别人揶揄和奚落的弱者，这个在现实中常常对自身的价值产生悲哀的心灵苦闷孤寂的人儿，仅仅是靠着这样一种对英雄人物和英雄行为的想象，才能够在心理上获得一点点和别人平等的自我意识啊！

可是今天，连这一点点稳定自己心理天平的虚幻而又真实的东西，他都丧失了！

他的整个心理天平倾斜了。

他对自己彻底绝望了。

在危险的时刻，他成了一个可耻的逃生者，做出英雄行为的时机被别人占有了。

他简直觉得无地自容！

他哭得那么悲哀！

那是一种对自己悔恨到极端的莫大的悲哀。

可是排长并不能理解他的心情。

"别哭！"排长吼了一句。

小瓦匠猛然跑进帐篷，跑到刘迈克跟前，扑在他身上，边哭边说："迈克，迈克，我一辈子也不会忘记，是你救了我的命！从今往后，你，就是我的亲哥哥。我，就是你的亲弟弟。我们俩这一辈子都是亲兄弟！我要是做一件对不起你的事，天打五雷轰……"

刘迈克的双臂，一下子紧紧搂抱住了小瓦匠。

盖在刘迈克脸上的枕巾微动着，他也哭了……

半个月后，刘迈克嘴角带着永不消退的伤疤，从团部医院回到了筑路工地。

小瓦匠对他说的第一句话就是："我把咱俩的铺位连在一起了！"

他会心地笑了。

来到工程连之后，他第一次露出这样的笑容。

曹铁强走进来之后，大家仿佛意识到了什么，纷纷退出帐篷。

帐篷里只剩下曹铁强和刘迈克两个人，他们面对面站着，默默地、长久地注视着对方。

谁也不清楚，是自己脸上的表情首先发生微妙的变化，感染了对方，还是被对方所感染。

他们同时很难为情地笑了。

生活，有时像一位父亲，有时像一位母亲，有时严厉，有时慈祥，有时不免粗暴，有时感情细腻，但它总是不忘自己的责任，开导着它年轻的孩子们。

……

马团长并没有彻底遗忘掉刘迈克。两年前，团里曾调过刘迈克一次，要他当团部招待所所长。他没有离开工程连。他已经和一个老农场职工的女儿组成了工程连的第一个知识青年家庭……

今天晚上，他怀了孕的妻子秀梅，安闲地靠墙坐在火炕上，一针一线地缝做小衣小裤。他自己，在给未出世的孩子做木马。他的木工手艺很不错呢。

一阵很重的敲门声将这个小家庭的宁静气氛破坏了。刘迈克放下手中的工具，开了门。

在他的小院里，站着全连的男女知识青年。他从他们脸上的表情判断出发生了什么事情，但并没有开口问话，而是等待着他们说明情况。

"事务长，连长和指导员都在团里开会，你是唯一的一个知识青年连队干部，因此我们来告诉你，我们现在就要到团里去，都去。我们觉得……不告诉你不对。"

瞅着说话的人，他仍闹不明白到底发生了什么事，问："为什么都要到团里？"

小瓦匠回答他："迈克，我们大家都正在被蒙骗啊！"

"蒙骗？谁蒙骗我们？"

"团里。再过三天，就停止办理知识青年返城手续了。可是团里要封锁这个消息，不让全团的知识青年知道。连长和指导员在团里开的就是这个会。对我们大家，只有明后两天的时间了！"

刘迈克不禁"哦"了一声，他想了想，又问："团里不太可能这样做吧？"

"迈克……你，对任何事情总是习惯于朝好的方面去思考……已经有好几个连队给我们连的知识青年打了电话。今晚，每一个连队的知识青年都会到团里去的，这是一次统一行动。我，今天晚上要代表咱们连队每一个知识青年的意志……"

"你？……"刘迈克看着小瓦匠，一时不知自己对这样一件事该表示什么样的态度。

"是的。"小瓦匠点了一下头："迈克，你知道，我是……非常懦弱的。但团里这样做，对我们知识青年太不公正了！你难道想象不到这意味着什么吗？会有多少像我这样的知识青年，他们家里正有像我的母亲一样的老母亲，或者老父亲，正眼巴巴地盼望着他们回到父母身边，给予父母一些照顾啊，今天，我要代表大家的意志，并非是因为受了大家的怂恿。不，完全不是。我是自愿的。迈克，你能理解我此刻的心情吗？能吗？……"小瓦匠很有感情地说出了这番话，他显得有些激动。

"我……理解……"刘迈克的目光，从小瓦匠脸上移开，逐一地注视着站在小瓦匠身后的每一个知识青年的脸。他们脸上，也都流露出希望得到他理解的表情。

"你们……需要我怎样做呢？"他终于找到了一句适当的话。

"好迈克，大家预先就猜到你会说这句话的。我们什么都不需要你做，我们只不过来告诉你，因为你是事务长。而我自己，是希望得到你的理解。你理解我，我……谢谢你！"小瓦匠说完，立刻低下头，转过身，对大家说："现在咱们走吧！"

他第一个走出了刘迈克家的小院，走得很快，头也不回。好像他怕一回头，就会被刘迈克叫住，加以阻拦似的。

"事务长，我们走了。"

"事务长，天挺冷的，你快进屋去吧！"

"事务长，不管我们到团里去结果如何，回连队后，我们一定再上山给你砍一车柴！"

他们一齐走出了他的小院。

刘迈克呆呆地站在小院里，望着他们走远。

他推开家门，见妻子只穿着袜子站在门旁。

"你下地干什么？你这样子会着凉的！"

妻子退到炕沿前，缓缓地坐下了。目光，却胶着在他脸上，一刻也不离开。

他拿起刨子，又放下了，呆呆地看着没有做成的木马。

"他们，都要走吗？"妻子小声问。

他抬头看了一眼妻子，似乎不明白她的话，反问："什么走不走的？"

"我全听到了。"妻的声音更细小了。

他没有回答，将木匠工具一件件归拢起来，塞到桌子底下去了。然后，他走到窗前，出神地朝外面望去。

"我刚才问你话呢，你聋了？"

他仍然一声不响。

妻不再问什么，默默地拿起炕上的小衣小裤，接着做。但只缝了一针，便放下了，轻轻地叹了口气，不安地瞅着他。

他忽然转过身来，从炕上拿起棉衣，匆匆地穿上，衣扣也没扣好，帽子也没戴，就大步往外走。

"你……上哪儿去！"

"你都听到了还问什么？我要到团里去！"他的语气中流露出内心的烦乱。

妻从墙钉上摘下他的帽子，递给他。

他走回到妻身边，无言地接过了帽子。妻又默默地替他将衣扣扣好。

他想说什么，但张了张嘴，却什么话也没说出来。

他戴上帽子，走出了家门。

工程连的知识青年们，刚走出连队不远，刘迈克开着 28 型拖拉机挂斗车从后面赶了上来。

"糟糕，事务长要来截我们回去了！"一个男青年对小瓦匠说。

"咱们等他一下，也许他还有什么话。"小瓦匠第一个站住了。

大家也都站住了。众人对他的话这样服从，很出他的意外。消息是他第一个知道的，也是他告诉大家的。因此他才无形中成了众人这次行动的组织者。十年来，他第一次体验到，能够代表许多人的意志，每一句话都能够被众人所服从，这种感受是多么不一般！

然而这是一次怎样的带头行动啊！内心充满自信的同时，又是那么空泛，甚至有点苍凉，有点苦涩。

迈克果真会是来阻拦我们的么？倘若他很坚决地阻拦，我将如何对待他呢？

他这样想，自信动摇，内心开始矛盾着。

挂斗车开到他们身旁，停住了。坐在驾驶座上的刘迈克对他们说：

"都上车吧，我开车送你们。"

小瓦匠一挥手，大家都爬上了车。

刘迈克将车开出一段路，忽然在野地里兜了个圈子，掉转车头，朝连里开。

"事务长，你开大家的玩笑吗？"车斗里有人嚷起来。

"迈克，你……"和刘迈克并坐在驾驶座上的小瓦匠，也不免吃惊。

刘迈克一边开车，一边大声说："我得回家一次，跟秀梅说句话。"

"什么话，那么要紧。"小瓦匠很难相信。

"非常要紧的话！"刘迈克将变速杆推到了快挡的位置上。

挂斗车开进连队，直到刘迈克家的小院外。他跳下驾驶座，几大步就跨进了家门。

妻仍像他临出家门时那样子坐在炕沿上，显然都不曾动过一动，低垂着，黯然神伤，独自落泪。

"秀梅……"他轻轻叫了一声。

妻倏地抬起头，有些意外，赶紧侧转身，掩饰地拭去泪水。

"秀梅，我回来对你说句话。"他走到了妻身边。

"你，你别说了……我知道你要说什么，求求你，别说了！我不怪你就是了，真的！我绝不埋怨你抛弃了我，更不会记恨你的。我不是那样的女人……知识青年都走了，你留下也会感到孤单的……只是，只是，只是你要……给咱们的孩子起个名……"喃喃的话语变成了伤心的呜咽，妻向墙壁转过身去。

刘迈克用双手扳住了妻的肩头，将妻的身子扳正了过来，盯着妻的眼睛，说："我不走。"

"别骗我。"泪水模糊了妻的眼睛。

刘迈克大声说："我不骗你。我不走。我骗过你一次吗？我就是回来告诉你这句话的。即使所有的知识青年都走了，我也不走。"

泪水从妻的眼中溢了出来，然而那对眸子，还凝聚着疑惑。

"我不能不和他们一块儿到团里去，我不放心。我是事务长，连长和指导员不在连队的情况之下，我对他们每一个人都负有责任啊！可是，我又无权阻拦他们……"

妻终于相信了他的话。妻含着泪微笑了。

"去吧，快去吧，别让他们等急了。"妻低声说，轻推着他。

他双手捧着妻的脸，俯下头，在妻挂着一滴泪珠的唇上狠狠地亲起来……

曹铁强来到桥头，见"28"已经过了桥面，挂斗却脱了钩，栽在公路旁。他的战士们，或蹲或站，围聚一起。

他走上前，分开众人——刘迈克紧闭双眼坐在雪地上。小瓦匠和另一个战士，扳着刘迈克的一条腿，活动着刘迈克的膝关节。活动一下，刘迈克皱一次眉头，吸一口冷气。

"怎么回事？"他尽量用平静的语气问。众人都不作声。

小瓦匠抬头看连长一眼，嘟哝："事务长摔伤了。"

刘迈克睁开眼睛，低声骂了句什么话，被小瓦匠扶着站了起来。发现曹铁强，他顿时停止呻吟，默默地瞅着连长，仿佛有意等待对方首先开口。他已不再是多年前的刘迈克了。生活已经把他磨砺成熟了。他今天夜晚格外理智。心机格外慎细。他觉得连长此刻出现在大家面前，对连长是很不利的。倘若自己说出一句不适当的话，都可能无意之中将连长推到极被动的地位上。

不料曹铁强如此问道："是你开车把大家拉来的？"

他点了一下头。

曹铁强紧接着说了一句欠思索的话："你也来凑这份热闹！"语气中不无恼怒。

刘迈克默然良久，才低声回答："我能不来吗？"

从他的表情，他的语调，曹铁强立刻领悟到，他在违心地扮演着一个多么不轻松的角色！

他惭愧了，于是又低声问："你……伤得重不重？"

刘迈克摇了摇头。

"连长，你……你们果然开的是那样一个会么？"

黑暗中，不知是谁大声问了一句。

曹铁强转过身，一一扫视着他的战士们，似乎想寻找那个问话的人。但他实际上，是在心中暗暗点了一次名。全连三十二名知识青年，此刻站在他周围的是三十一个人。只有一个人没来。虽然，月色朦胧，辨不清这三十一人的脸面，但他知道，没来的那个人一定是她——裴晓芸。他抬起手腕，仔细看了一下表——她该下岗了。可是这沉默的一分钟，就等于他对刚才的问话做了回答。而这种形式的回答，当然不令大家满意。

有人愤怒地大声说："我们还在这儿浪费时间干什么？去砸了军务股，各人拿走各人的档案！"

"对！一不做，二不休！"

"走哇！"

"谁打退堂鼓，就他妈的是知青叛徒！"

在互相怂恿和互相鼓动下，大家一哄而走。

"站住！"曹铁强猛然喝了一声。

大家，都站住了。一个个，缓慢地回转过身。一双双眼睛，在月辉下闪烁着不驯的，甚至是敌意的目光。这一双双咄咄地盯着自己的目光，使曹铁强意识到，今天夜晚，他，和他们——自己朝夕相处的战士们之间的关系，是异乎寻常的。他们随时都可能将他——他们每一个人平时都很信任很敬重的连长，视为共同的敌人。正是由于清醒地意识到这一点，他瞬忽间觉得，内心产生了一种奇异的自信力。他仿佛觉得，自己的身体倏然高大了许多，高大得完全有足够的力量担负今夜可能面临的无论多么严峻的事件。

"这里是生产建设兵团的团干部，不是夹皮沟。你们，也不是土匪。我更不是土匪头子，而是你们的连长。我绝不允许你们每一个人胡作非为。"这番话他说得很镇定。镇定中显示出凛然的刚勇。语势中暗示出明显的潜台词——今夜我是怎样说就要怎样做的！

"今夜不服从连长命令的人，绝没有好下场！"刘迈克冷冷地说出了这句话。

曹铁强向刘迈克投去感激的一瞥，接着改换一种缓和了的语气说："也许，今天夜晚，就是兵团史上的最后一页。兵团的历史，就是我们兵团战士的历史。我们每一个人，都应该尊重这段历史。不论今后社会将要对生产兵团的历史作出怎样的评价，但我们兵团战士这个称号，是附加着功绩的！是不应受到侮辱的！……"

他不能准确地判断自己的话是否打动了他的战士们。但没有人反驳，这便使他对自己的话增强了自信。他受到这种自信心的鼓舞，大声说："听我的口令，整队集合！"

大家在犹豫状态之下迟缓地排成了并不整齐的队形。

他走到队形前，面对面地望着他们，问："你们每一个人，是不是都已经作出了决定，要离开北大荒？"

"连长，这还用问吗？"是小瓦匠说出了这句话。大家用沉默表示，这句话代表他们作了回答。

"既然如此，你们到团部来，就只有一个目的，办理返城手续。我相信，团里是会作出正确的决定的。现在，全体向左转，齐步走。"

工程连的战士们，在其他各个连队的混乱人群和车辆之间，列队向团部机关区走去。

曹铁强走在大家后面，刘迈克一拐一拐地紧随在他身旁。许久，两人之间没说一句话。只听无数双脚踩着积雪，发出沙沙的响声。

刘迈克首先打破沉默："团里怎么能够召开这样的会呢？"

曹铁强没有回答。

刘迈克又问："连长，你……也要走的吧？"

曹铁强这才回答："留下来就真的那么可怕？"

刘迈克理解了连长的话，他感到慰藉地说："连长，咱俩今后就是伴儿了。"

这句话，使曹铁强的心感到异常温暖。他情不自禁地伸出一只手，轻轻搀扶着刘迈克。

一辆马车从他们身旁飞奔过去……

全团八百余名知识青年，从各个连队来到了团部。远的，几十里。近的，十几里。他们围聚在团部会议室外面，数百支火把，将团部机关区映照得如同白昼。没有叫嚷声，没有示威声。他们默默地静立在凛冽的严寒中。

团长马崇汉披着军大衣出现在八百余名知识青年面前。

"知识青年同志们！……"他用作报告时那种洪亮的嗓音说，但却不知道接下去该说什么，于是又重复了一遍："知识青年同志们，我保证……"却同样不知道自己应该保证什么。

"滚他妈的！"

一个声音从八百余名知识青年中突然迸发出来。

"我们不听！我们不受你的骗了！"数百人几乎是异口同声地说出这句话。

马团长愣了一秒钟，仅仅一秒钟，便低下了头，转身走进了会议室。在这一秒钟里，他意识到，自己被知识青年们视为团长的历史，过去了。永远。他心中产生了一种悲哀。一种大悲大哀。但仅仅是悲哀，绝不是悔悟。悔悟是反思的结果。任何虔诚的反思，都是在一秒钟内不会萌发的。

从会议室外走入会议室内，几步路，他却觉得脚下无根，步步艰难，他感到自己仿佛像一棵大树骤然被雷电击倒了。

他若有所失地走到政委孙国泰面前，第一次用真正恳切的语调说："孙国泰同志，我……请求你……以一个共产党员的……"他无法用语言明确地将自己的意思表达清楚。

政委孙国泰伸出一只手，像是要把对方轻轻推开去。他用这样的手势告诉对方，他完全理解了对方的话。请求他站出来扭转眼前的局面，对方要说的无非就是这句话。请求？他感到这个词对他带有一种侮辱性，尽管他相信对方是恳切的。难道不用这样的词，他会袖手旁观，幸灾乐祸么？那他还算是一个老共产党员么？不，连一个北大荒人都算不上了！至于能否扭转这种局面，怎样扭转，他并无把握，更缺少自信。不错，在知识青年当中，他深知自己有着比团长马崇汉牢固的根基。十年来，他的足迹遍布全团二十几个连队。他熟悉他们，爱护他们，关心他们，甚至，还很有些同情他们。他骂过他们，也挨过他们的骂。他的耳膜曾被他们的牢骚话几度磨起茧子，他也时时将自己胸中的郁闷烦愁借机朝他们发泄过。这种正常而又畸形的沟通，在他和他们之间架起了理解和谅解的桥梁。可是今天夜晚……

他犹豫片刻，稳步走出了会议室，目光深沉地望着知识青年们，良久，终于开口说出三个字："孩子们……"

他是情不自禁地说出这三个字的。

没有用"知识青年们"，没有用"同志们"或"兵团战士们"这样的称谓，而对他们说："孩子们……"使他们被深深地感动了。

他们极安静地望着老政委。

　　"孩子们，"老政委说："你们，在北大荒度过了整整十年，你们是当之无愧的一代北大荒人。我，以一个老北大荒人的资格对你们说，我感谢你们！因为，你们将你们的青春贡献给了北大荒！……"停了一刻，他接着说："如果来得及，我要为你们开隆重的欢送会，欢送你们……离开北大荒……你们相信我的话么？"

　　经久的鸦雀无声，有人大声说："政委，我们相信你，但我们不相信团党委！"

　　"对，我们不相信！"

　　"我们相信你又有什么用？"

　　……

　　老政委被震撼了！相信一个共产党员，但不相信党的一级组织！这是多么可悲的现实，这是怎样的错误啊！

　　连长指导员们的目光，都集中在马崇汉身上。

　　马崇汉的腮帮子抽动了一下，用记录速度的缓慢语调说："一切都听政委的……"

　　老政委第二次走出会议室，对知识青年们大声说："现在，我代表团党委宣布，为了尽快办理每一个人的返城手续，各连队选派两名代表，组成一个临时小组，我任组长……"

　　这时，暴风雪开始从荒原上向团部区域猛烈袭击了……

五

　　像台风在海洋上掀起狂涛巨浪一般，荒原上的暴风雪的来势是惊心动魄的。人们最先只能听到它可怕的喘息，从荒原黑暗的遥远处传来。那不是吼声，是尖利的呼啸，类似疯女人发出的嘶喊。在惨淡的月光下，潮头般的雪的高墙，从荒原上疾速地推移过来，碾压过来。狂风像一双无形的巨手，将厚厚的雪被粗暴地从荒原上掀了起来，搓成雪粉，扬撒到空中，仿佛有千万把扫帚，在天地间狂挥乱舞。大地上的树木，在暴风雪迫近之前，就都预先妥协地尽量弯下了腰，不甘妥协的，便被暴风雪无形巨手折断。暴风雪无情地嘲弄着人们对大地母亲的崇拜，而大地，则在暴风雪的淫威之下，变得那么乖驯，那么怯懦……

八百余名知识青年被突如其来的暴风雪震慑住了。许多人从连队匆匆出发，穿戴得并不暖和。一路上，差不多已经冻透了。而现在，暴风雪的无形的触手只从他们身上一抚而过，就带走了他们身体内的最后一丁点儿热量。火把，顿时熄灭了半数。

人群骚乱起来。

"别让火把都灭了啊！"

"快将没灭的火把扔到一起！"

"点火堆！"

……

几条具有号召力的粗犷嗓门疾呼大喊。

火把，一支，两支，三支……纷纷投聚到一起。

火，一堆，两堆，三堆……熊熊燃烧起来了。

有人不知从哪儿拎来一桶柴油，浇在火堆上。光焰升腾着，窜跃着，在暴风雪中"垂死"挣扎着。

人群分散开，围向十几堆篝火旁。

一阵折裂声，一棵大树扑通倒下。又一棵，又一棵……有人在锯团部大道旁的杨树——也许就是他们当年亲手栽下的杨树。劈砍声。砰……砰……砰……听声音，不像是用的利斧，而像是用的大锤。也许根本不是大锤，而是别的什么铁器。一节节树骸连带枝杈

124

被拖向火堆。

篝火旺烈起来。

小瓦匠见大家围在火堆旁，一个个也还是寒冷得瑟瑟发抖，忽然说："跳舞吧！"

"跳舞？哪有这份闲情逸致！"

"大家跳吧！跳什么舞都行，比如，'忠字舞'……"

小瓦匠在火堆旁跳起了"忠字舞"。跳得极其认真，像是在台上"献忠心"。

也许是受到他的蛊惑，也许是由于抵抗不住寒冷了，大家先后跟着小瓦匠跳起舞来。起先跳的还算是"忠字舞"，后来跳的便什么舞都谈不上了。

围在其他火堆旁的人们，也跳起来。

在这个暴风雪夜，在严寒和篝火的环形夹缝之间，动作古怪地跳动着八百余名被冻得半僵的躯体。生产建设兵团团部笼罩着一种中世纪非洲土人部落的野蛮、原始而神秘的气氛。

"他妈的！这些代表们，怎么还没研究出个结果来？"有人开始咒骂。

"关系到八百余名知识青年命运的大事，总得给他们点时间啊！跳吧！不要停下来……"小瓦匠像一个消防队员，谁刚刚冒出怒火，他就立刻说一句息事宁人的话。

哐……哗啦！

是玻璃破碎的脆响。

接着，是一阵门窗的木框被劈砍的声音。

"听！……"小瓦匠停止了"跳舞"。

大家都伫立住了。

又是一阵玻璃破碎的脆响。

"有人在砸机关食堂的门框和窗框，"一个男知青判断地说。

"准是为了往火堆里烧！"一个女青年说，"这也太过分了！"

"我们去看看！"小瓦匠朝机关食堂跑去。

"这是什么时候，还管闲事！"一个小伙子嘟哝了一句，却第一个跟在小瓦匠身后，也朝机关食堂跑去。

"他俩别吃亏啊！"到底是一个连队的，有人担心了。

"男的都去，女的留下，继续跳你们的舞吧！"

于是工程连的男知识青年，都离开火堆，朝机关食堂跑去。

机关食堂的门被撬开了。知识青年们在食堂里翻找吃的东西。有人掀开蒸笼，叫起来："包子！"大家同时围了上去。几十双手在黑暗中抢夺着。

"生的！"

"呸！呸！呸！……"

"点火！蒸熟它！"

"别费那事，连蒸笼一块儿抬到火堆去，吃烤包子！"

"好主意！抬！"

几个人将蒸笼抬出了食堂。

"咸菜要不要？"

"要！凡是能吃的，都要！"

于是有人捧起咸菜坛子往外走，被门槛绊倒，坛子掉在地上，碎了。咸菜疙瘩滚了一地。

后来的几个人，什么吃的都没翻找到，狠狠地骂："这伙自私的强盗，扫荡了个一干二净！"

"嘿！发面缸里还有发的面！"

"有发面也不错，火堆上烤酸面包吃！"

他们把发面团也用衣襟兜走了。

小瓦匠跑到食堂，果然看见有几个人在砸食堂的门窗。

小瓦匠跑到他们跟前，大喊一声："住手！"

他们中的一个，身材高大魁梧，半截黑塔似的，不屑地扫了小瓦匠一眼，高高举起手中的大斧，继续劈砍窗框。

"你们这是搞破坏！土匪！"小瓦匠扑了过去。

对方一拳，就将他打得倒退数步，一屁股坐在雪地上。

小瓦匠呼地跳起，骂道："你奶奶的！这机关食堂是我们工程连一砖一瓦盖起来的，老子今天就是不许你们破坏！"他被激怒了，又毫不畏惧地朝对方扑了过去。

他胸前又挨了狠狠一拳，又跌倒了。

"这小子找不自在，揍他！"他们团团围住了他。

工程连的男知青们赶到，一见小瓦匠果然吃亏了，纷纷动起手来。

正打得难解难分，老政委孙国泰走到了这里，喝止住了他们。

两伙知识青年虽然不再厮打，却虎视眈眈。老政委横身在他们之间，厉声问："怎么回事？"

小瓦匠一指机关食堂窗子，狠狠地说："你问他们。"

老政委这才发现被砸毁的门窗，心中立刻明白了，问那几个破坏者："你们是哪个连的？"

"我们，我们……"为首那个彪悍魁梧的，嘴里讷讷着，一转身想跑。

其余的几个也想跟着跑。

"都给我站住！"老政委猛喝一声。

都乖乖地站定了。

"说！哪个连队的？"

"木材加工厂的。"声音低得勉强能听见。

老政委从地上捡起一节被砸散的窗框木，盯着为首的那个破坏者，问："要投进火堆？"

对方畏怯地点了一下头。

"这不是你们木材加工厂做的么？"

"是……"

"亲手破坏自己的劳动成果？要离开北大荒了，就一点值得北大荒人怀念的都不留下？"

"……"

"我本有权将你们一个个当作破坏分子逮起来……可是我不想这样做。拿去吧，烧吧，烧你们自己的劳动成果吧！当它燃烧的时候，你们好好想想你们的行为吧……"

"……"

"拿去，拿去烧吧！今天夜晚别让我再看见你们可耻的几个，滚！"

他们一个个默默地转过身，渐渐地走开。

"站住！"

他们站住了。

"把它拿走！"

他们犹犹豫豫地互相望着，终于有一个人扛起了那扇砸毁的窗架子。

他们走远了，消失在黑夜之中了。老政委将注视着他们的目光收回，望着身旁的这一伙知识青年，问："你们是哪个连的？"

小瓦匠回答："我们是工程连的。"

老政委"哦"了一声，又问："你叫什么名字？"

"我……单文书……"

"小瓦匠？……我知道你！想不到我们会在这样的一天认识……"他伸出一只手。

小瓦匠迟疑了一下，握住了老政委那只大手，他感到了那只手的劲力和厚厚的茧子。

"让我说一句俗话吧，后会有期！"

老政委苦笑了一下，放开了小瓦匠的手，对其他人点点头，说："多谢了！"大步走开。

暴风雪以更加猛烈的来势扫荡着团部区域，几堆篝火一下子就熄灭了。受到严寒威胁的人们立刻分散开，围聚到仍在燃烧的火堆旁。他们像羊群似的，互相紧紧靠拢着。与其说火堆的存在才不致使他们冻僵，莫如说他们是用身体组成围墙，守护着火堆不被暴风雪所扑灭。而暴风雪是那么嚣张！它嘶叫着，想将八百余名知识青年们从大地上扫荡起来，扬到空中！

聚在篝火旁的人的围墙渐渐缩小着，缩小着。

最里层的人喊："别挤了！要把我们挤倒在火堆上了！"

"我的衣服烧着了！让我挤出去！让我挤出去！"

最外层的人，却呻吟着，蜷缩着，蹲下去了，卧倒下去了。

又一堆篝火熄灭了，引起一片恐惧的骚乱。

"有人昏倒了！"

"快！快背到火堆旁来！"

昏倒的是个女知识青年。

"她都快冻僵了！得把她背到谁家里去！"

于是有人背起她朝附近的一幢房子跑去。

砸门声，狗咬声，喊叫声……

团军务股长就是当年工程连的老指导员，他和老连长调到团部后，曹铁强和郑亚茹才被任命为工程连的连长和指导员。他家住在靠山坡的最后一排干部宿舍。

他没有睡，站在家中窗前，一支接一支地吸着卷烟。卷了一支，吸上几口，就扔在地上，踏灭，再卷一支。他出神地望着外面一堆堆篝火的光焰。

他老婆也没睡，坐在炕沿上，陪伴着他。

"你，睡吧！"他说，并没有对女人转过身。

女人被呛得咳了起来，边咳边说："我看，你……今晚还是找个地方躲躲吧！……"

军务股长一动也不动。

"你不听我的，要是有个三长两短，叫我和孩子们……"女人抽泣起来。

"别来这个！"股长不耐烦地吼了一声，仍不转身。

女人止住了抽泣。她从墙上摘下股长的手枪，走到股长身边，轻轻推了股长一下："要不你身上带着这个……"

股长这才看了女人一眼，见她递给他的是枪，顿时火了，一掌将女人推了开去："你叫我拿枪对付知识青年？！"

"你……他们来找你的时候，你也好吓唬他们呀……"

"胡说！你给我把枪挂到墙上！"

"别的团里，知识青年不是割掉过一个军务股长的两只耳朵么？"

"谣言！"

"你亲口对我讲过的！"女人也火了。

"我……我……我揍你！"股长凶狠地对女人挥起拳头。

"你，你打吧！给你打！用枪打！打死我！……"女人委屈地哭起来，往股长跟前凑，将手枪塞在股长怀中。

股长不得不接住了枪。

"你开枪呀！你先打死我呀！别让我亲眼看见你叫知识青年们……"女人的声音越来越高。

啪！股长打了女人一记耳光。

女人哇地放声大哭。

炕上的孩子被惊醒了，也"爸爸""妈妈"地喊叫着哭起来。

就在这时，门开了。刘迈克首先一步跨进屋来，后面跟着两名知识青年。三人肩上都背着步枪。

他们出现得这么突然！而且连门也不敲一下。

女人马上不哭了，从炕上拖过孩子，紧紧搂抱在怀里，目瞪口呆，神色惊恐地瞅着三个不速之客。

股长也愣了一下，随即镇定，若无其事地将枪挂到墙上，之后，从容而端正地坐在一把椅子上。

"股长，对不起，我们没敲门就……"刘迈克开口道歉。

股长看着他，问："什么事？"

"请你们立刻就去打开档案柜，为知识青年办理返城手续。"

"是你们请我？"

"不，是政委。"

"政委？他为什么不亲自来？"

"这……我有政委亲笔写给你的纸条命令。"刘迈克从兜里掏出折叠着的纸条，递给股长。

股长接过纸条，看了眼，慢慢从椅子上站了起来。刚站起，又坐下去，问："你们是靠枪从政委那里得到的这张纸条么？"

刘迈克赶紧解释："股长，枪，是政委同意发给我们十几个人的。今天夜晚情况特殊，我们十几个人组成了一支纠察小队。"

股长摇摇头："刘迈克，我不相信你。"

刘迈克急了："股长，你……你这是跟政委过不去呀！你不跟我们走，我们可要……"

"要怎么样？"股长瞪起了眼睛："要用枪逼着我跟你们走？"

广播喇叭忽然响了。

"全团机关工作人员注意，我是政委孙国泰，我现在代表党委讲话，我命令你们，将知识青年接到你们各家各户去。机关食堂、礼堂、招待所，所有办公室，今夜都要容纳他们。我同时命令你们，立即担负起各自的职责，做好明晨七点开始办理知青返城手续的种种准备，不得有误。全团机关工作人员注意，我是政委孙国泰，我现在代表党委……"

股长注意地聆听着政委的每一句话，从政委的声音里，没有听出违心或被胁迫的屈服语调，他暗暗吁了口气。

"我们走吧！"股长第二次从椅子上站起，披上大衣之后，想了想，从墙上摘下手枪，对刘迈克说："我也算你们那十几个人中的一个。"

股长跟着刘迈克他们出了门，股长女人抱着孩子随到门外，不安地目送他们。

四人从宿舍区往机关大步匆匆地走。刘迈克走在最后，和股长三人相隔十几步远。他的左腿开始疼痛了。从挂斗车上摔下来时受的伤并不轻，流了不少血，棉裤和伤处被血粘在一起，每迈一步，都撕扯着伤处，他倒吸一口冷气。

他忽然想到了秀梅，她准是还没睡，在等待着他从团部回去。也想到了自己还未出世的孩子，别人都说她怀的是个男孩，他也希望是个男孩。男孩才似乎更对得起"北大荒"人这三个字。他，一个城市知识青年，将要在北大荒的土地上扎下自己生活的根，并且为北大荒增添了一个小北大荒人，这不是一件寻常的事情。他这么认为。不管别人对这件事如何看法。别人都离开了。他要留下来。他在城市里的所有亲友都会替他惋惜，甚至责骂他。随他们去吧！反正他不能将妻子和孩子抛弃在北大荒，只身回到城市去。他刘迈克生来就不是这样的人，做不出这样的事。

何况她对他那么好，婚后两人还没有红过一次脸呢！他不能想象，没有了她，生活还有幸福可言。他留恋北大荒，他崇拜北大荒，崇拜它的荒凉和广袤，崇拜它的严峻和粗犷，崇拜它春天的朴素，夏天的烂漫，秋天的实惠，冬天的气魄。而她，就像是整个北大荒的化身，当他拥抱她的时候，亲吻她的时候，心中也会肃然起敬，对她产生崇拜之情。她并不漂亮，但她健壮，充满了青春气息，充满了生命力，充满了对他和对生活的爱情。她又是那么温柔，那么善于体贴人，那么能吃苦，能劳作……

他，一个矿工的儿子，能够找到这样一位妻子，还有什么不称心如意呢？

而更主要的是，在他最孤独的时候，在他被许多人视为"公敌"的时候，她是第一个同他接近的人。她，用北大荒姑娘纯朴而富有同情感的心，融化了他对工程连每一个人都怀有的敌意。她像给小孩子洗脸一样，洗去了他个性上的种种劣质，使他懂得了如何尊重自己和尊重别人，使他获得了人们的信任……

不但是爱情，而且是恩情啊！

这样的妻子怎能遗弃？怎能舍得遗弃？

搬！……搬！……搬！

物资仓库方向，突然响起急促的钟声。

刘迈克抬头望去，见库房升腾起一股浓烟和火焰。股长三人，已经撩开大步朝那里跑去了。他追在他们后边跑了几步，左腿的伤处一阵剧烈疼痛，使他不由得站住了。他跪下右腿，双手紧紧按压住左腿膝盖，想借此减轻一点疼痛。被血痂粘住的棉裤里子和伤处扯开了，他感觉到血又涌了出来，顺着小腿往下淌。

"妈的！"他咬紧牙关，站了起来。

忽然，他发现一幢房子里有光亮从漆黑的窗上一掠。分明是手电筒的光亮。

那幢房子是团部银行。他警觉起来。他顿时忘记了疼痛，朝银行走去。走到门前，轻轻推了一下门，门虚掩着，被无声地推开了。

他一步跨进屋去，大声喝问："谁在这里？！"

他头上猛然挨了重重的一击！但他并没有立刻倒下去，他的身子摇晃了一下，靠在墙上。同时，他的一只手下意识地抓住了步枪枪带。他没来得及从肩上取下步枪，匕首的寒光在他眼前一晃，刺进了他的胸膛，接着，又刺进了他的腹部。

他缓缓地贴着墙滑倒下去了。

然而，意识并没有从他头脑中消失。他心中十分清楚，自己遇到了什么事情。他看见了一个人影从自己身上跨过，窜出门去。他双手扶着墙壁，从地上跪了起来。又挂着枪，挣扎着站了起来。一步，两步，三步，他艰难地走到了门外。月光下，银白的雪地上，一个人影慌慌张张向后山跑，拎着一只大手提包。

"妈的，跑不掉你！"他靠着门框，举起了步枪。步枪变得很沉重，手臂颤抖着，瞄不准。他遗憾地放下步枪。托枪的那只手，在衣服上擦了一下，擦到了一种温热的黏糊糊的东西。他知道，那是自己的血。

血，自己的血，令他愤怒了。愤怒使他倏然产生了一种力量。他第二次举起步枪，手臂不再颤抖了。人影被步枪的准星牢牢地咬住了。

他很有把握地勾了一下枪机。

枪声很脆。

那家伙一跟头栽倒了，手提包落在雪地上。

一丝冷冷的微笑，浮现在他嘴角上。

他瞄的是后脑勺。

"妈的……老子打发你……"他嘟哝着，挂着步枪，像老人拄着拐杖一样，每一步都很吃力地朝那个倒在雪地上的家伙走去。

走近被击毙者身边，他首先看到的，是一双眼睛，一双瞪大的眼睛，目光已经凝滞，但全部地摄录了一颗灵魂的最后欲念——贪婪。月辉反射在这双眼睛里，使它们发出幽冷的光。接着，他看清了一张和自己差不多年龄的脸，咧着嘴，仿佛在临死前要喊叫什么。

羊剪绒的棉帽子，拆洗过的黄棉袄，崭新的大头鞋……

他不禁倒退一步。

他打死了一名知识青年。

拄在手中的步枪，失落在雪地上。

他愣了片刻，转过身去寻找手提包。手提包离他仅有几步远，但他已走不过去了。他扑倒在雪地上，一寸寸地爬了过去，张开双臂，紧紧搂抱住了手提包。他曾听人说过，临死前抱住不放的东西，死后也不会放开。

"抱紧，抱紧，抱紧……我要抱得紧紧的……"对自己的生命下达了最后一次命令，他的头，蓦然地垂了下去，垂在手提包上……

六

暴风雪最初的淫威发作过了，天地间从混沌状态澄清下来，四野暂时恢复了寂静。严寒，则愈加肆虐地折磨着大地上的生命。

站在哨站上的裴晓芸被冻僵了。她感觉不出身体仍是属于自己的，只有大脑还能按照神经讯号进行思想。

此刻，她想到了那个著名的童话——《卖火柴的小女孩》。她真希望衣兜里装有一盒火柴，不，哪怕仅仅是一根火柴！她明知这是自己的幻觉，但意志受这种幻觉的诱惑，迫使她那戴手套的被冻得硬邦邦的手，在衣兜外面碰了一下。衣兜里什么也没有。她苦笑了。她以为自己苦笑了，其实并没有任何一丝表情呈现在她脸上。

严寒"凝结"了这张脸。

要进行思想。不论想什么都可以，但一定要进行思想。要保持住意识的清醒。千万千万不要让意志也被严寒所"催眠"！这是此刻她整个人的唯一生命火种了。她一遍遍地这样警告和命令着自己。

为什么还没有人来换岗呵！……

她想转过身朝团部的方向望一眼，但她的双脚像被大地焊住了一样，无法转动。

火，团部那里有火。有熊熊的篝火。到团部去，到篝火旁去，或者，回到连队去，回到大宿舍去……有一个人的声音，像是她自己的声音，又像是别的什么人的声音，在她耳畔催促着，劝说着。

不，不能够。我是哨兵。我站在边境哨位上。今夜是我第一次站岗。

她冷酷无情地答复了自己生命的求存的呼叫。

"今夜是你第一次站岗，你会感到害怕么？"

"不，不怕。我很兴奋。"

"等你下岗，我来接你，在白桦林旁……"

"不……你不是要到团里去开会吗？"

"我从团部来。我有话对你说……"

"什么话呢？现在不能对我说？"

"好多话，现在……来不及了……"

她回想着上岗之前曹铁强和她的对话。

她知道他要对自己说什么。他要说的话早该对她说了。可他却非要等到今夜来接她的时候才说。为什么当时不对她说呢？好多话？

不，不，她只要听一句话就够了。

他要说的话，不是应该在两年前就对她说的么？不是应该在驼峰山上那顶帐篷里对她说的么？

她真恨他！

哦，那是一个多么美好的夜晚呵！那烧得彤红的大火炉！棉帐篷里，只有他和她。整个驼峰山上，只有她和他。整个世界……仿佛也只有他，和她。

那条战备公路上，洒下了工程连队的多少劳动汗水啊！

为他掌钎，那是她最愉快的劳动。他抡动着十八磅的大锤，一下接一下砸在钢钎上，声音那么有力，那么有节奏。在她听来，那简直是一种音乐。虎口都被震裂了，手都被震麻了，手指从早到晚紧握钢钎，放下钢钎，都伸不直了。吃饭的时候，都端不住碗，拿不住筷子了。然而劳动中的心情是多么欢畅啊！她真希望那条公路无止境地向前伸延，他天天抡大锤，她天天为他掌钎。双手磨起了多少血泡？一点水也不敢沾。洗脸的时候，只能叫别人替拧一把湿毛巾，胡乱地擦擦脸了事。可是她和他一块采下了多少路石啊？十几吨？几十吨？上百吨？从秋季一直到第二年夏季，绝不会比女娲补天的石头少！虽然没有计算过。

那一次她是多么……神经过敏啊！

当他挂着锤柄，撩起肮脏的衣襟擦汗时，她放下了钢钎，抬头望着他。一块巨石就悬在他头顶上，瞬间就要塌落下来。她尖叫一声，朝他猛扑过去，一下子将他扑倒了，搂抱住他，在刚刚铺好石头的路面上滚出十几米远。大家都被她这一迅猛的举动惊得目瞪口呆！当她和他从地上爬起，巨石没有塌落下来。这时她才看清，巨石是不会塌落下来的，它连着半面山壁，除非用十公斤以上的炸药炸。险情不过是她的幻觉。人们哄然大笑。她尴尬极了，狼狈极了。

他哭笑不得地对她说了一句："神经过敏！"

"我……"在周围的哄然大笑中，她觉得自己像是一只耍了什么可笑把戏的猴子。她一扭身跑开了。一直盲目地跑到山背后，蹲下身，双手捂着脸，哭了。

她觉得自己心底里对他的最隐秘的情感，滑稽地暴露给众人了。

而这正是她最最不愿被人所知的呵！

他竟也不能够理解她！

大家的哄笑对她是多么不公平呵！

姑娘的心受到了多么严重的羞辱啊！

虽然大家的笑声里并没有恶意，也没有嘲弄的成分，不过是劳动休息时一种驱除疲累的无谓的大笑而已……

公路一直修到第二年冬季才竣工。

最后一天，大家都从山上撤回连队去了。只剩下一顶帐篷，没吃完的粮食、蔬菜，没用光的炸药，工具。

她没有和大家一块下山。她主动要求留下来看守东西。她内心里有一个小小的个人打算。她要一个人留在山上，将帐篷烧得暖暖的，痛痛快快地洗一个澡。她预先就物色好了一个大油桶，用雪刷干净，在里面是可以洗得很舒服的。从第一年秋季到第二年冬季，全连哪一个人也没有洗过澡。山中有一口小泉眼，但那是炊事班做饭用水的"井"。洗脸水是按供给制限量的，每人每天一盆。在炎热的夏季也不放宽供给。冬季，大家都是用雪来擦脸的。

她，却已经整整七年都没有洗过一次澡了。知识青年返城探家，最大的享受是什么？——洗澡。谁也不会放过躲在城市的浴堂里洗一次澡的机会。到家的第一天，往往最迫切要实现的愿望，便是洗澡。离开城市的那一天，最愿意再获得一次享受的，也是洗澡。

她七年内没有探过一次家……

可是，在她那天晚上将帐篷里的温度烧暖了，并将那只大铁桶费尽气力从外面挪进帐篷，认真仔细地刷干净，和大铁炉并靠在一起后，他却回到山上来了。

那天，他清早就搭一辆顺路的汽车到团里去汇报筑路工程。她以为他会住在团里一天，或者直接赶回连队去的。所以当他走进帐篷，出现在她面前，她意外得有些沮丧。

"你……怎么又回到山上来了？"

"我以为大家不会都回连队的呢，怎么就你一个人留下来？"

"我……看守东西。"

"山上又不会有贼，真是多此一举。"

"排长……排长说……需要留下一个人。"

他在大铁炉旁坐下了，看她一眼，然后摘下棉手套，一边烘烤，一边问："于是她就指定你留下来？"

她从他的语调中分明听出对排长郑亚茹的某种积压已久的不满，赶紧解释："不，不是。是我自己主动要求留下的。"

他沉默了。一会儿，朝她的铺位瞅了一眼，用商量的口气问："可不可以……把你褥子底下的草分一半给我？"

"当然，当然可以……"她走到铺位前，掀起了褥子。

"我自己来吧。"他立刻站起，走到她身边，抱起一抱麦秸草，似乎觉得抱的过多了，又放下一些，说："足够了，这就足够了。"

他抱着草转过身，目光在整个帐篷里扫视一遍，走到帐篷口旁堆放劈柴的一个角落，将草铺在地上，满意地点点头，扭头对她问道："我就睡这儿，不……妨碍你吧？"

她没有立刻回答，也从自己的铺位上抱起一大抱草，铺在离火炉不远的地方，然后说："你该睡在这儿，帐篷口很冷。"

"不，我就睡这儿。"他在自己铺好的草上坐了下去，身子靠着柴堆，摆出一副舒适的样子。

"随你的便。"她一转身走到自己的铺位前，放下褥子，背朝着他坐在褥子上，从枕头下摸出笔记本和钢笔，开始写什么。

"你还写日记吗？"

听见他问，她抬起头来，侧转过身，发现他已将帐篷口那抱草抱到了火炉旁铺下，正坐在上面吸烟。

"我从来不写日记，没事儿在纸上随便画……你别乱扔烟头，烧了帐篷我可要负责任的。"她合上了笔记本，重又压在枕头下。

她和他差不多是面对面地坐着，之间距离不到三步远。她却一时找不到什么话对他说，连自己也感觉得出，自己的一举一动都极不自然。

"有什么吃的没有？"他终于又问了一句。

"有……"她从枕头旁拿起书包，从书包里掏出两个馒头，接着从兜里掏出小刀，将馒头细心地切成片，走到火炉前，放在炉盖上烤。

他显然是没吃晚饭，已经饿极了，几片馒头顷刻便被他狼吞虎咽了下去。吃罢，脱了棉袄，往草上侧身一躺，将棉袄蒙头往身上一盖，似乎就要这么睡了。

忽然，他猛地掀掉棉袄，坐了起来，对她问道："有毯子吗？"

她一声不响地从自己的褥子底下抽出毯子，递给他。

他站起来，将毯子展开，搭在毛巾绳上。

毯子成为一道"墙"，将他和她分隔开了。

她站在"墙"那边，问："有这种必要么？"他站在"墙"那边，回答："这样不是对你……方便些吗？"

她将毯子拉下来，抛给他："你盖在身上不是更好吗？"

他似乎想说什么，但只张了张嘴，并没有说出一个字。他又躺下了，将毯子盖在身上。

她，将马灯的光亮拧暗，退回自己的铺位，缓缓地坐下，从枕头底下再次摸出笔记本，可是并没有打开，拿在手中一会儿，又塞在枕头底下了。她深长地叹了口气，双手捧着腮，郁郁地目光呆滞地凝视着炉膛内闪烁的火亮，脸上呈现出淡淡的忧情苦绪。

他朝她看了一眼，欠起身，盯着她的脸，低声问："你想什么呢？"

"我……真想洗次澡啊！"她回答，声音同样很低微。这句话是情不自禁地说出来的。话一脱口，她觉得自己的脸倏地火热起来。什么话呀！她追悔莫及。

他又缓缓地坐起来了。

她窘迫地避开他的目光，垂下了头。

他随即站起身，走到炉前，拨弄炉火，将炉火拨得又红又旺。他又走到柴堆前，抱了一抱劈柴，轻放在火炉旁，一块接一块地往膛里塞。塞满炉膛之后，他拿起脸盆，一声不响地走出帐篷。一会儿，他从外面端进来一盆雪，倒进她刷干净了的那个大铁桶里。

"你……这是做什么？"她明知故问。

"雪很快就会化。"他这样回答，拿着脸盆又走出了帐篷。

他第二次从外面端进一盆雪倒进铁桶里时，她又问："为我？……"

他点点头。

"我不会……"她本想说："我不会当着你的面跳进桶里去的。"但出口的话却是："我不过随便说了那么一句，你别当真。"

"你不洗，我自己洗。"他大步走了出去。

他一次又一次出出进进，终于将铁桶里倒满了雪。

雪在桶内渐渐融化着。

他们都保持着沉默，仿佛各自想着心事，谁也不愿主动开口似的，目光也都尽量不去注意对方。

　　不知过了多久，桶内发出了水热时的响声。终于，热雾弥漫，帐篷里的空气由干燥而潮湿了。

　　他走到大铁桶跟前，一只手伸进桶内，试了一下水温，弯腰从铺地草上拎起棉袄，转身向帐篷外走。

　　她倏地站起来，抢先几步走到帐篷口，回转身，面对面地拦住他，说："既然是你自己想洗，那么应该出去的是我。"

　　他不回答，默默盯着她的脸，分明用目光对她说："你心里是知道的，我并不是为自己，而是为你。别这样对待我真诚的好意吧！"

　　在他这种目光的注视下，她不忍心再与他僵持了，从帐篷口闪开了身子。

　　于是他脸上浮现出一种战胜了她的颇得意的表情，一步跨到帐篷外面去了。

　　她呆呆地站立着，心中忽然竟有些生他的气。他在强迫我。他！分明是的！我为什么要对他妥协呢？我这傻瓜！

　　然而要痛痛快快地洗一次热水澡的欲念竟那么强烈！她简直无法抗拒桶内冒着蒸气的热水的诱惑。她情不自禁地走到桶前去，一根手指伸进水里泡了一会儿。水，热度正好。她挽起衣袖，整只手都伸进热水里去了。泡了一会儿，她感到自己的那只手，似乎溶解在水中了似的。

　　她忽然从桶内收回手，走到铺位前，开始急迫地脱衣服。衣服一件一件地从身上脱下来，外衣、绒衣、内衣……胡乱地扔在裤子上。

　　当她光着双脚，全身赤裸地站在地上之后，她一时间对自己产生了一种莫名的惊惧。马灯的昏黄的光亮，将她的身体涂上了一层橘黄色。她那线条优美的裸体的身影，被清晰地投射在帐篷的帆布墙上。看到自己的身影，她仿佛看到了可怕的魔怪，几乎失声惊叫，下意识地从裤子上扯起一件衣服，围罩在身上。同时，她那恐惧的目光，迅速朝帐篷口一瞥。

只有清冷的月辉从外面洒进帐篷。

仿佛只在这时她才发觉，周围的世界是多么宁静。一种神秘的宁静。帐篷里是多么暖和！炉火烘烤着她的身体，像夏日的阳光照耀着她。

围罩着身体的衣服无声地落在地上了。像跳舞似的，她用脚尖走到铁桶前……

呵！

在这个夜晚，在这座山林中，在这顶棉帐篷里，在一只铁桶内，颗粒状的陈雪融化并加热的水，浸泡了她七年没有洗过一次澡的身体。

她瘫软在水中了。

水没过她的肩部。头枕在桶边上，下面垫着毛巾——一次真正的"盆浴"！

她娴静地闭着眼睛，微微张开着嘴唇，双手交替地，动作极轻缓地搓洗着身体。好像生怕将水搅浑，生怕将一滴水溅到桶外似的。她从容地，不断地朝肩上，脸上，头上撩泼着水。

她真实地体验到人的一种似乎是极端快乐的享受。

她快乐得想唱歌，想欢叫。

"啊！……"

但是从她口中只发出一种类似叹息，类似轻微的呻吟般的声音。

她突然深吸了一口气，两臂抱着双膝，将头也沉没到水中了。她在水中潜了足有半分钟才冒出头来，身体贴着桶壁喘息了一阵，开始漂洗自己的黑发……

她洗了好久好久才恋恋不舍地出水。穿好衣服，在火炉边烤干头发，往褥子上仰面一躺，展放开四肢，她就一动也不想动了。她

143

产生了一种奇特的感觉,好像自己的身体失去了重量,在空中飘浮着,比一根羽毛还轻……

她竟那样渐渐地睡着了。

她睡了将近一个小时,身体感到冷了,才猛然惊醒来。

哦!天啊!他……

她一下子跳了起来,跑到帐篷外。月光之下,她看见他站在离帐篷挺远的地方,没有戴帽子,双手捂着耳朵,跺踏着两脚。

她呆住了。

两人一同走进帐篷后,他首先走到炉前,将落架了的炭火拨旺,塞进炉膛几块劈柴,这才站起身,瞧着她的脸,问:“洗得还好吗?”

她很难为情地回答:“好极了!”

他,微笑了。

那是非常亲近的微笑。

他第一次对她流露出这样的微笑。

她感激地望着他,说:“如果今天夜里这件事,让连里其他任何一个人知道,不知会对我……和你,作何想法?”

他那双也在瞧着她的眼睛里有某种奇特的亮光闪过。

他用平静的语调说:“如果有第三个人知道,那么一定是你自己告诉这个人的。”停顿片刻,他又说:“生活中有些事情,还是永远只有两个人知道的好。”

他这句话使她的脸红了。

他走到马灯前,要拨亮灯芯。

“别……就这样,挺好。”她轻声制止他。说完这句话,她觉得脸上更加火热了。心,也无缘无故地急跳起来。她掩饰地拿起脸盆,走到铁桶边去了。

“还是我来吧!”他走到她身旁,从她手中轻轻夺下了脸盆,说:

"你刚洗完澡，冷风一吹，会感冒的。"

"不，不，这……太过分了！"她要把脸盆从他手中夺回来。

他伸出一只胳膊挡住了她的手。

"难道都不给我一次报答你的机会吗？你曾救过我的命。"

她知道他提起的是哪件事，低下头，讷讷地说："可是，那一次……并没有危险……"

"难道那块石头果然塌落下来，我才应该对你说感激的话么？"

"……"

"有些事情，只有过后思考，才会理解究竟意味着什么。"

她慢慢抬起头，可一接触到他的目光，又立刻将头低下了，许久没有勇气再抬起头正视他一眼。

他的眼睛那一个夜晚好明亮！

他不再和她说什么，开始一盆接一盆地往外倒水。当她坐在自己的铺位，他坐在草上，默默相对时，炉火旺起来了。

她毫无困意。他也分明躺下也是睡不着。

外面起风了。帐篷帘被吹得啪啪响。

"我们谈点什么不好么？"他终于主动开口说，语调中带着恳求，仿佛此时此刻的沉默对他是一种难以忍受的折磨。

她用勉强能令他听到的细小声音问："谈……什么呢？"

"你觉得，你们排长是个怎样的人？"

"这……你应该比我更了解她。"

"你为什么会这样认为呢？"

"大家……都是这样认为的。"

"大家？……"

"我们女排的姑娘们……"

他忽然生起气来，大声说："可是我并不了解她！我曾想努力去了解她，却很难做得到！如果她是你，我相信自己早就了解她了！……"

她抬起头，吃惊地瞪着他："你……"

他不容她打断自己的话，继续说："我是一个烈士的儿子，我父亲是在这块土地上牺牲的，我在生活中处处受到另眼相看，就是犯了错误也会得到庇护，即使做了蠢事也会得到原谅，但我厌烦这个！我是我自己，我要走我自己的生活道路！我不是烈士，我不过是烈士的儿子！可是她却经常对我说这样的话：'你太不会利用你的政治资本了！你是一个政治上的浪费者！'而且摆出一副苦口婆心，谆谆教诲的样子！我不能忍受这种教诲！……"

她突然叫起来："你不要再说下去了！"

他顿时哑然了。

"求求你，不要说了，不要对我说这些话，不要对我说到她，我不想听，我今天什么也没有听到……"她忽然双手捂住脸，侧转身，低声哭了起来。

他不能理解自己说的这些话为什么会伤害了她，他怔怔地注视了她一会儿，站起来，慢慢走到她身边，握住她的双手，将她的双手从脸上移开。

她不肯仰起脸来，满怀苦衷地摇着头。

他不放开她的双手，将她拉了起来。

"不，不……"她仍在摇着头，想从他手中抽出自己的双手，但他将她的双手握得那么紧，那么紧。

"我……我……我……"他的呼吸那么急促！她甚至清楚地听到了他的心在胸腔内嗵嗵地跳！

"放开……我……"她呻吟般地喃喃地说。她全身都失去了力量。她几乎要昏倒了。

他终于放开了她的手，扶住她，使她慢慢坐下去。

"我……我……也许，我是不该对你说……这些话……"他的语调中带有几分歉疚和慌栗。

她将头垂得很低很低，交换地轻轻地抚摸着自己的手背。双手被他握得很疼。手背上留下了他的浅浅的指印。一滴眼泪落在她的手上，接着，又是一滴……自己的泪。

她感到内心里委屈极了。虽然他并没有伤害她。她紧咬着嘴唇，控制住自己没有放声哭出来。

"我并没欺负你呀！"他的话显出急躁来。

"别理我。我也不知道自己这是怎么了，过一会儿就好了。"她轻声说，抬起头看了他一眼，凄婉地一笑。

他一动不动地在她面前站了片刻，猛然转身走开了，并随手拧灭了马灯。

帐篷内黑暗了。黑暗中，她听到他在草上躺下去的声音。

一声粗重的叹息之后，黑暗邀请来了寂静。

她，也轻轻地躺下了。然而，她无法入睡。

一阵窸窣之声告诉她，他又爬了起来。炉中闪耀的火光，映照出了他的身影。他在拨火，加柴。他站起身了。他呆立了一会儿。他向她走来。他在她的铺位前站定了。他，小心翼翼地替她盖上了被子，大概以为她睡着了。他……双膝跪了下去。她立刻闭上眼睛，一动不动。凭直觉，她判断他正在俯视着自己。她的脸上感到了他的呼吸。男性的缓重的呼吸。这呼吸扑到她脸上，使她心慌意乱。然而她屏息静气，仍然一动也不动。她的双唇，却微微张开了，本能地要求承受某种接触……

竟什么事情也没有发生。她感觉到他慢慢地站起来了，轻轻地离开了她。

又是一阵他重新躺在草上的窸窣声……

当她从沉睡中睁开眼睛，天已经亮了。炉火还在燃烧着。帐篷里依旧很暖和。她的毯子，盖在她的被子上面。

他已经不在帐篷内了。

她匆匆地穿好衣服，走出帐篷。昨夜下了一场大雪，松软的雪地上，留下了一行朝山下而去的脚印……

排长郑亚茹和另两个女知青跟车到山上来拉载最后一批物品。

排长见了她的面，没跟她打招呼。她和她们共同往车上搬东西。她并非由于过分敏感才觉察到，排长异常的目光不止一次地在她身上扫来扫去。

"你昨天夜晚一个人留在山上怕不怕？"

"睡得踏实吗？"

另外两个姑娘在排长不注意她的时候，一人一句，几乎是同时问她。问过之后，似乎并不想得到她的回答，相互交换着含意玄妙的微笑。

她什么话都没有回答她们，只是默默地一件接一件地往卡车上搬装东西。

装完车，两个姑娘钻进了驾驶室。她爬上了卡车厢。

"排长，你坐驾驶室吧？我坐车厢！"一个姑娘见郑亚茹还站在车下，打开驾驶室的门，对排长讨好，但又空卖人情，并未跳下来。

"不，我要坐车厢上。"郑亚茹说着，爬上了车厢，坐在她对面的一捆麻绳上。

汽车开动了。她和排长虽然面对面地坐着，却谁也不瞧谁一眼。

当汽车在下坡的山路上减慢了速度，排长忽然开口问："他昨天夜晚，和你一块儿在山上？"犀利的目光冷冷地盯在她脸上。

不等她回答，排长又说："雪地上留下了他的脚印。"和这句话同时说出的潜台词是："你无法否认的。"

她以同样的目光迎视着排长，只简短地回答了两个字："是的。"也附带着一句潜台词："那又怎样？"

"他……和你……睡一顶帐篷里？"完全是逼问的口气，但吞吞吐吐。

"山上不就剩下一顶帐篷了吗？"她故意用反问的语气回答，并为自己作出这样的回答感到满意。

"这一夜……你们是……怎么度过的？"

"审讯吗？"

"回答我！我有权力问你！你知道我和他是怎样的关系！虽然现在不像我们刚到北大荒头几年那样……约束严格了，但对道德败坏的事连里还是要追查的！"排长羞恼了，语势中含着威胁。

"无耻！"她冷冷地吐出了两个字。

"你……"排长那张好看的脸扭歪了。

她也被自己的胆量所震慑了，立刻将眈眈的目光从排长脸上移开，茫然地瞭望着冬天的荒野和远山的银色轮廓。

她内心里却感到一种从来没有过的畅快。

汽车在公路上飞快地疾驰，她们时时被颠起来，碰撞在一起，彼此却再没说一句话……

回到连队，他几次迎面碰到她，都侧脸而过，不理睬她。这严重地伤了她的心。

一天，全连都在大食堂看电影，只有他一个坐在连部守着电话机，记录电话会议。

她突然闯进了连部。

他手里拿着电话机，吃惊地瞪着她。

"我……我有话和你说。"

"我在记录。"他生硬地回答。

她扑到他跟前，一下子从他手中夺下电话听筒，使劲摔在桌上，大声嚷："你……我恨你！"

"岂有此理！"他霍地站了起来。

她呆呆地站在他面前，胸脯剧烈地起伏着，嘴唇抖动着，目光盯着他，两只眼睛里渐渐盈满了泪水。

那是从心底的感情之泉涌出的泪水。

他不知如何是好了，张了几次嘴，才低低叫出她的名字："晓芸……"

他第一次在称呼她的时候将她的姓省略了。

她猛地扑在他怀里，像一个受尽了委屈的孩子，放声大哭。

"别，别这样……"他拥抱着她，抚摸着她。

她却止不住自己的哭声。

他冲动地双手捧住她的脸，疯狂般地吻她。吻她的嘴唇，吻她的眼睛，吻她的额头……

他的双唇封住了她心中的泪泉。

他冷静下来了，朝电话机看一眼，替她拭干眼泪，轻轻将她推开。

她，也理智了，难为情地背转过身。

"喂，是我。我守着电话机呢！刚才……一个家属，和丈夫吵架了，对，两口子吵架。我已经把他们劝走了……"他已经坐在椅子上，又拿起了听筒。

她转过身来看了他一眼，扑哧笑了。

他对她眨了眨眼睛。

她凝视了他一刻，悄悄地退出了连部。

……

第三天，他带着一队人到师部参加水利大会战去了。她，则留在了连队。一次长久的分离——两年半。通信是保持的，但仅仅几封。几封很短的信，他告知她水利会战的工程情况，她在信上对他讲述连队发生的种种事情……

再后来呢？再后来，再后来，再后来……

站在哨位上的裴晓芸，什么也不能够再回忆起来了。

水……

多热的水啊！

炉火……

熊熊的炉火！

她觉得自己此刻身在两年前大山林中那顶帐篷里，泡在那只大铁桶里，又潜没到雪化的热水中去了……

突然，她的两只眼睛异常明亮起来。她清清楚楚地看见他站在面前。不是别人，正是他！她的他！

啊！他到哨位上来接她了！

她向他扑过去，紧紧地搂抱住了他。

"啊！亲爱的，亲爱的，亲爱的……水太热了！真烫啊！不，冷……我真寒冷啊！我眼看就要冻僵了！抱紧我，抚摸我，吻我……我觉得我的双唇好像两块冰一样冻在一起了，用你的嘴唇融化了它吧！吻我，吻我，吻……"

其实她一个单音也没有发出来。

然而她感觉到了他的拥抱，他的抚摸，他的亲吻……听到他的声音，像就是在她耳畔喃喃絮语，又像是从相当遥远处，从太空对她呼唤："晓芸，亲爱的姑娘！……"

她挺立在哨位上，像"六号坐标"一样。月辉将她的身影投映在边疆大地银白色的底片上。

她面对黑龙江，大睁双眼，枪上的刺刀闪耀着寒光……

她脸上浮现着微笑……

"黑豹"像跑马场上进入了亢奋状态的一匹赛马，以疯狂的速度跑回了连队，直奔知青大宿舍。它如猛兽般，扑开男宿舍的门，冲了进去。空无一人……它呆立了一刻，腾跃起来，在空中返身，又窜来窜去，扑进女宿舍。女宿舍也空无一人……它在男女宿舍间窜来窜去，往返数次，发出呜呜的低吠。它彻底失望了，焦急地摇动着尾巴，站在大宿舍的过道走廊里，怒吼了两声。它发现了团部方向的火光，一动也不动了。突然，它箭一般向团部奔去……

在团部，在八百余名知识青年中，在十几堆篝火间，在物资库的救火现场，在每一处有人群的地方，这只狗横冲直撞，寻找着工程连的知识青年。

"嘿！这狗真肥！捉住它，捉住它！烤狗肉吃！"围聚在一堆火旁的几个男知识青年，四面围住了它。有的握着刀子，有的持着木棍，有的拿着石头。他们要结果它的性命，要剥下它的皮，要肢解它肌腱发达的身体，放在火上烤熟，吃掉。

他们是又冷又饿。

不知哪一个首先朝它扔出了石头，击在它头上。它嗷地叫了一声，向后退，而后胯上又挨了狠狠一棍。它摇摆了一下身子。栽倒了。他们立刻围上去，一个绳套套住了它的脖子，勒紧了，把它拖拽到一棵树下，吊了起来。求生的本能和兽性在这只驯良的狗身上勃发了！它侧头一口咬住了绳子，用锐利的牙齿将绳子咬断，从半空掉在雪地上。

他们又朝它围上去。它像一头真正的豹子一般跃起，扑向离它最近的一个人，它扑倒了他，朝他的脖子咬下去。他用手一挡，它咬住了他的手。一声惨叫，它觉得自己从那只手上咬下了什么。它口中含着咬下的东西，呲着白森森的利牙，呜呜低吠，竖起了脖颈上的长毛，伺机再扑。

他们惧怕了，退缩了。

两根手指从它嘴里吐在雪地上。

它突破包围，向救火现场奔去。

在那里，它在纷乱的救火人群中第一个发现的是它的主人。他扛着一箱手榴弹从火海中冲出来，刚刚放在安全的地方，它立刻窜过去咬住了他的裤角不肯松口。他低头看见是它，骂了一声："滚开！"用另一只脚将它踢得翻了个身。

"工程连，跟我来！赶快扛手榴弹箱！"他大喊着，又冲进了火海。

十几条人影跟在他身后，也冲进了火海。

"黑豹"又发现了小瓦匠，窜上去咬住了小瓦匠的裤角。

小瓦匠蹲下身，拍着它的头说："黑豹，你到这里来干什么？你帮不了一点忙，去吧，去吧，回连队去吧！"

它迷惑地松了一下口，小瓦匠挣脱裤角，也冲进火海去了。

"工程连的，组成人墙！"

火海中，它辨听出了主人的大喊声。

一道人墙隔立在火海之中。他们手挽着手，靠得那样紧密！火舌舔着他们的后背。更多的人在他们掩护下去搬扛手榴弹箱。

"黑豹"也想冲进火海去，但大火的烈焰令它害怕。它在大火外围来来回回地奔跑着，奔跑之中俯下头啃了几口雪。

它突然又朝驼峰山上的哨位奔去……

刘迈克怀孕的妻子在家中期待着他。她安静地坐在炕上，一针接一针给未出世的孩子缝做小衣服。

孩子不会见不着父亲了！这将在北大荒出生的小生命！他在她腹中轻轻地动弹呢！她为孩子而庆幸。也为自己感到幸福。她那颗将要做母亲的心，此刻踏实极了。她内心充满了对生活的信赖和深情，也充满了感激。

听到狗叫声和狗爪子的扒门声，她愣了一下，放下手中的小衣服，下地开了门。门刚打开一条缝，"黑豹"就挤了进来，口中叼着一只棉手套。

"'黑豹'？……"她从它口中取下手套，立刻认出，是裴晓芸的。在全连的女知青中，她和裴晓芸最要好。她是连队后勤班班长，裴晓芸曾是后勤班的唯一一个知识青年。缺少友谊的上海姑娘，把她当姐姐一样看待。

裴晓芸上岗之前，还背着枪来她家里，笑盈盈地问她："秀梅姐，你看我像一个哨兵吗？"

这只手套破了个洞，是她当时给补好的。

"黑豹"围着她转，咬住她的衣服，将她向外面拽扯。

一种不祥的预感立刻遍布她的全身。

她慌忙地穿上大衣，扎上围巾，跟着"黑豹"走出家门。

她跑到马号，拉出一匹马，跨上马背，还没坐稳，就喝马朝驼峰山飞驰。

来到哨位上，她跳下马，见裴晓芸朝她伸着双手，似乎在迎接她。

她几步跨到裴晓芸身前，握住了她的双手，但立刻又缩回了自己的手。裴晓芸那只失去了手套的手，像岩石一般硬！

她呆住了。

"晓芸，晓芸，晓芸……"她喃喃着。

微笑依然呈现在裴晓芸脸上。

"裴晓芸！……"她嘶声大喊。

泪水顿时蒙住了她的两只眼睛！

她又向裴晓芸扑过去。

可是……女哨兵颓然地、僵直地朝后倒了下去，倒在铺雪的大地上，恋恋地瞪视着夜空。

"裴晓芸……"她扑在女友身上，泣不成声地呼唤着。

"黑豹"发出一声悲怆的哀吠……

七

黎明的曙色从驼峰山顶显现出来了。隔夜间，驼峰山耀眼的银铠甲不知被暴风雪卷到这世界的哪一个角落去了，裸露出灰色的岩质的嶙峋峰体。北面半山坡，暴风雪推到一起的积雪，顺坡呈现着波浪般的层次明显的叠状，像一位巨人缠在腰间的衣裾。"六号坐标"仍然竖立得那么笔直，这大地的立体指南，被无数次的暴风雪和暴风雨挥发尽了体内代表生命的水分，由一棵树成为一根枯杆。荒原上，鬼使神差地出现了一堆堆的雪堆，小则如坟，大则如丘。太阳也从驼峰山后面庄严而矜持地升起来了，在驼峰山巅滞停了片刻，仿佛有弹性似的，轻轻一跃，便悬在半空中了。于是灿烂的霞光普照大地，白雪闪耀着宝石一样的红色的柔和的光芒。

团部区域，一堆堆篝火已熄灭，但仍冒着袅袅的青烟。冬晨清新而充满冷意的空气中，飘漫着燃烧后产生的松脂的特殊气味。十几辆马车、挂斗车、拖拉机，随心所欲地停在各处。昨夜没有卸套的马，身上披着霜，像古战场上的银甲马，舔着雪，或者猪一样地拱食着雪下的枯草。

在一片平坦的雪地上，苫布蒙盖着从火中抢搬出来的物资。桶、扁担、锨、镐，分类整齐地放着。

知识青年们，此刻都聚集在干部股、组织股、财物股……有纪律地办理返城手续。只有会议室空无一人，门敞开着，对流风横穿室内，将烟灰、烟头、烟盒、报纸刮落满地。小公务员在独自打扫着。他在履行自己最后的职务，他办理完了返城手续。

礼堂里，舞台上，并放着两张桌子，一摞摞的档案，将要在这里改变它们过去十年中的人格化的价值。今后它们记载些什么，那要由知识青年返城后的命运所决定了。

军务股长，郑重地坐在一张桌子后面。知识青年们在此办理最后一道返城手续——领取各自的档案。他要在他们的密封的档案袋上和准迁卡上盖章，这是他最后一次为他们履行职务。

他见人到的不少了，站起来，大声说："现在，我开始办公。首先，你们必须按照我的要求，分成两排。"说罢，他从侧梯上走下来，走到他们之中，指点着他们说："你，站到左边。你，站到右边。你，左边。你，左边。你……也左边去。你，右边。左边，左边，右边……"

他们很快被他分成两排。一排人多，一排人少。

他环视着两排人，说："左排优先办理。"他把"优先"两字说得很重。说罢，一转身大步朝台上走去。

"你这是什么意思？有没有个先来后到了？我早就在这里等候你办公了！"右排中，有谁嚷叫起来。

"对！说清楚！"

"别以为公章在你手里握着，就可以独断专行！"

……

右排的人附和着，抗议着，甚至威胁着。

军务股长在舞台侧梯上站住了，缓缓地转过身，目光盯向右排，用冷峻的语气说："你们睁大眼睛，看看左排的每一个人，然后再互相看看你们自己！"

右排的人，将狐疑的愤愤不平的目光投向左排——他们的脸，一个个都是黑的，肮脏的。还有带着伤痕的。他们的裤筒，鞋上，挂着水湿后冻结的冰。他们的衣服上，这里那里尽是烧破的洞……他们的样子都是那么狼狈不堪。

右排的人，一个个显得比左排的人更加狼狈起来。他们互相一看就明白，他们昨夜没有救火。

这是一种对比明显的排列组合。弟兄、姐妹、好朋友、同班同排同连队的，彼此有着各种关系的知识青年，被这种排列组合分隔开了。右排的人不得站到左排去。左排的人绝不会愿意站到右排去。他们只能面对面地望着。

在这种默默的持续的对望中，股长站在台上又大声说："我要求你们保持肃静。如果有谁大叫大嚷，我提议你们，就将他轰出去！"

他在办公位置坐下了，拿起一张卡，一字一字地念道："一连……李庆丰……"

右排的人，谁都无法经受等待的寂寞和左排的注视，他们先后退出了礼堂。退出时每个人都低垂着头，脸上不无惭愧。

左排的人，他们保持着一种持久的，近似庄严的肃静。连咳嗽声，都是控制着的。没人交谈。熟悉的也罢，陌生的也罢。他们用目光彼此表达着淡微的敬意和……庆幸。此时此刻，他们昨夜自发的救火行动，受到这种特殊形式的重视，他们怎能不感到莫大的欣慰？一有人走入礼堂，他们便纷纷将目光投射到那个人身上。如果他或她身上，和他们有相似之处，他们便点头致意，打手势叫他或她排到队列中来。如果他或她的脸不是黑的，衣服是完好无损的，他们的目光，便是他或她怯于正视，难以承受的。那种目光是极其复杂的，内含着质询、谴责、慨叹，甚至包容着同情。

他或她如果不是反应迟滞的，就会意识到什么，愧然退出。

站在队列中的小瓦匠，瞧着那些领到准迁卡和档案的人欢天喜地的样子，心中产生了一种淡淡的忧郁和不满。他认为他们不应是这种样子离开。应是怎样呢？……他自己也不知道。

他觉得需要和别人交谈一下，随便交谈些什么，心情才会轻松点。于是他问身旁的一个小伙子："你是哪个连的？"

"三连的。"对方好像也和他有同样需要。

"你们连……也都走光了？"

对方肯定地点点头，"文书、会计、卫生员、小学教员……三十二名知识青年，一锅端。"

"哪年来的？"

"我？六八年。六月十八日，正是'六·一八'指示那一天到的北大荒。我们问带队的，毛主席对兵团的指示才传达下来，你们怎么会提前一个多月在对我们宣传动员时，就打出了兵团的旗号呢？带队的回答：'宣传是为了目的嘛！'但居然不怕落个编造主席指示的罪名！"

"那你是第一批到北大荒的了？"

"当然！我们那一批是北大荒的知青元老！我们都是自愿报名的。我报名后一直瞒着父母，到临走的前一天才告诉他们。母亲哭闹得天昏地暗，可我还是走了……我是独生子。后来想返城也回不去了。你呢？哪一年？"

"七一年。"

"'一片红'那一年？"

"是的，当时我母亲正瘫痪在床上，街道上山下乡动员的人有天敲锣打鼓将光荣花送到我们家。我和弟弟说：'我们没报名呀！'他们说：'没报名也批准了！'……"

"'一片红'，'一片红'，从城市走得干净，也从北大荒走得干净……四十多万啊！不知道留下来的会有多少？"

"想不到,我们会是这么离开的。别的都不讲,就拿我们团来说,全团百分之九十的农机具手都是知识青年,都走了,怕是今年开春连小麦大豆都播种不下去……仔细想也真有点觉得对不起北大荒!"

"是啊,政委还说要给我们开欢送会呢,我看还是不要开的好。"

小瓦匠忽然看见弟弟走进了礼堂。弟弟身穿一件军大衣。军大衣过肥过长,弟弟穿着太不合适。脸,弟弟的脸——是清洁的。为什么是清洁的?!为什么不是肮脏的?!

他自己,他们所有这些脸上肮脏的人的目光,都投射到弟弟身上。

小瓦匠心中替弟弟难受极了!他将身子转过去了。

可是弟弟已经发现了他。弟弟不理会投射到身上的那些目光。弟弟向他走过来,走到他身边站住,轻轻叫了声:"哥……"

大家默默地注视着他们兄弟二人。

小瓦匠猛地转过身,吼道:"别叫我哥!"

弟弟吃惊地不解地瞪着他。

"你!……你不是我的弟弟!你给我滚出去!"

"我……"

"我揍你!"小瓦匠猛地抓住了穿在弟弟身上的军大衣的领口。刚才和他交谈的那个小伙子,用胳膊架住了他的挥起的拳头。他使劲一推,弟弟跌倒在地上。

那小伙子上前扶起了弟弟,看了当哥哥的一眼,对弟弟说:"现在办理手续的,都是昨天夜里救过火的。你……过会儿再来吧。"

弟弟的眼睛呆望着哥哥,一只手,一颗一颗地解开了军大衣的衣扣。肥大的军大衣,从弟弟瘦而窄的肩头落到地上。弟弟完全变成了另一副样子,棉袄面和棉花差不多烧光了,穿在身上的不过是破棉袄里子。裤子,膝盖以上烧得和棉袄一样,一条包皮电线穿着裤里,勉强将棉裤子吊挂在皮带上……

小瓦匠怔住了。

所有的人都怔住了。

弟弟那双瞪着哥哥的眼睛，渐渐充满了委屈的泪水。

军务股长不知何时停止办公，从台上走下来，走到了弟弟身边。他捡起军大衣，拍去灰土轻轻披在弟弟肩上，说："这是马团长的大衣吧？"

弟弟点了一下头："他命令我穿的。"

"快穿好，别冻着。"军务股长的手搭在弟弟肩上，目光却责备地看着当哥哥的。

小瓦匠走到弟弟跟前，像给小孩子穿衣服一样，将军大衣穿好在弟弟身上，替弟弟扣上了纽扣。

"跟我来。我现在就给你办理手续。"股长拉住弟弟的一只手，和弟弟一块走上了舞台……

党委办公室里，政委孙国泰背对着曹铁强和郑亚茹，用极低极沉重的语调说："你们可以走了……"

隔夜之间，他苍老了那么多！两眼布满了血丝，脸上的每一条皱纹都加深了。

悲痛像一双无形的大手，挤压着他那颗在战争年代，在艰苦的农垦创业时期锻炼得非常刚强的退伍老战士的心。

有不少人为开发和建设北大荒献出了生命。这些人的名字，有的他还铭记着，有的他已经忘却了。将身躯埋葬在北大荒土地上的知识青年，也绝不止两个。但昨夜两个知识青年的死，在他心灵中造成的却是一种混合着负罪感的悲痛。

他们死了。一个上海姑娘和一个哈尔滨市的小伙子。一个二十六岁。一个三十一岁。一个，还没有结婚，没有来得及成为妻子，甚至也许……还没有来得及爱过。他这样猜想。另一个，撇下了年轻的妻子，和妻子腹中还没有出世的儿子，也许是女儿。一个，刚被连队团支部讨论通过为共青团员不久，但不知为什么，团里还没有正式批准下来。这些共青团团委的干部们！在他们看来，批准一个共青团员，似乎比批准一位中央委员还要严格！而另一个，迫切要求加入党组织而生前并没有成为一名中国共产党员，却仅仅是由于他自己随口说出的一句话。"对于像刘迈克这样的知识青年的入党问题，审查要严，考验要久。"一句话使工程连党支部三次呈送到团里的发展党员的报告，都被团组织股长久地压了下来……对于当年的团警卫排长，他的成见是那么深！在今天以前是那么难于改变…

对于他们的死，谁来承担责任呢？是暴风雪？还是昨夜的混乱？是团长马崇汉？还是他们的连长和指导员？或者是……他自己。作为政委，他觉得自己有推卸不掉的责任。责任……即使每一个活着的人都愿意承担什么责任，甚至处罚，他们……也还是丧失了生命。

一个死得……悲惨。一个死得……庄严。一个死得……英烈。一个死得……神圣。一个的死，换得了可见的代价。一个的死，升华了兵团战士的称号……

曹铁强和郑亚茹一齐走进党委办公室，便一言未发。刘迈克和裴晓芸的死，使他的心由于悲痛而麻木了。是郑亚茹回答了政委提出的一切问题。政委问一句，她回答一句。

郑亚茹见政委不再问什么，缓慢地站起身，朝外面走。她走到门口，站住了，忽然扑在门框上，哇的一声大哭起来。

老政委走到她身边，低声说："坚强些。"

郑亚茹突然扑到曹铁强跟前，双膝跪地，痛哭着说："我有罪啊！会议的内容是我泄露的，混乱是我造成的！刘迈克的死，是我造成的！裴晓芸的死，也是我造成的！我……我没有指定人换她的岗……我……"

她突然跳起来，疯了一般冲出党委办公室。

曹铁强一下子伏在桌上，额头抵着桌面，双拳不停地狠狠地擂着桌子。许久，一声呻吟才伴随着他的哭声爆发出来。

"我……我为什么不早一天明明确确地告诉她……我……是爱她的……"

这句话像是从他破裂的心灵迸发出来的，带着心灵伤口的血。

老政委这才真正理解，知识青年连长的悲痛，远比自己预想的要巨大得多！可是，他却找不出一句话来安慰这年轻人。

让这年轻人痛痛快快地大哭一场吧！

他走出了党委办公室，站立在门外。泪水这时才从他眼中淌出来，溢满了脸上深深的皱纹中。见两名团委的干部远远朝他走来，他掏出手绢擦了擦眼睛。

"政委，你派人找过我们？"他们走到他跟前，低声问，表示出他们以往对他的尊敬并未丧失的样子。

他问："你们的返城手续办理完了？"

"办完了。"他们仍然低声回答，就像他所问的是某件工作。

他眯起眼睛，注视了他们一会儿，极平静地说："既然你们的返城手续办完了，那么我现在就有理由宣布，解除你共青团组织者的一切职务。"

他们互相看了一眼，以为政委派人把他们找来，就是为了当面向他们宣布这一点。他们缓缓转过身，各自怀着复杂的心情要离去。

"等一下。"政委叫住他们。

老政委又说："我以团党委的名义命令你们，在正式移交共青团组织工作之前，批准工程连上海知识青年裴晓芸为中国共产主义青年团团员。"

两位共青团的干部又互相看了一眼，同时点点头。

"我的话还没完。"当他们第二次要离去时，老政委又把他们叫住了，接着说："所有本连队团支部已经通过的知识青年的入团志愿书，我都要求你们在移交工作之前，全部批准，并代他们办理好组织关系，交给他们本人，不许有任何差错！"

……

办理完了最后一道返城手续的知识青年们，有些一拿到档案和准迁卡，就迫不及待地赶回连队去了。他们需要筹划种种返城的准备。更多的人没有回到连队去，仍留在团部。他们要等待开欢送会。因为这是老政委说过的。他们并不希望为他们召开多么隆重多么有场面的欢送会，他们只是希望在离开北大荒之前，有人能够代表北大荒对他们说些什么。他们每一个人都很想通过一种仪式，哪怕是最简单的仪式，集体向北大荒告别。有没有这样的仪式，对他们来说，并不是无所谓的。

此时此刻，他们对北大荒是怀着一种由衷的留恋之情的。或者换一种说法，他们是对他们的青春，对他们当年的热情，对他们付出的汗水和劳动，对他们已经永远逝去的一段最可宝贵的生命，怀着由衷的留恋之情。

留恋，但却要离开。

多么矛盾啊！

但这是时代矛盾在一代人身上、思想上和心理上的折射。

谁不能客观分析我们过去了的那个时代的矛盾，不能得出正确的结论，便无法理解他们将要离开北大荒时的复杂心情，无法理解他们对北大荒那种眷眷的留恋。

除了工程连的少数几个人之外，他们都还不知道，昨天夜里有两个知识青年长眠了……

　　九点整，团部的广播喇叭传出了集合号声。各个连队，在礼堂外的广场上排好了队列。

　　礼堂的门，从里面缓缓打开了。

　　他们一进礼堂，都惊诧得呆住了。首先映入他们眼中的，是一条横幅挽幛——

知识青年刘迈克、裴晓芸千古

　　老政委臂戴黑纱，肃穆地站立在舞台上。他望着大家，用流溢着感情的目光望着大家，许久才开口说道："兵团战士们，这是我最后一次这样称呼你们了！我相信，今后，在许多年内，在许多场合，这个称呼，将被你们自己，也被别人，多次提到。这值得你们感到自豪的称呼，也是值得和你们没有共同经历的同代人、下几代人充满敬意的称呼。虽然，你们就要离开北大荒了，生产建设兵团的历史，结束了，但开发和建设边疆的业绩并没有结束，也是不会结束的！我代表北大荒，要大声对你们说，感谢你们——兵团战士们！因为你们，在北大荒的土地上，留下了垦荒者的足迹！因为你们，十年内打下过何止千百万吨的粮食！因为你们，今天是要回到城市去，而不是，要跑到黑龙江的那一边去！我相信，今后在全国各个大城市，当社会评论到你们这一代人中最优秀的青年时，会说到这样一句话：'他们曾在北大荒生活过！'……"

　　无数双眼睛，一眨不眨地注视着老政委。

　　老政委那般激动！

　　他接着说："我昨天答应你们，要为你们开欢送会。我真心实意地想到，要像你们当年被欢迎来北大荒一样，敲锣打鼓地欢送你们离开北大荒。你们是有功绩的，虽然，这功绩不见得会被书写在历史上，但它是会被历史所公正地承认的！十年中，有不少知识青年，为北大荒献出了生命。就在昨天夜里，你们之中的两位知识青年，你们的两位兵团战友……你们要永远铭记他们的名字！他们叫……刘迈克……裴晓芸……北大荒将永远怀念他们……"

老政委垂下了白发苍苍的头。

所有的人，都垂下了头。

广播喇叭传出了哀乐声。

曹铁强、小瓦匠和工程连的两名战士，抬着用白布罩起的自己兵团战友的遗体，从外面缓缓地走入礼堂，走上舞台，将战友的遗体，轻轻地平放在桌子上。放得那么轻，像怕惊醒了他们的睡眠。

"大家，向烈士告别吧！"

老政委的话音刚落，立刻有人失声哭了起来。哭声响成一片！

这些知识青年们，在近几年中，为领袖，为敬爱的周总理，为朱委员长，为许许多多老一辈革命家的逝世，如此痛哭过。今天，为两个知识青年，为两位兵团战友，他们又一次痛哭了……

数百人组成的送葬队伍，没有戴黑纱，没有戴白花，连一只花圈也没有抬着，从礼堂出发，沿着团部大道，缓慢地走向驼峰山。

镐头刨开了冰冻得铁一般硬的土层，一把铁锹，在数百人手中传递着。北大荒的土，掩埋了两个知识青年。北大荒的土地上，又堆起了，也遗留下了，两个知识青年的新坟。

排枪响了三次。

这是工程连的战士们，遵照连长曹铁强的话做的安葬仪式。裴晓芸这个刚刚被批准为战备分队战士的上海姑娘，生前还没有机会放过一枪。排枪声震动了穹空，三次回音在驼峰山谷之间回鸣，绕着山峰，长久不断地延续。

一支黑色的箭从半山腰的哨位上朝这里射来——是"黑豹"……

郑亚茹没参加安葬。她没有勇气。她独自一人来到石锦河边，坐在一棵树干曲扭的大柳树下。她的头脑很乱。准迁卡和档案袋放在书包里，书包背在身上。但回到城市去，还是留在北大荒，她内心充满了矛盾，犹豫不决。而容许她进行选择的时间，竟是那么短，那么紧迫。

这里静悄悄。每次到团里来开会或参加干部集训学习班，她一有空就喜欢独自到这里来，消磨一点余暇。无论冬夏春秋。老柳树昨夜之前缀满树挂，像一株巨大的银珊瑚。冰冻的河面在暴风雪前如镜一般光洁。这里曾令人勾留忘返。然而暴风雪一夜间将这里的美好彻底破坏了。老柳树的枝条光秃得像丑怪的豪猪，河面被苍凉的厚雪所覆盖。望着驼峰山蜕了一层皮似的山峰，她对自己今后要走的人生道路那么茫然。

她明白，自己站在一个十字路口。

在昨夜之前，她对自己的生活之途充满信心。她是全团仅有的三个女知识青年提拔起来的正连职干部中的一个，是唯一的一个知识青年团党委委员。在全团培养团一级青年干部的名单中，她是名列第一的。虽然，她也同许多知识青年一样，对城市，对城市生活，时时产生情不自禁的眷恋。但更多的时候，她是压制着这种眷恋，不像别人那样随时地流露出来。她不。她从没有如此过。她不允许自己那样。在对种种离开兵团的途径和去向都思考过，对比过，暗中尝试过之后，她曾放弃了返城的念头。只要默默耕种，总会有收获。她相信这一点。谁知再过十年之后，她不会成为生产建设兵团的女团政委甚至师政委呢？那时，她也不过才人到中年。那么再过十年呢？她五十岁的时候呢？生产建设兵团总部的领导们，是部长级，是大军区级。一切都非梦想。一切都不是不可能。一切都只有留在兵团，留在北大荒才会实现。在任何一座城市里，都不会为一个二十九岁的女青年创造这样的条件，提供这样的机遇。可是突然她和所有知识青年一样，被推到了走与留的十字路口。她根本没有来得及思考，就作了后一种选择。甚至可以说，不能算是一种选择。而只是一种身不由己的盲目的附随。后悔了么？也许是的，的确是的。返回城市之后，她和全团八百余名知识青年，和全国几千几万几十万几百万几千万知识青年的命运，还会有什么不同？城市会像久别的情人一样张开双臂拥抱她么？待业、临时工……她能够心平气和地忍受这些吗？不错，父母会尽快为她安排一个较理想的职业，在这一点上，她可能会比别的知识青年幸运些。以后呢？结婚、生孩子、贤妻良母加先进生产者。在北大荒的种种荣誉和资本，都将是过了时的纪录。一切都得从新的起跑线上再次开始。对于这种人生途程上的竞赛，她已经感到疲倦了。她已经竞赛了整整十年啊！……何况，她已经二十九岁了。一个老姑娘。城市对一个二十九岁的返城姑娘，绝不会是含情脉脉的。她不由得想到了曹铁强，想到了十年来她和他之间的关系。她是爱他的，现在仍爱，可以对天盟誓！可是他究竟为什么不爱她呢？她至今不明白。他一度曾想把爱情奉献给她，在这一点上他并没有欺骗她。她自己也不是一个容易感情迷乱，容易被装虚作假的人所欺骗的姑娘。不，不，他不是一个玩弄姑娘感情的人！尽管她已永远不可能获得他的爱情了，她却不能够允许自己诋毁他，不能够允许自己诽谤她和他之间过去的，那种似爱情然而又被什么东西与爱情所分割的关系。

爱情曾经环绕在她身边，她却没有捕捉住。她那么希望和企图获得，但终于还是失去了。

他把爱情给予了别人。给予了一个在自己看来完全没有可能得到的姑娘！却真实地甚至可以说慷慨地给予了！

是生活本身犯了错误？是他错了？还是她自己错了呢？错在哪里呢？

大前年探家的时候，她就开始意识到，她和他的关系中出现了最严重的一次"危机"。可是他们并没有发生争吵啊！应该说，那一次探家还是很有收获。她温柔地哄劝他，恳求他，甚至耍了一些小小的计谋，编造了种种借口，领着他一家又一家地登门拜访自己父亲的老战友，老领导，老下级，从省军区司令员到某某副市长，从某某局长到某某区长。不错，都是纯礼节性的拜访。但这种纯礼节性的拜访，难道不是可以积累成亲近的感情？难道与这些人物之间缔结下的感情韧带，可以被愚蠢地认为是没有必要，没有意义，没有价值的么？白痴才会那么认为！不论任何一个人，要生活得比别人更充满自信，要实现比别人更大的作为，要在同代人中出类拔萃，都必须在生活中借助别人的力量。谁的生活能摆脱得了在社会上的傍依性？谁？即使非凡的人物！何况，她仅仅只是为了她自己么？难道不也是为了他么？不是为她和他共同的将来么？

如果是在这一点上他不理解她、轻蔑她、鄙视她，他是公正的么？将来总有一天她要寻找机会质问他的！她要和他辩论明白的！他可以不爱她，但有权要求回答。她不能既失去了，又糊涂着啊！

她又想到团部卫生院的主治医生匡富春，收到他从哈尔滨医科大学寄给她的第一封回信，她当时多么惶然！从那封信的字里行间，她看得出来，他被她深深地感动了，他对她充满由衷的感激之情。感激一个不相识的姑娘对他的经济资助的真诚勉励。而她给他写信，寄给他拾元钱，不过是出于和曹铁强赌气！而且过后她就把这件事忘了。既然收到了回信，就不能不认真对待了。那太卑劣了！几经犹豫和思考，下个月她又给他寄出了一封信和拾元钱。当然，她又收到了回信。复信，寄钱，复信，寄钱……感激之词和"希望你刻苦学习"一类在来往书信中渐渐被剔除了。她觉得寻找到了一个可以向对方倾吐自己内心许多忧烦苦闷的人。她也体验到了被别人信任，由信任而得到一种友情，同时给予别人信任，给予别人友情是生活中一件多么美好的事！他在信中表示，盼望和她早日相见一面了。

在又一次探家期间，他们相见了。

假期结束，他送她上火车时，郑重地交给她一封信，他向她求爱了。

那正是她和曹铁强之间的关系令她最苦恼最绝望的一段时期。

她站在列车两节车厢的过道，背着陌生的人们哭了一场。

一返回连队，她就给匡富春写信。在信中告诉他，他上医科大学的机会，当初差点是被她所断送。告诉他，她曾热烈地爱过另一个小伙子……

她是怎样地盼望着他的回信呵！不久便收到回信。信纸上只写了一行字：因为你是一个如此坦率的姑娘，所以你更值得我爱。

……

今天，她不禁向自己发问：我爱他么？究竟爱他到什么程度呢？他是卫生院受人普遍尊敬的医生，长得也不错。和曹铁强比较，一个英俊，一个文秀。他爱自己的职业不亚于爱她。他比曹铁强能够理解她，虽然不见得事事赞同她。

只有他，才能医治曹铁强在她心灵上造成的爱情伤痕。只有他，才能在她心目中和曹铁强并列。也只有能够和曹铁强并列的人，才能在她心目中取代曹铁强！才能最后占据她的整个心！她心目中是有一种被别人整个占据的愿望的啊！……

我为什么要想到爱情？在这里，在这个时候？

她又抬起头向驼峰山看去。那里，在进行安葬，而我坐在这里……多么可鄙啊！

"留下，还是离开？我必须在半个小时内作出最后的决定。"

她看了一眼手表，从雪地上抓起一把雪。雪的冰冷的刺激，使她打了个寒颤，也使她的心绪稳定了些。

"在半小时内，如果我手中的雪还没有融化，我将离开……如果融化了我将留下……"

一滴雪水顺着她的指缝慢慢淌着，终于滴落在雪地上，在雪壳表面结成一颗小珍珠。

不到十分钟，她手中的雪便融化尽了。

手，太热了。

留下？……八百余名都走了，四十余万都走了，自己留下来？选择和大多数人相逆的生活之路，别人的经验告诉她，那是太冒险了！一个孤独的女知识青年，难道还要在北大荒经历无数次像昨夜那么猛烈的暴风雪？！不，不，不！何况，此后她的双脚踏在这块土地上，心灵会感到时时不安宁的。因为这里埋下了刘迈克和裴晓芸，在今天。

一想到这一点，她的心像是被放在炭火上烧烤着。

她同时想到了不久前的一件事：

连里有天突然收到了兵团总部的公函，上面用打字机打着十几行字——所谓裴晓芸的母亲是外国特务的疑案，纯属"四人帮"对爱国华侨的政治迫害。她父亲的政治问题，也获得彻底的平反昭雪。她在国外的姨父母，要求批准她到国外去继承遗产。如本人同意出国，连队要举行欢送会。欢送会作为一项政治任务，必须举行……

当把公函给裴晓芸看时，裴晓芸哭了。

"我在国内一个亲近的人都没有了，我需要亲人！……"

凭裴晓芸的这句话，郑亚茹主持召开了欢送会。

她是这样说开场白的："今天，我们为裴晓芸女士，召开出国欢送会。我们希望，裴晓芸女士到了国外，能够做一个红色资本家。这就算我代表全连对裴女士的临别赠言……"

　　这开场白是用笔起过草，背过的。为什么要用"女士"这样的称呼？话中有没有讥刺和嘲讽？她无法否认这一点。

　　她讲完话之后，裴晓芸站起来说："我需要亲人，需要关心我爱我的人，但我不愿离开祖国，不愿离开北大荒！我相信在北大荒我会寻找到关心我爱我的人……"说完，便离开了会场。

　　欢送会没开成。人们纷纷散去，最后只剩下了她和曹铁强。曹铁强瞧着她，想说什么，却什么话都没说，只是摇了摇头，也撇下她走了。就是从那一天，她意识到，不但失去了爱情，同时也失去了友情。他对她责备的话都不愿说了。

　　想到这件事，郑亚茹站了起来，匆匆朝团部走去。她要去找匡富春。

　　她下了走的决心。

　　"没有十字路口，"她在心里对自己说："对于我，只剩一种选择，离开北大荒。"她明白，曹铁强是不会离开北大荒的了。在昨夜以前，她和他既是领导着一个连队的两个合作者，又是生活道路上的两个竞争者。就像运动场上的两个竞走运动员，比的是在北大荒坚持下去的耐力和毅力。只有爱情才能改变他们之间这种关系，而爱情早已在他们之间死亡了。剩下的，只是怨恨，也许更甚，是仇恨。难道有谁可以原谅导致他所爱的姑娘死亡的人吗？即使他亲口对她说出原谅的话，她也不能相信。即使她相信了他，她也不能饶恕自己。

　　离开，离开……绝不留下……要和匡富春一同离开。和匡富春一同离开。

　　走在半路，她忽然放慢了脚步。她终于……站住了。她终于……转变了方向。她朝驼峰山走去。

　　她来到了埋葬刘迈克和裴晓芸的地方。她久久地站立在两堆新坟前。她在雪地上跪了下去。她用双手扒开积雪的硬壳，扒得露出了地面，十指在地面上使劲抠着。扒开的雪接受到阳光，化了。坚硬的地面潮湿了一点儿。她终于抠起了极小的一捧土。指甲劈裂了，十指鲜血淋淋，她却并不觉得疼。她双手捧起这一小捧土，缓缓地站了起来，虔诚地将土分撒在两座坟头上。

她在心中乞求："刘迈克，裴晓芸，你们饶恕我……"

团部紧急会议的内容，是她透露的。会前，马团长找她单独谈了一次话，指示她开会时要首先发言，表明态度。并答应她，她如果想离开北大荒，全部手续包在他身上。趁团长出去了一会儿，她急忙抓起电话，将关系到知青命运的这一重要情况告诉了在水利连当文书的自己的表姐，敦促对方赶紧采取对策……

当她转过身准备离开时，发现曹铁强站在几步远处，正望着她。

两人默默地对峙了片刻，她迎视着他的目光，向他一步步走去，走到他面前，说："你惩罚我吧，我请求你……"

他摇摇头："不，我的拳头从来也没有落在悔过的人身上……"

"打我吧，打吧，打呀，我求你……"泪水从她眼中流了出来。

"不，我不能够……我知道，你是要离开的了。希望你，今后在回想起，在同任何人谈起我们兵团战士在北大荒的十年历史时，不要抱怨，不要诅咒，不要自嘲和嘲笑，更不要……诋毁……我们付出和丧失了许多许多，可我们得到的，还是要比失去的多，比失去的有分量。这也是我对你的……请求……"他说完这番话，注视了她良久，一转身大步走了。

她望着他的背影，又回头望着两堆新坟，双手缓慢地抬起来，捂住了脸……

老北大荒人的女儿躺在团部卫生院的病床上，面如白纸。昨夜，她骑马驮着裴晓芸狂奔到团部，半途便在鞍上流产了。马到卫生院门前，她便昏了过去，滚落在地上……

她在流泪。为失去了没出生的孩子和女友而流泪，在感情和心理方面，她都已具有了细微悱恻的母性的特征。而此种从未承受过的悲痛，像轰击宇宙的大雷电，猛烈地横扫着她的内心世界。

工程连的知识青年们来到了卫生院里。他们在走廊里被医生匡富春拦住，不许他们都进入病房。

"我只能允许两个人进入病房。"他双手插在白大褂的衣兜里，用没有商量余地的口吻说："其他的人，请都自觉到外面去。"仿佛他是一位国王，而这里是他的宫殿。

"连站在病房门外看看也不行吗？"有谁嘟哝了一句。

他没有回答，朝贴在墙上的"病房秩序"翘翘下巴。

小瓦匠大声说："这是什么时候，还来这一套？"

他看了小瓦匠一眼，回答："现在正是我值班的时候，我是医生，我有责任履行我的职权。"

大家都无可奈何地望着曹铁强。

曹铁强说："那么请允许我进入病房。"

匡富春上下打量着曹铁强认出了他。

小瓦匠赶紧从旁说："他是我们连长。"又对曹铁强说："连长，我和你一块儿进去吧！"

曹铁强点了一下头。

匡富春闪开了，对两个说："十分钟。我看着表。提醒你们，不要谈到那个对她很不幸的事件。"

"大家，就都……这么走了么！"当曹铁强和小瓦匠走入病房，走到秀梅的病床前，她这样问，含泪的两眼望着他们。

"不，不是都走了。我留下，我不走。"曹铁强说："大家都要来看你，被医生拦住了。"

"连长，我谢谢你。迈克有个知识青年做伴了。"秀梅说，又问：

"他为什么不来看我？他在哪里？我多么需要他来看看我……"

曹铁强情不自禁地握住了她的一只手："他在做着很重要的事情……他要我对你说，别因此生他的气……"

秀梅微微地笑了一下，将脸转向小瓦匠，友好地说："小瓦匠，回到城市里，别忘了给我和事务长写信。要经常写信。不然他一定会对我骂你的。他对你像对亲弟弟一样……"

小瓦匠紧紧地咬住嘴唇，点了点头。

……

卫生院的值班室里，郑亚茹和匡富春之间，也在进行着一场谈话。

他问："你的返城手续全办好了？"

她点了一下头，反问："你呢？"

他摇摇头。

"为什么？为什么还不去办理？"

"我……当初的决定，在今天，也还是没有改变。"

"你？……别跟我开这样的玩笑，我怕，我怕从你口中听到这样的话！"她望着他的那双眼睛瞪大了，眸子里闪现了恐惧。

他摇着头："不，不是玩笑。"

"你……怎么可以仍不改变你当初的决定？你不能这样！这太轻率了？！你将后悔一辈子的！"她扑到他跟前，双手死死地揪住了他白大褂的衣襟。

他理智地分开她的手，退后一步，抚平白大褂，说："也许会的，但那肯定是将来的事。可现在我还没后悔，所以我还不能动摇我的决定。是兵团送我上了医科大学，是兵团为我创造了从事医生这一职业的条件。毕业的时候，我本来有可能留在大学。只因为我想到了这一点，我才回到北大荒。回来之后，我多么希望在我所生活的北大荒的这一片土地上，会盖起一所很像样子的医院！现在，这样一所医院盖起来了，我对这里的条件感到满意。我时常因为意识到自己是这所医院里很重要的一名医生而感到自豪。更重要的是，我对这所医院里的一切都产生了感情……"

"不，不，我不听！我不听这些！……"她绝望地叫起来，双手捂上了耳朵。

看了她一眼，他接着说："你不要捂上耳朵，你应该听。否则，你无法理解我……昨天夜里到今天上午，我一直在值班。当我巡视病房的时候，我从病人们的眼中看出，他们都希望用那种默默的目光挽留住我。我被他们感动了。我忽然问自己，我究竟为什么要离开这里，离开我的病人们回到城市去？一个医生不是应该在最需要医生的地方起作用吗？难道北大荒不是全中国最需要医生的地方之一吗？在我向自己提出这样的问题之后，我决心永远留在北大荒了。你刚到北大荒的时候，难道没有听说过女人因为一般性难产，男人因为生阑尾炎就发生死亡的事吗？……我不能承认我的决定是轻率的……"

她慢慢地放下了捂住耳朵的双手。她怔怔地望着他，一动不动，完全呆住了，像雕塑一般。她的双眸顿时变得异常灰暗了。

"我知道，我这样决定，会令你非常难过的。我……很内疚，觉得对不起你。我希望，能够得到你的原谅……"她那副样子，使他心里很难受。他向她跨进一步，握住她的双手，直视着她的眼睛，低声但充满感情地说："原谅我吧！"

她忽然紧紧抱住了他，仰起脸，怀着最后一线希望哀求道："别叫我绝望！我需要你和我一起离开北大荒！我不能失去你，我爱你！我不能什么都遗失在北大荒啊！我在北大荒付出了那么多，失却了那么多，我一定要带着什么离开这里！我要带着你！我要带着爱情回到城市！……"她的声音颤抖不已，她的话说得那么急切，她眼睛里那种哀求的目光令他不忍迎视。

但他还是轻轻推开了她。摇摇头，说："你们连队的人都在外面……"他忽然想起了什么，看了一眼手表，又说："你等我一会儿，我就回来。"说罢，便撇下她走了出去。

当他从秀梅的病房有礼貌地"请"走了曹铁强和小瓦匠，立即匆匆回到值班室。

她，却已经不在了。

他在门口呆立了一刻，慢慢地走到桌子前，慢慢地坐了下去，慢慢地用一只手撑住了额头……

他极轻微而又极痛苦地说出了两个字："亚茹！……"

中午，一辆小吉普车从团部开出，开向公路。车内坐的是团长马崇汉、他的爱人和两个女儿。车开到公路口，司机首先看见政委孙国泰站在岔路边上，减慢了速度，扭回头问："团长，要跟政委告别一声吗？"

马团长像没有听见司机的话，阴郁的脸上毫无反应。

司机也不再说什么，加快车速，吉普车从政委身旁驰过。

马团长忽然在司机肩上拍了一下："停……"

吉普车偏向路边，停住了。马团长打开车门，跳下车，朝政委大步走去。

老政委刚刚送走一批团部直属连队的知识青年，他们是乘长途公共汽车走的。有的铺盖和箱子都丢弃不要了。行程长达九个小时，当今夜的定更星出现之后，他们便会从此脱离了北大荒的土地。

他心中涌起了一种对他们无限依恋的眷情，和一种……失落感。

北大荒毕竟是多么需要他们呵？

马团长走到他身旁，叫了一声："老孙……"

他转过身，见是团长，有些意外。团长的那身崭新的草绿色军装上，也留下了昨夜救火时被烧的处处破绽。

马团长向他伸出了一只手："我也决定要走了。已经向师部发出了转业申请报告，要求回地方老家……今天先送家属走……"

老政委没说什么，默默地握住他的手。

马团长苦笑了一下，又说："我的错误，我不会推卸给别人的。我接受组织给我的任何处分……我的检查已经写好了，放在我的办公桌上……"

老政委还是没有说话。

"老孙，十年来，我们之间在工作上配合得很不好……反思许多往事，我很惭愧。我……有些事情，积十年的教训，往往还不能一下子使人认识到自己的错误，但一次严峻的事态发生之后，便会使人猛省。昨夜的混乱没有到不堪设想的地步，我……感谢你！……"他将政委的手使劲握了一下，放开后，转身就走。

老政委完全相信，对方的这番话，是由衷的，是诚恳的。可是他却不知道自己在此时此刻应该向对方说些什么。当团长走回到吉普车前，他才叫了一声："老马！……"大步赶过去。

"老马，我有句话对你说，并且希望你能够记住。"他走到团长身边，用深沉的目光注视着对方："无论在总结经验方面还是在总结教训方面，我们都不能把个人的作用估计过重，结合时代的错误来认识我们个人的错误，这也许才更客观一些。"

马团长沉重地叹了口气。

老政委又说："知识青年的返城浪潮，绝不是我们个人的意愿所能遏止的。无论我们的意愿是良好的……还是……你，我，每一个兵团干部的最后义务和责任，不应该是想方设法阻拦知识青年返城，而应该是，认真总结各方面各种因素的经验教训，把它记载到边疆的农垦发展史上。"他沉默了一会儿，似乎觉得还应该说几句道别的话，但又觉得最重要的话已经说了，道别的话在此刻反而会显得很不相宜，便缄口不语了。

马团长掏出烟盒，取出一支烟，递到老政委面前。

老政委本不想接，他口中仿佛刚嚼过苦艾，苦涩得很，但见对方脸上是一种"临别敬赠"的庄重表情，意识到了这支烟在此刻有非同寻常的价值，便接在手中。

马团长自己也叼上了一支，随后掏出打火机，首先给老政委燃着了烟。不知为什么，团长自己却不想吸了，取下叼在嘴上的烟，放进了烟盒。他那沉思着的缓慢的动作，使老政委觉得，似乎他这一次合上烟盒，有可能永远不再打开了。

口唇不但苦涩，而且干燥。老政委只吸了两口烟，便将烟掐灭了。

老政委替团长打开车门，马团长的目光在老政委脸上最后凝视了一秒钟，高大魁梧的身材很不灵便地钻进了小吉普车。

老政委发现，坐在车内的女人和两个女孩的脸上，流露着微微的不安。他对女人笑了笑，在小女孩的头上抚摸了一下，见小女孩没戴头巾，摘下自己的围脖，围在了小女孩颈上。

老政委轻轻地替这一家人关上了车门，他久久地站在公路边上，望着小吉普车疾驰而去。拐弯后消失在驼峰山脚下。

他转过身，面对团部的方向，从这里至通往团部区域的大道上，留下了混乱后的残迹：雪地上纷杂的脚印和交叉的各种车辙、道旁被砍倒并劈烂的杨树，显然是从车上被甩下或丢弃不要的知识青年们的种种用物……

他顿觉心中那么惆怅那么空荡！

老政委回到团部，刚走进办公室，军务股长也走了进来，双手捧着一摞档案袋。

军务股长说："政委，这是三十九份档案，他们从我手中领走，又交回到我手中……"见政委一时没有明白他的话，又说："三十九名知识青年表示要留在北大荒。"

老政委双手接过这三十九份档案袋，像双手接过一锭世界上最大的金块，觉得此刻无论有一杆什么样的秤，都无法称出这三十九份档案袋的宝贵的重量。

他，落泪了。

他说："不是三十九名，是四十一名，是四十一名知识青年，留在了北大荒的这一片土地上。我要重新盖起我们农场的场史馆，那两份知识青年的档案，要放在场史馆，和为了开发北大荒而献身的烈士们的遗物摆放在一起。"沉默了一刻，他继续说："我还要建议，为两名知识青年修建一座碑，碑上要饰有石雕的象征，交叉的麦穗和枪，托举着一台拖拉机。这是四十余万知识青年希望实现而始终没能实现的兵团战士服的帽徽设计，也是当初兵团曾向四十余万知识青年许下过的诺言。过去的十年中，曾有许多向知识青年们许下的诺言成为空话，我要为两名知识青年，实现其中的一个诺言。"

军务股长说："政委，我第一个赞同你的建议。"

"你，替我深深地感谢这三十九名知识青年。"

"他们，也要我转告你，他们感谢你。感谢你给予他们的评价……"

这时，电话铃响了。

"是我，我是政委孙国泰。我？……是，我服从组织决定……"老政委缓慢地放下电话听筒，转过身，注视着军务股长。

"哪儿打来的电话？"

"兵团总部。""什么事？"

"调我到三师去任师长职务，他们的师长……回部队了。"

"那……那么我们团……"

"现在不同平常，我任命你为代理团长兼政委。"

"我……"

"现在不是推辞的时候。从今天起，你就接替我和马团长的工作吧！不久，兵团就要恢复到农场的体制了。你，大概和我一样，是要把骨头埋在北大荒的吧？"

股长默默地点了一下头。

两位北大荒的第一代创业者，彼此用目光说出了要向对方说的许多话……

工程连的 28 型拖拉机挂斗车，最后才离开团部。离开之前，他们将团部区域的混乱残迹清除得干干净净。

小瓦匠的弟弟找到了他，问他何时动身返城。

他回答："为什么要跟我一起走？你不能自己先走吗？你又不是三岁的小孩子，路上需要我照顾你。"

当弟弟的无法理解哥哥为什么发火。

曹铁强将小瓦匠的弟弟拉到一旁，说："我请求你一件事，我的养父现在病情很严重，正住在市立医院，我妹妹看护着他老人家。他们虽然不是我的亲父亲亲妹妹，但他们非常爱我，我也非常爱他们。你一下火车，先不要回自己家，先要赶到医院去，告诉他老人家，就说我请求他老人家，千万要坚持住，几天内我就会回到他老人家身边。可是我现在不能离开连队，我是连长……"

"需要我告诉他们，你决定留在北大荒么？"

他摇了摇头："不，只有我自己告诉他们，他们才会理解。"

……

28 型拖拉机挂斗车行驶在荒原上，像一艘驳船行驶在夜的海面上。

每一个人，都无语地沉思着。

不知是谁问了一句："咦，咱们指导员呢？"

没有人回答。

郑亚茹，这时坐在长途汽车上。她不要铺在连队大宿舍里的被褥和那只伴随她十年的木箱子了。

她临登上长途汽车，从北大荒的土地上装了一牙具缸雪。雪，已经化成了水。可她双手仍捧着牙具缸。

哦，北大荒的雪呀，这表现在北大荒版画上是那么美那么迷人的雪，但一离开北大荒的土地，竟是这么迅速地融化了！汽车里的温度不是和外面一样寒冷吗？她不明白，是她的手温将雪融化了。

难道我连一捧雪都带不走吗？既然带不走，就归还给北大荒的土地吧！让这雪水再冻结成冰，让这冰在春天再融化，渗进北大荒的土地吧！

她轻轻摇下一半车窗，将那半牙具缸雪水洒到窗外，连同她落进雪水中的几滴泪水……

"驳船"仍在夜的荒原上行驶。北大荒的荒原啊，如果你也不思想，也不语言，你将对十年和两个不平静的夜晚，做怎样的评说呢？

荒原的夜"海"是那么沉寂！

坐在车上的小瓦匠，从兜里掏出什么，背着人悄悄撕碎了。

几片白色的纸片从他手中飘落在雪地上。

驼峰山上，又传来一声苍凉的狗吠——那是"黑豹"的声音。

荒原是那么沉寂，那么沉寂，那么沉寂……

张 抗 抗

1950 年生于浙江省杭州市。现为国家一级作家、黑龙江省作家协会名誉主席,第七、八、九届中国作家协会副主席,中国作家协会权益保障委员会副主任,第十、十一、十二届全国政协委员,2009 年被聘为国务院参事。代表作有《北极光》《隐形伴侣》《赤彤丹朱》《作女》等。曾获全国优秀短篇小说奖、优秀中篇小说奖、第二届鲁迅文学奖等。多部作品被译介到海外。

1969 年至 1977 年,在黑龙江生产建设兵团劳动。

赴北大荒前夕，摄于 1969 年

张抗抗

白罂粟

我自幼见到的罂粟花都是红与紫的，却不知这个世上竟还有白罂粟。

一

十年前的冬天，快过春节了。一场铺天盖地的大雪压得整个连队没有一条可通行的路。我是从雪窝里趟过去的，鬼哭狼嚎般的老北风把人的骨髓都吹凉了。我跌跌撞撞地爬上那白雪覆盖的高坡，如果不是出气口插着几束挂满白霜的高粱秸，你根本就无法找到这倒霉的菜窖。

"狮子头！"我爬下那嘎吱嘎吱响的木梯子，冲着那黑咕隆咚的窖里头喊道。雪地上刺眼的阳光使我一时什么也看不见。

"狮子头！"我扯着嗓子喊。

没有人答应，整个菜窖没有一点声音。风在头顶的旷野上尖叫着，而这里，却寂静如同一座墓地。我在黑暗中站了一会，慢慢看见那狭长的地面上，堆放着的一排排整齐的大白菜。白菜显露着淡淡的绿色，散发着一种略带潮霉的气味。几盏昏暗的油灯闪着微弱的光，照出木柱的影子。我脊背上感到一阵阴森的凉意。

"狮子头！"我想起了自己口袋里的电报。

　　过道那头，传来窸窣的响动，一个影子慢慢朝我走过来。我头发都竖起来了，如果不是他的一双脚在移动，我真会以为自己大白天遇上了一具僵尸。他在离我不远的柱子下站住了，戴着一顶秃了毛的尖顶山羊皮帽，一双大棉乌拉鞋上缠着绑腿，油亮肥大的棉裤，以及一件瘦小的旧棉袄里裹着的弓起的背，使他的整个身子变成了一种十分奇怪的形状。黄瘦的脸、干枯的皮肤、瘪塌的嘴、僵硬的下巴，我无法看到他的眼睛，因为他一直低头瞅着菜窖的地面。

　　我的头皮不由倏地一麻，心里骂了一句："二劳改！"

　　"买脆（菜）？脆（菜）都是上好的……"他讷讷说，仍然没有抬头。

　　我听出来，这是个南方人。

　　"什么'脆'不'脆'，我来找狮子头！"我嚷嚷。

　　他微微抬起头，慌张地看了我一眼，默默回转身，朝黑暗的过道走去。说实话，跟着这么个人不像人、鬼不像鬼的东西待在这四下无人的地底下，真得有点儿胆量呢。这个农场的前身是个劳改农场，"文化大革命"中，刑满释放的就业人员，有些人的老家在城市，不愿回去挨斗，就留了下来，在农场干着最苦最累或是技术性较强的活儿。这里的人都管他们叫"二劳改"。

　　他提着马灯，在前面走着，犹如一个恍惚飘摇的影子。在这个影子里曾经是否有过灵魂呢？我想，即使有过，现在大概也早已死去了……

　　他在菜窖的尽头停住了脚步，战战兢兢地把马灯略微举高了一点，仿佛害怕那微弱的光亮会照见自己的丑陋。

　　我听见了一阵肥猪酣睡似的呼噜声——在这与世隔绝的菜窖里，鼾声如雷也不怕妨碍了任何人。呼噜声中，隐隐露出角落上的羊皮袄中裹着的一张胖圆的脸。

我用脚踢他。这个"狮子头",没死没活地向连长请求来看管菜窖,原来是这么个美差,让人家替他干活,他好睡大觉。噢,他学会雇工了?可雇工还得付钱呢!

他不情愿地坐起来,揉着红红的眼睛,是夜晚打扑克熬的。

"啥事儿?搅了我的好梦!"

我从口袋里掏出一份电报和一封揉皱的信递给他。说实话,不到这种万不得已的地步,我是决不会找"狮子头"的。他是我初一时的同班同学,后来留了级。我初中快毕业时,他初一期末考试才头一回及格。可到了"文化大革命",他却突然"能耐"起来了,一夜之间戴上了手表,骑上了"飞鸽"。有一回还跟我夸耀"破四旧"时他亲手打死过一个地主婆。去年秋天我下乡到了这个农场,人地生疏,也不知从哪儿就冒出来个他,好歹也算个熟人,虽说他干活不咋地,又懒又贪,但比起来那些耍嘴皮、搞小汇报整人的家伙,总还算是强那么一丁点儿。

我在他身下那张脏兮兮的羊皮袄里坐下来,刚要开口,听见旁边不远的地方传来一点细碎的声响,好像是那老头在整理菜垛。

我有点不放心,努努嘴,说:"他?……"

"没事儿,他敢么!""狮子头"打了一下哈欠,晃晃乱蓬蓬的头发。

我于是心急火燎地告诉他,我的表妹从桦川来信,说她的父亲在哈尔滨病重被送进医院,身边无人照顾,母亲去了干校,根本不让回家。我表妹想请假回去,可身无分文,她刚刚下乡插队半年,分红才得了三块钱,实在没办法,才求到我这个在农场挣工资的表哥头上。而我这个穷光蛋,这月三十二元钱工资,扣除了十元钱的大衣费,又买了一顶帽子过冬,伙食费能否对付到下月开支还是个问题呢。

"狮子头"听着，忽然问："她爸病了，她咋不向生产队借钱呢？"

我说："她爸以前是公安局长，现在成了'牛鬼'……"

他又问："她咋不向队上的同学借呢？"

"哪敢啊？谁一听这事儿都不敢借，我跟你说实话还捏着一把汗，嗳，你不会去揭发我吧？"

"狮子头"往嘴里塞着一片生白菜帮子，咔咔地咬着，懒洋洋地回答我说："那倒不会，咱也不想当五好战士，扯那干啥？不过，这钱，可不好弄，你想要多少？"

"最少二十块吧。"

他跳起来，往那铺着一层细沙的地下吐了一口唾沫，说："扯，谁有那么多？开大银行啊？有点儿富余的，早买了老白干孝敬连长的肚子了……"

"狮子头，"我喑哑着嗓子，一副低声下气的可怜相。"我把那只半导体卖给你吧，虽说是自个儿装的，也能听个响……"

地面上远远传来收工的钟声，"狮子头"的耳朵真比猎犬还灵。他麻利地戴上簇新却脏的棉帽，套上黄大衣，拽着我就往窑口跑。

"今晚食堂吃包子，快走！"他三脚两步登上了梯子。

"你无论如何得想想办法……"我紧跟在他身后，忽然，他鞋底上掉下的沙子迷了我的眼睛，疼得我眼泪也涌出来了，我只得停下来。

这时，有人轻轻拍我的肩膀，接着，一双冷冰冰的手伸到我的脸上，很快翻开我的眼皮，那双手上有一股新鲜的白菜气息，好像是一片柔软的菜叶代替了手绢，把沙子抹去。眼睛竟然不疼了。

我睁开眼睛，透过模糊的泪水，看见我面前站着他，那个老头，他依然弯着腰，眼睛瞅着地下，就好像他的腰从来不曾直过。我上了梯子，没有说谢谢。

"唔……唔……"他发出了一种什么古怪的声音，好像隐藏着什么焦虑，不敢大声。

我回过头去看他，见他正眯眼瞧我。

天哪，那是一双什么样的眼睛，好像一口深深地陷在沙漠中的枯井，干涩而荒寂，混浊的眼珠，像一潭枯井中的死火，奇怪地闪着几丝善良、温和的光波。

我诧异了。他为什么这样看着我？

他伸手到那油腻的衣襟里去掏着什么，一面讷讷地说：

"不要卖，卖半导体，留着听个歌儿，解解闷……你要钱，我，我借给你……"

我愣住了，几乎不敢相信自己的耳朵。

他战战兢兢地把钱递过来，厚厚的一叠，是一块钱一张的，破旧而肮脏，攥在他鸡爪似的手心里。

我暗自为这突然降临的运气庆幸，莫非表妹真的得救了！我刚要伸手去接，突然冷静下来。

"你要干什么？"我猛然大声喊道。那声音的严厉连我自己也觉得有些恐怖。"谁要你的臭钱？坏蛋，你做梦！快滚开！"

我气喘吁吁地爬出了菜窖，浑身激动得直打哆嗦。"狮子头"早已等得不耐烦。

"你跟那老司头啰嗦些啥？"

"没啥……"

"我听见了。"他狡黠地耸了耸鼻子。

我不做声。刚才那突如其来的怒火是怎么回事呢？我自己也莫名其妙。

"你真傻！""狮子头"回头说，吹了声口哨。

"不，我这点聪明还是有的。"我回答他。"那老头是'二劳改'，借了他的钱，他要是利用我去干坏事怎么办？不管怎么样，他也是阶级敌人呵……"

"狮子头"忽然怪声怪气地笑起来。"你真是没白拿中学里那么多一百分儿，阶级敌人？你以为个个都像书上写的，台上演的那样搞破坏，想复辟呀？！我怎么就没见着过？他平白无故拉你去干坏事？他何苦来哉！"

"这是他们的阶级本性……"

"本性？啥叫本性？就说这老司头，平日要说他多听话有多听话，我就是让他把我的尿喝下去，他也不敢说个'不'字儿！"

我有点儿恶心。

"就连他自己也常说，这些年他接受改造，从鬼变成了人。要不是他的老婆早早跟他离了婚，儿子又下了乡，老家没人接收他，他也早回广东了。你这叫不借白不借，傻狍子！"他显出一副很有经验的样子。"我替你保密，谁也不会知道。你得明白，除了他，如今谁也不会借给你这二十块钱的……"

我俩分手时，星星出来了，雪地闪着幽蓝的寒光，天上地下都是冷冰冰的。

二

这天晚上我做了个梦，梦见我姨父死了，表妹跪在他灵前哭……

我出了一身汗，心怦怦乱跳。醒了，再没有睡着。天刚亮，我就起床了，提心吊胆溜出了宿舍。

我在通往菜窖的那条小路上等着他。"狮子头"说过，老司头每天要比他早上班两个小时，晚下班一个半小时。在这儿截他，准保没错。

西北风吹得我脸生疼，帽檐儿都挂了白霜。我决定接受"狮子头"建议，这是我头一回听他的话。

老司头终于来了，提着饭盒，弯着那永远直不起来的腰。

我忽然想逃开，逃得远远的。我明明憎恶他，却要利用这种憎恶去获得他的好处。我成了什么人？！

他从我身旁擦边而过，目不斜视。他就要走过去了，我忽然意识到机会万一失去，言为心声永不再来，于是大喝一声："站住！"

他机械地站住了，慢慢抬头看了我一眼，似乎有些吃惊。

"昨天……昨天的事……"我语无伦次，心里压得慌，"你……还得把那个……"．

他听懂了，茫然点点头，却没有任何表示。他是在计较我昨天的态度吗？不，他的眼神虽然暗淡无光，却是和善的。

"我……"他惶恐不安地四下张望着。我明白，他在犹豫，或许是害怕。然而他终于还是伸出手到衣襟里去，掏了半天，掏出一个小纸包。他小心翼翼地揭去那张纸，把一叠钞票塞在我手里，喏喏说："原想寄给儿子的，先不寄了吧……"

我拿钱的手颤抖了一下，他还有儿子？他叹了一口气，默默走了，竟没有提一句让我什么时候归还他诸如此类的话。

那以后一连好几个月我没有看见过他。他上工的时候我们还没起床，他下工时我们早已上了炕。开冻化雪后，菜窖就扒晒了，剩下几根骷髅似的横梁，也不知他被调去干什么活了。表妹那里很少有信来，听说姨父的病是一点点见好了，姨妈也从干校回了城。那二十块钱，表妹的信上除了"收到"两字以外，从此就好像没那么回事了。我当然也不会再提起。可是月复一月，我竟然就抽不出钱去归还老司头。三十二元钱的工资，除了吃饭还要抽一口烟（下乡后我学会了抽烟），也能喝上二两老白干了。否则每天下了班有多无聊呢，半个月放一部《南征北战》，图书馆倒是有一个，都是《艳阳天》那样的书，我倒着都能背下来——里头有个马小辫，妄想变天……

我差不多每月都想把那钱还上，可是每个月都落了空。走在路上，我特别怕碰到老司头。我悄悄向"狮子头"打听他的下落，"狮子头"说："春天开荒点没人做饭，调他去做饭了。如今瓜地快掐瓜秧子了，他也该回来啦。这老头，啥都能干，早先地主要雇这么个长工，一人就把家里的活儿都干全乎了……"

"狮子头"现在越发时髦了，毛涤裤笔挺，二孔鞋铮亮，不知从哪弄来的。我不敢问。

那是一个下雨天，不出工，在宿舍里政治学习。我靠窗口坐着，心不在焉地听着念报纸。突然，我的眼睛盯住了前面不远的一个黑影，我浑身冰凉，周身麻木，好像到了世界末日：没错，是他——老司头子，枯槁的面容、干瘦的身影、披一张白塑料布，像一个幽灵，正向我们宿舍走来。他来干什么？一定是来找我要钱了？他等急了？乖乖，这事儿要让连队领导知道了可不得了，起码得开我一次批斗会。瞧吧，我也便宜不了他。

我赶紧蹦下地，想把他堵在门外训斥一顿。可临出门的时候，我留个心眼在玻璃上张望了一下，我呆住了——他正用铁锹挖门前那条水沟，水沟一会儿就疏通了，堵住的浑水顺沟向东淌去，西边是瓜地。他无声地站在雨中，看水流得差不多，就转身走了。对这边的男宿舍，他连眼皮也没抬一抬……

我长长地松了一口气。

然而这一切都没有瞒过"狮子头"的眼睛。吃过中饭，他爬到我炕上来，扔给我一根握手烟，挤着眼睛说："咋的，你还没开窍哇？"

　　我不懂啥叫"开窍"。

　　"你还惦着他借你那二十块钱呀？真是头傻狍子。告诉你，'二劳改'的钱不拿白不拿，你就是不还他，他又能咋的你？没凭没据，谁能证明他借给你二十块钱？！他去告你，又有谁会相信他的话？！你不会反咬他诬陷你嘛！"

　　我听得气都透不过来。我再不成器，可从没敢往这上打主意，这怎么可以呢？借钱不还，耍赖账，那不是比强盗小偷更坏吗？我总还没坏到这份儿上吧。

　　"狮子头"在我脑壳上敲了一下：

　　"你咋还不明白，他们和我们不是一个窝里的羔子，我们是知青，他们是劳改犯，这一辈子有赎不清的罪！人和人生下来就不是平等的，嗳，比如连长，成天拿我们当贼防着，在他眼里，我们知青不是人，同那些'二劳改'也没啥两样……"

　　窗外的原野一片昏黑，雨在不停地下着，我觉得冷，冷到骨髓，冷到心里……

　　不久后，连里开了一次阶级斗争新动向的批判会。老司头被押来站在前头，他站立的姿势引起全连队男女老少长时间的哄笑。他们说那是电影里头标准的坏蛋，一个孩子还上前去推搡捶打他。批判的罪名，是因为有个家属的孩子肚子疼得满地打滚，当时找不到连队医生，他就偷偷给了她几粒野罂粟，让她给孩子沏水喝，果然一喝就好了。但很快就被人民群众发现了，说老司头企图谋害革命群众、不认真接受改造、乱说乱动、妄图复辟，连长要加强对他的监视，让他明天开始去掏厕所。那个家属又哭又闹地检讨了一番，说从今往后她宁可儿子拉肚子疼死，也坚决不上阶级敌人的当了。

　　我坐在角落里，不寒而栗。"狮子头"在远远的地方向我做鬼脸，我明白他的意思。我朝着天花板喷出去一口烟，周围的人群都模糊了。

去他的老司头子吧，既然他前半生欠下了人民还不清的债，白送我二十块钱也算不了什么。

三

从上个星期开始，我一跃变成了连队里自由自在的神仙——由于一个偶然的机会，我当上了连队的通信员，每天骑车到八里地外的一个邮电局，把大家的邮件寄出去，再取回报纸信件和汇款单，然后分发给大家。当通信员很辛苦，可谁也管不着。

这天下午我送信回来，跳下自行车，刚要进屋，发现门口站着一个人，一身黑衣裤，背对着我，差点把我吓了一大跳。

他慢慢地转过身来，低头看着地面，嘴里不知咕噜了一句什么。

老天爷！是他——老司头子。

比我第一次见他的时候，他显得更瘦了，微微喘息着，一只手按着胸口，好像那里头有什么重负压得他透不过气来。他看见了我身上的绿色邮包，便伸出一只手到衣襟里去掏。

我的头皮一阵发麻，以为他掏出来的一定是一张借据。我的脸色刷地白了，厉声说"你要干什么？"

他哆嗦了一下，抬起眼皮，这才发现是我，竟然愣住了，那灰暗的眼睛里闪过一丝欢喜的光泽。

"好久、好久，没见你了……"他结结巴巴地说。"我来给我儿子，寄……寄一点钱。"他说着，一边把手从衣襟里抽出来，掌心里有一个小纸包，包得严严实实。

我突然记起来，他好像曾经说过自己有个儿子的。我好奇地问：

"儿子？他干什么的？"

"跟你一样，是知识青年，在广东乡下……那村子穷，养不活人，靠我寄……"

"你儿子他妈呢？她咋不管？"

他头又低下去了，一直垂到胸前。

"我犯了事，她就走了，这么多年，也不知她在哪儿……"

他把纸包递到我手里，转身默默地走了。

不知是什么东西扎了我一下，我的心竟不自在起来。我打开纸包，见里面放着二十块钱，二角钱汇费，还有他儿子广东的地址，下面署着他的名字：司徒恭。我这是第一次知道他的名字。

我打算明天就把这笔钱寄走。

可是世界上有许多事情是无法预料的。这天傍晚的班车带来了我的表妹，那个漂亮而骄傲的小公主。她爸爸恢复了工作，她马上就要调回城里去了。离开桦川前，顺道来向我告别。我不明白她怎么还想着我，总不是因为那二十块钱吧？她在女生宿舍住了一夜，第二天早上提出来要我陪她上佳木斯逛逛。我请了一天假，高高兴兴地坐火车去了佳木斯，看了电影、逛了商店、下了馆子、吃了冰激凌。虽说玩得挺痛快，我心里却直打鼓：明儿找对象，不能找我表妹那样的人，她会在二十四小时之内把你三百六十天挣的钱全花光。临上火车，她在车站食品部发现了凤尾鱼罐头，欣喜若狂地叫起来："呦，太好了！我爸最爱吃凤尾鱼了，我怎么也得给他带回去！"

我到背兜里去掏钱，手却怎么也拿不出来了。我存着侥幸的心理又搜索了一遍背兜，嗨，我摸到了什么，硬邦邦的一个纸包。噢，我想起来了，这钱是老司头的汇款。

"买十个！十个！"

我犹豫着，心里明白这钱是不能再动用了。但这时表妹回头看了我一眼，她的眼光好像有一种什么魔力，我就乖乖把这个纸包打开，把钱递给她了。

回连队的路上，我决定等下个月老司头再来寄钱的时候，我就把这"挪用"的二十加上，一块儿汇走。

可我上哪儿去弄这二十块钱呢？真让人发愁。

但"狮子头"却很阔绰，他经常鬼鬼祟祟地到深夜才回宿舍，有时喝得酩酊大醉，他不知哪来那么多钱？有一天晚上，从他的裤袋里滚出一颗"骰子"，我恍然大悟。

"狮子头"嘿嘿笑起来，把嘴贴在我耳边说："咋样？干一回？赢下一大笔钱，就把老账都还上啦！"

我推开他，心却怦怦跳起来。事情明摆着：唯一可能得到的"额外收入"就是干这个！但是，我知道跟"狮子头"混在一起，可不是什么好事儿。听人说他常偷"二劳改"的东西卖钱买酒喝，再说，赌博这种事，我怎么干得出来？

发工资的日子到了，老司头却并没有来寄钱。有一天，我在路上碰到他，问他这个月怎么不来给儿子寄钱？他说他是每隔两个月寄一次的，免得儿子为取钱耽误工分。我不敢正眼瞧他，怕他向我要上个月的汇款收据，借故急着走开。他却跟上几步，问我有没有他的信。他说儿子每次收到钱总要来信……

我的心咯噔了一下：我根本就没把钱寄出去，他哪能收到回信啊……

我闷闷不乐地回宿舍去，在大车班附近碰到了"狮子头"，他眼睛红红的，不知又在哪里喝了酒。看见我，嬉皮笑脸地迎上来，不由分说拽着我就走。我想挣脱，他却死死不放，踉踉跄跄把我推进了一间乌烟瘴气的小屋，里面围满了人。

我横下一条心：干一次！只要挣四十块钱还账就罢手，四十块我就心满意足了！

可是，好运偏偏不找我，我一上手就输了六十，那骰子莫非长眼睛？

我手脚冰凉、浑身瘫软地走出来，真想大哭一场。

又发工资了，许多人到我这里来办理汇款，老司头也来了。他交给我包好的二十块钱，在屋角磨蹭了一会，低声问道："没有我的信么？"

我不忍心看他，那眼睛里没有一丝活气，好像从坟墓里出来。

"问啥问，有了信我会给你的！"我莫名其妙地发起火来。

我选择了四个"二劳改"的汇款单扣下了，凑足六十块钱赔给了"狮子头"。这个月我非但没能把上次欠下老司头的二十块钱补上，反而又挪用了他的二十块钱。我为什么还敢继续挪用他的钱？大概因为只有他，连汇款收据也不曾向我要过吧……

最后一只大雁飞走了，蓝天上就再也没啥可看的了。空旷的田野上覆盖了一层薄薄的小雪，凛冽的北风掀起一阵阵细雪沫子，把人的心刮得乱七八糟的。

这天傍晚，我从支局驮回了一大捆《红旗》杂志。天快黑了，我心一急，在转弯的大道上，险些儿撞到道边的一棵枯树上。然而那棵"树"忽然活了，用凄凉的声音说起话来。我心里有些发毛，跳下车定睛一看，却是老司头子。他一动不动地站在寒风里，看起来已经等了我好久。

"我儿子，没有来信么？"

那声音是凄切悲凉的，犹如一只受了伤的老狼在呻吟。他不是问"有信么？"而是问"没有信么？"，大概希望用最坏的打算来换取意外的惊喜。

"没、没有，没有……"

"该来信了嘀……总不会出什么事吧？……"

他跟在我的后面走着，一边小声地自言自语。那枯树般的身影，好像风一吹就会被折断。我飞快地蹬着车，躲进黑暗中去了。

四

眼看又快到春节了，我开始积极准备回家探亲。

我第四次心安理得地动用了老司头的汇款，补齐了我收支的差额。

"狮子头"也在准备回家。他最近好像很不走运，听说输了百把块钱，把褥子也卖掉了，光身睡在炕席上。他向我伸手，可我哪有钱借给他呀。他哼了一声，拍拍我的肩膀说："你当我是傻瓜？二劳改的钱包都捏在你的手掌心里呢，真没良心……"

"你胡说！"我咆哮起来。

我恨透了"狮子头"，也恨我表妹，更恨我自己。

这天我早早就去邮局取信，在邮局的火炉边分拣信件，这是我的习惯，分完了回去省事儿。忽然，有一只揉得很皱的信封，几个字闪入我的眼帘："司徒恭父亲收"。

信封已经破裂开了一道口子，露出里面薄薄的信纸。

不知什么东西在撩拨着我的心，使我坐立不安。我偷眼看了一下四周，没有人注意。便伸出手指，用小时候做弹弓的灵巧劲，轻轻把信封勾开了。

下面是我看到的信的原文：

爸爸：

    我已经半年多没有收到您的信了，也没有收到您寄来的钱。我到葵山邮局去查过，他们都说没有。我担心您是不是生病了？

您要是有个三长两短，世上就剩下我孤零零一个人了……

我们队上的劳动还是很重，秋天遭了虫灾，没有粮食，现在只能吃番薯、南瓜，我的腿上生了一个疔疮，没有钱买药，也没有钱买油，锅都生锈了……

爸爸，您一定要好好接受改造，将功赎罪。您什么时候能回来探亲呢？我已经忘了您是什么样子了……

字迹模糊起来，看不清楚了。我这是怎么了？鼻子酸酸的，眼睛热辣辣地难受，头也有点发晕。我悄悄抱着沉重的邮袋溜出了屋子。

旷野上的空气清新而洁净，无边无际的雪原，像一块巨大的白布，把一切肮脏与丑恶都罩在它的底下了。世界上的是非谁能说得清？那喜鹊叫得悦耳，所以招人喜欢；而乌鸦一身黑令人讨厌，其实它却并没有干什么坏事儿。不管老司头过去有多少罪恶，但他改造了这么多年，也早已刑满释放了，他总是个人，是个有儿子的父亲，即使他不配享受有儿子的幸福，他儿子总该享有父亲的温暖吧？

我却对他干了些什么呢？我怎么会变得这么浑噩这么无情呵？他的儿子是同我一样的知青，他也许正是因为想念自己的儿子才同情我的吧？记得下乡前读过的书中，有个词儿叫作"人道主义"，老司头和他儿子，难道不都是同我一样的人么？比较起来，我干的那些事儿，难道还像是个人么？……

八里地我像个游魂一路飘飘荡荡骑到了连队，扔下邮袋重又蹬上了车，顶风赶了十八里路来到镇上，直奔那家唯一的商场，我知道手表都是凭票的稀罕物。天黑透我才回到宿舍，衣衫湿透，腕上的手表没有了，换成了九十元的票子。

第二天，我便将八十元钱汇往广东乡下了。我觉得浑身从未那样轻松。

　　吃过晚饭，我从铺底下抽出十元钱，是我这个月工资里的烟酒钱，加上卖手表剩下的十元钱，一共二十块，捏在手心里。然后把"狮子头"从宿舍里叫出来。

　　"跟我走一趟。"

　　"去哪？"他对这种神秘行动最来劲。

　　"菜窖！"

　　连队今年新砌了砖瓦暖窖，老司头就在菜窖里给火墙烧炉子。我叫上"狮子头"，自然有我的道理，我要让他亲眼看见我把二十块钱还给老司头。

　　月亮出来了，雪地一片惨白。风好像把一切都吹灭了，连人们心头残存的热气。

　　厚厚的白雪几乎封住了菜窖小小的木门，敲了半天，老司头才来开门。他看见我们两个，似乎有些害怕，好像我们是来同他要债似的。他放下手里正编的柳条筐，从角落里拿了几个土豆要烤给我们吃。"狮子头"抓了一根胡萝卜嚼起来，有点不耐烦。

　　多暖和的菜窖呀，弥散着一股潮湿的白菜气息。北方的冬天，只有在这里才能看见大片的绿色。可这包含水分的绿菜叶，却被一个行将就木的干巴老头子守候着。

　　老司头坐在我对面的一块木头墩上，第一次敢面对面地瞅着我。他看得那么专注入神，让我不好意思起来。

　　"我儿子，一定也像你这么大了……他说起话来，也像你这么爱吸鼻子……"他迷迷糊糊喃喃自语。浑浊的眼角上，涌出了亮晶晶的泪。

　　我的心里微微一颤，难道这就是他肯借钱给我的原因么？快一年了，他并没有让我为他做过任何一点细小的事作为报酬。难道这仅仅只因为他可怜一个同他儿子一样单身在外地的青年么？……

　　"还没有信来？……"他深深地叹了口气。

"在路上，信，在路上走着……"我说，噎住了。

"你说，信在路上？"他重复一句，点点头，似乎是相信了，不肯再问，怕又打破了这微茫的希望。他枯瘦的脸上，皱纹舒展开来，干瘪瘪的嘴唇微微张开，露出缺了的门牙。我第一次看到他的微笑，如果这能算作笑的话。

我站起来，脸在发烧，我什么话也没说，把攥在手里的二十块钱，轻轻放在老司头枯干的手掌上。

他抽搐了一下，头深深地垂下去。他紧抓着钱，摇摇晃晃地站起来，走到炕梢去，从墙根上摸出一只铁盒子来，小心翼翼地把钱放了进去。

"这回路费差不多了，我想回广东去，看看孩子……总得回去看看才放心……唉，年轻错一时，悔一辈子哟……"他像是对自己说。

我偶尔一回头，吓了一跳："狮子头"正眼巴巴地盯着老司头手里的那只铁盒子，嘴都张大了。那眼睛里流露着贪婪凶残的亮光，让我的脊背一阵发冷。

菜窖的大门在我们身后关上了。听得见老司头的咳嗽声。月光照着这白雪覆盖的高地，活像一座巨大的墓地。不过老司头将从这里走出去了，去同他的儿子团聚。在他遥远的故乡，虽然炎热，却没有冰雪也没有风霜。

"狮子头"冷不丁冒了一句："你干吗把钱还给他呀？真够傻的！嗳，你说，老司头这样的人死了，是不是同死了一条狗差不多？"

我懒得回答他。

第二天中午，我去食堂打饭，只见人手一碗酱油葱花汤。听大伙吵吵巴火说，连队菜窖里死了一个人，食堂没人敢去菜窖拉白菜土豆了。我的心像被重重地击了一下，腿也发软，赶紧打听死者是谁，虽然我已想到了他。

　　"还有谁？老死（司）头子呗，都快归天的人了，还攒哪门子钱？叫人给抢了！定是不肯松手，才被人打死的……"

　　人们议论着，毫无顾忌地谈笑，表示自己的愤怒。没有人同情他，没有人敢、没有人愿意、没有人能够同情一个"二劳改"。

　　只有我心里明白，我归还给他那笔小小的款子，使得他付出了生命的代价——凶手是我带去的，可是我能对谁来讲清这一切呢？我能证明自己无罪吗？

　　我回家过春节去了，在家一待就是半年。第二年夏天，拿着姨父给我弄好的返城证明，去农场办户口。在小镇的街上，恰好碰到了游斗抢劫杀人犯"狮子头"的刑车。"狮子头"一点没见瘦，他的目光无意中同我相遇，慢慢把头转过去了。然而他的表情仍是满不在乎，那空漠而抱屈的神情像是在问："打死一个'二劳改'，也算犯法？……"

　　我办完关系离开连队的前一天，曾一个人悄悄到松树林那边去了一次，我知道老司头被葬在那里，他永远也回不了自己的老家了。我总该到他的坟上去看看，也算是告别吧。可我找不到他的坟，只有几个高高低低长起了青草的土堆，坟前连个木牌也没有。几只老鸹在松林上盘旋，凄厉地叫着，好像为死者唱着哀歌。只有那漫坡如雪的野罂粟花，洁白纷繁一片，水一般柔顺的花瓣，在荒野上无声地摇曳……

　　我自幼听人说：罂粟是毒品。人们却不知，如用得适量，罂粟可入药治病。那是我第一次见到洁白的野罂粟花，白得叫人心碎。我久久望着它们，默默无言，心里好似有一点什么在渐渐甦醒起来。

张抗抗

请带我走

一

二十八年后，杜仲才第一次回国，那已经是世纪末的最后几天了。回到故乡的那个城市后，他发现自己几乎不认识什么人，也几乎没有人认识他了。他在 H 城陌生的街道上到处游逛，茫然四顾地站在十字路口，必须不停地问路，才能去往下一个并不确定的目的地。他觉得这种感觉有点像以往很多次在世界各地旅行——那些擦肩而过的面孔中，既没有朋友，也不再有仇人。

没有朋友的日子，杜仲曾经历了许多年。那种感觉对他来说，就像俄罗斯的冬天一样漫长而熟悉。但没有仇人的感觉，却使他感到失望与空落。他觉得自己像一片被风刮掉的树叶，偶尔飘落到这里，不会有人对他多看一眼。杜仲第一次发觉，在这个世界上，一个人如果既没有朋友也没有仇人，就像在一个空荡荡的房间里，找不到地方坐下来。

于是，杜仲无聊地行走在这座城市喧嚣的街市上。少年时代曾经居住过的老房子，那个秋天时飘着桂花香的大院子，那栋褐色的尖顶英式小楼，已经消失得无影无踪。昔日幽静的小巷，已被拓宽成一条六车道的马路，汽车如两股湍急的河水，朝着相反的方向流逝。他像一只小小的黑蚂蚁，围着一座蓝色玻璃幕墙的大厦转了好几圈，判断出大厦底座的范围，应该恰好是三十年前旧居的位置。它犹如一座拔地而起的大山，沉沉地压在了当年绿茵如毡的草坪上；在傍晚灰蓝色的暮霭中，大厦更像是一座巨大而豪华的坟墓，把他少年时代所有的生活都埋葬了。他不知道当年那些曾经鞭打过他父母的人、那些逼着他交出红色袖章的人，如今都躲藏在这座城市的哪个角落。城市脱下了旧时破烂的衣衫，换上了世界的流行样式，看上去那么崭新光鲜。过去已不复存在，眼前的城市像一个无辜的婴儿，没有思维也没有记忆。所有的人都好像搬了家，旧日的地址已毫无用处。但杜仲知道那些人就苟活在街道的缝隙里，或是隐匿在楼房灯光的暗处。他找不到他们也不想找到他们。既然大多数朋友都已经失散或是音讯全无，对于他来说，没有仇人同没有朋友相比，终是一样的无趣。

杜仲漫不经心地走着，极力把自己想象成一个与这座城市了无干系的观赏者。他在这个城市没有留下任何痕迹，就像在他身上也没有留下这座城市的任何痕迹一样。但事情并没有那么简单，几天下来，当令人困倦而眩晕的时差过去之后，他很快就发现，自己其实正置于一个十分尴尬的境地之中：他从那个遥远的 F 国，并非仅仅携带了自己的双眼回来，同时回来的还有他整个完整的身体——除了腿脚双臂五脏六腑，还有他的鼻子和耳朵。

他似乎闻到了一种异常的气味，如同幽灵一般，无形无色、似有似无地飘散在空气中。有点类似花香，比如春天的含笑花，或是百雀灵牌子的雪花膏，带着一丝人体的汗味儿，然后渐渐变得苦涩，混杂着街巷里油炸臭豆腐或是煎带鱼的气味，落在他的衣袖和领口上，拂之不去。那些气味好像留有时间的刻度，它们跟踪或是跟随着他，在这个城市里走来走去，他在那些气味中闻到了很久以前的自己。

他开始听见了一些极其细微而又杂乱的声音，搓擦着他的耳膜。那些声音在夜深人静时，会突然数倍地放大，就像台风袭来的夏季，巨大的香樟树在风中摇撼，树叶拍打着屋顶发出的哗响。那个雨夜，粗壮的树干上绑着一个瘦弱的男人，他的哀号在雨声中传来，像一个冤屈的鬼魂。天亮的时候，雨声与哭叫戛然而止，那个男人死了。但他的泣诉却留在了这个城市的上空，使得杜仲总是觉得外面淅淅沥沥地在下雨……

这些气味与声音，此刻竟然都和杜仲一起回来了。杜仲不由得感到毛骨悚然。

还有，他的心脏也好像出了问题。有一种隐约的疼痛会冷不防地窜出来，在他的胸口短暂停留而后迅速消遁。就像一把钝刀，无声无息地磨砺着，却又不见流血。一阵阵的疼痛如同毫无规律的偷袭，弄得他疲惫不堪。

他相信自己无论走遍天下，都可以扮演一个路人的角色，但唯独在这座他出生长大的城市，他已丧失了作为一个观光客的资格。

去国二十八年，算得上一个人的半生了。回来时，父母早已相继过世，只留下一个妹妹。从机场出来时，他朝着那个举着名字牌的中年妇女走去，他拥抱她，两个人都是涕泪满面。尽管他和妹妹已通了好几年信，也多次交换了照片，但他在眼前这个女人身上仍然找不到小妹当年的一丝踪影。她对他说了许多有关父母平反以后的事情，还有父母临终前，对他这个失踪多年的儿子死不瞑目的牵挂。杜仲回到 H 城的第二天就去为父母扫墓，他在父母的墓前长跪不起，失声痛哭，然后与妹妹在父母墓前补种了两棵柏树。树根入土之时，他忽然想到，自己在 H 城的所谓根性，从今以后便是以这样的方式存在了。

　　杜仲在 F 国经过好几年锲而不舍的搜寻，几经周折，总算通过江苏老家的亲戚，找到了妹妹这个唯一的亲人，已属十分侥幸。亲人是一根剪不断的脐带，连接着他的来历与去处。但小妹并非是他真正想要找的人。这么多天来他一直住在 H 城的妹妹家里，暗自希望着，通过妹妹的社会关系，也许能找到当年的一些同学和荒友的联络方式。有些事情应该在这个世纪内做完，杜仲正是为此而下决心回来的。

　　杜仲不知道妹妹是用什么办法，为他找到了孟迪。他对妹妹提起孟迪的时候，似乎并不抱有太大的希望。他担心那个叫孟迪的男人，也许早就不记得曾有过杜仲这个人。但这些年中，杜仲却从来没有忘记过孟迪这个名字。他记住孟迪并不是由于孟迪本人，而是另一个叫楚小溪的女孩。那个寒冷的冬夜，他去万山农场的一个连队看望楚小溪，分手时楚小溪把他领到了男生宿舍，让他和那个叫孟迪的男生合睡一个被窝。他猜想孟迪和楚小溪的关系应该很不一般。既然在今天的 H 城，楚小溪已经消失得杳无踪影，通往小溪的路径，就只有孟迪一个人了。

　　他和孟迪约在一个名叫"柳荫"的茶室见面。从电话里的声音听起来，孟迪对他会面的请求，答应得十分勉强，并且毫无热情。

　　从孟迪平静的叙述中，杜仲才第一次知道后来发生的事情。这个"后来"，指的是 1971 年冬天，他离开万山农场之后的情况。第二天早晨他在男生宿舍醒来时，孟迪和楚小溪都已经出工去刨粪了，他独自一人走上公路，搭一辆运粮的"热特"到了火车站，火车再转汽车，回到呼玛他插队的那个村子，然后按照事先早已周密设计好的路线，在一个风雪之夜越过黑龙江边境，到达苏联境内。"后来"

的那一切，都是他当初决然无法预料的，二十八年之中，他对此一无所知。

　　杜仲已经很多年没在 H 城过冬了。他觉得有一股彻骨的寒气，侵入脊背，令他一阵阵颤栗。手边的茶杯没有一丝热气，就像抱着一个冰坨，十指顿时冻得麻木了。他听完了孟迪的讲述，过了很久，才说：

　　孟迪，如果那时我能想到，一个越境者离开之前接触过的人，会成为一个危险的同谋犯，我是一定不会去万山农场看望楚小溪的。

　　孟迪喝了一口茶，说：看来你已经不会讲 H 城话了，你还是讲普通话好了。

　　杜仲改用普通话说：可在当时，我无法对楚小溪说出我去看望她的真正原因，我只能用这种方式，同她告别。对于她，我不能不辞而别的。

　　孟迪冷冷地笑了笑。

　　杜仲把杯子放在桌上，茶杯抖了一下，茶水晃出来。他觉得自己的普通话也说得同样难听，混杂着俄语、法语和英语的尾音，像一杯蹩脚的鸡尾酒。他一边用纸巾吸水，一边问：你是说，在我走后，楚小溪被作为同案犯隔离审查了好几个月，撤销了她预备党员的资格和其他所有的职务，以至于断送了她的前程。可是我仍然不明白，在我插队的地方，有谁会知道，我在离境之前曾经到过万山农场、见过楚小溪呢？

　　孟迪说：这个问题，恐怕得问你自己。也许你无意中告诉过别人？也许在你走前扔下的东西里头，留下了什么蛛丝马迹？再说，那个时候，到处都是密探。

　　孟迪嚼着嘴里的茶叶，面无表情地接着说：你在临走之前，难道真的不知道过江那种事情，即便侥幸成功了，也会牵连很多人，造成严重后果的么？

　　我……我当时顾不了那么多了……我满脑子想的都是怎样才能过江……

　　杜仲喃喃说着，颓然垂下头去。他觉得脑子里有一粒炮弹正在爆炸，身体迸裂成无数的碎片，血肉横飞地弹开去了。

　　只有经历过 1971 年隆冬的那个漆黑的风雪之夜，才会知道世上的地狱究竟在哪里。但 20 岁的杜仲已经懂得，比地狱更恐怖的地方是人间。他知道自己的面前，只剩下地狱那一条通道了，他唯有从地狱中穿过去，前方才会有一丝亮光。若是在地狱里坠落，只是坠落在地狱的深处，他看不出来地狱与地狱深处有什么区别。

　　那天半夜，杜仲临出发前，抱定了从容赴死的决心。与其生不如死，死亡何惧之有？他甚至希望在穿越那片茫茫雪原的无人地带时，能挨上一粒不知何方射来的枪弹，使他的生命在瞬间结束，也将他的全部痛苦彻底终止。他承认自己是一个对痛苦过于敏感的人，所以他才会无法忍受眼前的生活。而选择这样的方式去死，正符合他内心对于自由与尊严的渴望。那种凛然与高傲的性格植根于他的少年时代，更准确地说，来自于他所读过的十八九世纪的欧洲文学作品。遗憾的是，决斗只能确定一个对手，而在他面前，似乎人人都是对手又都不是，太多的对手恰恰意味着没有对手，没有对手就意味着他的"敌人"是"大象无形"或是高不可攀的。经过长达几个月的反复思虑，杜仲最后把"对手"这个位置，毅然留给了自己。

　　孟迪如果了解自己当时的真实处境，他就该懂得，那个冬天杜仲是非走不可的。

　　那是杜仲父母被隔离审查的第四个年头，杜仲仍然看不到双亲有一天能获释回家的可能。他写给一位朋友的信，又带来了意想不到的麻烦。冬闲时节，他以去北安看病的借口请了几天假，从黑龙江边一路逃票扒车回了一趟 H 城。他下乡前，已将妹妹送往江苏老家的亲戚家抚养。杜仲借住在一个要好的同学家，一连在城里转了好些天，却得不到有关父母的任何音信。曾给他的童年少年时代带来欢乐的那栋小楼，底层已搬进了新的人家，他们一家所居住的二楼，每个房间门上都贴着封条，封条已变得破烂不堪，在阴冷的穿堂风中，如同一只只黑色的蝙蝠煽动着翅膀……

1967 年，是少年杜仲厄运的起始。一夜之间风云逆转，不断往纵深发展的运动终于波及到了杜仲的家庭。父母留苏期间与"苏修"的关系，还有许多杜仲所无法确切得知的"历史疑点"，都被红卫兵视为如获至宝的辉煌战果。父母曾在抗战胜利后被派往苏联学习与工作，1953 年回国，带回了留苏的成果之一——在莫斯科市出生的杜仲，小名德鲁卡。父母回国后即被派往 H 城工作，均任省厅局领导干部。"文革"开始之前，杜仲一家的生活风平浪静，即便父母的头上早已有阴影笼罩，快乐的小德鲁卡也是感觉不到的。但如今那一切都已随着父母的消失而不复存在，杜仲被迫摘下红卫兵袖章，赶出那栋小楼的时候，觉得自己像一只被啄光了羽毛从高空坠落的麻雀。

杜仲选择了逃离 H 城作为唯一的出路，走得越远越好。他已经不记得自己当初为什么如此坚定地选择去黑龙江。时隔几十年，他仍然要辩解说那绝非预谋，而只能说是一种宿命。事实上，他报名去边境上那个叫呼玛的地方，很费了一番周折，在当时他那样"出身"的人，本是没有资格去"反修前线"的。他为此甚至写了血书。幸而有一个从小一起长大的高一"战友"，时任奔赴三江的知青头头。火车开动的时候，杜仲看着伸出车窗外挥动的那一只只草绿色的胳膊，心想自己也许是这一列长长的火车中，一条政审不合格的漏网之鱼。

辽阔而丰饶的北大荒，以纯净的雪原和碧绿的田野，抚慰着他受伤的心灵。汗水无法洗刷耻辱，但至少能够证明改造的决心。大雪一场接着一场，阻断了通往外界的道路。杜仲一次次顶着风雪，步行几十公里到公社邮局去，企盼着会有一封 H 城的来信，带来有关父母的消息。也许在他的心底，更希望收到的是楚小溪的回信。他自从到达呼玛后，就开始不间断地给楚小溪写信。开始是寄往 H 城，后来楚小溪也到了北大荒，他的信就寄往万山农场的那个连队。他的信总是写得很长，至今他还记得，刚到呼玛的时候，他在信中怎样给楚小溪描绘黑龙江边的生活。他告诉她，"呼玛"是达斡尔语"高山峡谷不见阳光的激流"的意思，这地方冬天最冷时可达到零下 52 度；在"文革"前，边民可以到江中心的岛上去放牧，开了春儿把牛羊往岛上一赶，岛上草肥水美，到了秋天再把牛羊赶回来，就增加了好几十只了。这儿的边民大多是当年闯关东的山东人，所以从江那边嫁过来的俄国女人，个个都会说山东话。都说喝了黑龙江的水，头发黄鼻子大，所以这里的人长得都像混血儿。那些混血儿因为长着一副修正主义面孔，所以不准入党参军不准当民兵。黑龙江里有许多种江鱼，俗称三花五罗，据说肉质鲜美细嫩，不过他至今还未吃到；鳇鱼籽号称黑珍珠，金红色的大马哈鱼籽每一粒都像玛瑙。在一个叫西岗子的地方，埋了几千名牺牲的苏联红军，附近有一座冒烟的活火山，夜里有红色的火星闪烁……可惜这些都是听人说的，他什么也没有亲眼见过。他每天的生活除了劳动还是劳动，除了学习就是学习，他很想到江边去看看，到了夏天，据说连江对岸钓鱼人的草帽，还有漂亮的斑点狗身上的斑点，都能看得一清二楚……

刚开始的时候，楚小溪还常给他回信。奇怪的是，小溪对他讲的那些好玩的事，好像一点都不感兴趣。她的回信总是在讲学大寨和大会战什么的，讲她们连队火热的生活，开荒、除草、麦收，怎样一次又一次胜利完成了任务。杜仲觉得小溪的信写得空洞无物，她的信上甚至出现了这样的句子："农业劳动使我从一个小资产阶级知识分子，变成了脚踏实地的劳动者，但世界观的改造还不够彻底。""我们种的是普通庄稼，但收获的将是反修硕果"……杜仲心想，一个"文革"开始时刚念完初一的女孩，也敢称自己是小资产阶级知识分子么？他盼她的信又怕收到她的信。他若是在信上流露出一点儿低沉的情绪，小溪的回信就会用严肃的口气"批判"他，要他回到正确的路线上来，于是他只能在回信中据理力争。"猫冬"的农闲时节，他将大量的业余时间用来写信，他希望能说服楚小溪懂得自己。信写得越来越长也越来越激烈，这样做的结果是，楚小溪的回信间隔时间越来越长，信也越来越短了……

但是杜仲还是盼着楚小溪的信。同去的知青中，那个唯一的哥们已调到整建党工作组，周围没有一个人能谈得来的。他需要有一个人能听他说话，何况是楚小溪那么一个单纯无邪的女孩，曾经在他最艰难的日子里，给予过他温暖与友情的人。

杜仲一次次往返于村子和公社之间。茫茫雪原，一根细弱的蒿草在雪地上摇晃，随时都会被风雪折断。公社的高音喇叭在寂静的旷野上尖叫，但整个世界都好像已经死去了。

等待是如此漫长，他没有等来父母和楚小溪的音信，却得知那个高一"战友"即将去当兵的"喜讯"。在这个遥远的边地，他这个唯一的哥们走后，杜仲开始变得烦躁和焦虑。下乡时从 H 城带来的一箱书，看了一遍又一遍，书皮已经翻烂，那本普希金的长诗《叶甫盖尼·奥涅金》，他几乎已把第一章全背下来了：……不：他的情感早就冷却，他厌倦了上流社会的喧嚣……谁曾经生活，谁曾经思考，内心就不能不轻蔑世人；谁曾经感受，那逝去的岁月，就会用幻象来搅扰他们……我徘徊在海岸，等待晴天，招手向过往的船帆致意。迎着风暴，冲破波涛，沿着海上自由的通道，何时能开始我自由的航程……60 年代中苏交恶，他 64 年进中学，学的是英语。学俄语纯粹是由于兴趣，自学加上父母辅导，到父母隔离审查之前，他已经可用简单的俄语对话。杜仲试着偷偷把那些诗翻译成俄文，以此来打发时间，到后来，他自己所译的俄文诗句，也能倒背如流了……

草绿了，草又黄了；下雪了，雪又化了。杜仲觉得自己的耐心已经到了尽头。

他开始给军队的那个朋友写信，诉说自己的郁闷，还有一些幼稚的质疑。那些质疑不可能像后来他的军人哥们认为的那样，是受到了旁人的"教唆"和"影响"。那仅仅是杜仲本人发自内心的不满情绪，是与他自身命运相关的牢骚，还有书本和文学作品，在他体内残存的那些与现实格格不入的情感。他在信中提出了许多难以解答的问题，求教于那位当年敢作敢为将他塞进车厢、带去反修前线的哥们。他完全没有想到，进入军队后的哥们已是今非昔比，正在迅速成长成熟。他在阅读了杜仲的来信后，产生了极大的担忧，他感到杜仲的想法很危险，简直是太危险了，他必须拯救这一位在自己离开后，随即迷失了方向的战友。杜仲的信被果断地退回到公社，还附有军人要求公社党组织帮助杜仲的长信，言辞恳切，希望杜仲迷途知返。这封信对杜仲的打击几乎是毁灭性的——不是因为公社与生产大队为此事召开的一系列批判会，也不是因为杜仲被迫写下的无数检讨书；而是因为，经历了几年来在险风恶浪中的颠簸，杜仲曾以为前方是有岸的，至少还有一条大船一直在与他同行。但此时他举目四望，茫茫的海面上，只剩下了他一个人。风高浪急，视线之内没有飞鸟没有岛屿，他的呼救没有回应；小船已经漏水，再来一个浪头，船就会倾覆了。

杜仲第一次真正感到了孤独。还有绝望。

杜仲明白自己是走投无路了。这封被退回的信，足以断送他原本就已经十分渺茫的前途，他绝不会再有转机和出路可言。

尽管如此，他仍是认真而痛心地对自己信中的妄言，一遍一遍作出了深刻的自我检讨，颤抖的钢笔在他的中指上嵌下了硬币样的茧子。元旦即将来临时，他的脊背上发出了一个通红的痈疽，然后是持续的发烧。那时知青们都已准备回 H 城探家，大家都没心思再对他穷追猛打，公社革委会批准他去北安看病，他搭乘了一辆牛车再是热特再是长途汽车，在北安医院做了一个门诊手术，拿到病假条后，他跳上了开往 H 城方向的火车。

1971 年年初的一日，杜仲在 H 城旧居门口的封条前站了很久，他忍不住轻轻地晃动房门，竟发现尘封已久的门锁已经不那么结实。他转身而去，在一家僻静的杂货店买到了一把钳子和一个手电筒。那天晚上，他蹑手蹑脚地接近了自己曾经的家，然后顺利地破门而入。久无人居的房间里，浓重的霉味与灰尘的气息险些令他窒息。他并不知道自己要干什么，他只是想来看看，看一眼而已。残破的家具中，也许还能找到一点什么有用的东西。手电筒微弱的亮光下，他的影子如鬼魂无声地挪移，歪倒的衣架倾斜的柜子和满地的纸片，再次提醒着他的孤独与绝望。他在地板上疲倦地坐下来，一仰头，看见了墙上的那个镜框。

很多年中，杜仲一直认为，那个晚上他无意之中的一瞥，好像有人从微光中伸来一只手，亲自将那个地方指点给他。他始终无法解释，当时他为什么一下子就对那只镜框发生了强烈的好奇心。镜框如书本大小，浅灰色像是镀银的窄边框架，是父母当年从苏联带回来的，一直就挂在那里。也许由于其中镶嵌着一幅列宁的炭笔素描画像，镜框毫发无损，竟然未被人掳走。杜仲用衣袖擦去了玻璃上的浮灰，心想这也许是父母留给他的一件遗物了，便将镜框揣进怀里，而后悄然离去。

第二天上午，在他借住的地方，同学的家人都已上班。他把镜框拿出来细细端详，觉得里面的画像有点歪斜。闲来无事，他用钳子将镜框背后的小钉子拔了，揭开背后薄薄的盖板，想把那张画像正一正——那一刻他的呼吸突然急促起来，他在画像与盖板之间，发现了一张有些泛黄的硬纸，翻过来看，像是一份表格，上面有铅印的俄文。杜仲屏住了气，睁大了眼，开始阅读那些模糊不清的俄文字句。他出了一头大汗，心都快要跳出来了，他简直不敢相信，这是一份与他有关的文件——1951年，杜仲（俄文名字德鲁卡）在莫斯科某医院的出生证。

他的父母为什么要把这份证明，放在如此隐蔽的地方呢？

这张保存完好的纸，恰恰在他走投无路的时候出现，对于他来说，莫非是一种暗示与指引？它究竟意味着自投罗网还是绝路逢生？

杜仲傻呆呆地坐着，苦思冥想了整整一天。傍晚时分，当同学一家人回来时，他已经把镜框恢复原样，用一件棉毛衫将它包裹严实，塞在了自己简单的行李里。一个重大的决定在他绝望而混乱的脑子里大胆地萌生，他甚至被自己的想法吓了一大跳，但他已经别无选择，他觉得除了这条路之外，自己再没有别的路可走了。没有退路就意味着只能勇往直前，无论前面是断崖还是陷阱，他都要用自己年轻的生命作为抵押，不顾一切地去试一试。

接下来的日子，杜仲在H城短暂逗留，开始为自己的计划进行周密的准备。他又一次潜入封闭的旧居，竟然在杂物堆里找到了一只苏联生产的望远镜。也许是运气和天助，他在一个留城进了工厂的老同学家里，发现了在批"四旧"时，抄家得来的一只夜光指南针。他以身处边疆自然条件恶劣经常迷路为借口，费尽口舌，向那人讨得了指南针。他不需要更多的东西了，只需要勇气和胆量，他相信自己一口熟练的俄语将会帮上大忙。

很多年以后，他回想当初近于疯狂的行动，觉得那次行动的原动力，仅仅是一种狗急跳墙的动物生存本能，是年少气盛的血液中自以为是的冒险精神，还有他希望亲自去考察一番"一声炮响"发祥地之真实面貌的狂妄之念。如果说其中混杂了少许诗意的憧憬与浪漫，那么也是由于《静静的顿河》或是《伏尔加纤夫》，还有《白净草原》与悲怆的《天鹅湖》……

也许就是为了这个缘故，他在从 H 城返回呼玛的途中，特地绕道松花江边的万山农场，去看望楚小溪。那是一次只能在心里进行的悲壮诀别，只有他自己明白——他若是能成功过江，他从此再也不能回来；如果他被打死在边境线上，他当然更回不来了。所以，无论成功与否，此一去，他都将与楚小溪永别。

回到呼玛之后，他的劳动表现异常出色。他多次偷偷揣着望远镜，到很远的草甸子去打柴禾，江边瞭望哨的位置都已烂熟于心。如此地广人稀的边境，两岸间终会有被疏忽的隐蔽通道，就看你能否发现它了。

他终于等来了一个刮着大烟泡的风雪之夜，风声怒吼，雪片横飞，他拧断了生产队马棚门上的铁条，把十几匹马都轰了出去。马在旷野上四散狂奔开去，那将是他行动的最好掩护。厚厚的羊皮袄被翻了面紧裹在身上，他想自己如果被冻死在旷野上，天亮以后，看上去就像一只被埋在雪地里的羊。

生与死之间其实只有一步，这一步的距离却是如此之长。对于20 岁的杜仲来说，那已不是国境线，而是死亡的界碑。天地混沌，面孔上结了一层冰壳，眼球似乎已经被冻住了，他一次次用手套揩擦着眼睫毛上的白霜，远方隐约有一线光亮，如同沙漠中的海市蜃楼。

他听见了从黑暗中传来的一声俄语，喝令他站住。几个大兵迅速地将他捆绑起来。当他被带到了一所暖和的小屋，他没有开口说话，而是用几乎冻僵的手，伸进贴着胸口的内衣，掏出了那份证明自己出生地的文件，还有写着他名字的边防证。

孟迪把一粒白瓜子轻轻磕开了，放进嘴里，慢慢地嚼着，说：

跟你说句实话，其实，我根本没有想到，有一天会在 H 城见到你。听说你后来一直没有被遣送回来，大家都认为你在过江的时候，不是被打死了，就是冻死了。你能被他们留下，简直是一个神话，或是一个谜。不过我并不想知道，你没有被送回来的具体原因。到了我们今天这个年龄不会不懂，你能留下来，当然是因为对他们有用。可是你妹妹的一个朋友转告我说，你是从 F 国回来的，我倒很想知道，你这一次，究竟是途经 F 国呢，还是早已定居在 F 国了呢？

杜仲回答说：我在 80 年代中期，从当时的苏联到了 F 国；我的妻子是俄国人，懂法语，她一直到 90 年代才有机会离开俄国，到 F 国与我团聚。现在我们一起居住在 F 国南部，我在一所大学的图书馆工作。你也许明白，前二十几年中我根本不可能回来探亲。

孟迪沉吟了一会，又问：杜仲，恕我冒昧，你既然冒着生命危险，到达了自己的目的地，后来为什么又一次离开那里去 F 国呢？孟迪在"又一次"三个字上，加重了语气。

杜仲很快回答：是因为失望。

是什么让你失望？

你应该知道是什么让我失望。

难道每一次失望都会导致——导致放弃么？

是这样。我没有别的反抗方式，我所能选择的，只是放弃。

就像当初你放弃楚小溪那样？

……不，我和楚小溪之间，只是朋友，她不是我所要反抗的，当然就不存在放弃。

那么，如果说，当你有一天放弃到再没有什么可放弃的时候，你会怎么办？

事实上，现在，我已经就只剩下我自己了。这是坚守的底线。

很久的沉默。杜仲伸手从孟迪的烟盒里，抽出了一支烟。他戒烟已经好多年了。

杜仲并不想把自己这些年在海外的经历，一一从头道来。毕竟他与孟迪不熟。假如有一天他能见到楚小溪，而她也仍然有兴趣听他讲述，那么他会告诉楚小溪，这二十八年他是怎样过来的。那场暴风雪过去之后，他被押送到布拉戈维申斯克，然后送到赤塔。在经历了无数次的审查与等待之后，他终于被允许留在了远东地区，先是被送到一所大学学习国际政治，然后在一个研究所从事中苏关系研究。孟迪说得不错，以他那样特殊的身世和家庭背景，他是一个有用的人。但孟迪并不懂得，他有用却没有更多可用的价值。有关方面曾希望他到国际广播电台工作，担任对华广播，被他拒绝了。几年后他被送往莫斯科的另一个研究所，那时他已开始自学英语和法语。但几乎与此同时，漫长而缺少阳光的冬季、压抑而神经紧张的日常生活以及长期的思乡之情，使他患上了严重的忧郁症。他突然感到了厌倦，对自己所谓庄严而神秘的工作失去了兴致。有时他甚至会发生幻觉，觉得在这里和当年在江对岸，除了食物和语言之外，并没有什么根本的区别。他怀疑自己在若干年前，是否真的曾有过一次逃离？他是否还有必要重新逃离？

那年夏天，借着去F国治疗忧郁症的机会，他没有再回到莫斯科。他的妻子在F国的亲友为他提供了最初的生活费。忧郁症断断续续搅扰了他好几年时间，一直到苏联解体，他的妻子终于也来到F国，他才渐渐恢复了健康。当他重新振作起来，安顿好家人，找到了一份合适的工作，几年下来略有积蓄之后，他才第一次有了回中国的可能性。

二十八年。半个地球的周旋，多长的一条曲线。

孟迪说：可我始终还是不明白，你明知过江是会带来严重后果的，走之前你为什么还非要去看望楚小溪？你知道你在万山农场住的那一夜，牵连了多少人吗？凡是和你说过话的人，每一个人都被反复盘问。我因为留你住宿，与你合睡了一条被子，团籍都被开除掉了。

楚小溪的处境就不用说了，如果不是因为这件事，第二年招收工农兵学员上大学，她是完全可能被推荐的，但她却一家伙被打入了冷宫。一直到知青大返城的1978年，才离开北大荒。有一段时间，连队的女生都不敢同她说话，我想了很多办法安慰她也没用，因为她总是觉得对不住我，一次次不断地向我道歉。那么沉重的心理压力之下，我真害怕她会神经错乱……

是啊，听你讲了这些，我觉得自己真是罪孽深重。杜仲长长地叹了口气。那口气一直压得他胸口憋闷，经过喉咙时，像一股腥黏的血流喷出来。他连续地咳嗽，每说一个字都用尽了全身的力气：有生之年，我若是还能见楚小溪一面，我会请求她的原谅。今天在这里，请你先接受我的歉意，可是，我却无法偿还当年给你造成的损失了……

杜仲的眼睛发涩，呼吸也越加滞重。他真的不愿意回想那一次见到楚小溪的情形，他也无法告诉孟迪，那一次付出了如此之大代价的会面，其实是很不愉快的。非但不愉快，甚至如同一把利剑，在他心里划下了一道不可愈合的印痕，由此更坚定了他逃离的决心。当年他和楚小溪曾因她的天真无邪而彼此走近，却也因她的纯真无知而分手。他是带着心灵与情感上难以述说的失落与迷惘，走向漆黑的雪原的。他在雪地里一次次摔倒又爬起来，觉得只有自己的两条腿还在拼死行走，而心却已经冻僵了……

杜仲在离开"柳荫"茶室之前，犹豫再三，还是向孟迪提了一个问题。他说对自己过江以后发生的那些事情，仍有些疑问。比如说，有关方面对楚小溪的处分，为什么会如此严厉？按说，楚小溪是把杜仲当作一个探访者和友人接待的，对他的逃离完全不知情，一旦交代清楚，应该可以脱身，却怎么会搞成那个样子？是不是楚小溪对他的逃离，表示了同情和理解呢？他说得小心翼翼，他知道自己的内心深处依然在渴望得到某种安慰。

孟迪很快回答说不是，以楚小溪当时积极向上的精神面貌，她怎么可能同情一个……她对审查是很配合的。孟迪的口气陡然变得不太友好，反问杜仲说：你是真不明白还是装糊涂呢？

你指的是什么？杜仲真的糊涂了。

我指的是，你应该知道，问题的关键在于，楚小溪她根本交代不清楚。

为什么？

因为那张纸片。

什么纸片？

你真的不记得那张纸片了么？一张有蓝色横条条的纸片，好像是从笔记本上撕下来的，上面有中文和俄文两种文字，一句在上，一句在下，中俄文对照的，实际是同一句话。

同一句什么话？

"请带我走！"

请带我走？

是的，时隔二十多年，我都不会忘记，就是这一句："请带我走"。

杜仲的脑子一片空白，思维已经完全停顿与混乱。他觉得这句话好像有点儿同自己有关。但他却实在想不起来，这句话在什么情况下同自己有关。

孟迪冷笑着说：你自己写下的纸片，怎么会不记得了呢？那天晚上你和楚小溪在她科研排种子站的小屋谈天，你在匆忙中把纸片遗落在那里了。纸片上有俄文，这在当时显然是令人警惕的，所以第二天有人捡到了它之后，就把这张纸片悄悄收起来，然后交给了领导。你过江后，大规模的调查开始，这张纸片就成了铁的证据。问题在于，没有人愿意相信那张纸片是你遗落的；连队的 H 城知青中有人说，楚小溪在"文革"中就认识你，所以她的俄文肯定是你教的。专案组还让小溪对了笔迹，最后竟然断定，那张纸片就是出自楚小溪之手，"请带我走"那句话，是楚小溪早就写好了，想当面交给你的。也就是说，楚小溪本想跟你一起走，但你怕她碍事而没有答应。当时，只有我相信楚小溪是无辜的，可惜，楚小溪根本就无法证明，那张纸条不是出自她的手……

杜仲的记忆在刹那间复活。他隐约记起，在从 H 城回北大荒的路上，换车等车的中途，为打发时间，他写过一些中俄文对照的纸片，意在练习自己的俄文。其中当然会有"请带我走"这样过江后必须使用的句子，是的，他随手在笔记本上写过这句话，后又撕下来想扔掉，不知为什么没扔，后来他再也找不到这张纸片了。好在他已经把"请带我走"那句话完全背熟，也就把纸片的事情丢在脑后了。当年的这一疏忽，竟然惹下如此大祸，他怎么就会在无意中伤害了自己曾经最珍视的人？

杜仲苦笑着，他觉得事情变得越来越荒唐了，甚至极其荒诞。面对那张遥远的纸片，他觉得自己任何悔恨与歉疚的语言都是何等无力，他对孟迪已是无话可说。

杜仲付了茶钱，与孟迪一同默默地往外走。

杜仲在一棵粗大的梧桐树下站住了。他觉得自己无论如何还得对孟迪再说最后一句话，这句话若是不说，他也许就永远没有机会了。希望尽管渺茫，他还是要试一试。

我听人说了……听说楚小溪在 80 年代去了美国。杜仲说得有些紧张。孟迪，无论你怎样看待我都没关系，但你能告诉我楚小溪在美国的地址么？

不，我和她很少联络。孟迪一口回绝了他。

你就不能想办法帮我去问问看么？杜仲的口气已近于哀求，他觉得自己有点可怜。孟迪你住在 H 城，你想找她的话，是一定能找到的，而我再过几天就要回 F 国去了。我只是想……只是希望给我一个机会向她致歉请她原谅，你哪怕给我一个她的电话号码也行……

孟迪不置可否，慢吞吞跨上了自行车，没有同他握手说再见。

杜仲从孟迪无法掩饰的眼神中看到，孟迪是有楚小溪的联系方式的。

二

但杜仲万万不会想到：楚小溪此时就在 H 城。

她几乎每年都会从美国飞回 H 城一两次，像一只没有季节规律的候鸟。

楚小溪在一次次漫长而孤单的飞行途中，总是选择靠窗的位置。她会久久地凝望着窗外悬浮的云海，在心里惊叹时空变幻的不可思议。那种宁静至无限的蓝、那样纯洁到透明的白，就像是从当年北大荒的上空飘来。很多年以前，楚小溪穿着被汗水湿透的衬衫，坐在田垄尽头的锄把上看云；云朵重重叠叠，穿过云还是云，它们静默无语，不容易被看穿，就像楚小溪的心事。旷野的视线之内，地球是一个圆圆的平面，弧形的蓝天如一顶巨大的帐篷，把孤独的楚小溪温柔地包裹起来……蓝天不变，白云依旧，但楚小溪却到了地球的另一端。

楚小溪喜欢这种不受打扰的旅行。天气晴朗的日子，从机舱的窗外能望见高空下苍茫无际的海面，银光灼灼如雪浪翻滚，风在水上逐起幽蓝的波纹，烟尘雪沫壮阔辽远，却又透着冥无人迹的凄冷，令人想起冰雪覆盖的北大荒原野。厚厚的积雪封存了许多往事，只在风中露出衰弱的草尖。融雪的日子，那些已被埋葬的记忆，会如同保存完好的尸体或是腐蚀的骨骸，在阳光下渐渐显形。它们虽然失去了生命鲜活的血色，但是永远不会消失。楚小溪若是偶尔绕道从欧洲飞回中国，万米晴空下是延绵不绝的莽莽群山。她能清晰地看见阳光下隆起的峰脉与幽暗的沟壑，有一刻她忽然觉得那些起伏的皱褶很像人的大脑，从空中无法看清的岩石树木和洞穴，犹如人的思绪，深藏于那些曲折而隐蔽的皱褶之中。

逝去的岁月已如此遥远，却又似乎触手可及。

1978 年恢复高考时，楚小溪已从北大荒病退回到 H 城，在一家街道小厂当铣工，一边自学英语。79 年她考上了省里的一所大学，在大学里她才开始恋爱，毕业后结婚生子，丈夫是自动化专业的同届校友，从本省农村插队回来，同代人相似的阅历，一切都自然而然。80 年代明媚的阳光，驱散了多年来笼罩着她的阴影，修复着她内心深处的创伤。她开始变得活跃而开朗，常给校刊写些诗歌和短文。有人说她的文笔优美，何不往文学方面发展，楚小溪只是一笑。21 世纪是生物的世纪，她痴迷于自己的专业，渴望出国深造，也渴望去看看外面的世界。80 年代中期，她和丈夫先后分别被美国的大学录取，然后是很多年的努力与拼搏，读完了硕士和博士学位。留在美国芝加哥一家生物制品公司工作。等到生活安定下来，再把孩子接到了美国。这个过程就像大多数通过自我奋斗而实现人生价值的老知青留学普及版，听上去大同小异波澜不惊。

近年来，她所在的公司在中国开设了办事处，凡是有关中国方面的业务，公司都会派她前往中国处理。她已经习惯了在天空中来来去去，有一次，她乘坐泛美航空公司飞往上海的航班，只半天就把事情办完，当天晚上就又乘坐那架航班飞回了芝加哥。航班上的空姐还是来时那几位，认出了她之后，友好地笑着对她说：您的工作效率具有飞机的航速。

那当然是比较极端的一个例子。其实，每次来中国出差，只要时间允许，她都会尽可能抽空回一趟 H 城。过去的老同学和荒友们都已很少联络，她回 H 城主要是为了看望年迈的父母，在家里住上两三天，又匆匆飞走。

楚小溪每次回 H 城，多半很少出门，在家里陪父母说话，或是打理一些家事。偶尔她会给孟迪打个电话，约他出来喝茶或是喝咖啡，给他的孩子带些巧克力或是维生素之类的东西。孟迪很少问起她在美国的生活，她也并不想知道当年的老同学老朋友目前的情形。闲谈之中，也没有太多可说的事情，坐一坐也就散了。

她这些年在大洋两岸飞来飞去，对于 H 城的变化已是习以为常。一次回来，一条小巷消失得无影无踪；下次回来，一条大街堂皇地穿城而过。眨眼间就看着 H 城的大厦，像春笋似的钻出地面巍然耸立；高架路立交桥，像电影外景地的布景一般迅速搭建起来。H 城是一部正在公映的影片，整个中国是一部巨资制作的大片。猛一眼看去，楚小溪会觉得 H 城变得陌生，再细细勘察，又分明是熟悉的——一座城市无论怎样改变，那种充斥流散在空气中的味道，就像老字号馄饨的百年老汤，依然点点滴滴地融在碗里。偶尔的，她会冒出一些古怪的念头，希望 H 城能像一堆庞大的积木，统统推倒重来。未来 H 城的街道，将从宽大的绿草坪中穿过，一栋栋房屋都盖在浓密的树荫下，每一家商店都建在鲜花盛开的花坛上，音乐会或是戏剧节就设在河岸边，夜的河面上是灯光的倒影，乐声从水上传来……楚小溪这样遐想过后，会觉得自己十分可笑。她早已不再是一个浪漫的理想主义者了，这十几年来她严谨务实兢兢业业，不再会为那些无法实现的事情伤神费心……

楚小溪恍然觉得自己关于积木的那些想法，也许是出于她个人的原因。在她的潜意识中，抑或是企盼着一切能够从头开始么？或是希望那种溃散后的重建，能帮她删除头脑中堆积的记忆么？尽管后来的故事并不是发生在这座城市，但几乎所有的事情，都与 H 城有着千丝万缕的关联，就像织完了网之后逃之夭夭的那只蜘蛛。她虽然已经离开了 H 城十几年，但这座城市仍然以残砖碎瓦、化整为零的方式，在不同的时间地点，冷不防地一次次袭击她。每次一入 H 城，路边的香樟树扑面而来，从那些釉质的绿叶上散发出一种难以驱除的气息，总是令她头晕目眩。

那个人一直就站在一棵巨大的香樟树下，他的脸被浓密的树荫遮住了。

楚小溪知道，只要 H 城还在，那个人就不会从 H 城消失。虽然她根本无从知道，如今他是否还活在这个世上。

那个夏天的傍晚，香樟树上的蝉鸣悄然止息。从隔壁的小院子里，传来匆忙的脚步声、杂乱的人声，随着一些东西被推倒的破碎声，一声声响亮的口号，像知了一样尖叫起来。

那家院里的香樟树有两人合抱那么粗。前一天晚上，有个老头被绑在树干上，一群人用皮带鞭打着他，那人凄厉的哭叫声响了一夜。

　　楚小溪趴在厨房的窗子上，从铁栏杆里偷偷地观看着隔壁院子的情形。她看见许多戴红袖箍的男生和女生，把那个老头从树上解下来按倒在地上；她看见白色的纸帽子、白色的面孔上白色的牙齿、帽子上黑色的毛笔字和字上黑色的XX；许多东西从房子里被搬出来，装上了卡车。一个女生走到门外，把一只锦缎的小盒子塞进了自己的裤兜。许多厚厚的书还有卷起来的画轴散落在地上，被许多人踩在脚下。有个男生弯着腰在捡拾那些书本。楚小溪看不清他的面孔，他的脸被浓密的树荫遮住了。他走路的样子很奇怪，踮着脚尖，从散落在地上那些书本里小心地穿过去，好像生怕踩坏了它们。楚小溪差点忍不住笑起来，这个动作实在有点像女生啊。他把那些零散的书画堆在一起后，就坐在门槛上守着那些东西。有一会他摘下了眼镜擦汗，楚小溪觉得这个人脸上的表情很漠然。起初她猜想这人是不是被抄家那户人的子弟，但很快她就否定了自己的猜想，天黑下来的时候，他和其他戴红箍的男生一起走了，走到门口还回头看了看那堆东西。这时楚小溪发现他有一个很宽很亮的额头。

　　那天晚上，楚小溪一个人待在厨房里，等着自家的大猫。大猫不辞而别好几天了，小溪特意在窗台上放了一条它最爱吃的小鱼，希望它闻到腥味儿能回心转意。小溪没有开灯，她想也许这样大猫会回来得体面些。过了一会，她听见了隔壁漆黑的院子里有响动，一条黑影翻墙而入，直奔那所房子门口的书堆而去。小溪在黑暗中拼命地睁大眼睛，心怦怦直跳。那人打开了一只手电筒，在微弱的手电光下，开始翻动那些书。就在这个时候，又有一个黑影悄然无声地跳到了窗台上，柔软的尾巴扫到了小溪的面颊。小溪忍不住喊了一声，一把抱住了自家的猫。猫急着去抢鱼，小溪连声哄着它。那个黑影闻声站了起来，他朝着这个窗口看了一会，朝着楚小溪走过来。

喂，小姑娘，你都看见了吗？他轻声说。我可不是坏人啊。

我看见了什么啦？我什么也没看见。楚小溪嘟哝着，啪地把厨房的灯打开了。一线光亮正好照在窗外他的脸上，小溪惊讶地发现，这人原来就是白天那个弯腰捡书的男生。

他把手里的一本书扬了扬，压低了声音说：就是几本书嘛，我只拿了几本书，你可千万别告诉别人啊？

楚小溪瞪大了眼睛说：什么书那么神秘呀？你给我看看啊？

他犹豫了一会，后退一步，举着书说：喏，你看好了，这不是坏书。

楚小溪一眼就看清了封面上的几个字《静静的顿河》，板着脸说：谁知道那是不是封资修的书啊，你半夜里来偷书，肯定不是好人。

那个男生宽宽的额头上渗出了汗珠子。他结结巴巴地说：你怎么能……这……这样武断呢？你怎么能这样……武断呢？不看一看，你怎么知道它是不是封资修啊？

好了好了。楚小溪没有耐心再同他扯下去。她说：嗳，这样好不好，假如你看完后，肯借给我看看，这就是我们两个人共同的秘密了，我肯定就不会告诉别人了。

可是……他犹豫着说：你……你看这样的书，还太早啊……

我已经上完初一了。我看过很多书啊，不骗你的。

他站在原地想了一会，勉强点了点头。又叮嘱一句：那你千万不能给别人看，连家里的人都不能让他们知道，好不好？楚小溪赶紧告诉了他自己家的门牌号码，并叮嘱说，从他站着的这个小院，得绕一个大圈儿，才能到达楚小溪家住的那栋楼房。

很久以后，杜仲告诉楚小溪，那天晚上回去后，他想来想去，觉得这个女孩要么是出于好奇，要么就是由于无知，竟然自愿成为他的同谋；她几乎不假思索，就想出个好主意把他从尴尬的情境下解脱了。换了他自己，肯定就不知道该怎么办了。那么她至少应该还算得聪明。无知而又聪明的女孩儿，对那些自以为是的男孩，常常是会有些吸引力的。

学校已经停课，楚小溪整天待在家里无所事事，小溪的父母都是普通职员，没有历史问题也没有现行问题，她的生活太平静了，心里特别希望发生一些不平静的事情。那以后差不多有一年时间，时断时续的借书还书、再借再还，始终在秘密的情况下进行。她至今还记得，杜仲借给她的书，有《马克思的青年时代》《九三年》《巴黎圣母院》《罪与罚》还有《战争与和平》什么的。杜仲通常都是白天来送书，拎一只菜篮子，面上放着几棵青菜，书就放在青菜底下。杜仲送书来的日子，小溪家就会吃青菜。其实那些书小溪基本都看不懂，人名太长了，书里的故事离眼前的生活也是天差地远的，她通常只是翻一翻也就放下了。不过她真是喜欢这种"地下工作者"似的感觉，敲门要对暗号，紧张令她兴奋，读什么书倒不重要了。只有一本《鲁滨逊漂流记》，小溪反反复复看了十几遍，看得晨昏颠倒就像吃了过多的酒酿一样。有一次杜仲对她说起，其实他家里有一套俄文版的《静静的顿河》，一直到他搞到了那套中文版之后，才明白父母为什么不让他看《静静的顿河》了。杜仲告诉楚小溪说，葛里高利这个人一生都在追求自由，而真正自由的心灵注定是没有归属的。当时他激情澎湃地说了有大半个小时，可惜14岁的楚小溪只记住了这一句话。

1967年猝不及防的转折，对于杜仲来说是一次致命的打击。他的父母几乎同时被隔离审查，那时候楚小溪才知道杜仲的家世。那几天杜仲的脸色一下子变得苍白瘦削，明亮的额头像是罩上了一层灰土，从眼睛到眼镜片，整个人都变得灰蒙蒙的。小溪的父母立即禁止她再与杜仲来往，小溪只能寻找各种借口偷偷跑出来与杜仲在公园见面。小溪知道，那些日子，几乎所有的亲戚朋友和同学，都不敢同杜仲来往了。那样孤独无助的时候，天性傲慢的杜仲尤其需要安慰。在小溪看来，杜仲那一副拒绝同情的样子多半是硬装出来的，其实他心里比谁都更渴望同情。不过小溪对杜仲并没有太多的同情，她对杜仲的好，是纯粹的喜欢，和原来对他的好没有什么区别。杜仲会给他讲许多她从来没听说过的事情，她喜欢杜仲，多少是有钦佩的因素在里头。虽然杜仲的家里倒霉了，但杜仲还是那个杜仲，跟他在一起，小溪总是觉得自己的眼睛会一次次发亮。一直到小溪去了北大荒之后，有一次杜仲在给她的信里说了一句话，让小溪明白了杜仲对她好的原因。杜仲说：在我最困难的日子，你从不让我感到你的友爱是一种施舍。小溪感动过后，又觉得这句话是过奖了，其实女孩儿天生是热衷于安慰别人的。那时小溪常常从家里"偷"来几个橘子，或是粽子和荸荠给杜仲吃，他像一只饿狼一样大嚼的时候，小溪就搜肠刮肚地给他讲笑话，想让杜仲高兴起来。

楚小溪至今还记得那个"笑话"，忽然引得杜仲大发雷霆。

小溪说：嗳嗳，你听说化工厂发生爆炸的事情了么？他们说有特务破坏，就把历史反革命沈阿三给揪出来了。许多人轮流打他，说他有定时炸弹，他被打得受不了，只好承认了。开批斗会的时候，革命群众都跳到台上，审问他究竟是怎么引爆炸弹的。哪里晓得，这些具体的问题，造反派事先忘记教他了，他回答不出，大家就打他。群众逼着他问：那个定时炸弹到底有多大？沈阿三连炸弹都没见过，想了想，臂膀朝两边一伸，说：这么大。差不多像自行车那么长了。群众不满意，横眉竖眼说：不对！沈阿三把双手缩回来说：这么大。这次像西瓜那么大。群众又说：不对。沈阿三想来想去，伸出食指和拇指比画说：这么大。就是像柿饼那么大吧，群众才算满意。又有人问他：炸弹是方的还是圆的？他又答不出，忽然想起《国庆十点钟》那个电影中的马蹄表，赶紧回答说：是圆的，圆的。革命群众大吼一声说：又错了！沈阿三连忙改口说：是方的，方的……

够了！杜仲两眼血红地大叫一声。你真觉得很好笑吗？这么荒唐的事情，我一点都笑不出来。那些人到我家搜查时，还问我电台在哪里，我父母是不是每天晚上给柯西金发报……

楚小溪被吓了一跳，泪水哗地涌了上来。杜仲手足无措地围着小溪转了好几个圈圈，掏出一块脏兮兮的眼镜布，要给小溪擦眼泪，倒惹得小溪又笑起来。

匆忙的约会中，他们的手里不再有书，谈论书本是需要心情的。书本里的故事很精彩，但现实却很严峻。杜仲说他们没有今天，因为今天充满了危险；他们也没有明天，明天像一条断流在沙漠的内陆河。从杜仲嘴里越来越多地蹦出来一些不合时宜的话语，让楚小溪心惊胆战。几年以后，当杜仲从她的生活中彻底消失以后，她想起16岁的杜仲当年只有一个听众的那些讲演，蓦然明白杜仲后来的结局，其实在那时就已经彰显。

很快，就连这样约会也不能再继续了。小溪的父母知道她依然和杜仲来往的情形后，迅速地把小溪送往了外县的奶奶家。15岁的楚小溪还不懂得怎样拒绝和逃避，再说，她开始发现杜仲这个人变得神经兮兮的，越来越难相处。楚小溪有些害怕和杜仲在一起了，跟杜仲谈天，他总是会把人的心扰乱，让对方觉得自己的头脑不如他的头脑。在小溪那个年纪，既然什么人跟她说什么她都会相信，她为什么偏偏要相信杜仲跟她说的那些话呢？

很多年以后，楚小溪才知道，香樟树活着的时候，是闻不到樟木的香味的，只有把香樟木做成箱子之后，木材的香气才会一年一年经久不衰地散发出来。

她在外县的一个小镇上待了大半年，连猜带懵地看完了厚厚的中国古典四大名著，还学会了踩缝纫机和裁剪衣服。偶尔的，她会想念起杜仲，但她没有给杜仲写过信，写了信他也是收不到的。小溪不知道杜仲后来的那些日子是怎么过来的，当她回到 H 城的时候，已是 68 年年底，一批一批赴黑龙江反修前线的知识青年正在准备出发。当她想方设法终于打听到杜仲的消息，已是杜仲即将上火车的前一夜了。

她是在杜仲的学校教室里找到他的。一堆乱七八糟的行李，摊开在拼起来的一排课桌上，杜仲正弯腰往一只木箱里装书。她的突然到来并没有使杜仲感到惊讶，杜仲拍着手上的灰尘笑眯眯地说：

嗳，你怎么才来啊？跟我们一块儿走吧！

你是真的要走啊？

当然是真的。我对 H 城已经烦透了。

那干吗要去那么远的地方呀？

要走，就去远的地方。他说。走得越远越好。

楚小溪坐在空荡荡的教室的凳子上，不知道为什么就哭了起来。她哭得很伤心，一句话也说不出来，那一刻她才发现自己其实是在乎杜仲的。杜仲就像一本借来的书，看完了要去还掉的时候，才发现还有好多页没来得及细看。杜仲一走，这座城市好像塌了一角；往后没有杜仲的日子，这座城市就空了。

她哭了很久，杜仲在一边把行李和书本弄得哗哗响。楚小溪心里也许是在期待着杜仲的安慰，比如走过来拉拉她的小辫子，摸摸她的头顶，或是……把她揽在怀里，拍拍她的后背。但杜仲一刻不停地忙碌着，一言不发地走来走去，就是不走到楚小溪的面前来。小溪有些失望了，她抬起头，扯下了手臂上两只劳动布的蓝色新套袖，怏怏地递给他。

我没有什么东西送给你，这副套袖是我自己做的，你带着吧，也许用得着。

　　杜仲在接过套袖的那一刻，他的手掌碰到了楚小溪的指尖。小溪的手指冰凉，而他的手掌却冒着热汗。他的手掌在小溪的手指上停留了一小会，似乎迟疑了一下，立即就缩回去了。他粗声粗气说了声谢谢，把套袖分别戴在两条手臂上，然后在箱子里翻了一阵，说那我只好把这本书送给你了，说实话我真有点舍不得呢，不过你一定要保管好啊。

　　那本薄薄的《金蔷薇》，小溪有一次想跟他要，他推三阻四地找了好多借口拖着不给。

　　小溪捧着书的手掌忽然有些发胀，浑身都热起来了。她说杜仲你到了那里，一定要给我来信啊。你就把信寄到我学校好了，我每天都会到传达室去看信。她说完就匆匆走出了教室。在昏暗的走廊里，她听见杜仲在身后大声喊：你要给我回信噢——

　　连楚小溪自己也没有想到，第二年春天，她也报名去了北大荒的万山农场。那时候整个 H 城都已是红旗招展锣鼓喧天，她是被那些迎风飘扬的红旗裹挟而去的，是被那些惊天动地的锣鼓驱赶着去的。楚小溪欢欣鼓舞心情激荡，知青专列开动的那一刻，胸前戴着大红花的楚小溪，觉得自己忽然间好像变成了另一个楚小溪，一个崭新的楚小溪，英姿飒爽的女战士楚小溪。车厢里震耳欲聋的歌声中，她忽然想起杜仲说过的话，他说要走就走得越远越好。现在她真的是走向远方了，但不知为什么，杜仲的面孔却变得模糊起来；那个远方离杜仲近了，但杜仲却好像离她越来越远了……

　　楚小溪到达万山农场后不久，就给杜仲写了信。杜仲很快回了信。他的信都写得很长，厚厚一大叠，常常把信封都挤破了。他的信字迹很潦草，好像不那么飞快地写，那些话就会卡在他喉咙里。起初他在信里说着呼玛那儿的历史和风俗什么的，就是不谈怎样保卫边疆的事情。过了些日子，那些密密麻麻的小字，开始谈论法国大革命，然后是英国的工业革命，还有日本的明治维新什么的。楚小溪一看到杜仲的来信就喘不过气来，阅读他的来信变成了小溪生活中一件十分艰难和辛苦的工作。楚小溪有时候恍惚觉得那些信不知道从哪里寄来，杜仲好像不是在硝烟弥漫的反修前线，而是在一间与世隔绝的书斋里。小溪的忍耐终于到了头，她委婉地回信告诉杜仲，她所在的农场纪律很严，劳动很艰苦，晚上还得天天读，实在没有那么多时间看信和回信，他能不能把信写得简短一些。那以后杜仲忽然给小溪寄来了一首《知青之歌》，说是一个南京的知青自己写词谱曲，唱起来苍凉悲壮，把他的心情都表达出来了。小溪把那歌词给同去的知青看了，有人悄悄告诉小溪说外头正批判这首歌呢，让她赶紧把歌词撕掉。小溪浑身一凉，此后便多留了心眼儿，给杜仲的回信总是拖了又拖，回信也越来越短。那段时间的楚小溪正在蒸蒸日上，评上了五好战士和场劳模，又提了科研排的排长，连部已经让她填写了入党志愿书。她所在的连队那样火热的朝气蓬勃的生活，同杜仲的来信中那种越来越灰暗、悲观、消沉的情绪相比，简直是牛头不对马嘴。小溪觉得自己和杜仲之间，像是朝着相反方向跑去的马车，扬起的尘土在马车擦身而过的那一刻相会，尔后就各自飘散了。

每次给杜仲回信，都会使楚小溪烦恼而又痛苦，因为她实在想不出有什么话可对杜仲说。有一次杜仲来信，说她的信上一大半都是废话，还说若是把1966年的楚小溪与1970年的楚小溪相比，后者的脑髓正在萎缩。这句话深深地刺伤了楚小溪，她好几个月没有给杜仲回信，直到那个寒冷的日子，杜仲突然精神抖擞地出现在她的宿舍门口……

往事不堪回首。这么多年来，楚小溪做成了许多事，然而，她唯独难以做到的，就是忘却。

　　楚小溪这次回 H 城，只能停留两天时间，就得转道去 B 城办事。回到家里，见过父母，她正在犹豫着要不要给孟迪打电话，电话铃猛地响起来，一接，却是孟迪的声音。楚小溪多少有些意外，因为孟迪从来是不主动给她打电话的。

　　她说孟迪你真是神了，我刚进门，你怎么会知道我回来了？

　　孟迪的声音听上去有些怪怪的：我不知道你回来，我只不过想试试看……

　　楚小溪问孟迪找她有什么事情。孟迪沉吟了一会说，如果她晚上有空，能不能出来坐坐？楚小溪立即就答应了，她不会拒绝孟迪的任何请求，因为孟迪从来没有任何请求。

　　孟迪的述说十分平静，他提到杜仲那个名字的时候，就好像在说着一个昨天刚刚分手的人。他那种与己无关的语气，明显地拒绝着楚小溪作出任何震惊、怀疑或是惊慌失措的反应。他转述了自己与杜仲见面的情形，还有杜仲最后请求他转告的那些话。他的语速很快，显然不希望被楚小溪的任何提问打断，好像一旦停顿下来，就会再也无法续接上去了。楚小溪渐渐发现，孟迪在叙述的过程中，并未对杜仲加以任何评论，显然他早就打定了主意，要让楚小溪自己来面对这一切。

　　楚小溪觉得脑子有些发晕，眼前一片混沌。

　　谈话快结束的时候，孟迪最后的一句话，令她怵然一惊。孟迪说：我给你打电话，其实心里希望你没回国，最好你不在 H 城，这样就等于你根本不知道。但是我又不能不打这个电话，因为我知道，这么多年，在你心里，你和杜仲的事情，并没有真的结束。

　　楚小溪的眼圈一下子就红了。

　　她很快说：不，还是算了吧，我不想同他联络。那么多年过去，许多话都不是一下子能讲清楚的，越讲反而越讲不清楚了。再说，也没必要讲清楚了。她拒绝得很干脆，如果她听出自己口气里有一丝迟疑，她觉得自己就会被这迟疑所动摇了。

……可是，我倒觉得，他的内疚和歉意，是真诚的。孟迪小心地补充了一句。

你不知道，我怕的就是这个。楚小溪轻轻地叹了口气。我不希望他给我道歉，因为他不是故意的。后来我经历过那么多的故意伤害，倒觉得杜仲是个一心想救我的人。

孟迪笑笑说：也许这就是你们之间的错位。你再好好考虑考虑，杜仲说他再过两天也就回 F 国了。这一走，不知道什么时候能再相遇的……

楚小溪打断他说：我后天一早头班飞机去 B 城，明天一整天，家里都有事，时间也排不开啊。

孟迪站起来说：那你自己决定吧，有事给我打电话好了。说完这话，他就告辞了。

楚小溪面对着桌上喝了一半的咖啡，怔怔独坐，一时还没有从孟迪带来的消息中回过味来。她觉得杜仲真是个奇怪的人，每次出现都像个空降兵一样，突如其来神出鬼没的，实在是可气可恨。他杳无音信地失踪了二十几年，却像个转世的灵魂一样重返人间。好像这才是杜仲的方式——突然消失、然后突然出现。

时隔那么多年，但一切都依然清晰得像昨天一样。

那年冬天傍晚的暮色中，杜仲如同一根木头桩子，一动不动地站立在楚小溪的连队宿舍门口，冲着她发出一声粗重的呼唤。当她看清面前这个人是杜仲的时候，楚小溪又惊又喜，心都快跳出来了。她脑子里闪过的第一个念头，是不是杜仲的家里出了什么事。但杜仲说什么事也没出，他刚从 H 城回来，顺便来看看她而已。近两年没见了，也许是应该见一见的，总是在信上见面，他连楚小溪长得什么样儿都快忘记了。听了这话小溪松了口气就咯咯笑起来。杜仲把她从头到脚细细打量了一番，皱着眉头说：小溪你怎么穿成这样啊？男的女的都分不清，我刚才差点不敢认你了。

小溪的眼睫毛上都是霜花，她揉揉眼睛低头看自己：一身黄不黄绿不绿的棉袄棉裤，臃肿得像一只大狗熊。黑色的棉胶鞋上全是刨粪时溅上的脏东西，一双厚厚的棉手套，像两只巨大的熊掌，指尖上却露着一个破洞，黑灰色的棉絮从洞里钻出来。她去摸自己的头发，小辫儿摸不到了，一顶狗皮帽子严严实实地包裹了整个脑袋，一条红得发黑的围巾缠在脖子上。小溪不高兴地哼了一声说：咋的啦？这有啥不好？男女都一样嘛。你看你，这么冷的天，帽耳朵也不放下来，耳朵冻得通红，臭美呐你。

杜仲被她噎得把话都咽了回去。他好像很饿的样子，问连队几点钟开饭。小溪这才觉得，杜仲的突然到来，是一件麻烦事。连队刚收工，宿舍里的女生们都要洗洗涮涮，她不能把杜仲带到女生宿舍去，可这么冷的天，也不能让他留在外面挨冻。众目睽睽之下，把他带到连队食堂去吃饭，更是不合适，第二天就会有人问你和他是什么关系，如果被人认为楚小溪交了男朋友，肯定会影响自己进步。小溪有些犯难了，她在心里怪杜仲怎么事先也不打个招呼。想来想去，忽然想到了科研排的种子站，那里正在进行冬季育苗实验，封着炉火不会冷。自己有那屋的钥匙，不如把杜仲带到那里去，给他把饭打来，还可以一边吃饭一边聊天。小溪让他等等，进宿舍去拿了钥匙，就把杜仲带到种子站去了。

小溪开门开灯，杜仲走进去，把手里那只鼓鼓的旅行包放在地上，然后摘下帽子，脱下军大衣，背着手环顾四周，就像检阅似的踱步点头，说你这儿还不错嘛。小溪注意到他身上穿的一件小棉袄，袖口上套着一副劳动布的套袖，已经洗得发白。那是他下乡前小溪送给他的东西，他居然一直戴到现在。小溪心里忽地一热，刚才的怨气也都消了。

杜仲的目光停在墙上，脸上露出了讥讽的神色：哦，什么呀？这些都是什么呀！

小溪正在捅炉子添煤，抬头看，见墙上贴着一张大红纸，上面是连队赛诗会上科研排女生写的诗：齐心协力迎春播，播下种子播下歌，秋来粮食上纲要，革命青年喜心窝。

杜仲严肃地说：这也叫诗吗？开玩笑！这是标语。

小溪有些扫兴，却没功夫跟他争辩，便说：你就先待在这儿休息会儿啊，我去食堂打饭，要是过了点，食堂就该关门了。

你去你去。他挥挥手，开始专心地琢磨起小屋桌上的那些瓶子和育苗盒来。

小溪打了饭回到小屋，见杜仲正用手扒着育苗盒里的土。她说嗳嗳你干吗呢，我们正在测试冬季出苗率，你别把我的苗碰坏了。杜仲头也不抬地说：哪有苗啊？都还没萌动呢，一点儿动静都没有，我看，这叫作——我自岿然不动啊。

小溪放下饭盒，赶紧用手把土壤拢回来，一边按压着一边说：你看你，把我的土弄松了，这可不行。育苗最初阶段的关键在于镇压，镇压越紧，毛细血管就越畅通，水分就上来得快，发芽也快，没有压力是不行的，懂吧？

杜仲的脸色刷地沉下来，用鼻子哼了一声说：镇压？连科研都用上这个词儿了？

小溪不理他，用调羹敲着饭盒说：饭都凉了，快吃吧。杜仲看一眼饭盒说：有菜吗？小溪说：有菜有菜，不过都是咸的。她打开饭盒，里头是几个黑面馒头，一撮没放油的咸菜丝儿，还有两块红腐乳。她笑了一下说：馒头夹腐乳，味道好着呢，我平时都舍不得吃，今天招待你，我算是借光吧。杜仲刚坐下忽然又站起来，四下寻找自己的旅行袋，从里头找出一包皱巴巴的东西递给小溪说：这是我给你带的，差点忘了。

小溪打开纸包，看见了几根生的香肠、一袋虾皮，一袋笋干，还有一堆黑乎乎的东西，灰色的碎壳和黏稠的酱汁压成了一个饼状，散发出一种熟悉又难闻的气味。她说这是什么呀？杜仲盯着那东西看了一会，恍然大悟地回答说：是皮蛋，对，是皮蛋呀，它们怎么变成这个样子了呢？小溪又笑，说咱们就把它吃了吧，用调羹舀着吃，再把壳儿吐出来……

小溪觉得饿了，两个人一时顾不上说话就开饭了。没有酱油和盐，她和杜仲便就着皮蛋吃咸菜，再就着咸菜吃馒头，另一个饭盒里盛着酱油汤，杜仲喝汤的时候抿着嘴，一点响声都没有。吃了一会，杜仲突然哎了一声，站起来就冲到门外去了。过了一会回来，嚷嚷着要找水漱口。说那黑面馒头里有沙子，把他的牙硌着了。

就你那么多臭讲究。小溪不屑地瞪他一眼。我们天天都吃这个。在农场，有黑面馒头就算好的了，我还没给你吃窝头呢。到现在我才发现，你原来有那么多顽固的资产阶级生活习惯。下乡两年多了，你是怎么接受再教育的啊？

杜仲不搭腔，用水桶里浇种子的水漱了口。两眼盯着小溪的脸，仔细研究起来。他说：嗳小溪，你的眼睛怎么啦？好像……怎么一只眼睛单眼皮，一只眼睛双眼皮了？我记得你原来两只眼睛都是单眼皮啊……

小溪下意识地去揉了揉眼睛，对杜仲解释说，那是去年冬天去苇荡割柳条子的大会战中，拉着满满一车柳条的牛车翻了，她被压在柳条子底下，一只眼睛的眼皮被柳条拉了一个口子，直流血。可当时大会战那么紧张，她坚持轻伤不下火线，简单包扎了一下，没去场部医院治疗。等伤好了以后，这只眼睛就变成双眼皮了。她强调说，其实这个样子，一点都不妨碍劳动。

杜仲用嘲讽的口吻说：好嘛，都成波斯猫了，还名贵品种呢。一边说着，站了起来，从旅行袋里掏出了一只小黑匣子。

差点忘了，吃饭是应该有音乐的。为了庆祝重逢，咱们一起听音乐吧。他的脸上露出了一丝笑容。

音乐？小溪觉得这个词好生疏。在小溪的生活中，如今只有歌曲，没有音乐。这音乐也太奢侈了吧，再说，哪儿说变就能变出音乐来呀？

杜仲摆弄着手里的黑匣子，小溪看清了那是一只小小的半导体。杜仲旋转着开关，来来回回地调试着，半导体发出叽叽嘎嘎的噪声，根本就没有什么音乐。

看来你这儿干扰太大，信号不好。杜仲有些丧气。在我们那儿，什么时候都能听上音乐，清楚极了，就跟中央人民广播电台似的……

小溪当时并没有留意这句话的意思。她急于想问问杜仲 H 城的情况，还得跟他说说农场的事情，比如农业学大寨的前景、知青运动的历史意义，还有自己的进步和成绩，以前的信上不好意思提，这次可以当面告诉他了。她问起了他父母的情况，问起了他在 H 城有没有去看冬天的腊梅。杜仲沉吟了一会儿说，他的父母大概这辈子也回不来了，他现在已经不再关心这件事了。他在 H 城也没有去看腊梅，因为他对腊梅也不感兴趣。他三言两语就回答完了小溪的问题，又开始调试那只半导体。

小溪气恼地问：你这也不关心那也不关心，你到底关心什么呀？

杜仲把手里的半导体扬了扬，努嘴说：这个！.

小溪说：那你跑那么远来看我干吗？你跟你的半导体待着好了。

杜仲说：那倒是不大一样的。你是个活人啊。

小溪收拾着饭盒，说：那你为什么不跟我好好说话呢？

杜仲连头也不抬：我来看你，就是想看看你，给你写了那么多信也不回，我就想来看看你到底怎么样了？说那么多话干吗？我倒是想让你听半导体，听听你平时听不到的声音。

小溪满心委屈地嚷嚷说：没什么可说的，那你走好了。

杜仲总算把手里的半导体放下了，轻声叹了口气说：这只半导体，是我过15岁生日那天，我父母送给我的礼物，抄家那天我正好带在身上，没有被抄走，后来就带着下乡了，想不到还真是派上了大用。嗳，好啦，那我就跟你说话吧。你想说什么呢？

小溪赌气说：你跟我说说，这两年你到底在想些什么？你信上写的那些乱七八糟的长篇大论，我没时间看也看不懂。

杜仲的声音忽然变得低沉。他斟酌了一会说：我想些什么？你真的想知道吗？我一直在想，既然教科书上说，资本主义是封建主义的天敌，那么为什么还得使用农药呢？

农药？什么是农药？

与天敌相比，社会主义不就成了农药了吗。

你……你这样比喻太不妥当了。

有什么不妥？杜仲振振有词地说：天敌就是克星，具有天然的杀伤力，这是自然规律。而农药是人工合成的……

小溪气愤地打断他说：你怎么可以这样想，你也太……太……她一时想不出合适的词儿。她想说"反动"，觉得太伤人了；说"过分"又太缺乏力量了。她觉得杜仲简直不可理喻，他此行来看望她，莫非就是为了兜售他的农药么？小溪气得说不出话。

突然间电灯就灭了，杜仲和她自己一下子都隐没不见了。在农场，停电是常事。黑夜像浓密的云层一样涌上来，她觉得自己像一艘潜艇似的，沉入到黑暗的水底里去了。她听见杜仲的喘息，杜仲说你别着急啊我有电筒呢。就听见他磕磕绊绊地走动、又窸窸窣窣翻动旅行包的声音，但电筒却迟迟没有出现。小溪摸索着走到屋角的窗台上，用手摸到了火柴和一根细小的蜡烛。她把火柴划着了，蜡烛慢慢亮起来，金黄色的火苗在黑暗中抖动，杜仲惨白的面孔从黑暗中浮出来。小溪忽然觉得，眼前的杜仲犹如一个石膏头像，线条僵硬而呆板。

蜡烛几乎就像一节小鞭那么长短，这儿的人都管它叫"磕头了"，说是磕一个头的功夫就点完了，虽然有些夸张，但能点的时间确实很短。就这样的小蜡烛，还得凭证供应。小溪想，饭也吃过了，又是停电，自己太晚回宿舍会造成坏影响，还不如早些给他安排个地儿住下。她正在琢磨着今晚把杜仲弄到谁那儿去睡觉，桌子上的半导体突然响了起来，把小溪吓得一哆嗦，蜡烛的火苗也晃动起来。

小溪听见了一个柔和低沉的女声，像房梁上悬挂的灰尘丝儿，在空气中轻悠悠地荡来荡去。那普通话的发音有些古怪，该用去声的，她发的是平声；该用上声的，她发的是去声；七高八低七上八下的，和平时收听中央台的广播员完全不一样。那声音尽管模糊而暧昧，小溪终于还是听清了大概的意思。那个女声说：听众朋友，你们一定知道中国那位最优秀的小提琴家的名字，自从"文化大革命"开始以来，他亲眼目睹了中国知识分子遭受的悲惨命运，他本人也被审查被迫害被凌辱。前几年，他终于冒着生命危险，流亡到了西方国家，现在，我们为听众朋友们播放他著名的《思乡曲》……

那一刻小溪的呼吸都停止了。她像是听见了来自黄土高坡上的信天游，苍凉悲怆哀婉地揪人心扉；又如森林中流过的淙淙泉水、蓝天上飘过的朵朵白云；如轻风穿过峡谷，雪花轻盈地舞蹈。她很久很久没有听见如此美妙的琴声了，就像一群精灵似的，在这简陋的小屋子里盘旋，蜡烛微弱的火苗随着旋律舞动，昏暗的小屋忽然变得明亮而温暖……

烛光暗下去，颤栗着抖动了几下，灭了。小屋重又一片黑暗。

小溪伸手去摸"磕头了"，摸了一手灰尘。这才记起来科研排就这么一根备用的蜡烛。音乐在暗夜里回旋，旋律渐渐变得沉重而压抑。一线圆柱形的手电筒光线忽然亮起来，穿过乐声投在她的棉袄上，胸前那枚小小的像章，在她眼皮下发出殷红的反光。小溪的头脑一激灵，顿时清醒过来。

杜仲你这是在干什么？她急吼吼地嚷道。你在收听……收听……快把你的半导体关掉！她急得捂住了耳朵。我不要听不要听，这太危险了，你难道疯了吗？听见没有，快给我关掉！她差点哭出声来，扑过去抢那只半导体。

杜仲一把将半导体搂在怀里，小溪听见"啪"的一响，声音消失了，屋子里突然静下来，寂灭无声，像一个密不透风的菜窖。

怎么会把你吓成这个样子。杜仲冷冷地说。不至于吧。你可以用批判的眼光欣赏嘛。

小溪已经回过神来。她真的很气愤，她不明白这个两年没见的杜仲，怎么会变得这么离谱。其实在他的信中早已透露出了思想大滑坡的种种苗头，由于她的同情和软弱，对他一再姑息纵容。她不能够眼看着他这样下去了，无论他怎样蔑视她嘲笑她，为了两年前那一段难忘的友谊，她一定要伸出手去拉他一把。

小溪觉得自己从来没有这样坚决而坚定过。她站了起来，慷慨激昂地对杜仲说了以下的话。那些话她永远都不会忘记，在后来的那些年里，她在心里一遍又一遍地重温着检省着自己说过的每一个字，每一次回想，她的心都会因此而剧烈地疼痛起来。

她说：杜仲你听着，你现在所有的苦恼和委屈，都来自于你自身处境的改变。"文革"前你的生活太优越了，你根本不懂得人民的疾苦和愿望。你由于父母的政治问题而产生强烈的不满情绪，这是私心杂念在作怪，我理解但不能赞同。你真的必须悬崖勒马了！

手电筒的光一点点暗下去，杜仲的面孔也变得模糊不清。他沉默着，咬住了嘴角。他不断变换着坐姿，木头凳子在他身下嘎嘎作响。时间似乎过去了很久，他仍是一言不发。

你倒是说句话呀。小溪终于忍不住了。你难道真的就想不通这个道理吗？

我想不通。除非一粒子弹从我脑子里穿过去，恐怕才会通吧。杜仲的语气中有一种不容反驳的决绝，小溪不由打了一个寒噤。他站起来，伸了个懒腰，抓起手电筒说：好啦，麻烦你给我找个地方睡一觉，我明天早上就回呼玛去。

临出门前，小溪没忘给炉子添了煤压上火。门吱扭一声关上了，小溪的心里咯噔一下，像是有什么东西被锁在了里头。一个多月以后她才发现，杜仲离去之前，无意中遗落了一颗定时炸弹，炸弹被引爆的那一刻，她曾经拥有的美好理想都被炸成了碎片。

那晚的月光很亮，雪地上笼罩着一层凄迷而圣洁的月色，静寂的原野像一片银色的湖泊，寒风吹起的雪沫，雾气迷蒙。小溪觉得自己就要在湖里沉下去，身子一阵阵发冷。在那条通往连队宿舍的小路上，她和杜仲谁也没再说话。她只听见笨重的棉胶鞋踩着雪地咕吱咕吱的响声，两个人一前一后，总也踩不到一个点子上。

她把杜仲送到了男生宿舍门口，敲开门叫出了孟迪。她对孟迪说，她的一个朋友来看她，能不能在孟迪这儿借住一晚，明天就走。孟迪什么也没问，就让杜仲进去了。分手的时候，杜仲神情严肃地伸出手来，很有礼貌地碰了碰小溪的指尖。留在小溪记忆中最后的印象，杜仲的手柔软而冰凉，像一团雪花。

小溪一个人走回女生宿舍去。刀子一般的小风钻进了她的脖颈，她一阵寒颤，觉得心都好像被冻透了。那个瞬间她的脑子里忽然跳出了一段话："绝不能把私人友谊和政治问题混为一谈……绝不容许把私人友谊摆在事业的利益之上。"那是她前不久从一份学习材料上抄下来的斯大林语录，为了以此勉励自己。想不到在这个寒冷的冬夜，这段话真的给了她一丝勇气和安慰。

月光下，她看见自己大步行走的身影。两条粗壮而结实的双臂有力地甩动着，白色的雪地上，身子两侧晃动的黑影，犹如雄鹰黑色的翅膀，从雪地上飞升起来。

可是楚小溪还没等起飞，翅膀就突然折断了。

春节过后不久，上头来了外调人员，加上总场保卫科和连队的保卫干事，差不多坐了满满一屋子人。小溪被叫去谈话的时候，那些人面露凶光，如临大敌，让小溪觉得莫名其妙。他们用审讯犯人的口气，提到了杜仲的名字，并要楚小溪老实交代有关杜仲的一切问题。他们是从杜仲住处的灶坑里，临走前没有被焚烧彻底的一大堆信件残片中，发现他和楚小溪的联系的。当楚小溪终于听明白，杜仲这个人已经在春节前夕"过江"去了，并且至今没有被遣送回来——她的脑子嗡的一声炸开了，后背上一层冷汗，像是箍上了一件铁制的盔甲。

杜仲确是来过万山，但他的告别只是一种象征，连一句暗示的话都没有。

假如她真的知道他有过江的念头，即使用自己的生命去阻止他，小溪也舍得。

但小溪真的连一丁点蛛丝马迹都没有察觉。她什么都不知道、什么也没有发现。在那天晚上他们单独相处的三个小时中，关于这个犯罪计划，他绝没有向她透露一丝一毫。她始终被蒙在鼓里，她真是太幼稚天真、太麻痹大意、太愚钝轻敌了。作为一个革命青年，如此缺乏阶级斗争的警惕性，她深感愧疚、悔恨，甚至万分痛恨自己。

可是没有人相信她的交待和检讨。他们说：那天杜仲突然来到万山农场，你为什么不在连队宿舍公开和他唠嗑？为什么要偷偷摸摸把他带到科研排的种子站，并且，谈话长达几个小时，你们不是在密谋在干什么？小溪结结巴巴回答：怎么是密谋呢，只不过说了点家常事、H城的熟人、下乡后各自的收获什么的。他们说：谈话有证人在场吗？小溪说没有证人。他们说没有证人怎么能证明你不知情？怎么能证明你不是他的同谋？怎么能证明你没有参与并协助他外逃？怎么能证明你没有为他提供帮助呢？否则他来找你干什么？

小溪哑然无语。她无法证明自己。她什么证明都没有。

一连许多天，她被拘禁在连队"小号"里，回忆交代反省自己与杜仲的"历史渊源"以及现行关系。夜深人静时仔细回想，其实那天晚上有许多个微妙之处，都已经显示出了杜仲决心"过江"的可疑迹象，可惜小溪只是浑然不觉。比如那只该死的半导体、比如农药、比如……但小溪什么也不能说，某种本能告诉她，她说得更多麻烦就会更多。她在拼命检讨、痛心疾首地认错、表示坚决与杜仲划清界限的决心的同时，却总是一问三不知地守口如瓶。后来的许多年里，小溪时断时续地想起万山农场持续了几个月的审查，当时她那种顽强的缄默不语，其实并非出于良知，而是出于自我保护的基本常识。也许在潜意识中，还有一点对杜仲残留的友情。杜仲曾跟她说了那么多不该说、对一般人不敢说的话，想必杜仲是信任她的。也许在杜仲的生活中，只有她这一个可以信任的人了。她得对得起这种信任。

小溪抱着侥幸的心理，希望能躲过这场厄运。然而她终究还是躲不过。专案组初期劳而无功的审讯，因一张小纸片而突然起死回生。一个深夜他们得意扬扬地出示了那张纸片，纸片已经被揉得皱皱巴巴，但上面的中文字迹依然清晰可见：

请带我走！

下面是一行俄文。

小溪的心脏狂跳不已呼吸窒息，她感到自己快要晕过去了。她认出那是杜仲的笔迹，杜仲给她写过那么多信，不会有错。这不是栽赃，是杜仲亲手所写。但小溪从来没有见过这张纸片，它从哪里来？又怎么会到了专案组的手里？即使这张纸片是杜仲所写，和她有什么关系？小溪的脑子乱成了一锅粥，她觉得自己浑身上下都是嘴巴，也说不清楚了。

——请带我走！千真万确地明摆着，你是想让杜仲带你一起走，一同过江去！但杜仲狡猾得很，他怕带着你累赘，不愿带你走。你说你从来没有见过这张纸片，这是抵赖和狡辩！纸片是从科研排种子站的小屋里找到的，那天晚上就你和杜仲俩人在那儿，不是你写的是谁写的？我们已经调查过了，杜仲在"文革"前就开始学俄语，想必他在 H 城时就教过你好几年了，可见你俩早就里通外国，预谋叛逃……

可我……我到北大荒以后的表现，是有目共睹的，我已经是中共预备党员了，我干吗要叛逃啊？小溪满心委屈地为自己辩护。

那是伪装的！正是为了掩盖你真正的目的。

我要真想走，可以当面同他说嘛，干吗要写在纸片上啊？小溪觉得事情简直荒唐到了极点。

那是……那是因为……因为当面说，你怕隔墙有耳，给旁人听见嘛。这张纸条正暴露了你的心虚……

一切的争辩都是那么无力和无用，事情已无可挽回。楚小溪叛逃未遂的罪名正式成立，很快被取消了预备党员资格、撤销了排长职务与其他所有的荣誉称号。楚小溪从此一蹶不振心灰意冷。一直到她离开万山农场前夕，她才在无意中得知，对她的"审讯"和处理结果，是由当时正迅速蹿红的另一位知青把持的，他必须要除掉楚小溪这个未来可能对自己的成长进步构成威胁的对手，他和楚小溪是你死我活的关系，所以他绝不会心慈手软。

在后来许多年孤寂灰暗的日子里，楚小溪曾无数次回想那个冬夜她与杜仲见面的情形。她的回忆像一把篦子，一遍一遍地梳理着她和杜仲在种子站小屋里的每一个动作。有时候，她觉得那一切也许早就被命运所注定了———由于停电，杜仲在黑暗中翻动着他的旅行袋寻找电筒。他的纸片就是在那时候掉出来的，然而当时，他和她，都没有发现。

曾经有很长一段时间，楚小溪一直恨着杜仲。她觉得在她和杜仲的交往中，杜仲一直把她当成一个无知的倾听者看待。他仅仅只是需要有人倾听，而从不关心倾听者的感受。他不会顾及到自己的悄然离去，会给与他相关的人造成怎样的伤害。楚小溪永远也无法原谅杜仲的原因之一，是杜仲其实从来没有把她当成一个同行者，或是一个共享秘密的朋友。如果是那样，她也许会认为，即便对自己的审讯和处分再严厉再过分，都还算值得。

楚小溪心目中向往的美好前途，在她19岁那年被断然中止。中止得如此迅猛无情，没有丝毫回旋的余地。就像一列高速行驶的列车，被铁轨上突然出现的不明障碍物拦住，不得不强行刹车。那一段被人冷落遭人侧目的日子，楚小溪觉得自己年轻的生命好像裂成了两半，她只能用高强度的劳动来麻痹自己，用沉默和无言来固守自己。她开始疯狂地读书，利用探亲假回H城的机会，带回了高中的数理化教材和其他所有能找到的书籍来读。书籍在许多年里抚慰着她枯涩寂寥的心灵，这样的日子一直持续到1978年知青大返城。

那件事情发生后，在春节回 H 城探亲的时候，她曾收到过孟迪当面交给自己的一张纸条，让她忘记过去重新开始。孟迪用一种含糊的语气问她，他是否可以成为她最知心的朋友。楚小溪始终避而不答。她不希望这辈子永远生活在对孟迪的歉意之中。孟迪由于留宿杜仲也受到了处分，她觉得自己带给孟迪的牵连，无法用感情来偿还。

19 岁是多么年轻呵。一切都可以重新开始。杜仲的突然离去，使得楚小溪突然长大了。但对于 19 岁的楚小溪来说，前行的道路已被阻塞，她还能做什么呢？她唯一能够开始的，只是在内心开始了对自己无休止的追问。

所以小溪不能去见杜仲。追问已近尾声，她害怕新的追问又会开始。

三

楚小溪下了出租车，拉着行李箱快步往机场候机厅走去。早晨起得晚了些，离登机的时间已经很近。她匆匆穿过空旷的大厅，走到巨大的电子显示牌下，去看航班的换票柜台号码。那一刻她听见有人轻轻地喊自己的名字。寻着声音低头看去，面前有一位陌生的中年男子，微笑地望着她。她不认识这个人，只觉得那人宽大的额头和眉间，有一种熟悉的神态，隐隐约约地似曾相识。

我是杜仲啊，不认识了吧。

楚小溪茫然睁大了眼。

是孟迪告诉了我你的航班号。我决定赶来见你一面。杜仲彬彬有礼地说。也不完全算是送你吧，因为今天我也要回国了。正好是

10点钟的航班去上海，然后转机回F国。昨晚上我想了一夜，如果错过了这个机会，真是不知道什么时候能够再见了。

那个瞬间楚小溪脑子里忽然闪过杜仲站在连队宿舍门口的样子。他总是突然出现然后突然消失，这种方式符合他一贯的风格。

杜仲笑了一笑说：二十多年过去了，差点认不出来了。不过，我还是一眼就认出了你。真的，你好像，没什么太大的变化……至少在我看来，你还是那个样子……

不，我不是原来那样了，其实我的变化很大，在心里。楚小溪友好地向杜仲伸出了手。

听说你常回H城？杜仲紧紧地握住了她的手。他觉得那手纤细而光滑，有一种香樟树叶韧性的质感。

是的，这几年回来多一些。小溪轻轻把手挣出来。

但我不可能常回来。所以，这次能见到你，对于我很重要。

没想到你经历了那么多坎坷，还健康活着，我……挺高兴的。小溪又说。

其实，我今天来，只是想对你说一句话：当年由于我的无知莽撞，连累了你并给你造成了无法补救的损失，我真是很后悔。杜仲诚恳地说。我走了以后，你们那儿发生的一切我都不知道。我这一次回来后，孟迪才告诉了我。我之所以一定想要见到你，就是想当面请求你的原谅，否则我的良心到死都会不安。那张纸片……

楚小溪面有愠色地打断了他：

可惜，这么多年过去了，那些本该向我致歉的人，那些内心应该感到惭愧的人，至今却没有一个人来向我表示歉意。唉，你说你……你向我道什么歉呀？望着杜仲尴尬的神情，楚小溪又说：不过，既然是见了面，我倒想借这个机会，当面感谢你呢。

杜仲诧异地摊开了双手问：为什么？

你说呢？小溪微微一笑。

我不知道怎么谈得上感谢？你不会是用这种方式嘲讽我吧？

我不是在开玩笑。你想想，如果不是因为你过江后给我带来的那些麻烦，当时的我就会继续在原来的轨道上走下去。噢，我想你该明白轨道的意思。楚小溪已完全镇静下来，她突然觉得有许多话从心里涌上来。那些话已在她脑子里盘桓了数年，一点一滴地沉淀下来，在她胸口积成了厚重的块垒，必得一吐为快了：

如果不是因为那年的事，我不知道自己后来会变成什么样子，我也许会成为一件出色的工具，成为那个年代的一个时尚模特儿，或者是一只笨拙学舌的鹦鹉。可是你无意中在那轨道上安放了一块石头，突然翻车了，原来顺畅的运行被强制中断了，把我甩到了轨道之外的角落里。那尽管不是我所情愿和我主动选择的，但我毕竟被推到了一扇新的门口，我不得不走了进去，走进了另一个房间。人说条条道路通罗马，这么多年过去，我们也许是殊途同归了。在美国读博士课程的时候，有一次我偶尔想到，其实是你救了我。你走后，我不得不变成了现在的我。难道我还不该感谢你么？今天能够当面跟你说出这些话，在我也是了却了一件心事。我想，你完全不必为当年的行为，再感到内疚了……

杜仲惊愕地怔在那里。小溪的面孔模糊起来，一种缥缈的幻觉之中，他几乎要怀疑眼前的楚小溪，会不会是与楚小溪同名的另一个女人。

其实……其实，当年我们都太幼稚了……杜仲有些语无伦次了。在我过江之前，曾经固执地认为，江对岸的土地原本就是中国的。我心里甚至还暗藏了几分收复失地的英雄情结……

楚小溪朗声大笑起来。杜仲也不好意思地笑出了声。

机场大厅的广播响起来。楚小溪听见了自己那趟航班的号码，正被一次一次播放着。她看了看表，抱歉地对杜仲说，如果再不去换登机牌，她就该误了这趟航班了。而她去 B 城的行程都已经安排好了无法更改。

杜仲点点头说：那我陪你过去吧，也算我送你了。

楚小溪通过安检口之后，还回头向杜仲挥了挥手，然后消失在通道的拐角处。杜仲在那里站了一会儿，长长地吁了口气，这才想起来竟然忘了留下楚小溪在美国的电话号码。他听见了一架架飞机从候机厅上空飞过的隆隆巨响，目光寻着声音追去，他想，他和楚小溪将在空中朝着相反的方向飞行，然后分别降落在东半球和西半球，远隔重洋而相望。

飞机离开地面的那一刻，杜仲从窗口望下去，能清楚地望见城郊公路两边新栽的香樟树。嫩绿的新叶已经长出来了，而去年深色的老叶还没有掉落。他懊悔自己曾对 H 城产生那样的苛责，其实，H 城只是人生旅途上一个驿站和节点，出发、降落，尔后起飞。

恍惚间，杜仲对此次的 H 城之行，产生了一种梦幻般的虚妄感，就连楚小溪也变得朦胧难辨。只有湛蓝的晴空伸手可及。若是朝着弧形的天穹一直往前飞行，无论经由哪条航线，也许他和楚小溪都会在地球的某一处重新相遇。

地球是圆的。多年来亲历的旅行经验，使他对这点深信不疑。

陆 星 儿 (1949—2004)

上海人。中国作协会员，江苏省作协会员。历任中
国儿童艺术剧院、上海作协专业作家、《海上文坛》
执行副主编。代表作有《呵，青鸟》《天生是个女人》
《傍晚请别敲门》《一个女人的一台戏》《达紫香
悄悄地开了》《痛》《用力呼吸》等。

1968 年至 1978 年，在黑龙江生产建设兵团第二师
第十一团（即军川农场）劳动。

摄于知青时期

陆星儿

达紫香悄悄地开了

"你会忘记同你一起欢笑的人，但永远不会忘记曾同你一起哭泣过的人。"

——一个姑娘对我说

上　篇

一

她第一次坐飞机。

天，蓝得耀眼。大团大团的白云，慢慢地徜徉着，偶尔有几朵小小的、薄薄的云伞，飞快地向南飘逸。地面是无尽的山峦，一片忽明忽暗的、有层次的黛绿色。

潇潇凝望着窗外，默默地。但在飞机起飞的那一刻，她欣喜又新奇地屏住了呼吸。小时候，看一架架玩具似的飞机，从头顶的云朵里神秘地穿过，飞得那么高，离她那么远，可望不可及，她总觉得，坐飞机的，都是些"高级"的人。

现在，她坐在飞机上。她也变得高级了么？

"北大荒"邀请他们回访——一批年轻的文学工作者——当年，他们不过是几百万知青中极普通的一分子，大海中几颗不起眼的水珠。

真的乘上飞机，很快没有了欣喜，也没有了新奇。她不太赞成坐飞机。太气派了吧。毕竟不是出国，而是回"北大荒"。从前，回家探亲，来来去去，只能挤在车厢的过道里，靠着堆满杂物的水池，瞌睡虫似的打盹。看那些在卧铺车厢大摇大摆走出走进的人，就觉得他们挺"高级"的了。

"我们出差，都飞来飞去。坐火车可受不了。"在电影厂当编辑的黄萌，执意地拎起电话，当即订下了十二张飞机票……

飞机越升越高，高山、河流、田野越变越小。往下看，飞机好像环绕着一个偌大的地球仪。一切都随时间、距离的改变而改变。

生活也不例外。

在"北大荒"足足九年，离开也快四年了。而此刻，飞快的速度，又将她与那块土地间的距离拉近了。近了，远了，又近了，她无法形容，这变幻的时空，在她心里所造成的种种变幻的感觉。

"去北大荒。他们邀请的！"伙伴们很兴奋，都说早就想回去看看。

她呢？

十分疲倦时，夜里，经常会重复同一个梦：她又回到了那块土地——她把生命的一大部分留在那儿了——虽然，已经不属于她……但终归割不断啊！

梦，总是梦。

没有想到真的会回去。而且，坐飞机……

飞机穿云驾雾，仿佛牵引着一条永远放不完的彩色胶片，在天地间展示了奇特的、难得可见的景致。她被吸引了。"要是不再降落，一直飞下去，在不染丝毫世尘的蓝天和白云之间……"她还是有些感激黄萌的"执意"，使她离开了地面，离开了那个世界，获得了一种宁静。

好久没感受到这种"宁静"了，即使在踏上舷梯的那一刻，她的心，还被一道从背后射来的眼光所撩乱……

"别去了，你再考虑考虑……"

"考虑过了，我要回去看看！"

"那就不要坐飞机走。没听说吗，刚有失事的……"凌志瞥一眼她不愉快的神情，咬住了后面的话。

她还是听出了他的话外音："文研院政策研究所，要一个秘书，我推荐了你。多好的机会。这两天，他们就要找你谈……"

是赌气，是抗争，是想摆脱自己，还是为隐隐的、她并不愿意承认的一种思念？……

"何必打破内心的平静？"

她从来没有平静过。

"总得掂掂利弊、轻重缓急。"他极会算计，像精明的账房先生。

她不知道该如何"掂"。有些事情的价值，无法拿同一个砝码估量。

"你再冷静地想想，文研院……"

她排在队伍的末尾。他还在苦口婆心地劝。

"你回去吧！"她的眼光柔和了，心里还是有几分感激。他毕竟是为她，又刚结识不久。

她最后一个上飞机。但在机舱门口收起最后一步时，她真希望飞机立刻起飞，甩下他的眼光。

飞机准时起飞。写着"No Smoking"的小方灯亮了。

她深深地舒了一口气，顿时轻松了，犹如机舱外悠悠飘浮、擦翼而过的白云。一切的一切，仿佛变成了一个很长很长的梦。

一切的一切，终究不是梦啊！

"潇潇，你在想什么？"黄萌推推她。他顶耐不住寂寞。

"你在想什么？"她反问他。

"想儿子。"黄萌答得干脆。

"想老婆吧。"后面飞来一句。

"真的想儿子。一上飞机我就想，可别……"

"没出息。"坐在前排的雅丽，一扭头，薄薄的、水晶似的眼镜片中，透出讥笑的光。

"我的女记者，等你自己有了孩子，也会那么没出息的。"

"我不要孩子！"雅丽傲然地侧着脸，"自己的事还干不干了？"

潇潇不喜欢雅丽的神情。不要孩子，就显得高雅、不俗吗？……可是，你爱孩子吗？突然冒出的深深的自责，像不期而至的阴雨，把她的心笼罩了。

"据说，对于一个男人，最可悲的，莫过于找一个不爱孩子的女人。"黄萌的嘴，轻易不饶人。"女人应该愿意为自己所爱的人生孩子，而且，要满心欢喜、不辞辛苦地做好这件事。这是不指望提取的、感情的储蓄，是人类不能缺乏的爱！"

"那是你的标准，上个世纪的。"雅丽回头问潇潇，"自己活得轻轻松松不好吗？你说呢？"

潇潇什么也不想说。我有资格谈论这个话题吗？……一踏上旅途，她就防范着，竭力让自己的心绪摆脱一切纷扰。但大坝还是垮了。而且，偏偏谈论孩子……

她的手不由地擦过衣袋，停住了，又慢慢地伸进去。皮夹子里有几张儿子的照片，他寄来的。每张照片的后面，都有同样的一行字："达紫香又开了。"一年一年，达紫香总是那样鲜艳，红的、黄的、紫的……

是的，那是个达紫香盛开的傍晚。

她的耳边又响起他的声音。声音低沉，但含着喜悦，那样悦耳，那样亲切，像暖人的春风："爱听吗？再给你讲个故事……"

……死神突然把孩子带走了。为寻找孩子，母亲只得用胸膛拥抱荆棘，让两颗明亮的眼珠沉入湖底，又献出了一头美丽的长发。能给的都给了，母亲终于在死神的温室里找到了孩子，他变成了两朵小小的蓝色的早春花。

"你怎么找到这个地方的？"死神叱问母亲。

"因为我是母亲。"母亲的手护卫着娇柔的花。

"这两朵花，一朵是世界上最大的幸福，有那么多愉快和欢乐。另一朵则是忧愁、贫困、苦难的化身。你摘吧，只有一朵归你的儿子，就是他的命运，他的未来！"死神咆哮着。母亲惊恐地叫起来……

"结尾不好！"一听完故事，潇潇把怀里的孩子，搂得紧紧的，仿佛也听到了死神在敲门。

"那你改一改。"他的眼光里闪烁着一种期望。

她改过，但没有改好。

故事里的母亲，最后还是没把孩子带走。

而她的孩子呢？

他们还住那栋用"拉合辫"垒起的小泥房吗？她曾光着脚和过泥，拧过"拉合辫"。冬天，小泥房烘得很暖和，双层的玻璃窗，从来不挂霜……

"潇潇，你说呀！"黄萌敲敲椅背。

"喔……"潇潇的心很乱，"我……我不参与你们的争论。"

她能说什么呢？她曾经感受过那种"人类的爱"，但仅仅是感受……

飞机票是淡蓝色的，像一小块纯净的天空。潇潇拿到它时，比拿到登载她第一篇作品的刊物还激动。她情不自禁地掏给别人看，但反应大都很冷漠。

"舍近取远，求什么？"凌志劝得有点恼火了。

什么也不求，不过是一种愿望，像小时候对家乡的思念。家乡门前的小河，河里的木船，那是一种单纯、质朴的亲切。中学毕业，又想重访下乡劳动去过的芦苇塘。每天划小船出工，在雪白的芦花丛中捉迷藏，那是一种有趣、短暂的快活。

留在记忆中的那块土地呢？

不仅仅是亲切，不仅仅是快活，还有爱，还有恨，还有激情，还有彷徨，还有欢欣，还有悲哀。还有什么？还有很多很多……

"这一切，还有什么意义？"

也许毫无意义。只想去那里看看。不管怎么说，她亲手盖的那栋小泥房还留在那儿……

这是一种怎样的愿望？她说不清。

飞机猛地抖动，开始大幅度下降。

潇潇不由地抓住椅把，忽然感到心里空荡荡的，什么都没有了，连同那个"心愿"。

我来干什么？她有些慌张，像个毫无准备的学生，急急忙忙奔进考场，而考卷马上发下来了……

飞机降落，涡轮的"嗡嗡"声更响了。

二

农场总局的大楼，正对着喧闹的车站，静悄悄地矗立着。墙面仍然是水泥的灰白色。

大楼好像矮了。是自己长高了吧?! 她想。

第一次看到这幢大楼，潇潇还是个不满十六岁的小姑娘，排在队伍的最后面。旗杆在车厢里挤折了，只好卷着旗子，扛枪似的扛在肩上……

"你们坐哪趟车来，还坐哪趟车回去。我们是有组织地接收的。"接待他们的是一位解放军，严肃得有点可怕。

"来了就不走。"他们谁也不怕，就是冲着领章帽徽来的。他们自己请自己坐下，桌子、暖气片都被占满了，潇潇只好坐在一只破沙发的扶手上。

"这不行。"那位解放军无可奈何地要走。

"怎么不行?"他们的"小头儿"挡住门，"我们什么都合格，就是年龄小一点，学校就硬不批。"

"小一天也不行。我们有规定。"

"今年小一点，明年、后年就长大了呀!"

潇潇跳下沙发，一脸稚气，"叔叔，收了我们吧!"

"他是军务处处长。"旁边一个也穿军装的年轻人，提醒一句。

神气什么，你也没有领章、帽徽呀! 潇潇自然叫着"叔叔……"

"叔叔!"

"叔叔……"

他们一起围了上去，七嘴八舌、手舞足蹈，像一群刚从花果山下来的、活泼伶俐的小猴。严肃的处长严肃不起来了。

走出大楼，他们兴高采烈。旗子抖开了，又多了一行字："五营十八连。"用粉笔描的。

潇潇忽然回头大喊一声，"哟，我们的大楼，挺高的么！"

很自然、很骄傲地加上了"我们"。

其实，大楼不过四层。

一进大楼，传达室的小窗，"哗"地拉开了，并排挤出两个脑袋，一男一女，像趴在阳台上看大游行的孩子。新奇地盯着刚下火车的客人们。黄萌戴着一顶南洋华侨式的白塑料圆帽；雅丽拖着一只鲜红的、带四个轮子的旅行袋；小李一身港服，肩膀上四个小铜扣闪闪发光。潇潇不由地审视了自己，还好，蓝裙子，白衬衣，还像个文气的学生。只是皮凉鞋的后跟高了点，敲着水泥地"笃笃"直响。

她放轻了脚步。

楼梯上、走廊里，不断有人上上下下、来来回回。办公室的门开了又关，电话铃停了又响。办公楼的气氛，大体都一样。潇潇很熟悉。当了三年编辑，天天生活在这样的气氛中。开始，她坐不住，下了班赶紧跑。但马路也是窄窄的，各种车辆川流不息，又到处是密密匝匝的人头。房屋连着房屋，大楼叠着大楼，天空就那么小小的一块。在"北大荒"的旷野里跑惯了，那个天地多开阔啊。早上，看太阳升起来；晚上，看太阳落下去。好像太阳就在不远的地方，笔直走过去，就能碰到……

离开了，筛留过的记忆是美好的。许多东西，远眺总比近看美，这大概就是距离的作用。

会议室摆了一圈皮面沙发，沙发前铺着木白色的草垫，编织很精巧。墙面是淡绿色的，挂着一幅几米长的油画：《今日北大荒》。

整个画面，是一片金黄色的、汹涌的麦浪，只远远地露出一线浅蓝色的天。辉煌的暖色，辽阔的视野，强烈的动感，构成了一股磅礴的气势，使人欢欣与振奋。

茶几上，细瓷的杯子里，一缕缕热气袅袅飘游。金边银盘，烟、糖、水果，摆放有致，等距离一字排开。

就为招待我们？潇潇有些不安。进出相当一级的会议室，享受一些丰盛的款待，在她小有名气之后，已是常事。但是，一走进这幢大楼，她又变得拘谨了，仿佛还在山脚下那个偏僻、封闭的连队里。

她的手撑着沙发坐垫，身子绷着，姿势很别扭。她是有些紧张，就像第一次去编辑部参加座谈。她的处女作获奖了，要谈创作体会——她写了"北大荒"的一所小学，写了一群山沟沟里的孩子们，她总也忘不了他们。她在那里生活了九年——这就是全部。她说得很快，心"怦怦"直跳，很久，脸还是烫手的。

渐渐的，在这样的会议室里，她谈笑风生了……

命运的突变，似乎轻而易举。

"你挺顺利啊！"都这么说。

她无法解释。成功了，别人能看到的，只是那一轮轮令人眩目的光圈……

"请签字。"一位干事捧来一本装潢华丽的大纪念册，缎面上镶嵌的金丝银线，闪闪发光。潇潇接到手，觉得沉甸甸的。小心地掀开封面，扉页上，是女作家丁玲的签名。她是去年来的，来看望患难时曾生活过的地方。

潇潇捏着笔，迟缓了。凭什么在这样一本纪念册上签名？我没有做过什么，无论在这里，还是离开后。她把纪念册递给雅丽："你先签。"

雅丽刷刷几笔，写下了专门练过的名字，大方又潇洒。年轻有风采的女记者，走到哪儿，都得把自己的名字留在别人的通讯录或纪念本上。

纪念册轮了一圈，又回到潇潇手上。她前前后后翻了一遍，悄悄合上了。

等待接见。首长说好十一点来。

还有半个小时。

潇潇掏出夹有铅笔的札记本。记点什么？头昏沉沉的，有点疲倦了。

什么也别想，只是等着。

"等着接见？"她还是在想，而且，想到了很久很久以前。也是这样等着……

"算了，都回去！"他怒气冲冲地吼着。雨下大了。雨点密密麻麻。潇潇看不清他的脸，却能感到，他像鹰一样犀利的眼光在冒火。这位副连长，平时不多说话，但发起脾气，大家都有点怕他。

全连人默默地站在雨中，风冷飕飕的。

"没听见？都聋了！"他跳上拖拉机，一把拉下油门。发动机灭了，排气管哑了。没有了"突突"的响声，豆地里一片寂静，只有风呜呜地叫着。

"李副连长，还是等一等……指导员不是去打电话了？"老排长小心翼翼地劝着。

还等？！潇潇冷得发抖，额上的头发丝在滴水，衣服都湿了。但没人敢动。总局领导要下连来检查秋收，几天前，场部就派人来作了布置："全连出动，能割的割，能捡的捡，用实际行动痛击……"

指导员也大会小会地做动员："我们要以阶级斗争为纲……"一早，全连紧急行动，除了食堂，所有的后勤人员都下地，小学校也停课。声势可真不小，浩浩荡荡的。

午饭后下雨了。跟着来捡豆秸的娃娃们，一个个都钻进了大人们的衣襟。地里，没有能遮风挡雨的树荫，干淋着。半个小时过去了，又等了半个小时。

"回去。都回去！我一个人等着。"他扯着两个排长的衣袖，"冻病了，明天的活，让总局领导来干？！"

"那就走吧！"排长们胆怯地下了命令。

总算让走了，潇潇几乎在跑。但没出半里路，迎面碰到了指导员。

"谁让你们走的？总局领导马上就到。快回去！"

"下雨了……"

"领导冒雨抓工作……省报的记者也来了。"指导员轰麻雀似的，把大家赶回了地里。

果然来了。三辆小吉普停在道上。走下车来的领导、非领导，都穿着防水性能极好的军用雨衣。

"快找李副连长，汇报今天的进度。"指导员急得满地跑。

"这不是？他跑了。"有人叫了一声。

潇潇马上直起腰，看见他正擦过那三辆吉普车，甩着大步，头也不回地走了。

"吃了豹子胆……"一个排长小声地嘀咕。

会把他怎么样？潇潇不禁有点担心。

第二天一早，全连大会，总局领导讲话，任何人不得缺席。

天不亮，饲养员老刘头匆匆找来："卫生员，李副连长病了。"

"等一等，没针管了。"潇潇手忙脚乱地清理药箱。一晚上，全连病倒了十个人，全都发高烧。她一夜没睡，头仿佛要炸开了，心里火冒三丈：何必搞那套形式，非得在雨里……

"病了？"她推开马号小屋的门。他放过马，和老刘头挤在一铺小炕上，提升了副连长，也没搬走。

屋里亮着一盏油灯，长颈的玻璃罩，被烟熏黑了，灯光很暗。

"没病。"他趴在油灯下翻着一本书。

她背着药箱，站着不动了。

挂在泥墙上的喇叭响了，"五连广大指战员，活学活用……革命加拼命，冒雨……"

他"腾"地跳起来，"啪"地拽住开关绳。绳子断了，喇叭不响了。

屋里突然静下来。能听到隔壁小棚里马在嚼草的声音。

"干吗还睡在马号？"她只好明知故问。这与病毫不相干。

"早晚还得回来放马。"

"你的脾气要吃亏的。"她说了自己的感觉。

"我不做买卖，不想占便宜。"他的口气很冷。

老刘头提着马灯进来，"啥病？"

"嗯……发烧……"潇潇迅速打开药箱，"开大会……您帮他请个假。"她撕了一张管用的病假条。

"还得打针吧？"他舒开了眉。

"嗯。"她调皮地一笑，取下灯罩，用纱布把它擦亮了……

"让你们久等了。"赵局长一进会议室就打了声招呼，"刚才，接待了一个美国农业代表团，多耽搁了半小时。"

坐在沙发里，喝着茶抽着烟，天南海北地聊着，打发半小时，不知不觉。可在秋天的雨中……

赵局长靠上沙发，从从容容地点起一颗烟。潇潇注视着这位局长，心里有种不可名状的激动。在农场九年，她没走进过这样的会议室，没见过局长。现在，离开了，却被热情地邀请来，而且，局长亲自接见。

究竟是什么发生了变化？

"他们都当了编辑、记者，写了不少东西。"那位干事，捧过一厚叠捆着红丝带的杂志，"这里，都有他们发表的作品。"

局长并不在意地扫了一眼，便挥了挥手。潇潇的心一沉。是啊，几本杂志，几篇小说，和这位局长心里装着的几十万公顷的土地相比，太无足轻重了。

"离开农场，你们都干得不错啊。"

是夸奖"干得不错"，还是对"离开农场"仍有不满？潇潇很敏感。

"你们大批大批地来，又呼呼啦啦地走了，搞得我们很狼狈。你们抱怨，耽误了青春、前途，我们还有抱怨呢。没人教书，学校停课；没有管账，工资开不出；没有驾驶员，拖拉机只好放水……当然，不能怪你们。这场历史性的悲剧，谁也没逃过，谁也逃不过……"局长又接了一颗烟。

屋里烟雾腾腾，气氛有些沉闷。

"不过，来我们'北大荒'待几年，也不是没有好处。"赵局长的语调轻快了些，他翻了翻那本纪念册，"来，先对对号。"

他们一一介绍了自己。

赵局长的眼光最后落在潇潇身上。

"你没签名？"那位干事很机敏，急忙把纪念册又捧到潇潇面前的茶几上。

"有水！"黄萌故意叫了一声。

潇潇不得不接到手上，又看了看局长。"算了吧。"

"为什么？"

"我们算什么……"

"算什么？算我们北大荒的一页历史。"局长仰到椅背上，感叹一声。"你们的经历，你们的命运，也是整个国家的一点历史。看到你们，我的心情很复杂……"他忽然转过身，抱起那叠飘着红丝带的杂志，"昨天，我翻了一夜。一夜没睡着。写得好啊！你们对北大荒有感情，把自己的生活，写得真实感人，很有才华。可惜，过去只把你们当劳力了……"他把手里的烟头，用力朝烟缸里一摁。"如果，再给我几百万知识青年，我会干得更有情绪，我们的农场，也一定能办得更现代化！"他站了起来，两条粗黑的眉毛，激动地颤抖着。

大家都感到意外。

"当然，你们都不会愿意再来了。"局长很快平静了，又挥了挥手。

是的，来过了，不会再来了……

潇潇忽然觉得有点心酸。

门开了，探进一个头，"局长，有个职工急着找你。你？……"

赵局长马上走了出去，又很快推门进来，自言自语，"七星农场来的，又为水库的事……"

七星农场？水库？潇潇不由地问道："哪个连的？"

"你是七星农场的？"赵局长很感兴趣地望着潇潇。"那是个好地方，有山有水，管好了，能肥得流油。"他重复了一句，"当然，得管好了。"

可是，一直没管好。老是闹山洪。淹了好几次……但潇潇没有说。也许，这已成为历史。不是有水库了吗？总算有了水库……

"你认识一个叫李俊堂的小伙子吗？"赵局长随口问一句。

他？……潇潇的心突然不跳了。她想点头，又想摇头。

"他原先是副连长，现在是七星农场的场长，很能干。最近……"

后面的话，她听不清了，脑袋里仿佛飞进了蜜蜂，一片"嗡嗡"的响声。

他当场长了？她不知道。她给他写过信，写过好几封。他一直没有回信。她不断劝自己："忘掉他！"

忘掉了吗？

渐渐的，她以为忘掉了。

但一听到他的名字，所有的记忆，像黑暗中猛然拉开的灯，倏地亮了，清晰得如同一幅印刷的画……

散会时，赵局长和大家一一握手，"你们都回老家看看吧。发现问题，可以直接找我。"

潇潇退到人群后。

赵局长还是走到了她跟前："你如果想回农场，我给李场长打声招呼。他这几天在局里，参加省委组织部的一个座谈会。"

"我……我自己找他……"

真的去找他？马上就见面？这是她最希望的，还是最害怕的？回来看看，看看留下的一切，也想看看他，看看儿子。她带着给儿子的生日礼物，一辆电动的小汽车。他快满五岁了。

儿子的生日！……

"叭，叭，"一阵鞭哨声，比枪响还尖脆、还紧迫。

三匹枣红马飞腾着。

他迎风站在车板上，摇着鞭子。敞开的衣襟，像两面"哗哗"的旗子，后背都汗湿了。

"再坚持一会儿，再坚持……"他焦急地望着她。

她把牙齿咬得"嗞嗞"响，手抓着车板，车板上有几道深深的指印。她尽量不哼出声音，不然，他会把马抽死的。但还是忍不住……

"叭——"鞭子撕裂般地长啸一声，哑了。

"他妈的！"他把鞭杆往膝盖上一磕，鞭杆折了。

“别……”她没有力气说话。

他扒下衣服，扯住衣袖，朝马背上死命地抽，“驾！驾！”

马蹄扬起团团尘雾，飞旋着。

没来得及进产房，医生便从车板上抱下了一个红润润的胖小子，“哇哇”的哭声，把整个医院惊动了。

她躺在一片汗水中。枣红马也汗淋淋地打着响鼻。

他用毛巾擦干她额角上的汗珠，又用自己的衣服擦干了马背。

“过来……”她抬起软软的手臂，抹去鞭子抽在他脸上绽出的血。枣红马低头舔着他仍在微微颤抖的脚。

“你等等。”他一转身跑了。

她静静地躺着。没有风，天空很蓝很蓝。

他回来了，捧着一束鲜艳的达紫香，红的、蓝的、紫的……

“田野里的达紫香都开了。”

她把脸埋进了没有芳香的花朵里。

“哇，哇”，还在哭……儿子！

以后每到这一天，他总准时寄给她一张儿子的照片，只是没有信。分手了，那样彻底。

她却记住了他的话，“田野里的达紫香都开了。”

三

“他住203房间。”服务员查着登记册。

潇潇走上二楼。

203房间。

她在门口站住了。轻轻地敲门。“笃笃”的响声犹犹豫豫的。

"请进。"一个男人的声音。

是他？！她的心"怦怦"地撞击胸膛。

门开了，一个陌生人。

她的眼光迅速地穿进不宽的门缝，"请问，七星农场的场长……"

"他走了。"

"不是还没散会？"

"他请假了，走得很急，为水库的事。"

又是水库？！……

"几点的火车？"

"十点半。"

已经九点半了。

她熟悉东北的小车站，候车室里总是弥漫着一股特殊的烟草混合着生蒜的味儿。绕墙的一条条长凳，永远满座。墙角落还挤着一大片人，坐的，躺的。

"302次车，还有十分钟检票。"喇叭响了。

潇潇的目光变得急切了。但从眼前闪过的，仍然是一张张陌生的脸。

忽然，她的眼睛一亮。

他仰天躺在靠近售票口的一条椅子上，手臂交抱着枕在头下，并拢的腿弯曲着，一顶单帽遮着脸。她不由地走了过去。不要惊动他。她只想看看他。他的眼睛还是那么犀利、有神吗？她喜欢揣猜他的眼光，那里好像藏了很多谜。但有时，她又害怕他的眼光。

他一侧身，帽子滑到了地上。

不，不是他。她猝然收住了脚步。

不过，真像他。也这样躺着，像座雕塑。扣在脸上的一顶又破又脏的旧皮帽，两片护耳耷拉着，像老鹰断了的翅膀。那是冬天，快过年了……

"他呢？"

"去车站拉化肥，一大早就套了车。"老刘头筛着饲料。"这孩子……"他粗粗地叹了口气。

潇潇有些懊丧。回家探亲，马上动身，她很想告诉他一声。他真的又回到了马号，因为又得罪了什么工作组。

半夜的车。天干冷干冷，地冻得结结实实。候车室的墙上也有一层薄薄的、白花花的霜。等夜车的旅客，全都拥挤在两只小火炉边，缩着脖，搓着手，还响着一片纷沓、似乎又有节奏的跺脚声。唯独售票口旁边的一条长椅上，朝天躺着一个人，脸上扣着破皮帽。胳膊肘露出烂棉絮的蓝大衣，腰里束了根鞭绳，鞭绳系着的鞭杆，乖乖地横卧在地。他睡得很熟，仿佛躺在暖烘烘的热炕上。

这个人真怪。潇潇好奇地用脚尖轻轻踢踢鞭杆，鞭杆牵动了束在他腰里的鞭绳，他"腾"地坐起，像个被线拽着的木偶。

"是你。"潇潇又惊又喜，"怎么躺在这儿？"

"困了。"他抓起帽子扣在头上。

"干吗不回去？"

"货没到，明天一早的车。天太冷，来回跑，马受不了。"

"马受不了，那人呢？"潇潇感动了。"冷吗？"

"还好。"他抱着膝盖，没有看她。

潇潇脱下了大衣扔给他，"你盖吧，我反正回家了。"

"冻惯了，光脚丫子在雪地里跑大的，冻不死。"他把大衣又扔还她。

"春节你回家吗？"他的家在另外一个连队。

他摇摇头。"我爸在党校学习。"

"过节也不回来？"

"家里没人。"

"你妈妈呢？"

"妈妈死了。就在春节里……那时，我爸和一群'走资派'被押在山里修路，他们不肯通知他……"他淡淡地说。

她想安慰他。"你一个人……"

他立刻打断她。"我有马。"他抓起鞭杆，在手里弯成一个弧度，一松手，鞭杆又坚韧地伸直了。

"可是，马不会说话。"

他轻轻一动嘴，眼光里飘过一丝苦笑。

他心境不好，她理解。

一阵尖利的哨子声，使快要冻僵的候车室融动了。人们急急忙忙、连呼带喊地挤到检票口。门开了，白蒙蒙的冷空气，呼呼地扑进来。

他拎起她的包，甩开了大步。

冰把车窗焊死了，玻璃上又贴了一层厚厚的霜，什么也看不见。潇潇放好包，又走到车门口。

"给你。"她还是把大衣扔给了他。"太冷，快走吧！"

他转身走了。

她真想叫住他。她希望他能等到车开……

潇潇不甘心地跟在不多的几个旅客身后，走进了车站。

车停稳了。停七分钟。她从车头跑到车尾，又从车尾跑向车头。每个窗口都张望了，没有他。

"也许他根本没来车站？只是为了避开我……"潇潇匆匆的脚步，突然疲软得拖不动了。她掉转了身。

难怪他，我伤了他的心。

可后来是他坚持要我走的。

他只是不能容忍对那块土地的轻视……

"潇潇，李副连长找你，在小学校。"

"马上去。"潇潇打针回来，还背着药箱。

小学校在食堂和家属房中间，原先是个土场院。把一排破晒麦棚，用泥巴围上墙，顶上絮点茅草，便间隔成四间小教室。土场院就是一块"蛮不错"的操场。

"在这儿呢。"小芳朝天指指。她是小学校唯一被正式任命的教师，念过一年师专，一到"北大荒"就毛遂自荐："我能当好教师。"这在连里风传过。

"叫我干什么？"潇潇问小芳。

"你问他。"

他蹲在房顶上，手托着下巴。

靠着房檐的小木梯快散架了。潇潇怯怯地踏上梯子。

"这就是我们的学校！"他用脚尖划拉着屋顶的草。屋顶真像一堆刚被老鹞子扒过的乱草窝。有几处，用石头压着油毛毡。

"没有像样的教室，也没有几个像样的教师。"他把石头"砰砰"地扔下去，油毛毡被风"扑扑"地吹动了。

说这些干什么？潇潇小心地踩着屋顶，好像稍一用力，整个屋顶会塌下去。

"连里讨论了，要添两个教师，你先来替着。"

"这还干不干啦？"潇潇拍拍身上的药箱。

"兼着干。"

"你兼着试试看。"潇潇别过脸去，像个一碰就爱动气的小姑娘。其实，可以兼着干。她只是不愿当老师。这里的孩子没见过火车，没见过楼房，笨得……她差点说出口。再说，大学马上要招收工农兵学员，她动心了……

他的目光变得焦灼了，同时凝聚着希望与失望。"干，还是不干？"他问她。

"我不干。"她轻声地说。

"你下去！"他背向她又蹲了下来。

她站着不动。她很少对人使性子，一向随和。今天怎么啦？她想解释。但他两腿一跃，猛地从房顶上跳了下去。

"你！"潇潇的脸刷地白了。

他"咚"地落地，像砸下一个沙袋。又甩了甩沾在手上的草屑，跨着大步走了。

小芳追了上去，拦住他，对他说了些什么。他俩远远地站在一棵大树下。

他好像微微笑了笑。

潇潇有点后悔了。她一步冲到梯子口，但身子轻飘飘的，像气塑娃娃，风一吹就要倒。

"我来扶你。"小芳飞快地跑来扶住梯子。"别怕，踩稳了。"

他却扭头走了。

潇潇倚着并不牢靠的小木梯。"你不想上大学？"她问小芳。

"看组织决定。"

"我是问，你自己想不想上学？"潇潇又问了一句。

"去不去都可以。"小芳从容不迫地回答，好像完全有力量把握自己。

潇潇相信小芳的话是真实的。小芳比潇潇小一岁，但看上去，小芳更稳重，说话、办事总是不慌不忙。

"你去找李副连长谈谈。"小芳劝潇潇。

"我不去。"潇潇把脚下的一块石子，踢得老远。

"你不知道，为代课的事，支委会都吵起来了。连长推荐了两个不能下地干活的病号，以为当教师清闲。李副连长坚决不同意，他提了你。可你……"小芳把潇潇拉进教室，"你再考虑考虑……"

教室很简陋。墙面的泥巴，粗粗糙糙，支着一根根草棍，房顶的破板皮，黑乎乎一片，像个窝棚。潇潇不敢想象，她将站在这里……

马号里没人，饲料间门前，两匹青灰色的小马驹，亲昵地互相舔着身子。井边的槽子旁，枣红马在低头饮水。

老刘头在房后的饲料地里遛马，是两匹瘦骨嶙峋的病马。潇潇打了个手势，老刘头会意地用吆喝声回答："他到林子里伐小杆去了，还没吃饭！"

潇潇朝林子走去。

春天的路最难走。地解冻了，雪化成了水，到处是泥塘、水洼。河边的小路上，一辆堆满小杨杆的板车缓缓而行。

潇潇翻过桥，沿河岸跑了过去。

车轮在泥泞中艰难地转着。有时，不得不退几步，才能往前滚两圈。他只穿一件薄薄的绒衣，躬着身，两手抓着车把，肩上背着的一根不粗不细的麻绳，深深地嵌进了他肩胛的肌肉里，像被捆绑了一样。长长的、伸出车板的小杆，一颠一颠，似浪里起伏的筏排。

潇潇站住了。

他弯着腰，看到了一双沾满泥浆、但还是露出了点绿色的水靴。车仍然吃力地滚着，从那双绿色斑驳的水靴边缓缓滚过。

"我能帮你吗？"她跟上一步。

"推一把。"他的声音很干涩。

到桥边，车停了。他坐在车把上喘气，她靠着桥栏擦汗。

"给谁拉的？"

"昨晚，把小学校的破房顶掀了。"

潇潇这才想到，小芳半夜灰尘仆仆地回宿舍，在门洞里又洗又刷，泡了一盆脏衣服，心里不禁有愧。"我不知道支委会……"

"知道不知道，都没什么意义。"他望着小河里凝然不动的水，语气冷冷的，仿佛也带着冰碴。"不要以为，我们乡下人天生比你们笨。不要以为，我们农场的孩子不可能上大学。"他站了起来，肩膀哆嗦了一下。汗湿的绒衣，风一吹，冷了。他慢慢地卷了一颗烟。"五四年，跟父亲来这里开荒，几家合住一个破马架，哪来学校？我们每天来回跑几十里路，到附近一个县城的小学借读。冬天，脸冻得起泡，女孩子们，天天哭着回家。可是，不念书行吗？'北大荒'并不荒，土地那么肥沃，资源那么丰富。要说荒，最贫乏的，还是我们的脑袋瓜。总不能老这样下去？！"他沉默了，这才用力地吸着烟，又大口大口地吐着烟。

她还能拒绝吗？

她第一次那样强烈地感觉到，他心里有一种很深很深的蕴藏量，像踏在脚下的这片黑油油的土地。

答应他吧，她想。但嘴上却说："我再考虑考虑，允许吗？"

"没有暴君。"他把才吸了半截的烟，突然扔到河里。

一路上，他再也没有吸烟。

车上了桥，轮子滚得轻松了。

第一次进教室，潇潇发现，他也坐在后面。

"怎么样？"下课，她问他。

"我没看错人。"他脸上没有表情。

"你为什么觉得我能当老师？"她早就想问。

"我的眼睛告诉我的。"

她不满足，不放松地追问。这像是一把探视他心灵的钥匙。如同有些姑娘，百听不厌地盘问："为什么爱我？"

他不肯回答，只说："这是心灵的感应。"

这比说什么都强。她满足了……

铃响了，火车马上要开。潇潇忍不住又回过了头。

刹那间，她像突然遭了电击，浑身麻木。他奇迹般地出现了，就靠坐在她正对着的那个车窗旁，侧着脸，面容有些疲倦。

她想朝他挥挥手，她想冲到车厢边，敲敲那扇玻璃窗，但她仍然呆呆地站着，呆呆地看着他。他明显地瘦了，目光若有所思，仿佛被无数疑难包围着。渐渐地，她的视线模糊了。

潇潇朝前挪了一步，又挪了一步。

他却很自然地把脸转向了车厢里。

他没看到我？他不愿见我？她已经举到胸前的手，垂落了下去。

火车开动了。

甩下一串疑问。

潇潇怏怏地走出车站，带着美好的回忆和沉重的心情。

四

说是和业余作者座谈，其实在作报告。

"电影中采用的蒙太奇，有时间蒙太奇、空间蒙太奇、情绪蒙太奇……"黄萌口若悬河，谈了一个半小时的蒙太奇，才结束第一个问题，还有第二，第三。他很会哗众取宠。

一道道专注、朴实的眼光，没有挑剔。他们大都是农场的职工子弟，没走出过这块土地。能见见外面来的人，听听外面发生的事，他们会兴奋很久，并使许多人羡慕。

我们不是也有过这样的目光？潇潇在想。一个封山的雪天，为了见一位来"北大荒"体验生活的作家，她和黄萌，步行了六七十里……同是人，却相去甚远，仿佛来自不同的世界。难道就因为有这种不同，我才离开这里？……

一踏上这块土地，她的心，便生出了许多细微的触角。纷杂的思绪，像走马灯，又在脑海中，无休止地旋转。

黄萌还在读他洋洋洒洒的讲稿，潇潇却毫无准备。给她的题目是："你的创作和你的生活道路。"从何谈起呢？她很少总结自己。两篇小说得奖，有过一些较高的评价，"作品的每一个字，都渗透了作者对那块土地的爱与眷恋……"

是这样吗？

她总想冷静地回顾那段生活，但总也静不下来。她不知道，那算不算生活给予的"冲动"和"灵感"？写《夏天，第一场雷雨》，她的心，一直沉浸在电闪雷鸣的暴雨中……

夏天。下着大雷雨的深夜。

雨点"噼噼啪啪"，仿佛砸在鼓面上。不知哪家的狗，东一声、西一声地叫个不停。

突然，一阵"当——当"的紧锣，把全连人惊醒了。

"快起来，山洪下来了，洪水……"打更的老胡头，挨屋敲打着玻璃窗，敲得比冲锋号还紧急。

食堂门口，很快集合了全连的人。没一个人打伞，都淋在雨中。

　　"南边山下的五个连队被淹了。"指导员嘶哑着嗓子大声地说。"场部紧急通知，要我们发动全部拖拉机，排洪抢险。各车马上行动，铁牛带个拖斗。党员跟我来。"

　　十几个人，从队伍里走了出来。

　　他从潇潇身边走过，和平常一样甩着大步。他那时还不算党员，刚填志愿书。

　　她第一次那样地羡慕他们。他们是党员。

　　"党员同志们，我们要有充分的思想准备。"指导员抬头看了看天。夜空的西南角，黑得更深了。"水势很大……报个数。"他矮矮的个子，站到了队伍的最前面。

　　潇潇的眼光不由地跟了过去。她从来没有怀着如此敬重的心情注视过这位身材矮小、又没文化的指导员。平时，她们常在宿舍里嘲笑他作报告时的语无伦次，还学着山东腔："日本的田中来了，角荣也来了，他们兄弟俩都来了……"但雷雨把这些都冲走了，只留下那样高大的形象——他站在一支由党员组成的排洪抢险队伍的最前列。

　　"一！二！三！……"

　　人群鸦雀无声，几百人的呼吸，似乎都停止了。

　　"一共十四个人。上车！"指导员用毛巾围住脖子。几百双眼睛，紧紧跟着他们的脚步，为他们送行。

　　"明天见！"队伍里有人轻松地说。

　　大家的心，却被一种不祥的预感和深深的担虑压迫着，更加沉重了。

　　"你别去了。"指导员把他挡在拖车旁，"连里总得留下一个干部……"

　　他一纵身跳上了车。

一条笔直的大道通向山里。四野宁谧，只有拖拉机齐声吼着，嘹亮又悲壮。

钢的链轨板碾动了，压过一个个水塘，溅起一片片泥浆。雨花扫射着驾驶楼的窗玻璃，刮水器不停地作弧线运动，划出一个个明亮的扇面。大家跟在拖拉机后，送出很远。

中午，食堂的饭只卖掉了一半。

深夜，全连所有的房子，都亮着灯，像一双双睁大的眼睛。

一点，两点……

"拖拉机！"隐隐地传来了马达声。

大家蜂拥着奔到路口。

大路上，车灯一闪一闪地移动。马达声沙哑了，仿佛在消耗着最后一滴油。

大家奔跑着围上去。驾驶员们却默默地坐在驾驶楼里。突然，四台车的油门一起扳动了，排气管冒出了一柱柱浓浓的黑烟，黑烟裹着一声声哀恸的长啸，比矿井里拉响的警报还揪心。

大家屏住了呼吸。

指导员从拖车上跳下。接着，一个，一个。"三、四、五……"大家都在心里数着，"八、九、十。"

十个！为什么只有十个？！

他们去了十四个！十四个！！

天太黑，看不清缺了谁。

"四……个……同……志……"仿佛在揭粘着伤口的胶布，指导员的声音疼得发颤。

他？他回来了吗？！潇潇不顾一切地往前挤。越挤越紧的人群，像堵钻不透的围墙。她真想问问四周的人，"看见李副连长了吗？他？……"

"小冬他爹！"

"他爹！"

"孩子他……"

一声声绝望的呼唤此起彼伏。潇潇把握紧的拳头，塞进嘴里，她忍不住了……

"四个青年：王强，吴欢欢，姜平，宋玉珍……"指导员的声音，轻得听不见了。

有人"哇"地哭了。

潇潇两腿一软，头像铅球，沉得要坠地。她立刻蹲下来，用手撑着额头，眼泪一颗一颗落在掌心里。

全连开会，两个记者跟来了。

"排洪抢险时，你们想到了些什么？"他们可能急于发回消息，"每个人都谈谈，一句两句都行。"

"我想，我还没结婚，死了无拖累，但也有点遗憾……"木工袁圆半真半假地说。

"我想到了我娘，她苦了一辈子带大我，可我……"打铁的大王是个孝子，为了守护瞎了眼的娘，一直没娶媳妇。

记者走到他面前，"你是副连长，你……"

"我什么也没想。"他靠着墙，很淡漠地说，"该活的时候，好好活；该死的时候，就去死。"

记者的采访本，翻开的一页仍然是空白的。

"一定要说点什么？"他见记者很为难，又提高了声音，"能不能提个问题？"

"可以，可以。"那位记者又满怀希望地旋开了笔帽。

"一次洪水，光我们连就死了四个青年，不知领导干部怎么想？用光荣榜代替花圈、挽联，这是解决问题的办法吗？报纸借此大做文章，宣扬'不怕死'的革命精神；今后能不能做做这样的文章，呼吁一下，该采取什么措施，不再让群众白白地去送命？！"他激动地挥着拳头，似乎砸穿了什么才解气、才痛快。

记者的采访本，空白的一页还是空白的。

会场肃静。

潇潇的目光没离开他。她希望他说下去，不停地说下去。这是大家的心里话。是真话。是没人敢说的真话。他说了，也许，还会被赶回马号。怕什么，人都死了，难道还顾虑失去点什么？

他身后的位子一直空着，她很想挤到那个位子上去……

两天了，她的心，好像也被洪水冲开了缺口。

去马号给他送药、打针，潇潇总是很兴奋。

"这是最后一针……你差不多好了……"她盖上了药箱。"我走了。"她心里却仍在想：最后一针……她的脚步迟疑了。

"你等等。"他的声调变了。

"还有事吗？"她没有回头。

他靠在被垛上，眼睛只是盯着两条并拢的腿。

"还有事吗？……"

"没事，你走吧！"他忽然烦躁地挥了挥手，侧转身，随手抓起枕头边的一本书。

她疑惑地走了，轻轻地带上门。但一出门，她的心奇怪地跳了，跳个不停。他？……她想过，但没敢想下去……

门又开了，她默默地倚着门框。

他转过脸，手里的书滑到了炕上。

排洪时，你真的什么也没想？你没想到，心里有话，还没对一个人说……她有勇气这样问他吗？

"你走吧，别耽误了给别人打针。"他的手用力地撑着炕面，仿佛竭力要把什么东西压下去。

"那天，你真的什么也没想？……她还是问了。"

"倒是愿意想点什么，但顾不上。大水朝你冲过来，你只能像一头被惹疯了的狮子，反扑过去。拼搏中，什么也不怕了，即使一命呜呼，也是痛快。赤条条，无牵无挂。而活着回来，反倒想得更多。"他自嘲地笑了笑。

"想什么？"她装作坦然，轻声问。她想听他说，又怕他真的说……

"什么都想。"

"能告诉我吗？"她的脸红了。

"可以。"他想了想，又说，"但不是今天。"

"什么时候？"马上。立刻。她不愿再拽住自己的心，不让它跳出来。

朦胧是美妙的。而难熬的，也莫过于朦胧了。

他犹豫了，突然冲出一句："我想……我想什么时候能修个水库，否则……"

潇潇的心，像只轻轻飏飏、飘飘悠悠的气球，"啪"地破灭了。她不由地应了一声，"是的……修个水库……"她站了起来。她想走。

"我还想……"他又接着说，"我还想问你，打算在这儿生活下去吗？"他全身放松了，好像终于卸掉了什么。

"没有认真地想过。"她又慢慢地坐下了，坦白地说。没能上学，她懊丧了很久。送小芳走，她哭了。是为分别难过，是为自己伤心，还是因为在党支部会上，他只推荐了小芳……

"你愿意想想吗？认真的……"

她有点惊慌失措了，但又莫明其妙地点了点头……

应该说，能够和所爱的人生活在一起，那是最幸福的。

她认真地想了。她爱他，爱得那么好。

"你在这儿，我就留下，和你一起修水库……"她写在一张小纸条上。

他郑重地把小纸条折叠起来，放进总带在身边的那只镀金的烟盒里。

但她还是走了。没有人顾得上修水库，一个运动接一个运动……

离开了他，离开了那块土地，她把所有的怀念，所有的感触，所有的内疚，所有的思索，凝聚在笔尖。她写了很多。每发表一篇，她就把刊物卷好包好，工工整整地写上他的地址……但犹豫之后，那些精心包装的印刷品，仍一卷卷地堆在书架上，越堆越多。

直到临上飞机前，她才把它们全都塞进了旅行袋……

黄萌结束了他的长篇大论，潇潇躲不过了。她顺着思绪，谈了得奖小说《夏天，第一场雷雨》。那沉闷的雷声，常在她的心里滚动，还有他的那句话，"我想……我想什么时候能修个水库……"她把他的话，写在了小说的结尾。

"有些事，常常激动着你，不写出来，像欠了什么，总感到不安。"这确是她的体会。她不愿辜负自己的感情，也不愿辜负生活。"把生活感动你的，写出来去感动别人好好地生活。"

"你觉得，文学创作应该看重什么？"一个中学生模样的小姑娘站起来提问。她坐在第一排。

"我看重自己的感觉。"对这个大胆提问的小姑娘，潇潇马上有种好感。

"她是你的崇拜者。你的小说，每一篇她都读好几遍。"那位干事低声对潇潇说。

潇潇有点感动，又带点歉意地笑了笑。所谓的"名气""荣誉""崇拜"，曾经打动过她，但很快，她把它们看淡了。这一切，都不过是虚幻的东西。有了就有了，过去了也就过去了，不必在乎。她很清醒。过去能写点东西，因为心里还存有激情。随着时间的流逝，有些感情被带走了。她开始感到心里空了，像一棵快枯竭的树，吐不出一片绿叶，能叫人耳目一新或为之一振。

令人留恋的，还是那些曾把心都燃烧起来的激情。

"……再考虑考虑，这是关键时刻……"拿到飞机票，凌志还要带她去文研所张主任家。

"你怎么认识那么多人？"

"只要想认识，就能认识。"他的确神通，又周旋自如。

"你挺会交际的……"她不知如何评价他好。

"我也不是生来就喜欢交际。"他苦笑着说，"有什么办法？从农村抽调进工厂，在工厂争取上学，大学毕业操心分配，到了工作单位又必须打开局面。一步一步，不靠自己靠谁？什么是机遇？就是能保证你的一切努力都不白费的关系。"

他们是在看画展时认识的，谈起毕加索、梵高、雷阿诺，谈起西方当代的文学思潮，凌志滔滔不绝。可是，一踏进文研所张主任家，他又能把现代派批得体无完肤：

"西方高度的物质文明，把人、把人的精神淹没了，而那些艺术流派的产生，就是建筑在那种基础之上的……"

她很惊讶。

"你到底是什么观点？"她严肃地问过他。有时，他的面目很清晰；有时，又罩在云里雾中。

"太偏激，太纯粹，反而脆弱，不堪一击。要在生活中站住脚，现在，就得靠牢那些手中操实权的。"他端出自己，毫无保留。

她不由地把几乎擦着他的手臂缩了回来，似乎有股很强的排斥力，立刻将她推出了几步。她承认，在现实中，他是有力量的。但作为朋友，或更亲近一些，她喜欢一颗不失真纯的心。

"生活是杂色，不可能干干净净地扬弃旧的，或完完全全地接受新的。我们本来就在现代与传统之间互补……"

"我还有点事……"她不想再听下去，穿过马路走了。

每次谈话，都不是很愉快的。有时，她真想找一片宁静的沙滩，舒舒坦坦地躺一会儿，清清爽爽地想一想。而不再听到那没有间断的汽车喇叭声……

一散会，他们每个人都被十几个业余作者热情地围住了。

"快吃饭去，食堂该有意见了。"那位干事轰散了一个个"包围圈"。

出门时，潇潇无意地回过头，看到那个提问的小姑娘，在收拾桌椅，动作麻利又灵快。

"走吧，吃饭了。"那位干事夺了小姑娘手里的笤帚，一边对潇潇说，"这些孩子，就是书念得少，人都不错，热情、好学。为了赶来听你们谈谈，有的得走一天的山路，才能搭上车。他们想学点东西，真不容易。"

"下午，我再接着讲一些。"潇潇忽然感到有种责任，应该把自己优先看到、听到、学到的一切告诉。他们会把"北大荒"好好写一写的。这是一块有特色的土地。这里有许多用毕生精力建设着这块土地的人。

他！

五

"潇姐，去江边走走。"吃了晚饭，那个小姑娘找来了。

"走吧！"潇潇答应了，她也想去散散步。

小姑娘亲热地挽着潇潇的胳膊。

松花江很美，温柔，清澈，静静地流过高山，流过田野，流过森林，流过一个个新兴的城市，带着不竭的生命，却仍然是静悄悄的。

潇潇喜欢这条江。在美丽、寂静的江边，她曾度过了一生中最幸福的三天三夜，和他在一起……

三天婚假，没有酒席，没有新房，没有道喜庆贺的客人，就他们俩。在江边，在草丛中，摘几叉树枝，遮下一片绿荫。轻松地躺着，什么也不想，只是听着"叮咚"的水声。有时，他们向江的下游走去，一直走到没有船、也没有人的地方，那里开满了达紫香，红的、黄的、紫的……

她一路摘着花，一路哼着歌："在那遥远的地方，流过一条美丽的江……"

他也唱了起来，声音粗犷、浑厚："北大荒呀，真荒凉，又有兔子，又有狼……就是缺少大姑娘。"

"没羞。"

"真的，那时候真希罕你们。"在破马架子里，他听着这首歌长大。

"现在呢？"

"现在么，要让大姑娘来希罕这块土地。"

"谁希罕！"她用刚采的一束达紫香甩他。

"当然有人希罕。小芳上了大学，坚决要求回来！"江上吹来的风，拨弄着他敞开的上衣，他挺了挺宽厚、结实的胸膛，"北大荒还是有魅力的。"

她突然不说话了，一个人朝前走去，手里垂着那束达紫香。

江堤边一盏橘红色的灯，羞怯地亮了。

"你是哪个农场的？"潇潇拉回了思绪。

"七星农场。"

"我也是七星农场的。"

"真的？！"小姑娘惊喜地扬起眉，"可惜，你们在的时候，我还在念小学。我们连最远，在山里，很少有人进去，我们也很少出来。后来，去了一批知识青年，连里像突然开了大百货店，热闹多了。"

她们互相感到更亲近了。

"在连队干什么？"

"当老师。"

当老师？！潇潇不能想象，这个还有一脸稚气的小姑娘，背着手，严肃、庄重地在几排课桌间踱来踱去。

"你觉得我不像吧？"小姑娘很聪明。"有什么办法？你们一走，各连的小学校都没老师了，我一毕业就分到学校。上第一堂课，两条腿直哆嗦，说话结结巴巴，嗓子叫哑了，学生们还嚷嚷没听懂。我急得哭了。哭也没用，第二天还得去上课……"她像个孩子，有点委屈地撇了撇嘴。

潇潇抽出胳膊，把小姑娘瘦削的肩膀紧紧地搂住了。这么小的年纪，这么小的个儿，已经挑重担了。压得疼吗？她轻轻地抚摸着，心里有点愧疚。……

"到我们连去玩吧，看看我们的学校——有名的'帐篷小学'——帐篷是绿色的，架在山腰里，山也是绿色的。"小姑娘的话，有诗情有画意。"现在，盖了一栋小房，我们把门窗也漆成绿色的。"

潇潇听说过，那是个新建连，最初只有几顶帐篷。

"我们的帐篷小学，是小芳老师一手办起来的。"

"小芳？她……"小芳毕业回农场，潇潇还没走。潇潇的眼前，闪过一张圆圆的脸，眼睛不大，鼻子扁扁的，长得很一般。和各有姿色的姑娘们站在一起，大概没人会注意她。但她不同寻常、执着的生活态度，会使许多人深深地记住她。还记得那天，场部准备了欢迎大会，扎了红花，镶了奖框，但临到开会，小芳找不到了……潇潇一向佩服小芳的独来独往，她做不到。

"你也认识小芳老师？"小姑娘有点抱屈地说，"前几年，有人说她走'社来社去'的道路，是极'左'的典型，也让她写检查……可我觉得，她是真心诚意的。"

"她一直在教书？"

"刚回来那会儿，局里任命她为场党委副书记，她不干，坚决要求下连当教师，还挑了我们这个最穷最远的连队。我们十六个学生，分六个年级，她一个人教。我就是她教出来的。年初，李场长提名小芳老师任场部中学教导主任，大家可拥护了。"

"你们场长怎么样？"潇潇不禁问道。

"你指哪方面？"

哪方面她都想知道。

"你和他一个连的？"小姑娘忽然扫过来的眼光里，含着猜疑。显然，她知道他的一切……

"不……随便问问……"潇潇避开了小姑娘盯视的目光。

"我写过一篇关于我们场长的小说。"

"发表了吗？"

"没寄出去。自己都不满意，写得不真实。他也有弱点……"

她比我成熟。潇潇想。在她这个年纪，我只是用理想看待生活。……

收完麦子，全连放假三天。

"走吧，去江边。"潇潇从箱子里翻出一件鲜红的游泳衣。她把它带来了，却只能压在箱子里。她早就想再去看看松花江，浸到清凉江水里……但是，从春播忙到麦收，每天回到家，累极了，倒在炕上，没等想象出江水是什么颜色的，她就听到了他的鼾声。"该放松放松了。"

他坐在门槛上埋头修水桶，没有反应。

"听见吗？"她把游泳衣搭在他背上，两根带子飘到他胸前。"甭干了，玩玩去。"

"别这样。"他把游泳衣的带子甩到脑后。

"怎么，怕他们也说你'小资情调'？"潇潇最反感这项专门安在她头上的不大不小的"帽子"。但每次"斗私批修"，总有人去端出它来。

"当然不是。"

"那去不去？"

"怎么去？一大堆活，院子要重新架，自留地该收拾了，厕所等着清理……明天我还要去荒甸勘测，机车马上去开荒。"他把水桶敲得"砰砰"响。

"你不能好好说？"她一甩手，游泳衣飞到了被垛上。

他没有哄她。不知从什么时候起，他不再哄她了。

潇潇抱着一捆柳条，悻悻地去架院子。小院毕竟是小院。茄子、黄瓜、西红柿，再多再好，也代替不了她对读小说、看电影、游山玩水的兴趣爱好。中学里，她像只快活的小鸟，到处飞来飞去。夏天，在昆明湖划船；秋天，登香山看红叶；冬天，去北海赏雪。虽然她曾下过决心：应该忘掉从前的那个"她"，"脱胎换骨"地改造。但"决心"，似乎并不牢靠。好不容易盼到了三天休假，她又想着变作一只大雁，能飞出小院，飞到远远的地方，去看点新鲜的东西。可他……

天一黑，他们就躺在了炕上。没有电影，也没有电视。

"我给你唱个歌。"中午，美美地吃了两张他烙的鸡蛋葱花饼，她的气便消了。她把手撑在枕头上，哼起了过去爱唱的那些歌：

> 让我们荡起双桨，小船儿推开波浪……
> 太阳下山了，那安静的钟声当当地响……
> 姑娘我生来爱唱歌，一唱就是几大箩……

一支接一支。她想起了在少年宫红领巾合唱队里的练唱；想起了音乐课上，伴着那架旧风琴的独唱；还想起了夏令营的路上，飘舞的队旗牵引着一条浩浩荡荡的歌声的河流……

"好听吗？"她问他。她被自己的歌声陶醉了。好久没这么唱了。

"好听吗？"她又转过脸问他。

他睡着了，早就睡着了。睡得很香。

她忽然觉得很伤心。她并不需要他的夸奖，只希望他能静静地听完她心里想唱的那些歌。当然，他很累，一下午就把所有的活都干了……

他斜倚在枕头上，均匀地呼吸着。她看了他很久，从来没有那样仔细地看过他。过去她觉得，在她的小土屋之外，是寂寞的，只有"一不怕苦、二不怕死""下定决心，不怕牺牲……"的口号，其他，什么都不允许。有了小土屋，她有了另外一种生活。但此刻，他躺在她的身边，她却也感到了一种说不出的寂寞。她所需要的，不仅仅是拌嘴后能哄你两句啊！……

一个人在成长中，最痛苦的经验，大概就是发现任何人都不是完美无缺的，尤其是你所爱的人。而且，任何一种生活，都不会是你想象中的那般美满、幸福。

在长长的石堤上走着。有一座石雕的少女像矗立在塔边，她踮脚仿佛跑来向你欢呼，眼睛眯着，一条轻柔的纱巾在她高举的手中飘动。皮肤细腻白滑，使人感到有无数活生生的细胞在雀跃，还有心和血液。

曾经，她也这样跑向生活。但生活是严峻的……

"你还没睡？"他拉开了灯。

"没有，刚醒。"她侧过身，背朝他。连着几夜失眠，每一分钟，都在熬着。天天有人来告别。都走了！……

当初，举着红旗闯到这里，"扎根一辈子"的誓言，响当当地激动了一批人。但是，有谁想过，"一辈子"究竟意味着什么？松花江边，幸福的三天，她只是沉浸在江的美妙与神秘中。现在，一切神秘都打破了，生活的全部内容，就在这间"拉合辫"的小屋里，还有一块菜院子，夏天要吃，春天就要种。

如果离开这里，生活会是另外一种面貌——视野，事业，天地，前途……

同样是"一辈子"呀！

"吃吧！"早晨，他给她煎了三个鸡蛋。她明显地消瘦。

她勉强咬了一口，真想吐。她把碗推开。"我不饿，你吃吧！"

他看她一眼，手里的筷子，把三个鸡蛋贴在碗边上。"何必自寻烦恼。"

"烦恼"不是她自己找来的。

"睡吧!"晚上,他给她铺好了被。

她呆呆地坐在窗前,脸上没有表情。她变得不爱说话了。

"你给我唱个歌吧!那次……"他恳切地拉拉她。

"嗓子疼。"她默默地走了出去,靠着小院的门,怔怔地望着冷冷的月牙。

他烦躁地在屋里走来走去。窗的玻璃上,来来回回晃着他的身影。

她看到了。她命令自己回屋。

"睡吧,你的眼睛都熬红了。"他扳着她的肩膀。

"灯光照的。"

"你三天才喝了两碗粥……"

"胃口不好,课程有点紧,快期中考试了。"

"不。昨天下午,你一个人在教室里哭了。"

"没有。别听人家瞎说。"

"我自己看到的。"他焦虑又满含期望地看着她,"你不会?……"她害怕他的眼光。"我要睡了。"她迅速地钻进被窝。

他也躺下了。

沉默了很久。

"说实话吧!"他突然用胳膊撑起身子,俯视着她。一切,他都感觉到了。但他多么希望,那只是他的错觉。他不愿意掀动还能维持住这间小屋的杠杆。虽然,支点移动了。

她闭上眼睛,两颗泪珠,在睫毛间游动,嘴咬住了被头。"我要走。""我想走。""我该不该走?""你同意不同意我走?"用哪句更好些?哪一句都说不清她的心情。不知不觉,九年了,做了些什么?水库无影无踪,小学校仍然那样简陋。大田里忙种忙收、流血流汗,年年还是亏损。她痛惜短暂的青春毫无放彩、毫无作为地耗尽了。一生那么匆促。还能做些什么?她害怕回答自己的问题。

只有一个愿望：想改变一下。如果抓紧，也许还来得及。真难哪，多简单的一句话，她却迟迟说不出口。

"你说呀！"他心里热辣辣的，仿佛烧着了。结婚时，有人劝过他："就怕靠不住啊！"他从来自信，相信自己的力量，能使一切犹豫变得坚定。但这一次，他失败了。

潇潇坐了起来。说吧，总得说。走，不走，都有痛苦。她想，他应该谅解她。

"我到连里要了困退申请表……"她想看着他说，像平时商量家务一样。但她还是低下了头。

"为什么不和我商量？"

"我想，你会同意的。"

"我不同意！"他大吼一声。

她的心抖了。

"你不是说过，永远留下？"……他的眼光里有责问，有挽留，有痛苦，还有一丝希望。

"可是……我和你毕竟不一样。我……别人都走了！……"不，这不是主要的。心里想了很多，她说不清。她只是攀着他的胳膊。

"够了。"他甩开她。"为什么不早点说清楚，我们俩是不一样的！不一样！！"什么样的不平等，都能忍受，就是不能接受人格的不平等。尤其出自她的眼睛和心灵。

"你……没想到你……"潇潇也失去了控制，她咬了咬嘴唇，从齿缝里挤出一句，"你，自私！"她第一次用这样陌生的眼光瞪着他，两只手却更紧地抓住了他的胳膊，仿佛掉在河里，挣扎时，突然抓到了一根浮在水面的木头。

"自私？"他猛地一挥胳膊，捏得"咯咯"响的拳头朝上一扬，"你走吧！你滚吧！"拳头正好打中她的鼻梁。

她一下子栽倒了，眼前迸出了几颗焊花似的火星。她捂着鼻子的手指间，血一滴一滴淌了下来。

他的拳头松开了，马上去扶她。

她狠狠地推开了他。她想哭，想放声大哭。但她死死地咬紧了牙齿。

孩子"哇"地哭了。

他跳下炕，推开了门。

她抱起孩子，把头埋在小被子里，眼泪涌了出来。

深夜的山风，卷着飘落在门口的枯叶，簌簌簌地飞旋着。

她默默地坐在很快又睡熟的孩子身边。

他一颗接一颗地抽烟。"擦"，"擦"，火柴划着了就灭……

第二天上完课，一回到家，她就倒在炕上。

他端了盆热水进来，在她身边坐了一会儿。

她还想推开他，但一动也没动。

他拧干了滚烫的毛巾，轻轻地捂住她又青又肿的鼻梁。

她不愿睁开眼睛看他。

"还疼吗？"他抚摸着她的头发。

眼泪从她的眼角淌了下来。爱，是人世间最纯洁的和解。

他从口袋里摸出一张申请表。"填吧，连里最近又要往场部报一批。"

她没有接。

他拔出了钢笔，"我帮你填吧！"

"不，"她扑在他的肩上"呜呜"地哭了，"我，我……"她一直没把心里的话说明白。她是一条可以游向大海的小金鱼。她向往大海！他理解吗？

"不要说了。"他阻止了她。

"那孩子？……"又是一个难以启齿的话题。她要带走孩子。她是母亲。孩子一天天长大，会笑了，会抓东西了，会翻身了，会坐了，会说话了……像一本印在她心里的连环画，那么生动，那么有趣，那么有吸引力，又那么牵心。

"孩子留在我这儿。这一次，只能办走你自己的户口。有规定。"

"不。"她用两只手，一起盖上了那张表。

他拨开她的手，"我能把孩子带好。"

她把那张表揪在手里。她的手颤抖了。

"给我。"

"我再考虑考虑。"

没有比这种考虑更痛苦的了。

考虑了几天？她记不得了。今天的决心，明天就推翻，后天还会有新的决心吗？

有一天，指导员把那张皱皱巴巴的表格交给她。"批下来了，准备准备，动身吧！"这一两年，他已无数次地重复这句话。

表格上，有几个红红的印戳，决定了她的命运。

他填的表。

要走了，她很想听他说点什么。

他只是默默地替她钉上了包装箱，放进了晒干的木耳、蘑菇、猴头、榛子……一切都收拾好了，他才对她说："我要去农大的短训班学习，不能送你了。"

"什么时候报到？"真的要分别了。她突然觉得，仿佛才刚搬进这温暖的小土屋，生活还没开始……

"我明天就走。"

"能不能推迟两天？"

他摇摇头。他明明可以不去短训班，或者参加下一期。但他坚持要走……

他不让她送。一大早，他挎上小书包，跳进了正在发动的铁牛的车头里。

她推开了还糊着的窗。初春的风，依然刺骨。窗上仍有一层薄薄的霜。她看得见那辆停在大道上的铁牛，但看不见他。车窗也被霜花蒙住了。

忽然，车窗的玻璃亮出了拳头大的一块，渐渐地显出了他的脸，他的眼睛。但嘴里呼出的热气，很快使那透亮的一小块模糊了。他又用手掌擦着，擦着，又映出了他的脸，他的眼睛。

他发现小屋的窗推开了吗？还有站在窗后的她？！……

天完全黑了。街上的车越开越快，一辆一辆，仿佛在水面飞掠而过的汽艇。而江面没有汽艇，也没有船，只有一层一层的细波，在轻轻跃动。

波浪的跃动是盲目的，最终一无所得……

潇潇惘然若失地望着缓缓流动的江水。离开了，她拼命努力，渐渐地，有了事业，有了名气，有了新的天地……什么都有了，便没有了忧喜，没有了悲欢，没有人需要她操心，没有人需要她爱抚，也没有人需要她付出。有时，她反而觉得，她什么也没有了。唯一留下的，是几本登载她作品的刊物。

作品、刊物又是否真的留得下？

"你好像不爱笑。"小姑娘很敏感。

潇潇不置可否地笑了笑。

"你有心事。"小姑娘看着她，"我会看手相，把手给我。"

潇潇半信半疑地伸出了手。

小姑娘把潇潇手掌上的每条纹路，都看得很仔细，似乎真的显示出了什么。

"从手相上看，你这个人，内心很痛苦，寿命不长。你有辉煌的事业，但生活并不幸福。你很聪明，但太聪明了，时时有许多苦恼……"小姑娘的语气、判断，俨然是个富有阅历的成年人。

"我会发财吗？"潇潇故意玩笑似的问道。她的心口一阵阵发紧。这一切，真是手相上显示的吗？"告诉我，怎么看？"她把手掌展得更平。

"不告诉你，这是祖传的秘密。"小姑娘很调皮。

"我不信。"潇潇收拢了手，"都是你的感觉。你也很聪明。"

"你不信？"小姑娘激动起来，"我一边看，一边还在想，有辉煌的事业，为什么还痛苦？我要是写了东西就能发表，我要高兴死了。"

小姑娘到底是小姑娘。

"等你发表了作品，你会知道，高兴的，不是发表。"

"是什么？"小姑娘伏在江堤的栏杆上，忽然又问道："潇姐，你喜欢这条江吗？"

"喜欢。"

"为什么？"

"滔滔的江水能洗净一切，如同大地会埋葬一切。无论谁，在它面前，都是渺小的、平等的，而荣华富贵、一时煊赫，不过像烟尘草芥。可贵的，只有胸脯后跳动的一颗心。"潇潇确实感到心情好多了，似乎真的被江水洗净了。

"你说得真好。"

"不是我说的。"

"谁？"

"你们场长。"潇潇脱口而出。是他说的，在江边……

"喔，你们……"小姑娘好像发现了什么，目不转睛地望着潇潇。

"我们……很熟。"潇潇含糊了一句。

小姑娘懂事地收回了自己的眼光，忽然有些忧郁，"他这个场长不好当。"

"怎么啦？"

"他一上任，就整顿领导班子，上到机关，下到连队，换下了不少占着茅坑不拉屎的人。后来又抓水库，把水库工地原先那个被上海知青叫作'磨洋工'的临时党委撤了，这就得罪了一批得罪不起的人。想干点什么，都很难。最近，他蹲在水库工地，亲自指挥。雨季马上到了，水库不抢修出来，一旦有山洪，我们几个靠山的连队，又要吃苦头了。我天天在听气象预报，很可能有暴雨。可是，要抢修水库，也不那么容易……"

水库。水库。又是水库！

这是他多少年来的愿望啊。可是，会有多少困难与阻力呢？一种不很清晰的预感，使她有些不安了。

而且，可能有暴雨！……

是可能。不是肯定。但愿没有。

潇潇加快了脚步，心烦乱地跳着。"坐夜车回农场。招待会、宴会，都不参加了！"她决定了。

"我很喜欢听你讲点什么。"小姑娘余兴未息。

潇潇没有了兴致。

"走吧，我们快点走。"她好像在催促自己。

街上的行人渐渐少了。

一辆汽车开来，一片灯光从她们身上扫过……

下　篇

六

她搭上了一辆马车。

三匹棕色大马，像三个亲兄弟，高昂着长长的颈脖，脚步整齐地奔跑着，有节奏的马蹄声，轻松又欢快。潇潇喜欢坐马车，不紧不慢地一颠一晃，听抱着鞭杆的车老板哼哼小调，和包着方头巾的大娘、大婶唠点闲话，或者，猜猜头上变幻的云彩：像头梅花鹿？不，像只傻狍子……一种美滋滋的享受。

真的回来了！

还是那样蓝的天，还是那样黑的地。吐着白色穗缨的玉米，盖满垄沟的大豆，田间泥泞的小路，赶着羊群的牧童，还有满身草屑、赤裸着脚在田野里奔跑的小女孩，和远远近近轰鸣着的一台台鲜红的拖拉机。一切都是熟悉的，没有变化。

她坐在马的右侧，车老板是个精干的小老头。

"打哪来？"

"北京。"

"走亲戚？"

"嗯……"她很难回答。

"喔，出差办货！"小老头黑棕色的脸，自得地一笑，露出一口特别白的牙齿，很像他的马。

"今年收成好吗？"

"麦子旱了，大豆长得不错，每垧能打两吨。收好了，利七、八十万不成问题。"他心里有一本账。

"水库快修好了吧？"潇潇不由地问。

"喔……水库……"小老头吞吞吐吐，警觉地朝后望了望。

车后还坐着一个人，穿着深灰色的卡上衣，脸色和那两根被烟熏透的手指头一样，焦黄焦黄的，怀里紧紧地抱着一只人造革的小黑包。

"大主任，怎么没叫车来接你？"

"哪来的车？都在工地。就差没把猪和狗一块儿轰去。"那人叼住烟头，狠狠地擦着了火柴。

"这水库……你们干了两年，没流出点儿水，光在那儿流钱了……"小老头眼光机智地瞥了瞥那只被抱在怀里的小黑包，又转口问道"去总局了？"

那人装作没听见，却突然转过脸笑着问潇潇："你来办什么货？"

董主任！她猛地认出了。"批林批孔"在连队搞试点，董主任是工作组组长，大家在背后叫他"笑面佛"。他见了谁，都是笑眯眯的，只要你求他，他满口答应："这事好办。这事好办。"说过，就算办过。但是，谁要惹了他，那就真的"好办"了，而且，事不隔夜。所以，老职工都提防着他，不求他也不惹他。李俊堂就是顶了他，才被赶回马号的。看来，明争暗斗一直未中断……

"我……到场部。"潇潇有点紧张。他还记得我吗？

"到场部找谁？"

"找……场长。"她无法从容地撒谎。

董主任的眼睛里，顿时没有了笑容。

"你打北京来，办回去的那些青年都好吗？"小老头急忙插了一句，他的鞭杆好像不当心地碰了碰潇潇。

"好！……好……"

"说实话，这些青年也都不容易。初来乍到，瞅他们一个个细皮嫩肉的，我心里直嘀咕：能吃得了这份苦吗？看他们。跪在地里割豆子，撅着屁股铲地。渴了，喝泡子里的水，困了，抱着锄头打盹；冻了，围着火堆跳来跳去；饿了，一啃三个窝窝头，也真叫人心疼。送他们走，心里挺不是滋味，总是冷清多了。早先，连部门口，有黑板报，我不认字，但也喜欢看个花花绿绿的。逢年过节，唱歌跳舞演节目，够欢腾的。我家那个小丫头，就爱往大宿舍跑，就相中上海的东西，一会儿要捎件的确良褂子，一会儿又要买双搭袢的牛皮鞋。现在，可就少了那份儿热乎气儿。"小老头越说越劲。

董主任的眼光，从潇潇身上移开了。

潇潇松了口气。"回到城里，他们也挺想念这儿……"

"人心都是肉长的，相处过了，谁还没点感情？甭说这地方穷，有人骂骂咧咧的：'这鬼地方'！嘿，就这'鬼地方'培养了不少人才呢。听说，哪儿都有我们农场走的人。"

潇潇真想把这些话记下来，那么朴实，那么亲切，那么自豪又那么中肯。

一辆卡车，从后面开来，董主任一摆手，立刻一个急刹车。驾驶员摇下车窗，"主任，进来坐。"

驾驶室里钻出一个弯了背的老头，他吃力地爬上后面的车厢，缩了缩脖，把衣领朝上翻了翻。董主任却心安理得地坐进了驾驶室。驾驶员朝小老头挤挤眼，又摘下帽子挥了挥，便一溜烟地开走了。

"去你妈的，马屁精！"小老头抖抖鞭子，似乎要追打那辆卡车。

潇潇哈哈地笑了，她觉得心里痛快了。

"他还在政治部当主任？"

"现在没政治部了，跑到工地，张张罗罗地搞了个临时党委，他自己当书记。这个'书记'，除了正经活儿不干，什么都干。今年，李场长上马抓水库，把个工地兜底整顿了一番。这不，上总局告状去了。"

"李场长知道吗？"潇潇不禁忧虑起来。

"我想，他料得到。"小老头抱着鞭杆，叹了口气，"这些人，不好碰喔，像林子里那些老树，有年头了，根子很深。"

如果不去碰他们呢？生活中，不是还有另一种态度？"我们还年轻，没有实力，要懂得保护自己，要利用一切关系发展自己。为此，干点违心的事，又怎么样？把眼光放到将来……"

这样截然不同的两个！

她又想起了那场萧瑟的秋雨，那条冰冷的长椅……就在那个时候，她爱上了他——一颗不屈不挠的心。

不屈不挠。他还是那样。

她呢？……她很想打听得再仔细一点，分别后的四年，尤其是当场长的这一年？……

"姜是老的辣，可牛犊，还是初生的厉害。"小老头的口气乐观了。"咱这位场长，就是偏偏爱吃辣的。上任召开第一次党委扩大会，他谈了对农场改革的几点想法。那个董主任，满不在乎，故意和坐在旁边的生产科科长，嘀嘀咕咕说个不停。李场长一讲完，当众发问：'董主任，听明白了吗？''明白。太明白了。'董主任应付一句。'那好，你给大家重复一遍，我一共讲了几个问题。'李场长来了个下马威。董主任哼啊哈的，结结巴巴，脸色都变了。"

她能想象。这就是他！

"你从局里来？"小老头这才审视了潇潇。

"是的。"

"李场长也刚从局里回来。我去车站拉货，顺便接的他。你要找他，得去工地。"

"……那他的儿子呢？"她终于可以问一问几年来一直想知而不得知的问题。

"孩子他自己带。"小老头说，"本来可以全托在幼儿园，但他只要在场部，不管忙到多晚，也要把孩子接回来自己照料。下连出工作组，他就把孩子带在身边。那孩子也老实，走到哪，都不添麻烦。跟着下地，困了，就钻在拖拉机里睡；饿了，就自己问炊事员要包子吃。全场的连队，他都跑遍了。父子俩可亲呐。你问孩子，'你妈呢？'他就说，'我是我爸生的。'……"小老头有点心酸地笑笑，"他妈是北京青年，前几年走了。"他没有责备的口气。

"孩子知道他妈？……"潇潇哆嗦了。

"那孩子知道深浅，从来不在他面前提一句妈妈。"

"如果我想见见孩子？……"

小老头眼光疑惑地看了看她。

"我，我和孩子他妈，一个单位的。"

"哦……"小老头若有所思地朝马背上抽了两鞭。"也怪不得她。当时，一股脑儿都走了。"他挥起鞭子，"吁吁"两声，马听话地收慢了脚步。"快到了。"他指指前方。

缓缓的小山坡上，一片浓密的绿荫，衬着无边的蓝天，又闪出点点红瓦，宛如大海上一个神奇又美丽的小岛。

她深深地吸了一口气，想压住激烈的心跳。

密密的林荫，像绿色的屏风，连接了两趟垂直排列的红砖色平房，围成了一个四方的小院。小院很安静，没人走动。

"潇潇！"

机关食堂的管理员老叶拉着一车菜走过。潇潇忙过去推了一把。

"什么时候来的？"

"刚到。"

"你先忙你的，一会儿来吃饭。"老叶见了谁都是这样一句话。

　　潇潇以前常来场部吃饭。她的同学小鲍调来保卫科当干事，连队一放假，他们就聚在小鲍的办公室里，把办公桌拼成了饭桌。一只只蓝边的粗瓷碗里，堆着"拉丝土豆""鸡扒豆腐""醋熘白菜"，还有一大锅清澈见底的"甩袖汤"。打开两瓶"北大荒"，倒在茶缸里轮着喝，还得大口大口地喝。像一伙"绿林好汉"。

　　真痛快！豪放、粗野、真挚、友爱。回到北京，潇潇很想找来这群伙伴，再用粗瓷碗吃，再用大茶缸喝。但谁也没有了那时的海量。

　　没有了从一扇扇玻璃窗里冲撞出来的笑闹声，场部的小院，静得没有了生气。

　　总机房搬到了俱乐部的小楼上，这是全场唯一的一座楼。原先，这里是个小图书室。每次来场部，潇潇总要来这里，尽管并没有几本好书。

　　踏上小楼的木板梯子，潇潇迟疑地站住了，她仿佛又听到了那"咚，咚，咚"的脚步声，特别重，特别响……

　　"你一步能跨几格？"

　　"三格。"

　　"我能跨五格。"

　　他脚底下似乎安了弹簧，"咚！""咚！""咚！"蹦三下，就跃上了楼。

　　开始，她自己跑来借书。

　　"我要借本《列宁怎样做读书笔记》。"

　　"你们连的李俊堂借走了。"

　　"我要借《马克思的青年时代》。"

　　"你们连的李俊堂借走了。"

　　……

她想读的书，总是被他占着。翻遍了所有的书卡，她只抄下寥寥几本，而这几本，又都借不到。她很懊丧。她自己有过满满一箱子书，裹在被子里运来的。但箱被抄了，指导员翻了一页茅盾的《子夜》，看到几个字眼，就拍着书嚷嚷："黄色，下流！"满满一箱子书都没收了……

"副连长，你去场部还书吗？"有一次，她终于忍不住问他。

"干什么？"

"你把好书都'霸占'了。"

"明天中午去吧。"他笑了笑。

他们第一次一块儿去场部图书室。

"不心疼你的那些书？"路上，他问她。

"我都忘了！"她赌气地说。

"一本都不少，我保管着。你要看，到我那儿去取。"

"真的？你，你不怕……"

"我怕被他们当卷烟纸烧了。"他诡黠地一笑。"我都看了……"

书藏在马号，那儿没人去。她很感激他。

"你去图书室吗？"从此，连里一放假，她就问他。

"下午去。"

他们并不想借书。没有书可借。

"你一步能跨几格？"

"三格。"

"我能跨五格。"

在他们眼里，那座小楼，已不再是图书室……

小楼还在。图书室没有了。"咚，咚，咚"的脚步声也没有了……潇潇慢慢地提起脚步，"我是来找儿子的……"她竭力驱散那些闪念。

"你找谁？"走出一个梳长辫的姑娘，高个儿。大概是总机的电话员。

"小铁汉在吗？"她生硬地叫着这个名字。他把儿子的名字改了。刚才她去过幼儿园，幼儿园的阿姨告诉她，小铁汉在总机房。

"不在。但会来的。李场长让他每天中午往水库挂个电话。"姑娘一甩辫子，闪了闪身，"进来坐。"

靠窗，竖着两架老式的电话机，上下有两排插线孔。几根黑色的电线，像一条条细细的小蛇，交错地咬着插线孔，有几块小铜牌，在"扑突扑突"地往下跳。指示灯亮了。

"这里原先是图书室吧？"潇潇好像在自言自语。

"你看那边，在新盖一幢大楼。"那姑娘朝窗外指指，"将来，那是我们场的文化中心，剧场、放映队、图书馆都在那边。这是李场长上任烧的一把火。"她用细细的手指，弹了弹一根斜穿过来的电线。"李场长在和生产科说话。就为了盖这幢楼，他跑到生产科拍过桌子。生产科科长和董主任……"她刹住了话，大概忽然意识到自己多嘴多舌了。

潇潇紧盯着箍在那姑娘头顶上的耳机，仿佛听到了他的声音，浑厚的、低低的，一个字一个字吐得很清楚，没有重复的话。

他还记得我的声音吗？她很想拿过耳机，问问水库的情况，问问其他……但他不会在电话里说他自己……

门开了，一个虎头虎脑的小男孩，雄赳赳地跨了进来。"我来了！"他大声地报告，声音里充满了一种天真的自信。

"小潇潇！"潇潇的眼光立刻凝住了。在她的思念中，只有那几张照片，不会说话，没有声音，只有一种表情。但眼前，一个活泼泼的孩子——仿佛从照片里走了出来。很像：眼睛、鼻子、嘴——又似乎很陌生。长大了，两道神气的目光里，有了会观察、思考的神情。

她呆呆地看着儿子。每一次梦中的相见，他总是张开小手，扑向她，胖胖的脸，藏到她怀里，亲热地蹭来蹭去。但这不是梦！

一个真实的她。一个真实的儿子。

她的眼眶湿了。她真想抱起他，亲他薄薄的嘴，亲他宽宽的额头，亲他鼓鼓的面颊。她要对他说："明天是你的生日，给你一辆小汽车，电动的，自己能开。"他从小喜欢汽车。场部的大客车只要开到连队，一听到喇叭声，他就扑叫着要去看"大嘀嘀"。她还想把他带回北京，去动物园看大象，看熊猫；去天文馆看星星，看月亮……她想偿还做母亲的责任。

小铁汉的目光，从她身上扫过，便直奔电话机。"我爸爸今天还在水库吗？"他机灵地爬到那姑娘的膝盖上，熟悉地拨了拨那条斜穿过来的线路，"有人给水库打电话？"

"是你爸爸。"

"快告诉他，我来了。我要告诉他一件最紧急的事情。"

"他在和生产科谈工作。"那姑娘摘下耳机，"你听。"

小铁汉仄着耳朵，眨了眨眼睛，"阿姨，他们在吵架？"

"不是吵架，在争论，有点分歧。"

"什么叫分歧？"小铁汉瞪大了眼睛。

"分歧……"那姑娘说不出能让孩子明了的注释。"你去问那位阿姨。"

"阿姨——"小铁汉亲切地拖了声长音。

阿姨？！离开时，他刚满周岁，含含糊糊地会叫妈妈了。叫得真甜。

"阿姨——"小铁汉又叫了一声。

"分歧……"潇潇好像不会思想了。但她很想说点什么，能唤起儿子朦胧的记忆，哪怕隐隐地感到熟悉。

"嗯，嗯。"那姑娘对着话筒，轻轻地说："李场长，你儿子来了……"刚才，她听到了电话里互相轰炸般的争论，不免有点顾虑。

"好吧！"电话里传来的声音，疲倦但又有得到某种抚慰后的平静。

"爸爸！"小铁汉一抓住耳机，就大声嚷嚷，"肚子不疼了，我吃药了，一片黄的，二片白的，卫生队的阿姨说，明天就会好的。"

"……"

"我挺好的，就是有一件事，不知道咋办。"他发愁地拧了拧鼻子。

"……"

"你听我说呀，小明的妈妈和爸爸吵架了，妈妈气跑了，不管他了，两天没回来。小明急哭了。你说咋办？"小铁汉像在汇报工作，坐得端端正正。

"……"

"好吧，给小明讲个故事。"他又高兴了，两只脚荡秋千似的甩着。"讲个狗哥哥的故事？"

"……"

"对。好嘞。"小铁汉蹦到地上。

"你爸爸让你给小明讲个什么故事？"那姑娘立刻撤下了线路。

"《妈妈的故事》。"小铁汉像泄露什么秘密，小声地说，"我爸爸可喜欢这个故事了，给我讲过好几遍。我都能背下来了。"

"爱听吗？再给你讲个故事……"潇潇仿佛又听到了那喜悦的声音，亲切，像暖人的春风……

"我走了！"小铁汉大声地说。"阿姨再见！"他向那个姑娘摆手。

"阿姨再见！"他又向潇潇摆手。

潇潇慢慢地举起了手，又沉又木。

"你不是找他吗？"那个姑娘提醒了一句。

"喔……是的。"潇潇机械地向小铁汉走去。她找他，只想看看他。

已经看到了。儿子像他，轮廓、神态、脾气，甚至有些举止。儿子是他的。

"阿姨，你找我？"

潇潇点点头。又否认似的摇摇头。她想拉拉小铁汉的手，她的手抖了。

七

他现在的家，用树条围成的院子很大，但空荡荡，连个鸡窝也没有。码在西北角一堆没劈开的桦木桦子上，有只鸟笼。那两只好看的黄莺呢？是她逮着的，在山那边的林子里。清早，它们叽叽喳喳地叫起来，比笛子吹出的那首"云雀"还好听。但鸟笼空了。小黄莺饿死了，还是被他放走了？本来，这小院该是一块多好的菜地，种上几行，一夏天也吃不完。到了秋天，屋檐下还能挂起一串串鲜红的尖辣椒，晾上一扎扎暗绿的豆角干，吊着一嘟噜一嘟噜金黄的玉米棒子。

而现在屋檐下，却只有两个鸟窝。

篱笆的小门坏了，半敞着。

潇潇踏着用灰砖铺的小道，小道笔直通向屋门，很像她和他的那个"家"。也是这样一条灰砖铺成的小道。夏天，爱缠着小竿往上长的豆角，用它茂密的圆叶，把小道变成了一条绿色的走廊。

潇潇站在门口。深绿色的门上，有一片模模糊糊的粉笔字。哪个淘气的学生，把人家的门当黑板了？她好奇地辨认起来：

"这两天，小铁汉在我这儿。"字迹有些熟悉。

"请帮他复习一下认过的字。"是他的留言。

"小铁汉不舒服，我陪他去卫生队了。"

"我得赶到四连去，请来电话告诉病情。"

……

"那是谁？"潇潇揣测着，仍隐隐地怀有作为女主人的一种猜忌。"你怎么啦？"她使劲摇摇头，自嘲地笑了笑。

门上，是一把不大的铁锁。锁上的漆剥落了，斑斑点点地露出发黑的原色，中间凸出两个字"永固"。潇潇认得，这是他们曾用过的旧锁，马上掏出自己的钥匙圈，挑出一把，插进了锁眼。

"咔哒"，锁开了。她习惯地推开了门。

门稍露出一条缝，她有些不安了：我还能随便动用这把钥匙吗？而且，她怕如此真实地重温那个"家"——一起用过的碗、筷、勺子……那么琐细，又那么亲切，留在她的记忆里。她轻易不碰它们。她想，他会不会还按她的习惯，把小火炕砌在屋子中央，两边放两只他自己做的书架兼床头柜？

轻轻掀开里屋的门帘，她惊讶地扫视屋子，一切都是陌生的。一张不知从哪个办公室搬来的破桌子，靠墙竖着用四块木板支起的旧书架。她的那些小玩意儿呢？一只狡黠的米老鼠，一只憨厚的黑狗熊，还有一只机灵的小松鼠？屋里没有任何摆设，只有墙上挂了个镜框，是他和小铁汉的合影。照片下，写着几个歪歪扭扭的字："我和爸爸。"

他换掉了他们共同用过的一切东西。他大概是对的。

她冷静了下来。

"别去了，别去了，你再考虑考虑……"

也许，她应该听从这个劝告。

"文研院……这两天，他们要找你谈……"

也许，她来得的确不是时候。

不，她不是来重温早已逝去的梦！

走过场部门口，她看到了他们曾栽种的那几棵"扎根树"。已经长成了。粗壮的躯干，茂密的枝叶，生气勃勃。这似乎是一种嘲笑：栽树的人都走了……但总归是一段历史，记载了他们的理想、热情、勇气。尽管并不坚实，但有许多可爱之处。

"扎根树"，你还记得曾为你刨过坑、浇过水的人吗？它们不再需要别人的扶持，数不清的根，已深深地扎进了土壤。它们可以依靠自己的力量蓬蓬勃勃地生长，可以依靠自己的力量，抵抗暴雨狂风。它们已经成材，或者，不需要多少时间了……

这使潇潇感到欣慰。无论以什么方式种下它们，终究"扎根"了。而且，不管移到哪块土地上，它们都能继续抽枝吐叶！

她来看看它们。虽然，回顾往事，总有许多无法弥补的遗憾。

幼儿园在场部北山小学的西侧。漆成天蓝色的栅栏里，有一块四方的空地。空地上，两排红红绿绿的小凳子下，滚着几只带花纹的塑料球。

家长们等在栅栏外。

潇潇来得最早，远远地站在一棵大树下，手里捧着电动小汽车的大纸盒。

不一会儿，孩子们撒欢地从屋里奔出，各自扑到妈妈的怀里，搂住脖子，不停地叫着"妈妈——妈妈"。他们从她身边走过，飘来亲亲热热的耳语：

"妈妈，今天我得红旗了。"

"妈妈，阿姨说，我叠的小船最好。"

"妈妈，明天我们演节目。"

……

她最后一个走进院子。

　　"你接小铁汉？"阿姨在锁门了。"他早走了。"

　　"谁接走的？"

　　"小芳。"阿姨的眼睛盯着潇潇手里的大纸盒。"今天是他的生日。"

　　小芳！一张圆圆的、不易被人记住的脸，潇潇却记得很清楚。大纸盒好像变沉了，压着手臂……

　　"嘎，嘎，嘎。"

　　潇潇走过女教师宿舍的窗口，听到一阵阵玩具鸭子的叫唤。

　　她站在窗下。

　　"嘎，嘎，嘎。"木鸭子的声音。

　　"嘀嘀，嘀嘀。"小铁汉的声音。

　　"请注意，拐弯了。"小芳的声音。

　　宿舍里，半间屋子被一条长长的大火炕占据了，余下的空间，摆着一溜排成队的脸盆。窗台上，有几面镜子，圆的、椭圆的、长方的、正方的，还有各式各样的梳子、卡子、卷发筒，都是一些姑娘们离不开的东西。

　　小铁汉在炕上来回跑，身后拖着一辆木头小汽车，漆成红色，四个轮子一动，发出木鸭子"嘎嘎"的响声。

　　"阿姨，汽车应该'嘀嘀'地叫。"小铁汉有点遗憾地蹲在那辆木头小汽车旁。

　　"商店没有卖的，这是你爸爸自己做的。昨天晚上他有会，一直忙到深夜，还给你做小汽车。"小芳在桌子那边忙着什么。

　　"你怎么知道？爸爸给你打电话了？"小铁汉歪着脑袋问。

　　"我碰见开车的小胖子叔叔。四个轮子，还是小胖叔叔在工具箱里找到的。"

　　"爸爸说，等我长大了，教我开真的汽车。"说到爸爸，小铁汉的眼睛里有种自豪的光。"我让小朋友都来坐，不买票。"小铁汉又拉起木头汽车。"上坡咯！"他一脚踩到叠起的被子上。

"小铁汉，我们开始过生日！"小芳在桌子中央，摆了五块小圆的鸡蛋糕。每块蛋糕上，缀着一朵朵小花。小花中间，还插着一根细细的红蜡烛。

小芳把小铁汉抱下炕，放到桌边的椅子上。"小铁汉五岁了，阿姨买了五块蛋糕，你说怎么吃？"

"等爸爸来了一起吃。"小铁汉抱着双臂，眼巴巴地看着一块块长着小花的蛋糕。"爸爸怎么还不来呀！"他噘起小嘴。

"水库工地很紧张，你爸爸……"

"他说好，过生日回来。"小铁汉又伤心又委屈，跳下凳子，朝门口走去。"叫爸爸别干了。干了还让人说坏话。"

小芳一把拉住小铁汉。"谁说坏话了？"

"牛娃。他说，爸爸有野心。我揪住他问，'谁说的？'他说，是听大人说的。"小铁汉皱起小眉头，也在为爸爸担心了。

"谁说都不怕。大伙儿的眼睛是亮的。你说对吗？"小芳抱起小铁汉。"要不，我们再给你爸打个电话。"

潇潇急忙抽身，走到墙的拐角。她在想，见到他，一定告诉他，连孩子们都在议论水库的事。这确是与全场几万人利益休戚相关的大事。他总算如愿地做了这件事……

小车司机小胖，气喘吁吁地奔了过来。

小铁汉叫着扑了出来："小胖叔叔，我爸爸来了？"

"你爸爸不能来了，水库在开紧急会议。"小胖的手从背后扬了出来，"你看。"

一束鲜艳的达紫香，红的、黄的、紫的。

"给。祝你高高兴兴过生日。"小胖司机摸摸小铁汉的脑袋，"你爸说了，等水库一放水，就来接你，带你到野地里去打滚。"他又对小芳说，"麻烦你带小铁汉去照张相。我来不及了。"

他变了。从前，他一忙起来，什么都不顾……潇潇也想去采一束达紫香，把脸埋进放着芳香的花朵里。

小铁汉低下头不说话了。

五颗火苗，把落进暮色的小屋照亮了。

"阿姨，过生日，为什么要点蜡烛？"小铁汉又高兴了。

"你五岁，点五根蜡烛，代表你的生命。人的生命，要像红蜡烛一样，能在黑暗里发光，心甘情愿地烧尽自己。"橘红的烛光下，小芳的目光，温和、动人。

"阿姨，每年过生日，你都给我红蜡烛。喔？"小铁汉恳求着。他喜欢这细细的红蜡烛，喜欢这红红的火苗。

"好的，阿姨每年都买。"小芳亲了亲小铁汉，又看了看表，"阿姨要走了，你自己睡。"

"阿姨别走。"小铁汉依恋地用小手搓着她的衣领。

"晚上有课，还得去看一个阿姨。"

"哪个阿姨？"

"北京来的。"小芳很有意味地说。

"北京——天安门！"小铁汉用手比画着。

"乖，你先睡。"小芳把小铁汉抱上炕，又捧出一叠小人书，"害怕吗？阿姨把门锁上……"

潇潇闪身离开了小屋。不知为什么，她不想见小芳。

小芳还是那样，刚毅不失温柔，执着不失随和，持重又不失自己的独到。她最终没有走。尽管，许多人并不理解她。

"我理解她吗？"潇潇的眼前又跳闪出那扇深绿色的门，跳闪出那一片模模糊糊的粉笔字。是小芳写的！她忽然觉得，身上仿佛被抽掉了什么。她软软地倚住一棵大树。

离开这里时，她哭了。但那时，对新生活的种种幻想，多少冲淡了离愁别绪，她并没有强烈地意识到，那一切，对于她，有多重要、多宝贵。在夜不能寐的思念中，摄留在心底的儿子甜甜的笑容，总能给她一些安慰。这笑容是属于她的。

不，不属于我的了。

眼泪悄然地滴落在衣领上……

大树下，她站了很久。平静了一些，才轻轻地推开小屋的门。她把装着电动小汽车的大纸盒，放在小铁汉的枕边，又掏出小本，摸黑写了几个字："生日快乐。"她把撕下的纸，放在大纸盒上，又压上那束达紫香。

小铁汉睡得很熟。清淡的月光，照着他甜甜的笑容。

她郁郁地走了。走到门口，又猛地回过身，凝视着小铁汉。"带走他。我的儿子！"她的心激烈地跳了。孩子需要母亲的爱，她也需要爱孩子。她的生活中太少这种爱了。

她又走近了小铁汉。

他会同意吗？她想。和他好好谈谈。或者，过几年再把孩子送回来。

可他在水库。

水库在奋战。

她又犹豫了……

八

三辆装着水泥涵管的铁牛，停在商店门口。两个司机在往车头里塞着几箱"北大荒"酒。

"去水库吗？"潇潇上前打听。

"去。"一个驾驶员头不抬地说。"没地方坐。"

"我不用坐。"

"也没法站。"那个驾驶员把一团脏棉纱狠狠地扔在地上。

"我坐在涵管里头。"潇潇用手指画了个圈，"它滚，你也滚，挤不着。"

"何苦呢，下午有班车。"

"不行，我有急事。"她恳求着。

驾驶员打量了她。

潇潇穿一身浅米色、笔挺的纯涤纶套装，这和钻水泥涵管的举动，的确不那么协调。她是匆匆跑来的。一早，她碰到了那个赶车的小老头，他一开口，就说到了水库：

"昨天晚上，总局来电话，命令水库暂时停工，全体党委成员撤离工地，回场部统一思想。半夜，小吉普把所有的领导都拉回来了，只有李场长不肯走，也不肯停工。"小老头忧心忡忡地衔着烟斗。烟冒得有气无力。"总局马上要派人来调解，还不知向着谁？！恶人先告状，从古到今，不少好人吃了亏。"他用力磕磕烟斗，"机关里都在七嘴八舌地议论，说什么的都有。真难为他。水库又不是为他自己家修的。你见着他，劝劝他，防着点，也悠着点，别拧大了劲儿……"

能劝动他吗？潇潇希望她的话还能起作用。

想到马上要去见他，潇潇坐立不安了。

铁牛打着了。

蜷曲在涵管里，身子弯成一条弧线，像只虾米。车一开，涵管来回滚动，犹如躺在一个月牙似的跷跷板上。

潇潇挪了挪身子，把姿态尽量摆得舒坦一些。

"见你，真不容易。"她还要这样对他说……

那年冬天，他去山里运木料。春节，进山伐木的人，都回连来了。唯独不见他，只捎回一封信：

> ……人都走了，山里更安静，只有一片白皑皑的雪。踏着雪到处走走，好像来到了寒冷的月球，人世间的烦恼荡然不存了。我想，独自在这儿待几天，住在守林老大爷的窝棚里。你别担心，这儿有猎枪……

她还是担心。要是遇到熊瞎子，他忘了上子弹？……

道上，滑过一辆马爬犁，赶车的老乡，慢悠悠地摇着鞭子。

"老大爷，您进山吗？"

"是啊，拉点柴禾。"老大爷的胡子像雪一样白。

"能带上我吗？"

"你有这个吗？"老大爷拍拍身上的皮大氅，"有这个吗？"他又拍拍别在腰里的酒壶，"这一道，可不好受。"

"我不怕。"她夹了个小包，跳上了爬犁。

马跑着，系在脖上的铃铛响着，雪地"嗞嗞"地被划开了两道深深的辙印，像两条长长的带子，被牵进山里。雪景是迷人的，一个冰雕玉琢的世界。

但是，没走出一半的路，潇潇的脚冻木了，两只叠在一起的大口罩，像一块厚厚的冰粘在脸上，针扎似的疼。皮帽、皮领，让呼出的气染白了。

"我下来走走。"

"天黑也走不到。"老大爷解下酒壶，"喝一口。"

　　潇潇端起酒壶，抿了一口，"我还是走走。"

　　"去哪？我先给你捎个话。"

　　"找守林老大爷的窝棚，一个姓李的。"潇潇踩着马爬犁压出的印辙，碎步跑着。

　　翻过一个山头，天黑了，而小窝棚还在另一个山头。又累，又冷，又饿，又害怕，她真想哭了。忽然，道边的林子里，远远地闪出了萤火般的一点光亮。她扯下口罩，不顾一切地呼喊起来："喔，嗨——"

　　他钻出林子，举着一盏马灯。

　　她跳过填满雪的沟，把手里的小包扔在他身上，眼泪滚了下来。

　　"喔，下雨咯，结冰咯。"他逗她。

　　她用冻僵的手，使劲地捶他的胸。"见你，真不容易！"

　　"太容易了，就不会记住它、珍惜它。"他抖了抖皮大衣上的雪末，"我猜到你会来的。"

　　"凭什么？"

　　"孟姜女还跑到长城去见丈夫呢。"

　　"谁承认你是……"

　　"大山作证。"

　　"我要你的心作证。"

　　"当然。"他把她的手放在自己心口，"我们冬天结婚。"

　　"冬天太冷。"

　　"冬天有雪。在一个下雪天……"

　　"我喜欢夏天，达紫香开了……"在没人的深山里，她放心地、紧紧地挽着他的胳膊。

　　他忽然感慨地说，"还是山里好，除了树，就是我们……"

　　她顿时明白了，他为什么想独自留在山里，她为什么会不顾一切地跑来……放羊的小宋和木工二胡子好上了，他们只能躲在臭气熏天的羊圈里悄悄地说说话，结果，还被值勤的战备排发觉了，告到连里，在全连大会上挨了批。小宋好像做了见不得人的事，几个月抬不起头……

小窝棚亮着灯，嵌在山坳里，像一颗从天上落下来的星星。

"累吗？快到了。"他把脚步放得很慢很慢。

"不累。"她的脚步轻松了，还能再去翻一个山头……

涵管和两边的车厢板，不断碰撞，不时震落下星星点点的泥灰。她用手绢盖在脸上，只露出两只眼睛。她想看点什么，有点闷。她转过脸，但只能看到对着洞口的那一小块天，连云彩都没有。

这次见面，不会再有那时的欢欣和喜悦……她的心绪，像浪头，忽高忽低。她又想起了那场绵绵的秋雨，那条孤零零的长椅。而眼下，压力更大，困难更多，他会怎么样？……

她把手绢拉到额头上，遮住了眼睛。

工地指挥部，在一顶最大的帐篷里。一个个四四方方的小窗都打开了，峡谷的风，从小窗里穿来穿去，很凉快。

帐篷里没人，但显然刚收拾过，桌子、架子、仪器、工具，归放得整整齐齐。还有一条光滑的板铺，五六床被子叠得有棱有角。墙上挂着一幅很大的水库剖面图，图上罩着一张薄薄的透明的塑料纸。

这里就是水库指挥部？太整洁了，而且有条不紊，并没有想象的那种紧迫与严重的气氛。

哪是他的铺位？哪是他的办公桌？……潇潇的目光寻找着。

"你是谁？"一个姑娘走进来。她的头发湿漉漉的，裤脚挽到膝盖，光脚穿着一双黑色的塑料凉鞋。

潇潇一眼盯住了那姑娘手里的一束达紫香，红的、黄的、紫的……

"我找李场长。"

"都在游泳呢。"那姑娘把手里的达紫香，插在一只白色的搪瓷茶缸里。显然，她也刚从河边来。"你坐，他们一会儿就回来。"

潇潇没有坐，她走到了那束刚从野地里采回来的达紫香前。

"今年风水好，野地里，花多极了。"那姑娘把头发撸得光光的，用皮筋扎成两把。

"你也喜欢达紫香？"潇潇轻轻地摸着粉嫩的花瓣。

"我什么都喜欢，什么都不喜欢。"那姑娘"格格"地笑了，笑得很野。"李场长喜欢达紫香，是他摘的。我怕太阳把它们晒蔫了，先拿回来插上。"

他仍然喜欢达紫香。

"工地上的活不太紧张？"

"怎么不紧张，前两天，连喘气的工夫都没有。今天中午，李场长下命令：放假一小时，都去大河里游泳。你没看到下河那阵，真有意思，像放出一大群鸭子，扑腾扑腾的。泡在水里，可痛快了！"那姑娘说话嘻嘻哈哈，很爽快。

潇潇也想舒展开胳膊，划划清凉的水。但是，那件鲜红的游泳衣，一直压在箱子里。不知是为了纪念，还是为了忘却。

他却爱上了游泳。而且，在这样紧张的时刻。

"我到河边去看看……"

"我帮你去叫吧。"那姑娘友好地看了看潇潇，"中午的太阳太辣，你的脸多白。"她又"格格"地笑了一串。

潇潇不由地摸了摸自己的脸。

等待的这一刻，她有些紧张。对这次见面，她想过很多，钻在弯弯的涵管里，她还想象着见面时的一刹那……

"李场长，她在指挥部等你。"

潇潇听到那个姑娘"哇啦哇啦"的喊声，不由地走动了几步。她看到了他。身边还有两个人，一男一女。

"……食堂没肉了，供应科不给调，说这是党委决定的。"女的瘦小，但很伶俐。

"操他妈的，想卡脖子！"男的像根柱子，又高又壮，粗脖子大嗓门。"场长，让我出去一趟，拉他个十头八头的，把割下的猪头，非挂他妈的供应科门上不可。"

他没有反应，只是大步地走着，一顶破草帽遮住了脸。他穿着蓝色的背心，露出的脖子、臂膀，像涂了一层深棕色的油彩。

"你靠边站。"女的说话也很干脆，"场长，派我去。我直接向连队要。"

他在帐篷门口停住了。"算了，都不去。"他很平静，"不就是没肉吃吗？晚上开会，我给大伙儿说说。有气存着点，硬仗还在后头呐。"

"他妈的，欺人太甚！"那根"柱子"又嘟哝了一句。

"别骂骂咧咧的，有火当面烧。"女的更厉害。

他笑了，"你们俩真是天生的一对！修完水库，该请我吃糖了吧？"

"吃糖？你该还我呢。"那根"柱子"说，"在河里打赌，你输了。"

"走吧，别废话。"女的转过身。

那根"柱子"立刻跟了上去。

他没有马上进帐篷。

潇潇退到了门后。向她走来的，是一个从从容容的他，少了暴怒，少了急躁。是他，又不像过去的他。陌生，又似乎更熟悉。

他进来时，摘下草帽，湿的头发被压得很平。

“你来了。”他没有正眼看她，一直走到墙角，把草帽挂在了一把锄头上。

错了。她想说。衣帽架分明在锄头边上。她的眼睛只是跟着他，心突然平稳得没有一丝波动。

就这样见面了。

生活总比想象的平淡。

他转身坐了下来，低头卷着烟，烟丝窸窸窣窣全都掉了出来。

“纸破了。”她轻声地说。

他把纸和烟一起揉了，猛地抬起头，长久地看着她，默默地，但眼光里，却似乎有许多许多的话。

她低下了头，很想洗个脸，脸上一定有涵管里落下的灰。

他端来了一盆热水。他还是那样懂得她。

说声“谢谢”？太生硬了。笑一笑以示感谢？她笑不出。她只是像个不懂礼貌的孩子，头不抬地接过了脸盆，把脸浸到水里。水有点烫，脸热辣辣的，血涌了上来。

他小心地卷好了一颗烟，大口大口地吸着。

她铺开毛巾扑住脸。毛巾上有一股她熟悉的气味。她深深地吸了一口气。

他替她倒了水。

她挂上毛巾。

他走过来，把毛巾抻得更平。

“你变得有出息了。”她微微一笑。从前，她每次去马号，他的被子总是团团着摊在炕上。脏衣服、破袜子，乱糟糟的一堆，像废品回收站的墙角。成家了，她立了一条规矩：自己的东西，自己必须收拾好。他遵守了，但常常要提醒。

“不变不行啊！”他也无可奈何地笑了。

　　僵持打破了，像切断的电源，又一下子接通了。

　　"我们出去走走。"他把一件衬衣搭在肩上。

　　她走到门口，又回头看了看被他安排得那么井井有条的指挥部，看了看那只白色的搪瓷茶缸，看了看那束五彩的达紫香。

　　他们向欧根河的上游走去。湍急的河水，像一群顽童，追逐嬉闹，不停地奔跑。天很蓝，大团大团的云彩，比画家调色板上的团块还浓重。太阳都怕羞似的，一会儿露出红红的脸，又很快躲进云朵里。

　　他们的谈话，也像太阳，有点躲躲闪闪。

　　"下来体验生活？"

　　她苦涩地一笑。

　　"你身体好吗？"她看他瘦多了。

　　"垮不了。"他轻描淡写地说。"你在写东西？"

　　"写不好。你的水库呢？"

　　又默默地朝前走了一阵。

　　"为什么不回场部参加党委会？"她不愿马上涉及这个话题，但还是问了。

　　"现在不是开会的时候，工程一天也拖不得。这几天，可能有暴雨，一旦山洪冲下来，十几个连队又要被淹。"他的下嘴唇上，有几点水泡，嘴角溃烂了，"还记得吗，那年闹山洪，我们一个连就死了四个……"

　　她没有忘。但应该说，淡漠了。

　　她的眼睛盯着他嘴唇上的小泡，一股莫名其妙的意识在流动："你要多吃点蔬菜、水果……"她也知道，这些都无济于事，他心里烧着一团火。

"局里要派人来……"

"来就来。让他们上工地看看。"他胸有成竹。"水库应该当年受益，却磨磨蹭蹭地干了三年。投进的劳力，都拉出去搞副业，腰包倒是鼓鼓的，大吃三六九，小吃天天有，连政治部门开个会，也拉到水库来吃吃喝喝，这儿油水多么！我早想搞了他们，开始，苦于力量太单。"

"你上任刚一年……"她有些担心。

"我也是不得已。水库必须抢修出来，要保住今年的秋收。"

"他们不会罢休的。"

"我知道，他们派人去总局告状了。"他很坦荡，"大不了，再把我撤了。但是，也没那么容易。"

"你还是那样……"

阅世深了，了解很多，胆子、勇气仍很大，这的确难能可贵。

"我也想改。但人是很难改变自己的。"

你改了，我看得出。她想说。她在河岸边一棵歪脖子树下停住了，"你觉得我变了吗？"

"你变得有名气了。"他很有意味地笑笑。不像恭维，也不是讽刺。

"名气？什么也说明不了。"潇潇见到他，那些藏在心里的话，像长期埋在地底下的一股水源，一旦找到喷发口，便不可阻地冲了出来。"发表小说，出版集子，名利、荣誉，在我得到最多的时候，也失去了最多。别人羡慕我的，正是我自己感到最可悲的……"她目光黯然地盯在树干上。她说得很彻底。小学里，她是大队长，在同学们眼里，她能干，了不起。但回到家，摘了"三道杠"，她就想围着妈妈撒娇，或者，说说心里的不痛快。毕竟还是个需要依靠的小女孩。

现在，她仍然需要这种依靠。

"不能这样简单地计算得与失。"他的眼光离开她，移向河面。

他竭力想使自己的谈吐冷静一点，再冷静一点。虽然，他也盼望着能够见面，他也有很多很多的话要对她说。但是，他愿意让她带着更多的遗憾回去，不愿意在她和他自己的心里，再留下无穷无尽的痛苦。他果然冷静了一些。"如果什么都得到，生活就只能是一串乏味的成功。失去一些，难免痛苦，但这种痛苦，能使你体验到意想不到的东西。我倒觉得，你比过去强了。"

他俩的目光对视了一下。

四年不见，她好像年轻了，皮肤白了，细了，脸更清秀了。披到肩上不长不短的卷发，又添了几分洋气。而那时，她甩着两条齐腰的小辫，干起活来，她把它们拴到脖后打个结，但辫梢擦着肩，还是一甩一甩的。

"我把它们绞了吧。"结婚时，她说。

"留着吧，我喜欢。"

他喜欢那两条甩来甩去的小辫。她走了，它们还经常骚扰他劳累过度后的酣睡。

可她还是把它们剪了。

第一眼，他有些不习惯，仔细看了，又觉得，她披着卷发，有另一种动人的味道。

她是比过去强！他从来相信自己的眼睛。但他还是那样平静地说："'水至清则无鱼'，这话有道理。过去，我们太单纯，像块玻璃，到现实中一碰就碎。因为生活并不纯。但又要保持住基本的准则。"

"你的话，也许是对的。"

"不是也许，就是对的。"

她看看他，不由地笑了。在一起时，对他的自信，她总是信任、迁就。

"我把写过的那些东西，都带来了……"她为他保留了一个完整的过程。

他都看过，一篇不缺。每天看报，他总是先翻看登载在四版上的每一种刊物的目录，他希望经常能看到他所希望看到的那个名字。虽然，这种深切、细微的关心，她无法感受到了。但他还是天天寻找着，天天关注着。好像在弥补着一种过失，她走了，他才幡然醒悟——她的走，他是有责任的。他常常梦到她，醒来，心口像压着什么，很闷，很难受，总要拼命干上半天活，出透一身汗，才舒畅一些。渐渐的，梦少了。但只要梦到一次，总是一个很长、很完整的梦。可这些梦，终究不能代替她呀！

他没有说这些，他永远不会对任何人说出这一些。

"太好了，我一定认真拜读。"他在身边的榛柴丛里，顺手摘了一大把翠绿的榛子。她爱吃鲜的，像一颗颗生嫩的莲子。过去，她一口气能吃一小畚箕。"馋嘴猫。"他笑过她。她不在乎。

他把榛子捧给她。

"说话别打官腔。"她有点不高兴。"你看了就知道，写得不怎么样。现在，都觉得没什么可写的了。"她把榛子，从这个手倒到那个手。榛子一颗颗落在了地上。不再是那只"馋嘴猫"，不再是妻子，不再是母亲，她反而脱净了姑娘的天真气。

对她的作品，他有自己的评价。可以说，很喜欢。只是最近有几篇小说，从思想到内容都空泛了。他很想问她：你心里还有"气"，还有"火"吗？还像关心自己那样关心别人吗？但他只是说："等我看了再说。"

"你怎么样？"她问他。

"还那样。"

"为什么不回信？"一见到他，她就想问他。

"我能写什么呢？"他犹豫了一下，说。

"什么都能写，讲讲你自己，讲讲儿子，讲讲你们的生活……"

"有时也想写，但太忙了……"他扯开了话题。"见到小潇潇了？"

"没有。"她看到的是小铁汉……她的手臂支着树干，半遮住脸。河面波光粼粼，很像那些红蜡烛投下的光点……她把脚边一块滚圆的鹅卵石，轻轻踢进河里，心也跟着沉了下去。

"他的生日，我没能赶去……"他蹲了下来，手指拨弄掉在地上的榛子，一颗，一颗。"我把他托给了小芳。"他坦率地说。他点起一支烟，但只捏在手里。一缕细柔的青烟，飘飘袅袅地升起，又渐渐地淡化。

"小芳成家了吗？"她故意问。

他摇摇头。

"她情绪好吗？"

"你应该去看看她。"

"你对她倒挺关心的么。"她还像过去那样，在他面前爱说点气话。

他沉默了……

上任的第一天，他就赶去全场最僻远的连队。天黑了，又飘起了雪花。小吉普明晃晃的车灯，在有坡度的山道上来回扫射，警觉地探视着路两旁的一切。

"你看林子那边……"他拍拍司机的椅背。

左前方，有团黑影在移动。

"是个人。"司机一明一灭地用车灯发出信号。

黑影不动了。

车停住了。

那个人背过身去，胳膊穿进捆着柴禾的绳套里，手撑着膝盖，想挺腰站起来。但柴禾捆得太大，像个汽油桶，捆不动。

"把柴绑到车后去。"他吩咐司机。

"不用，我自己能背。"

"小芳！"他听出了她的声音。

"李场长。"小芳很有礼貌地称呼他。

"给谁家割的？"他让小芳先坐进车里。

"给我自己。"她揉了揉冻僵的脸。

"成家了？"

她笑笑。

"有孩子吗？"

她抿起嘴，嘴角溢出一种幸福与满足。

"男孩、女孩？"

"都有。"小芳笑出了声。

他恍然大悟。"小学校有房子了吗？"

"暂时没有，还在帐篷里。但连里答应，明年春天盖两间教室。"

"思想还有压力吗？"他问得很直率。

她低头搓着拉毛围巾的穗头，答非所问地说，"山里的孩子都很可爱。"

他不再问下去。

车默默地开着。

夜里，小芳在食堂的大案板上备课，他走过食堂，又碰到了她。

"饿了，找个馒头吃。"

小芳帮他把馒头切成薄薄的一片片，烤在炉盖上。

"大学毕业，还来蹲山沟，你不觉得？……"他又执拗地提出了自己的问题。他很想听她谈谈，她在做着一件不容易做到的事情，他希望自己能给她一点帮助。多少年来，他一直不能原谅自己曾给潇潇的那一拳……

小芳只是小心地翻着一块块烫手的馒头片。

"也不能告诉我？"他掀开炉盖，凑近火，点着了烟。

"谁都可以告诉。"小芳有点抱怨。"只是没人愿意认真地听。"她把烤脆的馒头片递给他。"对我，大家有许多看法。我自己却想得很简单。我从小寄养在农村。父母搞地质工作，长年在外，没有抚养过我，我不留恋家，对农村的生活，倒有一种特殊的感情。所以，大学毕业，我没有太多的犹豫，就回来了。'北大荒'富饶、肥沃，但很落后。这里的孩子淳朴、善良，可缺少教育。我很想教给他们一点。"她望着他，眼光很真诚。"你看过《乡村女教师》吗？我喜欢这部影片，小时候，就向往娃尔娃拉那样的生活……"她又低下头，看着渐渐被烧红的炉盖。"有人批判我，我受不了那种种曲解，受不了那种种冷嘲热讽……我想，我不是没地方可去，我走，离开这儿……"她停住了。

"真的走过？"

小芳点点头。

……

她真的准备走了，悄悄地收拾了行李。

孩子们在对面的一顶帐篷里读课文，七高八低的声音飘过来，又牵住了她的心。"快走。"她催促自己。绕过帐篷，踏上山路，这儿的一切就永远地结束了。

小芳埋下头冲了出去，对面那顶帐篷的帘子却"哗"地掀开了，孩子们一齐拥了出来，紧紧地挤作一团，默默地看着她。

"你们……我……"

孩子们眼巴巴地站着，眼光里充满了依恋。

"回去吧，上课去吧！……"小芳喃喃地说。她真想把孩子们拥进帐篷，再和他们一起，把书、小石板摊在膝盖上……但客车开过来了，她扭头跳上了车。

孩子们"呼啦"地扑到车门口，车门关上了。

客车开了，孩子们拼命地跟着跑，又渐渐地拉开了距离，一个一个，一点一点，像一串含意无穷的省略号。小芳紧紧地贴着后车窗的玻璃，两行热泪滚了下来。

山道曲折蜿蜒，客车一拐弯，就把孩子们甩下了。小芳突然感到两腿一软，身子像一片马上要离开枝条的枯叶，摇晃起来。

一片枯叶。是的。失去了那一切——绿色的山脉，绿色的帐篷——心里空了，像一片枯叶……

客车在出山口一停下，小芳就跳下了车。她把旅行袋搭在肩上，又往山里走去。

远远地，又看到了那一顶顶绿色的帐篷。远远地，又看到了她的那群孩子们。他们仍默默地站在帐篷门口的车站上。

……

当有人骤然向你倾诉衷肠，你会束手无策，不知该如何回报他的信任。

当时他也惘然了，一颗接一颗地抽烟。

炉盖上的馒头片，翻来覆去地被烤成了焦炭……

手里的烟燃尽了，他还是沉默着。说吧，他常常在心里对她诉说着一切。可是，当思念中的她，真的来到身边，面对着她那双满含深情的眼睛，他却变得格外清醒。他什么也不想说了。他只希望她离开时，心情是平静的。

"你怎么不说话呢？"潇潇耐不住了，"是不是因为谈到了她？……"

他无法回答，又无法回避。"我不明白你的话。"他只好说。

他心里很明白，她不满地想。干脆直截了当地说？但她还是闪闪烁烁，"你有了她……我能把小铁汉带走吗？"

他怔住了。他把烟蒂摁在地上，碾成了碎末。

"我想……"她没法说出她确实的想法。"我想，让孩子到北京上学。这儿的教育质量……"

他还是蹲着，把散落的榛子，排成两条平行的直线。

"也许，我有点自私，可我……"

"这儿的教育质量差，因为没有师资。你能把所有老职工的子弟，都带到北京去上学吗？"他抬起了头，像陌生人似的看着她，"你来，就是为了带走孩子？"

她该怎么回答他？她的心情，像那些散落的榛子，东一颗，西一颗，她自己也收拾不起来。

"去问问孩子吧。"他缓下了口气。

他们离得很近。她突然感觉到，他的呼气，比带有冰雪的风还冷。她似乎清醒了些。我没有权利带走孩子，孩子是他用心血养大的。"好吧，问问孩子。"但她还是顺从地应了一句。"我该走了。下午的班车，是五点发车吗？"

"明天早上也有车。"他的目光在挽留她。

他真的瘦多了。"你要注意身体……"她的思绪不规则地跳跃。

"再坚持两天两夜，水库就完工了。"他深深地吁了一口气，又轻声地重复一句，"明天早上也有车，九点才开。"

她不想改变自己的决定。走吧，总算看到他了。

她摇了摇头。

九

夜色很浓，没有月亮。只在极远极远的地方，有几颗纽扣一样淡淡的小星。田野茫茫一片，仿佛黑夜中的海洋。

车在夜里开得特别快。

潇潇坐在靠门的座位上，裤脚被门缝里钻进的风吹动着。风很急，但不冷。

"决定了吗，到哪儿下？"售票员走到她面前。

她手里还捏着准备买票的钱。离开水库，她给老连队打了电话："……我今天晚上来。"接电话的，正巧是马号刘大爷。上了车，她却犹豫了：就这样走了？什么也没说。心里还有好多好多的话……分别四年，见面却不到四个小时。以后呢？也许四年，也许八年，也许，再也没有机会了……她后悔了。她应该坐明天早上的车，还有整整一夜，还可以听他多谈一些。谈谈水库，谈谈他自己。他没有谈过自己，一句也没有。即使什么也不谈，就那么默默地坐着……

可是，总得走。

活的水，是斩不断的，只有深深地垒起一道坝。

被夜风吹着，她渐渐冷静了。这时，她才发现，带给他的那些杂志，又原封不动地被带了回来。什么也没给他留下。她心里又多了一层遗憾。

"到底到哪儿下？"售票员又来问。

"到五连。"她把钱递了过去。

车停下又开走了。潇潇走到连部门口。门口的小黑板上，粉笔灰被雨水浇得模糊一片，像张大花脸。后面的篮球架和双杠还在吗？那是一个星期天，几个团员到林子里找了木头自己做的。她仿佛听到了一阵阵毫无顾忌的嬉笑叫喊声。中午，没人玩的时候，篮球架和双杠上，就晾上了女宿舍里花花绿绿的被子、衣服……

她从一个个黑洞洞的窗口走过。连长和指导员办公的小屋，地上总有一层烟头，天天有人被找去谈话……大家喜欢凑在中间的会计室里，那儿有个电话。邮递员送来的信和报纸，也总是扔在出纳员的办公桌上。出纳员是个见人就笑的姑娘……走到第三个窗户，潇潇站住了。这是她的卫生室。她推推窗，窗插牢了。里面还那样整洁吗？一个刷得雪白的小柜，大大小小的药瓶，比操练的士兵排得还整齐。靠窗的小桌，铺着白布，还有一只白色的花瓶，有时插着野百合，有时插着达紫香。

大宿舍空了，门前长出了野草。窗玻璃都碎了，糊上的纸也破了，风一吹"哗哗"地响。屋里，面对面两铺大炕，中间有一条狭长的"盆地"。鼎盛时期，大宿舍的一铺炕，挤过二十个人，褥子叠着褥子，枕头压着枕头，夜里翻身，必须集体行动，得有人指挥着："一、二、三……"

真有趣。

门"吱哑"一声，空荡荡的屋子里，钻出一条小狗。它是什么颜色？她想看看。小狗却吓跑了。她也养过一条狗，她叫它"花子"，雪白的毛，有几块黑的花斑，很漂亮。她在"花子"的颈上，用红缎子系了一个金色的铜铃。它爱跟在他的马车后面跑，一路响着悦耳的"叮铃"声。她走了，他也调走了，"花子"呢？

"汪汪"，房后又窜出一条狗。

"花子！"紧跟着一声呵斥。

花子？她迎了上去，把"花子"抱了起来，脸擦着它又软和又光滑的长毛。

"……车开过去半天了，也不见你来。你大娘急了，催我来找，'花子'也跟来了。"刘大爷打着手电，地上有一摊淡得发白的光。

"刘大爷，您身体好吗？"

"好！今年又下了五头小驹，还是我一个人照料。枣红马、大青马，又都怀上了。"

"你的小孙子不能帮你干点吗？"

"走了，去年夏天就走了。"

"去哪儿？"

"上沈阳念书去了，考上林学院。我们连头一份大学生，就让咱家摊上了，你大娘还请了几桌。"

"考上大学的多吗？"

"不多，全场两个。另一个是小芳教出来的学生。总算有两个了。"刘大爷晃了晃手电，"你们要是都不走，还能为咱们农场多培养几个大学生。"

她走在手电的光圈里，步子慢了。

"见着他了？"刘大爷的口气变了。"上任一年，把他折腾得够苦的。这个农场，这些年就是这套人马，这套路数干下来的，他想折个个儿，不容易啊！先抓水库，他是横了心的。不修好水库，咱农场的生产没个盼头。为了水库，找资料，搞材料，请技术员，他一趟趟地跑……听说他瘦得不成样，你大娘心疼他，捎去几十个鸡蛋，他又搁到大食堂里一锅烩。"

可我见了他，却没有关心他的这一切。我只关心自己，只顾自己的……潇潇感到一阵深深的内疚。

"叫门去。"刘大爷用脚踢了踢"花子"。

"花子"箭一样地窜了出去。

"你的那条'花子'，生下崽就死了。他把小铃铛也一起埋了。这条'小花子'，靠他一勺一勺喂大的。他说，你喜欢'花子'……"

再给"小花子"也拴上一个铃铛。她想。

"都长这么大了。"

"小铁汉都五岁了……"刘大爷轻轻地咳了一声。

是啊，四年了。

小院的门开着，大娘站在门口，怀里搂着个孩子。

刘大爷扬起手电，"小铁汉！"他的眼睛还那么亮。

潇潇不由地奔了过去。刘大爷甩大步跟着。

小铁汉挣脱大娘的怀抱，扑到刘大爷身上，"呜呜"地哭了。

"怎么啦？"刘大爷抱紧小铁汉，"谁欺侮你了？"

"瞧这孩子，自己跑来的，还没搭上车，走了十几里。"大娘心疼地拍着小铁汉。

小铁汉伏在刘大爷肩上伤心地哭个不停。

潇潇真想抱抱他，用母亲的声音抚慰他：别哭，乖孩子，告诉妈妈……

"说呀，谁欺侮你啦？"

小铁汉用手背抹着眼泪，抽噎着，"小英少了两块饼干，我坐在她旁边，她说我拿的，阿姨就批评我。我没拿！我再也不去幼儿园了……"

"跟他爸爸一样，长大了，也是一条铁汉子！"刘大爷拍着小铁汉的背，"做人，就凭着一股气。"

"你没告诉小芳阿姨？"大娘急着问。

"你去下饺子。"刘大爷截断大娘的话。

潇潇把小铁汉抱了过来。他的一条裤腿湿了。

"我找到小芳阿姨，她在给老师上课。"小铁汉看了看潇潇，黑暗中他看不清她的脸。他摸摸自己的裤子，"卡车把我撵到沟里去了。"

"摔疼了吗？"

"不疼。"小铁汉甩甩脚，"大卡车最坏了！"他忽然尖叫起来，"我的汽车呢？！"

"在炕上。"大娘在屋里应着。"这孩子，一进屋，就让我先把他的汽车藏好。"

小汽车也掉进了沟里，车头和轮子上沾了一些泥巴。潇潇用湿布把它擦干净，又用红纸剪了一串小花环，挂在车头上，装起了一辆彩车。"小铁汉，好看吗？"

"好看。"小铁汉跟在开动的车后，嘴里"嘀嘀"地叫着。

"小铁汉，开车去北京天安门好吗？"潇潇试探地问了一句。

"好！"小铁汉又跳又唱，"我爱北京天安门，天安门上太阳升……"

"真好听，再唱一个。"她把小铁汉抱到炕上，"这是舞台，你给大家表演节目吧。"

"小铁汉可会讲故事了。"刘大爷说。

"好吧，我来讲个故事。"小铁汉歪着头，想了想，然后大大方方地抿了抿嘴，把手背到身后。"我讲个《妈妈的故事》……"

深夜，风挟裹着雪。

烛光下，妈妈守着病孩。

门突然开了……

小铁汉像背书一样，一板一眼，一顿一挫，几乎一字不差。这个故事，曾是他对刚做母亲的她的一点希望。现在，潇潇又从孩子嘴里听到了，它变成了一种深深的谴责。

……母亲很坚决，她对死神说："我把什么都给了，只想得到孩子，即使等待我们的，是无穷无尽的苦难，我们也要相依为命地生活在一起。"

死神被感动了……

他把结尾改了。潇潇在想。

是啊，上帝的天国是不存在的。孩子的天国，是父母的爱。小铁汉的天国呢？！潇潇把小铁汉抱到身边，贴紧自己的心口——他能感受一颗充满了爱和内疚的母亲的心吗？

大娘把饺子端来了。

潇潇低头吃着饺子，一口一个，一个接一个，塞得嘴鼓鼓的，却没吃出饺子是什么馅、什么滋味。

门开了。

小铁汉搁下筷子，惊喜地喊道："小芳阿姨！"

小芳站在门口，满脸是汗，急促地喘着气。

"阿姨吃饺子。"小铁汉端着自己的盘子，走到小芳身边，把油嘴蹭在她的身上。

"你这个孩子！……"小芳责备的眼光里，又含着深深的疼爱。"阿姨都快急死了。"

"阿姨坐。"小铁汉知错了，懂事地把小芳拉到炕上。

小芳这才看到了潇潇，高兴地伸出手。"听说你来了，那天晚上我去看你，没找到。"

"我在别人那儿。"潇潇敷衍了一句。

"小铁汉，你过来，认识她吗？"小芳热情地把手搭在潇潇的肩膀上。

潇潇屏住气，一动不动，仿佛肩上掮着一块一碰就掉的玻璃。

"认识，我还给阿姨讲了故事。"

"不，她不是阿姨……"小芳把小铁汉拉到身边。

"她是阿姨，是阿姨。"小铁汉倔强又亲昵地偎在小芳怀里。

潇潇捏着一根筷子，蘸着吃饺子时滴在桌上的醋，低头画着一个个圆圈。她的心里很酸涩。能怪孩子吗？他什么也不知道……

小芳捧起小铁汉的脸。能否告诉他："那是妈妈"。让他喊一声妈妈吧。他一定会自豪地向小朋友们宣布："我也有妈妈了！"没有比孩子呼唤妈妈的声音更动心的了。

小芳用征询的眼光望着潇潇。潇潇猛地抬头，那像电流一样交织的眼光，在潇潇的心里打出了使人颤栗的火花。"不！"她一把抓住小芳的胳膊。不要让孩子对一个还很陌生的人喊妈妈，这会挫伤他的心。他的心太嫩。

小芳只在小铁汉的脸上亲了一下。

"吃饭吧，孩子在我这儿，你们都放心！"刘大爷端起两盘饺子。

潇潇不想吃了。

小芳慢慢地吃着，数着盘里的饺子……

"我先走了。"小芳急着要走。"晚上还有课。"

"晚上还有什么课。"大娘拦在门口。"今晚都在我这儿睡。"

"给教师进修班讲高等数学。"小芳挽了挽裤脚，"我骑车来的，半小时就赶回去了。"她转向潇潇，"你多玩几天。"

"不，这两天就走。"

"阿姨，我跟你走。"小铁汉挤了过来。

潇潇心里不禁一喜。

小铁汉却紧紧地扯着小芳的衣角，央求着："阿姨，我要跟你走么。"

"天太黑了。"刘大爷过来拉小铁汉。

"我不怕！"小铁汉冲到门口，把脸埋在小芳的衣襟里，两只小手，像蟹钳，扭住小芳的衣角。

"乖，阿姨还有事，明天来接你……"小芳柔声地劝说着小铁汉。看着贴在小芳身上的小铁汉，潇潇顿时被一种强烈得不可遏制的情绪控制了。任何一个母亲，大概都无法忍受亲生儿女对自己陌生冷淡，而将感情转移给另外一个女人。

"阿姨，我要回去，我们走吧！"小芳看了看潇潇，好像在问："我带走他吗？"

"我要把小铁汉带走。"潇潇脱口而出。

"带走？"小芳惊愕地说。

"他同意了？"刘大爷也急了。

"我想……带走。"潇潇呆立着。

"阿姨，快走么！"小铁汉还在催。

小芳摸着他的头。

"你快走吧！"刘大爷把小铁汉从小芳身边拉开了。

"你能送送我吗？"小芳迟疑了一下，问潇潇。

潇潇先出了门。

没有风，天气很闷。云层越来越厚，低低地擦着远处几棵高高的榆树。纽扣一样的星星不见了，天和地黑沉沉的，仿佛落进了深渊。水塘里，有几只蛙在叫，叫得很烦躁。

"你要把小铁汉带走，是不是因为我？……"小芳直截了当地问。虽然，她并不愿意这样问。

潇潇的心微微一震。小芳的坦率又使她窘迫。

"我理解你。要是我，也会这样。"小芳的眼睛，盯着车笼头上的铃。

潇潇低头走着，心里很乱。她并不想说出那句话，为什么还是说了？她一时理不清。

"我很喜欢小铁汉。"小芳明确地说，"我从小也没在母亲身边长大，我体会过渴望温暖的心情，体会过得不到爱而悲哀失望的滋味。这种心情，这种滋味，会在一颗明亮的心里投下阴影。我想，小铁汉的心，应该永远是明亮的。这孩子可爱又格外敏感……"

潇潇仍然沉默。她的心情很矛盾。她应该感激小芳给予小铁汉的爱和关心。可是，当她看到这种爱和关心的结果时，她又无法忍受……

"也许，他会同意你把孩子带走。但你不能想象，这几年，他是怎么把小铁汉带大的。他不能没有小铁汉。"小芳顿了顿，她还能说下去吗？他一直很关心她，有一次，谈起各自的生活，他说，要给她介绍个朋友。她半开玩笑地回答："他像不像你？"是的，半开玩笑。因为，有一半是真的。她尊敬他，带着一种深深的爱慕。但她又很了解他，他的感情，像一口钻井，扎得很深很深。他始终没有忘掉潇潇。她懂得应该尊重他的这种感情，她懂得应该很好地把握住自己。有时，她会替潇潇惋惜，也替自己惋惜。人的感情，同生活一样，就是那样错综复杂。当然，她从来不会流露出这种惋惜之情。这是属于她内心的，属于她一个人的。

她朝前走了几步，转过脸看着潇潇，几乎在请求地说："还是不要把小铁汉带走。你要为他想想……"

"也得为我想想。"潇潇站住了。

"他为你想了，什么都为你想到了，自己忍受了最大的痛苦。"小芳还在往前走。"水库的事，已经把他搞得够苦的了。而且，水库即使完工，事情还不算完。你不该在这样的时候……"

"这与水库没关系。"潇潇跟上一步。

"有关系。他的心，除了工作，就是孩子，它们是完整的，不能割裂。"

"不，他的心里还有你……"潇潇终于说出了这句话。她说得很快，很轻，仿佛湍急的水流带走一片树叶。

说出来了，潇潇的心立刻松快了些。

"你想错了！"小芳的心情却变得沉重了。"你想错了呀！"她重复一句，声音很强硬，好像从高处压下来的。她料到潇潇会说出这样的话，但她多么不希望听到这样的话呀！她没法解释，也不想解释。她刹住了车。

像两棵黑暗中的小树，她们相对而立，很久没有一句话。

"没时间了，我得走了……"小芳一只脚蹬上踏脚板。"我还想再说一句，请你无论如何不要把小铁汉带走！再见。"她跨上车，摁了一声铃。寂静的夜里，铃声清脆又响亮……

夜，像鲸鱼的皮，黑得有点可怕。隐隐的，能听到滚在云层里的雷声，沉闷，仿佛憋着劲儿敲出的鼓声。

要下雨了。大雨、雷雨、暴雨？

潇潇久久地看着什么也看不见的天。

十

好大的雨。连着下了两天两夜。草絮的屋顶漏了，屋檐滴下的水，在门前流成了一条河。路基冲坏了，浊水裹着泥沙，淌到沟里，沟里的水又漫到路上，到处是一片白花花的水洼。

"雨什么时候才停呀！"两天不能出门，小铁汉急得快哭了。"我要给爸爸打电话。"

潇潇也很想和他通个电话。两天两夜，大雨把她的心荡涤了。平静了，也明净了。

"我怎么会驱使自己的感情，卷入那样一个狭小的漩涡？"她羞愧地责备自己。公正地说，他没有错，小铁汉没有错，小芳也没有错。一切都很自然，合情合理，也很美好。

她错了吗？

她没有想到自己冀求安宁的心，会掀起这样一场轩然大波。在踏上飞机的那一刻，她还以为，这块土地，对于她，已经很遥远了。回来看看，只是偿还一种夙愿。但她的估计错了。她的心并没有离开过这块土地呀。

然而，毕竟是离开了！

"你要为他想想！"小芳的提醒是对的。他在工地上，在暴雨中……她为他想了，想了两天两夜：水库抢在暴雨前修成了没有？山洪猛不猛？……

没有一点讯息。

电话早就不通了。路边的电线杆，一根根都倒了，拖拽着长长的电线，浸在一摊摊积水里。

潇潇站在窗前，看着被水花蒙住的玻璃窗，心里仿佛也盛满了雨水，透不过气。她不敢想象暴雨中水库的情景，又不能停止地在想象：又冷又硬的雨，鞭子似的抽打着，顶风喘不过气。雨靴在泥泞中艰难地拔着。……铁锨里，一坨坨比石头还沉的泥浆，粘得死死的，用足力气才甩出一点点……肩上的草袋，饱和了雨水，沉甸甸地把身子压弯了……他奔跑着，声嘶力竭地叫喊，水淋淋的头发，贴着额角，眼窝眍了下去，眼球上布满了网状的血丝……

"雨停了，水库修完了，你要好好地休息，你太累了……"她对着汩汩淌水的玻璃窗说。

"休息？他们还等着开党委会追究我……"滴滴的水声在替他回答。

"滴滴！"身后，小铁汉在玩着小汽车。

我没有权利带走他！她心里越来越明白。但是，小铁汉却和她亲近了。吃饭，要挨着她坐，睡觉，要依偎在她的怀里，听她娓娓地唱，轻轻地拍，舒坦地半睁半闭着眼，仿佛又回到了襁褓里，要妈妈哄着才肯睡。仅仅两天！似乎感受到了不同于任何人给予的温暖，小铁汉在尽情地补偿。孩子对母爱，好像有一种特别的敏感，这大概是天然的信息。

绵绵的心事，像落不停的雨。为远在工地上的他担心，又为近在怀中的孩子分心。忧虑、不安，但心里倒踏实了。这种感觉，在她含辛茹苦地填满一页页稿纸时，也有过。像爱着事业那样，爱着丈夫、爱着孩子、爱着一切应该爱的人，会使人变得充实起来。

人，不能没有爱，就像不能没有空气。

"阿姨，雨停了，雨停了。"小铁汉跳着、叫着，"给爸爸打电话去，打电话去！"

雨停了！

天空有一抹淡青的亮色，空气湿润又带着一股浓郁的、沁人心脾的水腥味。屋檐还在滴水，树叶还在滴水。道上的水洼亮晶晶的，鱼鳞似的闪着光。

"走吧！"她也耐不住了。

"线路没那么快接通。"刘大爷喂马回来，浑身是草屑。

"接通了，接通了！"小铁汉迫不及待。

是不会很快接通的，但潇潇也想出去走走，踩着清亮的、还未被泥浆玷污的雨水，透一透清新的空气。

人们都出来了。井台上的辘轳又"吱吱咕咕"地响了。井台下排了一长条水桶，一堆男人倚着扁担，在嘻嘻哈哈。房前屋后的铁丝上，又晾出了湿衣服，女人们隔着小院的篱笆，一边进进出出地忙，一边嘴不闲地聊。两天的雨，仿佛把人们锁了两年。

潇潇站在连部门口，和道上来来往往的人，不住地打招呼：

"来了！"

"什么时候走？"

……

什么时候走？雨停了，车通了，也许，该走了。……

"潇潇，你的电话。"老会计在屋里喊。

"电话通咯！"小铁汉比她跑得快。

谁来的电话？线路一接通……

"是爸爸的电话吗？"小铁汉伸着脖，歪着头，眼睛一眨不眨地盯着潇潇拿起的话筒。

不会是他。雨刚停，工地上有多少事包围着他。

"喂。"她没用力气地吐了一声。

"……"

"是我。"她的声音马上激动起来。

"是爸爸。快给我！"小铁汉很机敏。

她立刻就把电话给了小铁汉，好像接到的是她不愿接的电话。但是，等这个电话，她等了足足两天呀！……突然又听到了他的声音，虽然很轻，仿佛隔着千山万壑，但她的心，还是跳得很快。她要想一想，重新想一想，该说点什么。她朝门口走了两步。

"爸爸，我是小铁汉。我猜到了是你的电话。想我了吧？这儿下雨了。你们那儿下雨了吗？"小铁汉兴奋地把嘴紧紧地贴着送话器，"我住在刘大爷家，自己跑来的，小汽车也带来了。你什么时候回来呀？"

"……"

"好吧！"小铁汉有点不舍得地把电话筒交给了潇潇，"爸爸要跟你说话。"

电话里杂音很多，他的嗓子也沙哑了。"……水库修完了。我们冒着大雨，在水库边站了两个小时，等着山洪，结果，山洪没下来……"

"都为你们捏着把汗……"

"你要在就好了，看看暴雨中的工地，感受一种拼搏的激奋与痛快，又能写出一篇好作品……"

"你没留我。"她故意说。

"留不住……"

不，我有后悔，也有眷恋，无论是离开水库的那一刻，还是告别那栋"拉合辫"的小土屋时……她想说，又无从说起。停了停。

"你什么时候回场部？"

"暂时不能回来。"

"为什么？"

"我想马上去总局。"他的声音很低，几乎听不清。"他们准备提请总局党委处分我，罪状很多，第一，无视场党委的集体领导；第二，狂妄违抗上级命令；第三，根本没有山洪，抢修水库是瞎指挥，是整人的借口……"

"山洪不来，水库就修错了？"她也很气愤。"我要等你回来。"她能安心地走吗？这场官司总局会怎么处理？那几条"罪状"，足够把他重新赶回马号去。当然，喂马比当场长轻松。但他不会罢休。那么，结局呢？……

"我不走了。"她很坚决。曾经，在他需要她的时候，她走了。现在，他可以不需要她了。但他面临困境，她觉得，自己应该留下。

"不，你走吧！"

"为什么要赶我走？"

"你走吧，但不是赶你。"他很恳切。

"为什么？"

"不为什么。"

"那我不走。"

"如果我请求你……"

潇潇感觉到他的语气不寻常。"是不是因为'她'？"她只能这样解释。

"不要说下去了。"他的声音，吃力地从火辣辣的嗓子里挤出来。

有好几分钟，话筒里只有一片杂音。

她以为他恼火地走了，但她没有放下话筒。为什么又提起"她"，带着一种不可抑制的情绪？他有重新生活的权利！

不知隔了多久，话筒里又传出了他的声音："今天是几号？"

"二十号。"

又停了停。

"明天，你能不能替我去送送小芳……"

"她去哪儿？"

"住院。"

"什么病？"

"你去问她。"

潇潇捏着话筒的手心里，渗出了汗。那天，小芳一点也没提及自己的事。我为什么没想到要关心一下别人呢？……

"你走吧，不要感情用事。"他的声音，像没有波纹的水。"不要老是回头了。留在你记忆中的'过去'，是经过筛选保留下的一些美好的事情。平常的、不愉快的，甚至痛苦的往事，你淡忘了。新的生活，必然有新的矛盾，但它毕竟是新的，它能给你许多新的内容。要紧的是现在。你脚下的路开拓了，很宽，走好了，能走得很远……"

她还能说什么呢？

"小铁汉……你可以带走。我想过了，你比我更需要他……"他的声音突然哑得听不清了。

"不，小铁汉是你的……"

"别争了。"他又嘶哑着声音要求她，"把电话给孩子。"

小铁汉感觉到发生了什么。阿姨的脸，为什么像生了病似的苍白？"阿姨，你怎么啦？"

"没什么……"她把电话筒给小铁汉。

小铁汉疑惑地接过电话，声音也带着忧虑："爸爸……"

"……"

"什么？爸爸你说什么？"小铁汉疑惑的眼光，顿时变成惊讶。他倏地回头，盯着潇潇，审视、判断、凝思、顾虑、犹豫，猝然间，他单纯的眼睛里，纠合了多少复杂的内容。渐渐的，又变得那么单纯，欣喜，"爸爸说，你是……你是——妈妈？……"

不？！她真想夺过电话，大声责问他："为什么告诉孩子？！"但她只是把小铁汉的头捧到自己的颌下，眼泪像滚下叶尖的露珠，一滴滴地落在孩子密黑的头发上。她慢慢地拿过电话，深情地说："谢谢你……"

小铁汉应该知道，他也有一个很爱很爱他的妈妈。

"那天，我把带给你的杂志，又带回来了。我把它们交给小铁汉……"她真想就这样捏着话筒，一直说下去。

"不过……"

"什么？"

"其实，大部分我都看了。"他还是说了。

"我还是留给你……"她的话咽住了。

他马上接一句："不能送你了，希望你还像当初那样谅解我。"

"不，我们再见一面。能不能再见一面？"

他没有答复。

"要不，我还是等你回来后再走……"

"这样吧，我们在半路上见。你等在砖瓦场后面小桥边的林子里。"他终于同意了。"王强、吴欢欢他们，就埋在那里，迁过一次坟。"他考虑着什么，"你替我摘一些达紫香……"

牵着话筒的电话线在抖。

"我们回去吧！"小铁汉拉着潇潇的衣角，羞怯地叫了一声，"妈妈——"

她抱起小铁汉，眼泪又止不住地涌出来。

"小铁汉！"

"阿姨！"小铁汉张开胳膊。

小芳站在门口。

"阿姨，她是妈妈！"小铁汉有点不好意思地指指潇潇。

"你……"潇潇把小铁汉递给小芳，"我正想找你。"

"我也有事找你。教师进修班想请你去讲一课，谈谈创作与生活。我的一个学生，从总局回来，直夸你。"小芳还是那样热情。"或者，你自己选个题目……"

"不，先不谈这个，"潇潇打断小芳的话，"快告诉我，你的病？……"

"你怎么知道？……"

"他说的。他要我送送你。"

小芳微微地一笑，"其实，没什么关系。可李场长提到了党委会上，要求党委来关心我，事情就好像严重了。"

"到底什么病？"

"可能是子宫癌，要切除。还有风湿病，腿，心脏……"小芳说得很轻松，好像不过是一场感冒。"还记得吗，来'北大荒'的第二年，山洪把麦子淹了，我们就泡在水里拔麦子。我正好来例假……不懂，也不在乎……"她轻轻地叹了口气，"医生说，治晚了……"

"不会的。你到北京来，我帮你联系医院。"

小芳摇摇头："不要紧。我这些病可能一辈子……也好，独身一人，不拖累谁。我独立生活惯了，上小学就住校。爸爸妈妈要是外出找矿，星期天，我也不回家。"

"谁说不适宜……等病好了……"潇潇心里的内疚更深了。

"不要安慰我。对自己，我早想好了。"小芳微微笑了笑，"不谈这些扫兴的事，"她又冒出一句，"不瞒你说，我很喜欢小铁汉。带走他，我们都会舍不得。"

潇潇紧紧地搂住了小芳，不单单是请求原谅。不是。她的心需要贴着另一颗心，感受心与心之间在默默融汇时的那种特殊的温暖。这几年，她像玻璃缸里一条孤零零的小金鱼，虽然埋着头，不停地游动，绕着一个永远无止境的圆圈。但是，只在那么可怜的一缸水中。和周围的人，和周围的世界，又隔着一层玻璃。可从前，她到过"大海"，和伙伴们在一起，患难与共。渴了，一壶水大家分着喝；饿了，一块馒头大家掰着吃。男宿舍烧炕起火，女同胞们，腾出一间屋，匀出一半被褥，大家背靠背坐着睡……再也没有了那时的艰苦，也就没有了相濡以沫的和乐。想起来，亲切又遥远，像脚下的这块土地。

她把小芳的手握紧了。

达紫香被雨水洗了，花瓣更加鲜亮，红的、黄的、紫的，开在绿色的草丛里，迎着风，欢快地摇动着。

她摘了满满一大把，扎成四束。

小桥那的林子，被人踩出了几条羊肠小道。道边有一簇簇金黄色的矢车菊，还有一个个灰白色的蘑菇。林子里，有白桦、杨树、水曲柳、小红松，那么杂，又那么和谐地相处在一起。好久没有钻林子了，远远地望着那一大片浓绿，潇潇又感到了那种清新与神秘。

过去，和伙伴们进林子捉迷藏，她像泥鳅似的灵快，绕着大树、小树，转来转去，谁也抓不住……

她的脚步沉重了。

墓。四个锥形的小土包，竖着四块长方形的石板。石板上没有碑文，只有几个模模糊糊的名字，镂刻的缝隙，填满了灰土。土包上盖了一层细密的野草，只是不长花。

就躺在这儿，永远默默地，不再有人问津。如果不是他的提醒，她想到过应该来看望他们吗？她的心被一阵沉痛与伤感灸炙着。

她在每一块墓碑前，默立一会儿，又用指甲一点点地抠去了嵌进石板字缝间的土：王强。吴欢欢。姜平。宋玉珍。一张张生动的笑脸，在向她飘来。她要告诉他们："水库修好了，再也不怕山洪的疯狂与肆虐。"

要是早十年修成水库，他们？……

她靠着一棵白桦，面对着四个伙伴。嫩绿的小圆叶，亲密地罩着她，像一把巨大的伞。有一次，捉完迷藏，他们就是这样面对面、不言不语地歇着。如果，他们的心还会跳，如果，他们还会说话，一定会围着她问长问短：

"你在北京干什么？"

"当编辑有意思吗？"

"你真幸运！"

"其他的人都好吗？大洋马、橄榄头、长脚鹭鸶……"

她在心里问候他们："你们都好吗？有点寂寞吧？"

"有时很寂寞。你们大概都忘了我们。"

"不，大家都想念你们，想念曾生活过的这块土地。真的，我问过许多人，他们都想回来看看。我们的生活，毕竟是在这里开始的。走过来了，而且，是一段很长的路，用青春的脚步，你们则用生命……"

"你现在好了，什么都有了。"

"别人都这么认为。你们应该理解我。我有许多宝贵的东西，永远留在了这里，就像失去了你们，不会再有了……"

"我们也是真的留下以后，才渐渐地了解这块土地。仍然有人播种着它，他们仍然生活得很艰苦，仍然要付出很大的力气、很大的代价，才能改变一点点。但是，他们不屈不挠地干着，把一生都将埋进这块土里。所以，这块土地，永远是肥沃的。他们倒还记得来看望我们。夏天，采一些野花；冬天，摘几根松枝。这使我们有了安慰，但又更加惭愧，我们并没有为这块土地做过些什么呀！"

"不，你们做了最大的牺牲。"

"这种牺牲是无谓的。当初，如果是死在修筑水库的工地上，倒也值得，总是为改变这块土地尽了一点力。可是……"

"也许，有你们的牺牲，才有这水库。"

"你是在安慰我们。"

"修起这个水库，真不容易！一会儿，他也要来，他会把一切都告诉你们。"她的心，猛地冲动起来：写写这一切！

"见到你真高兴。回去后，别忘了我们。"

"我会把写出的每一篇都寄给你们看。"不去文研院。不当秘书。要写，努力地写。我有责任做。我能做！她突然间决定了。

"我写的东西，你们爱不爱看呢？"每一篇作品发表时，她都有这种惴惴不安的心情。她知道：王强爱看侦探小说，身边有一本手抄的《福尔摩斯侦探集》（葬他时，也一起埋了）；吴欢欢，爱读抒情诗，普希金的，莱蒙托夫的；姜平每天晚上，把连部的参考消息"偷"回宿舍；宋玉珍像孩子似的，常常买些小人书看。"但我一定好好写。"

她有信心。

"我们给你个题目……"

"什么？"

"《遥远的土地》。"

遥远的土地！

是啊，很快又要走了，脚下的这片土地，又将离她那么遥远……

不，她不是又走近了它？而且，是在心里。

潇潇把每个土包上的草拔了，又清理了四周，然后，把那一束束五彩缤纷的达紫香，放到每一块墓碑前。

"我不能经常来看望你们，但到了达紫香盛开的时候，我会写信给他，'你去小桥边的林子里扫墓，请帮我也放上一束花！'"

他们都沉默了。

他该来了。潇潇从沉思中醒来，看了看表。早已经过了约定的时间。

她走出了林子。

四周很静，小河里的水，也悄悄地流着。

她走上桥，往大道上张望。忽然，在拐弯的路口，腾起一片片尘土，像火箭喷出的烟雾，带着一股冲力，飞旋着。她看到，场部的军绿色的小吉普，急急驰过，犹如出膛的子弹。上面来处理他的人赶到了？

小吉普在岔路口，毫不犹豫地直奔通向水库的那条大路。

他不会来了。

他不能来了！

潇潇忽然意识到什么，急忙跑回林子取书包。

"去水库。我也去水库！"但挎上书包，在那棵白桦树边，她又站住了，她猛然想起了那位局长的话：

　　"在下面，发现问题，你们可以直接找我……"

　　找他？！

　　潇潇绕着白桦，慢慢地走了一圈，又回头看了看那几块肃立的墓碑，看了看那几束鲜艳的达紫香。

　　红的，黄的，紫的……

徐 小 斌

1953年生于北京,国家一级编剧。主要作品有《羽蛇》
《敦煌遗梦》《德龄公主》《双鱼星座》等。曾获
全国首届鲁迅文学奖、全国首届、第三届女性文学奖、
第八届全国图书奖、加拿大第二届华语文学奖小说
奖首奖、2015年度英国笔会文学奖等。2014年11
月入选美国国会图书馆"亚洲著名女作家"。部分作
品被译介到海外。

1969年至1974年在黑龙江生产建设兵团劳动,
1974年至1975年转回京郊插队。

18 岁第一次从黑龙江回京探亲

徐小斌

无　执

——佛说：婆娑无执

一

那时候太年轻了。她想。

现在老了，总想年轻时样样好，但那时并没觉得好啊。

你在黑龙江五年，是怎么过来的？孙女问。

孙女七岁，正是美好可爱的时候，穿得花团锦簇一般。生于锦绣繁华地、温柔富贵乡的孩子，会不会弱智？

可是什么叫弱智啊？那时候的她，那时候的她们，按照现在的标准，不都是弱智吗？

那时候太年轻，太年轻了。单纯到心无杂念，即便如此，还要"狠斗私字一闪念"。连一闪念都不放过，那是个什么样的时代啊？

二

十六岁的女孩在烈日下锄地。谁说东北永远是寒冷？她在的这个叫作大山屯的地方，冬天虽然冷到零下四十七八度，可夏天的太阳一点儿不含糊。当地人管夏锄叫"铲地"。那根大锄头，有她两个身高。绰号"大爬犁"的连长在夏锄动员会上说："我们的口号是大雨小干，小雨大干，不下雨拼命干！"她身旁的阿眉小声嘀咕了一句："哼，大晴天累死了算！"她忍不住咯咯一笑。

"谁？！刚才谁笑？！给我出列！"大爬犁被太阳晒黑的脸十分狰狞。

她正在犹豫，被什么人在身后轻推一掌。顿时暴露在全连二百个知青的目光中。

她其实还没满十六岁。皮肤薄得就像包羊羹的那种薄纸，白，半透明，一双占面部比例太大的眼睛，好像一整块深不见底的黑水晶，小鼻子小嘴分明还停留在儿童期。如以往一样，在最难堪的时刻，她的脑子里又出现幻觉——大爬犁变成了一个红皮肤长着满身狮毛的雅利安人，站在那里口沫横飞兀自咆哮，下面全是举着盾牌的兵士，似乎那些吐沫一喷出来便可化作无数铁钉。

大爬犁没有再搭理她，接着训话。大爬犁说8号地的每根垅长14里，"一人儿一天包一根垅，包到头儿！谁也不许接谁！过去俺们连有这种情况，这给某些同志造成了一种依赖性！都吃一样儿的大茬子饭，咋不能干一样的活哩！……到不了北河套，哭也得给我哭出来！"——北河套是那14里的终点。

如果说那五年记忆中还有什么亮点，无疑便是北河套了。

北河套美，美得奇幻。最美的是那些水泡子，碧蓝碧蓝，深不可测。

听说外连有女知青晚归，迷糊了，看见那么美的水泡子就跳下去，本意是想洗个澡，但跳下去就没影儿了，只看见咕嘟嘟冒了一串儿水泡就消失得无影无踪。听了这个故事她就暗想：这水泡子下边一定住着水妖。水妖，滴滴答答披着薄纱水母般的披风，生着灰色的脸，鲜艳红唇，碧绿眼睛。她心里关于水妖的形象不知如何来的，肯定不是从小时候看过的童话书里来的，那时的童话书，没有那么鲜艳的颜色。

在一个暗夜里，或许可以遇见水妖，她想。

三

毒太阳正当头，她全身的衣裳都湿得贴到身上，可以拧得出水。

每一锄下去都要使尽全身的力气，渐渐地觉得自己的身体不再是身体，肉体变成了机器。让一具柔软的肉体变成机器，是一件很困难的事。

少女的肉体是上帝最宠溺的造物。细细想想吧！那样优美得无可名状的曲线，恰似造型最美的长颈花瓶，让一个花瓶颈子一般的细腰，不断地起起落落劳碌繁忙，最后重得像石头，硬得像铁，腰就不再是花瓶颈子，而要变成水桶，变成"柳罐儿"（东北打水的器皿），才能经得起那样的重。

可她那时，腰围才一尺六寸，堪称杨柳细腰。冬天漫长穿着棉大衣也就罢了，现在只穿了一件衬衫，又被汗水塌住了，那种美丽的少女曲线毕现，就特别打眼了。

第一个注意到她身材的是排长陈段喜。段喜是天津老知青，瘦，干瘪。永远是一种暴露前额的发型。前额宽大，有一根横纹贯穿。一双眼睛略有点对，常常透出一种冷峻，仿佛"阶级敌人"无处不在似的。如今这双略有点"对"的冷峻的眼睛，长久地盯在她身上了，然而她却浑然不觉。

只能怪她太愚钝。——陈段喜不是没有预警过。前些时陈排长专门找她谈了一次心，指出她有"骄娇二气"。"骄娇二气"这个词在当时算是"人民内部矛盾"中很重的词了。并且陈排长说过"知道你郑小米是资本家出身"这样的话。当时她一怔，申辩说："我爸是教书的。"但是这句话很快淹没在陈排长压抑着怒气的指责之中。很明显陈段喜同志并不想与这个看起来娇弱可人的女孩交流。她长成这样，本身就已经得罪铁姑娘式的陈排长了。

一眼望不到边的黑土地啊！她终于扬起酸痛的颈子，望着遥远的十几里外的远方——一个人影儿都看不见了，她知道，她被全连的人甩到了最后，中饭，又吃不上了——夏锄时节是连里派老牛车送饭，饭送到人群集中的地方。由于头几年遇到十年未遇的特大涝灾，收上来的麦子都被水泡过的，发了芽。发芽的麦子碾成的面粉蒸成馒头是黑而粘的。不是像年糕那样的粘，而是一种让人恶心的粘，一句话，不是饿极了的人，是一口也吃不下去的。

她早饭吃了一个馒头一点咸菜。咸菜是阿眉给她的。阿眉睡她旁边，算是最近的人了。全排两张大通铺，每张铺睡十九个人，一共是三十八个姑娘。睡起来比肩继踵，头碰头，脚对脚，翻个身不容易。她要了最靠里边的位置，原以为相对有安全感，谁知最可怕的便是这个地方——因有个大凹槽权且冒充壁橱，全排人的箱包都堆在那里，久了，便能听见里面咯吱吱的声音。常常，一清早会有人发出尖叫，昨儿忘倒的洗脚水里，泡着一两只硕大如犬一般的肥耗子！

她便每天都睡不着。冬天，会有天花板的冰凌砸在她的脸上，生疼生疼。细小的呼噜声此起彼伏，外面是极其恐怖的大风雪的呼啸，可这一切的声响，盖不住她最细脆的神经末梢能听到的、来自"壁橱"

里"咯吱吱"的声音，她觉得全身的毛孔不断张大又缩小，鸡皮疙瘩起了一身又一身。幻觉中似乎一只老耗子精从"壁橱"里蓦然窜出，飞也似的踏着每一个女孩娇嫩的脸昂然走过，尖利的小脚尖儿细过现在最细的高跟儿，仿佛还露出白生生的鼠牙回眸一笑，十分狰狞。

白天不吃饭，夜里睡不着，她瘦得像一支小扫帚苗儿，虽说风吹就倒，可到底还是活下来了。多年之后她依然诧异自己的生命力。其实所谓生命力，不过是一些神秘的液体在体内悄悄流动，虽说是悄悄地，可也是相当勇敢地、莽撞地、不顾一切地。

可在那时，她觉得身体里那些莽撞的，似乎时时要冲出来的液体充满了罪恶感。来了半年多了，她没跟男生排的人说过一句话，连每月三百二十大毛的工资，也都由别人代领。漫长的冬天，她总是戴着一顶巨大的驼绒帽子，那顶帽子大到盖住了她半张脸。持枪排的男生因为离她们最近，早就注意到了这个女孩，从没听见她说话，打饭的时候只能看见她的下巴颏儿，那个下巴颏儿比别人要白，是没有血色的苍白。现在终于看见她的脸了，看见她那儿童比例的五官，还有占了一半脸的大眼睛，活像当时的洋娃娃，特别是，无论她的目光如何躲闪，那黑扇子般美丽的长睫毛是藏也藏不住的。于是持枪排的男生给她起了个外号叫"少先队"。他们叫她"少先队"的时候，俨然觉得自己已经是"共青团"了。

那时候，别看是个禁锢的年代，其实男生们常常议论女生。特别是，在那个黑灰蓝绿的时代里，有一点点特殊的女生。

四

只有一个男生例外，他绝不议论女生，而且永远会出面制止议论。

他叫任宇，持枪排排长。

持枪排也就是一排，自然是全连最拔尖儿的。出身好，表现好，根红苗正。

而任宇，还远不仅仅如此。他能负重跑 3000 米，穿越 30 米铁丝网来回 10 次，越野行军、野外生存、率领全排突围反突围，最厉害的是，他是全师顶尖的神枪手，可以说是弹无虚发。这一切让他在男生里享有崇高威信。而女生们，更是远远地把倾慕的目光锁定在他身上。

当然，按照连领导的说法，他也有毛病。最大的毛病就是"护犊子"。凡他排里的人，都是他的兄弟，有毛病没毛病的，他一律护着，天大的事，他私下找谈心，绝不允许连里批评他的弟兄们。连长指导员私下交换意见："这不是江湖气是什么？"可当着他面儿竟不敢说。这当然是因为，他们在好多方面要仰仗他为连里办事儿挣面子呢。

公元 1969 年的冬天，黑龙江大雪封山，冰天雪地。到处都是一片战备的狂热。"深挖洞，广积粮，不称霸""备战备荒为人民""准备打仗"这些让人惊心的大标语，写在了连队的土墙上。动员会开了几次。几乎每个人都相信战争就在今冬明春打响，何况，这里距离"苏修"的领地，只隔着一条乌苏里江。

"同志们，我们刚刚获悉苏修空投特务已在附近着陆。"大爬犁的声音在朔风里飘响："我们要发扬一不怕苦、二不怕死的革命精神，抓住外国特务，保卫祖国边疆！……现在，目标，九号地，跑步前进！"

她全身的弦儿都绷紧了。苏修特务？这可不是闹着玩的！朦胧的睡意一下子消散了！从小就受到的革命英雄主义教育在起作用了！一股热血在心头萌动。她拼命地跑，不断用笨拙的大棉手套揩去挡住视线的白色冰霜。狂风奋力地掀起厚厚的积雪，然后把它们扬向整个世界。塞满乌拉草的棉胶鞋踏出一个个黑洞洞的大脚印，然后，又迅速被大雪淹没了。

突然，脚下一滑，她忽悠一下落下去。是个松软的大雪坑。还没来得及出声，暴风雪就没过了她的胸口。她拼命抓住一根老树的枯枝。

"卧倒！"狂风刮来断断续续的口令。

她仰起头，看到夜空中并排驰过三发照明弹。

"喂，已经喊继续前进了，你怎么还不起来？要冻僵了！"

一个高高的黑影，一步窜到眼前。压低的栽绒帽子下面，是一双英气逼人的黑眼睛。

一股热流一下子窜到胸口，竟然没碰上他伸过来的手，她就从雪堆里钻出来了。她知道这是一排长，这还是她第一次这么近地看到他的眼睛。是的只有眼睛，因为大家都戴着帽子和口罩。四目对视，只有刹那，可能连刹那也没有，因为她像被烫了一下似的瞬间就移开了眼睛。

东北的大烟儿泡真叫冷啊！那是一种刻骨铭心的严寒。仿佛五脏六腑都冻得凝结在一起，连语言动作也冻僵了似的变得缓慢。前几天，气温竟低达零下52度！就连最不把老天爷放在眼里的大爬犁也下令停工一天。这天凡是外出的人脸上都冻起了大泡。戴口罩的就更惨了。一揭口罩，竟生生能揭下一层皮！几天后，化脓流水，奇痒难熬，不少人脸上都留下了暗褐色的瘢痕。

"喂，是一排长吗？"她看到一个黑影挡住去路，听声音正是大爬犁。

"是我。什么事？"

"你马上集合男知青，到连部开批判会！"

"？！"

"快！刚才你们一班的向辉把我给打了！这件事性质严重，要马上处理！"

"向辉？不可能！到底为什么？"

"今晚是连里布置的军事演习，事先没通知各排，目的是考验大家。我化装成苏修特务蹲在 9 号地桥墩子底下，没想到你们一排那帮愣小子，妈了巴子的！杨华上来就把我给扭住了！向辉左右开弓，打了我好几个大嘴巴子！……依我看，这是向辉搞阶级报复！是报我上回抓他偷听敌台的仇呢！……谁不知他爹是驻外大使？哼，里通外国……"

"连长，你这么讲毫无根据！我敢保证，向辉肯定不是故意的，大家都是出于对苏修特务的义愤，这可以理解……"

"任宇同志，你不要总是袒护你们北京知青，你……"

"这根本不是什么袒护！……连长我认为你应当有点涵养，为这件事开批判会，只能降低连干部的威信！……"

"那……他就白打我了？"大爬犁像刚遛完场的马似的呼呼直喘粗气。

"你就当他是打苏修特务呗！"他竟爽然笑起来，"反正开批判会我们排不参加！……"

任宇的声音在风雪里飘飘摇摇传进她的耳朵，她竟然差点笑出声来，竟然有了一种久违的周身通泰的喜悦。

前面，有人在漫天风雪中唱起《兵团战士之歌》。"沿着田野，沿着群山，铸起那钢铁的战线，英雄的队伍阔步向前，去建设边疆，保卫边疆，啊，光荣的生产兵团，英雄的生产兵团，当年开发过南泥湾，革命传统代代传。一手持枪去战斗，一手握镐来生产，永远战斗在反修的最前线，战斗在反修的最前线！"……

五

旷野无人，孑然一身——大部队已经把她拉下很远很远了。

她瞭望四周确保无人，才敢把自己汗湿的外衣脱下来，拧了一把，又一把，拧出来的汗水足有小半盆，谁信？拧干了穿在身上，风一吹，她竟打了个寒噤，这时才突然察觉——原来晌午已经过去了，云彩慢慢变灰了，远处。

似乎有着一种若有若无的唿哨声。时光回溯四十余年，我们可以看到当时的画面：广阔无垠的黑土地上空是一股浓灰的云，巨大无垠的空间中有一个小小的人儿荷锄站立，湿透的衣裳铠甲般包裹着她，一双迷茫的儿童式的大眼睛眺望着远处——那是她需要达到却永远也达不到的终点。

女孩是水做的，她的汁液随着汗水快流光了，流光了就会变成一个干枯的小人儿。连队是仁慈的，每隔一里地就放了一个大水缸。她看到前面的水缸就扑了过去。水缸是躺倒着的，先行者们已经喝光了里面的水，她趴下去，像条小狗似的钻进水缸里，水缸里还剩了一点点水，主要是泥沙。她一口气把剩水喝完，和着泥沙。

生命真是顽强，怎么样都能活下去。冬天，零下四十多度的天气，寒风呼啸，天花板上全是一米多长的冰凌，可是没有煤烧。团部下文件说因为北安那边只运送战备物资，没有闲车送煤。总不能眼睁睁地冻死，就有聪明人想了个办法——去雪地里刨豆秸！——那些秋收之后剩在田里的豆秸救了他们的命。他们的年纪最大的二十二岁，最小的只有十五岁，就是她，她刚刚在去冬来了初潮，可是陈排长决不因了这个而对她有一点点姑息纵容。陈排长永远用疑惑的斗鸡眼盯着她，随时准备监督她、揭发她、批判她！当时是十一月，十一月的天气，大山屯儿已经冰封雪飘了。陈排长说，今天的任务是下冰河捞麻。全体女生都要下，大家要发扬一不怕苦、二不怕死的革命精神！她因为害怕，扯了陈排长在一旁吞吞吐吐地说了自己的特殊情况。陈排长的嘴角立即浮起不屑的冷笑："全排十来个人都来例假，就你金贵？！"她说这话的时候声音那么大，简直可以说是大喊大叫，她羞得无地自容，仿佛内心最见不得人的秘密被人窥破，半晌无法抬头，那次下冰河的结果便是，她的初潮被憋回去了，从那时起再也没来。她心里害怕，但又因害羞不敢对任何人启齿，包括离她最近的朋友阿眉。她只是觉得，每月有那么几天，小腹胀痛得几乎无法忍受，疼得实在受不了。她便冒着风雪跑到离宿舍最远的 8 号地，放声嘶喊。

不过她从来不哭。在所有人的记忆中，在许多年后的聚会上，当年的女生排——现在的老太太们都异口同声地说，从没见她哭过。她们现在说这话，满怀对她的钦佩。但在当时，她从不掉泪也是罪状——在忆苦思甜会上，老贫下中农的回忆让所有女孩落泪，除了她。

因此众人断定她内心冷硬，即使不去理会，她也仿佛能听见众人的纷纷议论。

她的幻觉会及时跳出来帮她——她把自己想象成俄罗斯童话里的雪姑娘，雪姑娘可以变成冰姑娘，对现实的一切视而不见，从里到外，冷硬如铁，坚不可摧。——可这完全是她的想象！即使是雪姑娘，她也是个溏心儿雪姑娘！心里的热气永远是不听话地往外涌，好多时候，她很想大声唱歌，就像小时候洗澡时那样，趁着放水时哗哗的声音，放声歌唱。

可是眼前，这一望无垠的黑土地，后面紧跟着的质量检查团，却让她插翅难飞了。

她明白必须克服困难，继续用柔弱的双臂握紧锄把，一锄一锄地锄掉那些杂草，留下中间那些碧绿碧绿的小禾苗，就在眼睛被汗水杀得生疼，双臂痛得要断掉似的时候，她突然想起当时常说的话"宁要社会主义的草，也不要资本主义的苗"。想到这句话，她突然笑起来——一朵鲜花般的笑刚刚绽放在女孩的嘴角上，奇迹就出现了。

——前面的垅上，全部都锄好了，土翻得很深，锄得很细，全部都是苗，没有一根草。

啊，神灵终于降临了！她瘫倒在地，向着北河套的方向，双手合十，一定是水妖在黄昏出现了，水妖大大的屏风般的裙子一扫，所有的草就都没了。

六

春天时曾去兴安岭伐木。

她当时异常兴奋，小学时课本里学过《富饶美丽的大兴安岭》：

……大兴安岭是我国最长的山脉之一，长约 1700 公里，最高海拔约 2000 米。林区面积达 22 万平方公里，年产木材 300 多万立方米，是我国四大木材生产基地之首。

大兴安岭地处我国高纬度地区，气候较寒冷。许多树木不宜在这里生存，所以树种比较单纯。但这里夏季多雨，日照时间长。在大兴安岭的峰峦沟壑中，到处是由高大的落叶松构成的林海。在茫茫林海中还生长着针叶樟子松、阔叶树、白桦、栎、杨、水曲柳、红柳等树木。

大兴安岭的落叶松是一种高大的落叶乔木。它的木质坚硬，耐腐，可以用于建筑、桥梁、矿山、铁路等建设上。它的树皮还可以提取烤胶。

在林区众多的植物中，杜香、蔷薇、榛子、山丁都是人造板的好原料。黄芪、柴胡、沙参都是极好的药材。各种野花遍布山岭。

大兴安岭的动物种类也是繁多的：大型的珍贵动物有黑熊、棕熊、驼鹿、梅花鹿……珍贵的毛皮动物有水獭、紫貂、雪兔……鸟类有一百多种，其中飞龙是珍禽中的佼佼者。

大兴安岭地下的矿藏也相当丰富。已探明的有：黄金、铅、锌、铍等。茫茫大兴安岭，满山遍野都是宝。美丽富饶的大兴安岭多么令人向往和自豪啊！

这篇课文，她能一字不落地背下来。可以说，她当初积极报名去黑龙江、瞒着父母自行销了北京户口，一大半是受了这篇课文的诱惑。至今记得去销户口的情形：北京的警察，一口京片子，一老一新，一搭一档，说相声似的拦着她："我说小孩儿，"新的说，"这北京的户口可就是金子，金子都买不来，你可得想好了，你这一销，可就没了！"老的吸一口烟："跟你父母商量了吗？""商……商量了，"她说谎话向来结巴。"你父母能同意？别蒙人了小孩儿，你蒙人还差着火候儿呢！"老的把烟头一掐，"要不把你父亲办公室电话给我，我给他打个电话？"

——她一听就急了，"求求您了叔叔，您就给我销了吧！我们学校军代表都同意了——""那你为什么不等着学校集体销户啊？"新警察转得也快。

那天一直到他们下班，总算把这事磕下来了。父母知道后陡然色变，长吁短叹彻夜未眠。可这个从小听童话长大的女孩，青春的血比同龄的孩子更热，热到沸腾——直到见识了真正的大兴安岭的时候，才感到了刺骨的严寒。

——在凛冽的春风里她听见男知青在喊着"顺——山——倒——""逆——山——倒——"——这是伐木时喊的号子。可这些青春期的孩子们谁又能想到，正是一个号子的错误，竟夺走了一个年轻人的命！

一排的向辉，曾经被大爬犁冠以偷听敌台全团游斗、后来生生被任宇保下来的那位，听见顺山倒号子的时候正站在大树的对面。万没想到应当喊的是逆山倒。

正正砸在后脑勺上。她第一次看到白花花的脑浆。一切来得太快，还没等她反应过来，天雷擦地火般地，一排长冲过来就背起了向辉，向八里路外的医务所狂奔。大家只是怔了几秒钟，就疯了似的跟着跑起来。八里路啊，还是凹凸不平的路。她趔趔地跟在后面，能够清晰地看到一排长的衣服已经被汗水湿透，旁的男生要换他，他却死也不撒手。

他们远远地就开始挽袖子："大夫，抽我的血，抽我的！"

"我是 O 型！万能输血者！"

她也挤到前面去，挽起一只雪白的胳膊："大夫，我和他是同一血型！还是抽我的吧……"

——她至今记得那位中年大夫冷漠的脸："人已经死了半个钟头了！输什么血啊？没听说脑浆子出来还能活的！你们有没有点常识啊？！"

怔了片刻，哭声才爆发。

透过朦胧的泪眼，她看见所有人都痛哭失声，连闻讯赶来的大爬犁也张着大嘴号啕。只有一排长一滴泪也没掉，他一动不动地站着，脸色苍白，连嘴唇都是白的，满脸汗水滴答着。但是眼睛里有一种痛，一种被封住的冰冻一般的痛，让人害怕的痛。两只眼睛就是两坨冰，背后藏着漆黑的夜。

他站着，站成了一座雕像。

七

黄昏的北河套，美得迷幻，美到让人无法相信。

丛林。灌木。碧绿的长满苔藓的塔头。蓝色透明的水泡子。深色和淡色的野花。成熟和没有成熟的浆果……在夕阳最后的余晖里，有着一种非人间的气息。

以前，她会在一个个塔头上蹦来蹦去，跳过那些奇幻而危险的水泡子，柔软的身体会像风中的乌拉草一样扭出各种曲线和弧线，那是美丽的少女之舞，浑然天成，不可复制。

可是今天，上帝没有给她慢慢欣赏这美景的机会，因为全排的女生围成了一个大圆圈，陈排长前额上的那道横纹毫不留情地暴露着，斗鸡眼里闪着琢磨不透的光。陈排长对她说，到中间去吧。于是她就坐到了中间，盘着腿。那个整齐的圆圈围绕着她像个曼陀罗坛场。

接下来发生的事令她猝不及防。陈排长大声说："今天，我们开这个会，是本着惩前毖后治病救人的态度，批评和帮助郑小米同志。连长在动员会上反复强调了，一人一根垄，爬也得爬到头！谁也不许帮谁！郑小米出身于剥削阶级家庭，满脑子资产阶级思想，又不注意思想改造。在劳动中怕苦怕累，依赖性强，对连里的规定阳奉阴违……在接受再教育方面，一贯非常差劲！前几天大家已经看到，全连是谁落在最后！可是今天，她居然跟大家伙儿前后脚儿到了！奇怪吗？不奇怪！！是有人帮她！郑小米，你说说，到底是谁在帮你！大伙儿也帮着挖挖她这种资产阶级好逸恶劳的思想根源……"

她觉得像是坐在一个闷罐车里。周围是一片嘈杂的喧闹声。她记起很久以前的一个中午，梦见自己走进一个奇异的世界，周围奇形怪状的留声机发出不谐和音，醒来之后，她发现自己被冷汗湿透了。

一个接一个地发言，人们的嘴一张一合，好长时间她不明白她们在说什么。看着陈排长那慷慨激昂的样子，她蓦然想起麦收时壁报上曾登过两封家信。一封是阿眉的"反动"家书，另一封是陈段喜的革命信件。

"大家普遍想家，到处一片哭声。"阿眉写道，"这里的医疗条件很差，听老同志讲，前些时有几个青年因为拉痢疾，无药治疗而死。这儿的水缺钙缺碘，容易得大骨节病，特别是体弱的。妈妈，请您给我寄来一点钙片和维生素吧！来这儿以后，连里没放过一天假，庄稼多（占地 7000 多亩），人手少，所以每天的活都很重很累，这里的伙食简直无法下咽，馊菜，冷馒头，还蒸得半生不熟，黏黏糊糊，上星期，竟然让我们吃了一次豆猪肉……"

其实这封信是阿眉写完了又撕碎扔在地上的，可不知怎的被洞察一切的陈段喜截获了，竟花了一晚上时间拼贴好，交到了连部。

陈段喜的革命家信被抄成漂亮的长仿宋，作为鲜明对比放在这封信旁边。

……今天是伟大祖国成立二十周年的光辉节日，在这举国欢腾的大喜日子里，我们边疆儿女挥动红彤彤的红宝书，千言万语涌心头，心潮激荡喜泪流，千言万语汇成一句话，敬祝我们伟大领袖毛主席万寿无疆！万寿无疆！

……每天早上，太阳还没起身，起床号就吹响了。我们披着朝霞，踩着露水，迎着东方冉冉升起的红日，……看我们的广阔天地，黄的是麦子，红的是高粱，新翻的土地黑油油……

战争也许就要在今冬明春爆发，前方的战士需要粮食，我们要做好充分思想准备。……爸爸来信嘱咐我的话我一定注意，越是在政治空气不浓的地方越是要注意改造自己……我想我们一定能用自己的双手，打出一个红彤彤的新世界！……

两封信公布出来之后，阿眉一个人深夜跑到井台去跳井，还是她因为睡觉警醒，跟踪而去，死拉活扯地把阿眉拽了回来。

接着是一个接一个的发言，调子越来越高，发言变成了"声讨"。奇怪的是她并没有怎么痛彻心扉的感觉，只是有些晕眩，越来越晕眩……

后来轮到了阿眉，她呆呆地想，无论如何，阿眉是不会说的，无论如何……

可阿眉开口了。阿眉不但说了，说得比别人更狠！"其实，我早就想揭发郑小米了！大家都吃的一样的饭，为什么她就该特殊，就说大家轮流给排里挑水这事儿吧，我注意好久了！好几次都是男生帮她挑到门口儿！……还有，连小豆子都能扛160斤的麦包上跳板，凭什么她就不行？背个100斤一袋的尿素还闪了腰，显她腰细是怎么着？……"

突然，阿眉拿出了一本书，扬了扬——那是一本破了皮儿卷了页儿的书，她一看就傻了！

那是《一千零一夜》——她从北京带来的，唯一的精神食粮。全排传着看，所以破了皮儿卷了页儿。但是现在作为罪证，阿眉翻开的是那关键一页的插图："脚夫和第二个巴格达女人的故事"——那个女人是裸体，而且是全裸！

那个巴格达女人的雪白肉体，在黄昏微弱的光中格外刺眼。

　　全排轰地一下炸开了！她的脑子也随之炸开了！那些奇形怪状的留声机发出的不谐和音如同恶魔的低啸，在她身体里的最深处翻江倒海。所有鄙弃的眼神和唾液带着铺天盖地的毒素，淹没了她。

　　她依然在发呆，不大相信眼前的事实。她自救的方法是脱离现实而飞到一个莫名其妙的地方。她突然莫名其妙地想起了一首歌，一首童年时的歌。"六月六，狗洗澡，河堤柳梢知了叫……"这大概是因了她的眼睛一直盯着北河套那蓝色的水泡子。很想跳进去洗个澡，于是想起了"狗洗澡"。

　　那一天，天已经完全黑了，六排的女孩们才荷锄返程。她想，大家一定都很恨她，因为由于她的缘故收工晚了。她双腿发软，几乎无法走路。但是必须要离开这儿——北河套夜间有狼。她不怕死，但她害怕死无全尸。

　　重复率太高的话还在余音绕梁："到底是谁在帮你？！"

　　"一定要揪出这个帮她的人！"

　　"真没想到，小小年纪，思想意识这么肮脏！"

　　"万没想到她会看这种黄色下流的东西！"

　　"咱们要挽救郑小米！"

　　"这样的人没法儿挽救了！战备这么紧张，她倒在那偷看黄书！已经完全丧失了一个青年人最起码的觉悟！"

　　"帮她的人，一定是她的相好！恶心！"

　　"到底是谁在帮你！"

　　"说啊！到底是谁在帮你！"

　　……

　　是啊，到底是谁帮了我？她在黑暗中默默地想："真的是水妖么？"她展眼望去，月亮升起来了，水泡子在星月的辉映下绿光莹莹，很像她想象中的水妖的眼睛。

但是无论她怎样想靠幻觉救命，似乎这回已经救不了她了。她觉得自己吞下了一根刺，一根在心里不断膨胀起来的刺，越刺越深，那种剧痛让她无法吞咽，她知道她的心已经被那根巨刺刺出了血，血在流淌，越流越急，无垠的黑土地已经空无一人，她知道她必须大声唱歌，不然心里的血就会从嗓子里涌出来了！

"六月六，狗洗澡，河堤柳梢知了叫……知了知了要知道……"

前面遥远的黑影子频频回头看她，大概以为她疯了。

八

第二年春天她收到了一封信。此前她只收到过家里人的信，信封都是一律的白信封，邮票都是规规矩矩地贴在右上角，一看就是爸贴的，爸集邮，当时已经有三个大集邮册。她每次接到信，都把邮票剪下来，然后泡在水里，待邮票与信封在水中分离之后，把邮票贴在墙上，干了揭下来，就是一张平平整整的好邮票。每攒上四五张，她就往家寄一次。可是这一回，是厚厚的牛皮纸信封，落款上写着"内详"。上面地址倒是写得对：黑龙江省大山屯县建字106信箱一营二连，郑小米收。字写得很有力气。

所谓建字，就是指黑龙江生产建设兵团的一师，"建设钢铁长城"，是这六个师分别的代号。106，就是一师六团。

邮票，贴的是后来变成天价的"祖国山河一片红"。她小心翼翼地拆了信，把邮票剪下来，按老规矩泡在水里，不知为什么，她有点怕，不敢马上看那封信，好像预感着有什么要来临似的。她悄悄把那封信放在内衣兜里，——那是临来时妈妈给她缝的兜。妈妈说，钱和粮票一定要放在内衣兜里，免得被人偷走。当时的钱和粮票就像命一样贵重，没了这两样东西，就是个死。

直到深夜，三十几个女孩的大通铺发出集体的轻微呼噜声的时候，她才慢慢打开电筒，在被窝里展开那封信，她看见那薄薄的信纸在激烈地晃悠，但是那些字还是看得清清楚楚：

郑小米，你好！

接到这封信你一定很意外吧？我是原持枪排的，现已当兵。现在部队的营地给你写信。

咱们连二百多个知青，一直觉得你挺特别的。听过你唱歌，当时我在排里擦枪，看见你在井台打水，辘轳冻住了，你打不上来，我以为你会哭，可你唱起歌来了，好像是《外国民歌二百首》里的，好听。我出去帮你摇辘轳，可你连头也没抬，连看也没看我一眼，也没说谢谢。你真挺怪的。后来几次，我还是出来帮你，你还是没抬头。可能，你到现在还都没认识我。

印象最深的那次是铲地。我看连着几天你都落在后面吃不上饭，就帮了你，靠着北河套给你留了五十米。那天晚上我在八号地头等了你很久，想跟你聊聊。一直到很深的深夜，忽然听见有人唱歌。看不见人影，但是听声音，断定是你。

你别生气，歌虽然好听，但是在那个夜晚，有点瘆得慌。

吹熄灯号了。写到这吧，如果你愿意，我想和你保持联系。

通信地址：……

祝　好！

任宇

71、5、29

那封信纸晃悠得更厉害了。好像听见自己"咚！咚！咚！"的心跳声，像定音鼓。像是风暴前的潮汐。

原来是他在帮我？！

原来是他在帮我！

我怎么会不认识他？全师最帅的男孩，按现在的说法，是全师女孩的偶像，他怎么可能留意到我？！

她在黑暗中醉倒了，脸色酡红，少女肉体最深处的那股神秘潜流一下子窜到了全身的经络细胞，乳头发胀小腹隐痛私处濡湿，四肢都在不可抑制地颤抖，她突然睁大眼睛看天花板。这才注意到天花板上的冰凌早已融化，现在是春天。但即使把眼睛睁得再大，也无法抑制汹涌喷出的泪。泪水把眼前的一切都模糊了。从小无论看书还是看电影的时候就是这样，当主人公受苦受难的时候她会硬扛着，可是当主人公在困厄中突然有了爱，有了救助，有了希望，她就会如释重负泪如泉涌。

她想高声嘶喊，失声痛哭，可现在是半夜三更，姑娘们都在熟睡，她只好轻轻起床，穿着衬衣裤就冲了出去，一口气跑到了八号地，大声呼吸，和着无法抑制的泪水。可这时她不想哭了，她看见东方的黑暗处渐渐变灰，渐渐有了第一丝暖色，渐渐有了明亮的霞。她欢跳着走进霞光里，觉得身子轻得随时可以起飞。

活着多么好！

头年那次批判会，直到凌晨她才走到地头。远处，打夜班的康拜因还在隆隆地响。她有了主意。

她把自己藏在一堆高高的麦垛后面，那是康拜因的必经之路。有这一垛麦子挡着，驾驶员再高明也看不见她。

可是，是上天不愿意收她么？！

——完全没有想到，就在康拜因距麦垛只有一米远的地方，驾驶员突然停车跳了下来，点了一支烟，慢慢抽着。好吧，他确实需要休息。可是她盼啊盼啊，好不容易吸完了，随手把烟蒂扔出去，却正巧扔在了麦垛上！

　　她看见了那些暗红色的光芒，听见了噼啪作响的声音，她知道麦垛们是连着的，当时是盛夏。干燥，火爆，一烧就要火烧连营！可怕的事就要在眼前发生了！

　　后面的事大家猜也猜得到了，她和康拜因驾驶员一起救火，他们用以前在场院打火的办法，把外衣脱下来，用衣服狠狠地抽那些窜起来的火苗儿，在它们还没有烧成熊熊大火之前，只有这一招儿了！

　　嫩得掐得出水的小手，被无情的火苗儿撩过，那种疼痛竟然让她觉得自己化身成为水妖，是的，她就是那些美丽的水泡子里盘踞的水妖，她觉得自己正披着水妖的灰色披风，披风一卷，那火就熄灭了。

　　肉体的疼痛似乎缓解了她心里的疼痛。

　　真的熄灭了呢。驾驶员千恩万谢，但是驾驶员也在心里纳闷儿，深更半夜的，这小女孩难道是天上掉下来的？！

　　——那真是个神话的时代啊。

九

　　那你后来回信了吗？孙女问。

　　她摇摇头。没有。当然没有。

　　在那个年月，怎么可能回信。

　　在那个年月，他的举动已经相当于一位勇士了！

　　可她不是，有时她勇敢——面对批判的时候；而另一些时候她胆怯——面对情感——因为她太在乎。

　　但是很久之后她知道了一些相关情况：原来，陈段喜一直在暗恋着任宇。为了他，她做了许多。也正因如此，当她发现是任宇在帮郑小米的时候，一股血冲到头脑上，几近崩溃。至于阿眉，是陈排长用休假一天来做交易，换取了阿眉的爆炸性揭发。

　　陈段喜一直对她有着莫名的憎恨，直到两年之后，她转插回京的前夕——那一天，陈段喜因为经期腹痛满床打滚，所有女孩都表面敷衍暗中称快，只有她，看不下去那种撕心的痛苦，拿出仅有的一点点红糖，给她冲了杯红糖水。

　　她虽然没抬头，但似乎能看见陈排长和所有女孩们诧异的目光。

　　那些目光如突然涨起的潮水很快淹没了她。

　　那潮水竟然有着浅浅的温度。

　　那你为什么不给他回信呢？孙女又问。

　　我给他回了信，就没有你爷爷了，没有你爷爷，就没有你爸妈了，也就没有你了啊。她笑着对孙女说。

　　但是她还有一句话藏在心里没说，那就是："这回，你应当知道你为什么叫念宇了吧？"

　　但是孙女眨眨大眼睛，没有说话。

　　孙女的大眼睛，简直就像是她童年眼睛的复制品。但那里面要冲出来的青春的汁液，那些水流，已经与四十多年前那些蓝色透明的水泡子，毫无关系了。